FANPRO

Rüdiger Schäfer, Jahrgang 1965, lebt in Leverkusen. Seinen ersten PERRY RHODAN-Roman las er mit zehn und kam so zur Science Fiction. Seitdem hat ihn die Serie nicht mehr losgelassen. Schon früh fing er an, selbst zu schreiben und publizierte zunächst in Fanzines. Bis heute verfasste Rüdiger Schäfer zwei ATLAN-Heftromane, herausgegeben in der Pabel-Moewig Verlag KG, und diverse Veröffentlichungen in Anthologien und bei Kleinverlagen. Neben der Schriftstellerei interessiert sich der Autor für die Naturwissenschaften, allen voran die theoretische Physik. Er ist leidenschaftlicher Filmfan und ein mit Jahreskarte ausgestatteter Anhänger des »ewigen Zweiten« Bayer 04 Leverkusen.

Rüdiger Schäfer

Der Traum des Navigators

Dritter Band des Illochim-Zyklus

Originalausgabe

FanPro
Band 71011

Titelbild: Arndt Drechsler

Redaktion: Sabine Kropp
Lektorat: Helmut Ehls
Satz und Layout: Ralf Berszuck
Umschlaggestaltung: Ralf Berszuck
Druck und Bindung: CPI – Ebner & Spiegel, Ulm

Mehr über den Mythos der Illochim gibt es im
PERRY RHODAN PC-Adventure-Game.
Aktuelle Infos: *www.perry-rhodan-game.de*

Besuchen Sie unsere Website *http://www.fanpro.com*

http://www.atlan.de

Printed in Czech Republic

ISBN 978-389064-176-8

Kleines Who is Who

Atlan – der Lordadmiral der USO auf der Spur eines geheimnisvollen Volkes

Trilith Okt – die Psi-Kämpferin erfährt endlich mehr über ihre Herkunft

Waheijathiu – das Rudimentärbewusstsein des Navigators erhält einen Pseudokörper

Gasuijamuo – das Rudimentärbewusstsein des Illochim ebenso

Malotuffok – der Navigator träumt

Pawhikuthar – Illochimischer Lotse auf Shahimboba

Dahagmata – der Symbiontvater kennt nur ein einziges Ziel: zu wachsen

Shareen Deubtar – eine resolute Frau

Benjamin Deubtar – legendärer Widerstandskämpfer gegen die Illochim

Moltek Zess – der Ertruser auf Shahimboba hat eigene Pläne

Galt Rozek – Ertrusischer Leibwächter von Moltek Zess

Calvin Nuyken – Nachkomme der auf Interlude Gestrandeten

Decaree Farou – Atlans Stellvertreterin auf Quinto-Center

Josh Dirks – Kommunikationsspezialist auf Quinto-Center

Ronald Tekener – auch *Smiler* genannt, trainiert auf Quinto-Center

Homer G. Adams – Finanzminister des Solaren Imperiums und Zellaktivatorträger

Galbraith Deighton – Solarmarschall des Solaren Imperiums und Zellaktivatorträger

Die Besatzung der EX-856 im Jahre 2867

Adrian Deubtar – Kommandant
Elvia daHuck – Pilotin, Anthropologin und Partnerin Deubtars
Gonzalo Pavaree – Zweiter Wissenschaftsoffizier und Astrophysiker
Darko Loevej – der Ortungsoffizier und Hobbygeologe macht eine wichtige Entdeckung
Monique Morizur – Erster Wissenschaftsoffizier
Thuram Rydberg – Cheftechniker
Lukas Bonfell-Heroe – der Funkoffizier beweist, dass Rauchen ernsthaft die Gesundheit fördern kann
Dr. Hektor Robertson – Bordarzt
Maurice O'Bannon – infiziert mit *tinae robertsonensis*
Malinka Odonobe, William Palin, Zac Penrose, Timothy Blake, Sari Farasha – weitere Besatzungsmitglieder

Kapitel 1

2. Juni 3103
Atlan

Bleib stehen!

Die Stimme entstand direkt in meinem Kopf. Ein tonloses, irritierendes Flüstern, das sich wie ein schnell wirkendes Gift ausbreitete und meine Gedanken lähmte.

Du handelst unlogisch. Bleib stehen!

Ich hastete weiter, versuchte das Wispern in meinem Verstand zu ignorieren. Meine Augen brannten wie Feuer. Ich wischte mir mit dem Ärmel der zerfetzten Kombination über das feuchte Gesicht.

Ein lautes Krachen drang an meine Ohren, so als würde in meinem Rücken ein großes Tier durch das Unterholz brechen, aber ich wusste, dass es kein Tier war, das mich verfolgte.

Vor mir wurde die Vegetation dichter. Zwischen den knorrigen Stämmen der überall in den grauen Himmel wachsenden Bäume wucherte verfilztes, dorniges Gestrüpp. Die nadelspitzen Stacheln setzten meiner ohnehin schon ramponierten Kleidung weiter zu und bohrten sich durch den dünnen Stoff in die Haut, doch ich hatte keine Wahl. Ich musste weiter. Mein Gegner war unmittelbar hinter mir und holte mit jedem Schritt auf.

Wie lange war ich bereits auf der Flucht? Ich wusste es nicht. Jeder Versuch, mich daran zu erinnern, wie das alles angefangen hatte, verwandelte meinen Kopf in eine dröhnende Glocke. Ich wusste nur, dass ich nicht aufgeben durfte, dass eine Kapitulation nicht infrage kam, wie aussichtslos die Lage auch sein mochte.

Du musst stehen bleiben, drängte die fremde Stimme. *Du musst dich beruhigen! Denk nach! Du kannst nicht ...*

Ich biss mir so fest auf die Zunge, dass der Schmerz für einen Moment alles andere überlagerte. Das Flüstern in meinem Schädel verstummte.

Wo war ich?

Die Bäume, der weiche, von welken Blättern und abgebrochenen Ästen bedeckte Boden, die nach Moder und frisch gefallenem Regen riechende Luft – all das deutete auf einen Wald hin, wie ich ihn von zahllosen Planeten her kannte. Aber wie war ich hierher gekommen? Und was tat ich hier?

Für einen Moment war ich unaufmerksam, achtete nicht auf den Weg, der nur eine schmale, von Wildtieren ins Dickicht getrampelte Schneise war. Mein rechter Fuß verfing sich in einer aus dem lockeren Erdreich ragenden Wurzel. Ich kippte vornüber und konnte gerade noch die Arme vor der Brust anwinkeln, um den Sturz einigermaßen abzufedern. Dennoch trieb mir der Aufprall die Luft aus den Lungen.

Ich versuchte wieder auf die Beine zu kommen, wohl wissend, dass mich mein Fehler den letzten Rest an Vorsprung kosten würde, den ich noch hatte, doch die Schicht aus nassem Laub war spiegelglatt. Ich hatte mich kaum aufgerichtet, da glitt ich bereits wieder aus und fiel erneut zu Boden.

Zu der Erschöpfung und der Gewissheit, einen Kampf auszufechten, den ich nicht gewinnen konnte, gesellte sich nun auch die Angst. Was da durch das Zwielicht auf mich zukam, war der Inbegriff des Bösen. Ein schwarzer Schatten, fiebrige, wimmelnde Bewegung, schwere Schritte, die die Erde zum Zittern brachten.

Mein Herz schlug bis zum Hals, pumpte kochendes Blei durch die Adern. Ich schob mich auf Händen und Knien vorwärts. Das Gelände fiel an dieser Stelle immer stärker ab. Ich kam ins Rutschen, nahm Fahrt auf und musste schon kurz darauf mit Armen und Beinen abbremsen, da ich zu schnell zu werden drohte.

Beruhige dich, bei allen Göttern Arkons, wisperte der Extrasinn. *Du verdammter Narr bringst uns noch um!*

Extrasinn? Was war ein Extrasinn? Der Begriff materialisierte sich urplötzlich in meinem Geist, doch ich war nicht in der Lage, ihm eine Bedeutung zuzuordnen.

Als ich die Abbruchkante sah, war es bereits zu spät. Hinter einer schmalen, von moosbewachsenen Felsen begrenzten Böschung schien die Welt einfach aufzuhören und es ging übergangslos in eine unbekannte Tiefe. Täuschte ich mich, oder vernahm ich tatsächlich das stetig lauter werdende Rauschen eines Flusses?

Ich drehte mich zur Seite, versuchte mein Tempo durch Gewichtsverlagerung zu verringern. Erfolg hatte ich damit nicht. Im Gegenteil. Statt langsamer zu werden, versetzten mich meine ungelenken Bremsversuche in Drehung; ich verlor vollends die Orientierung, überschlug mich mehrfach und erhöhte noch meine Geschwindigkeit. Sekunden später hatte ich den Abgrund erreicht.

Ein hässliches Knacken, begleitet von einem scharfen Stechen in der Brust, zeugte davon, dass die Knochenplatte, die Arkoniden anstelle von Rippen besaßen, mit hoher Wahrscheinlichkeit etwas abbekommen hatte. Immerhin war ich zum Stillstand gekommen.

Stöhnend wälzte ich mich herum, was die Schmerzen in der Seite noch einmal verstärkte. Ich biss die Zähne zusammen. Kalter Schweiß rann von meiner Stirn in die Augen und vermischte sich dort mit dem trüben, fast weißlichen Sekret aus den Tränendrüsen, das Angehörige meines Volkes von jeher in Momenten starker emotionaler Anspannung produzierten.

Ich drehte den Kopf und spähte den Hang hinauf, den ich gerade noch auf so unelegante Art und Weise hinter mich gebracht hatte. Der Anblick der schlanken Gestalt, die in diesem Moment aus dem Dunkel des Waldes trat, brachte die Angst mit unverhoffter Intensität zurück. Alle Schmerzen waren mit einem Mal vergessen. Dort oben, vielleicht fünfzig oder sechzig

Meter entfernt, stand der fleischgewordene Teufel, und wenn er mich in seine Klauen bekam, würde er Dinge mit mir tun, die schrecklicher waren als alles, was ich mir selbst in meinen schlimmsten Phantasien auszumalen vermochte.

Wach auf! Das Wispern des Extrasinns klang nun geradezu panisch. *Du bist in einem Traum gefangen! Die elektrische Aktivität deines Gehirns hat einen Umfang erreicht, der deine psychische und physische Stabilität gefährdet! Du* musst *aufwachen!*

Ich verstand kein Wort. Das war kein Traum. In einem Traum empfand man vielleicht Angst, aber keinen Schmerz. Ich spürte den harten, kalten Fels in meinem Rücken. Ich schmeckte den kupfernen Geschmack des Blutes auf meiner Zunge. Nein, so real konnte ein Traum unmöglich sein.

Die Gestalt hatte sich in Bewegung gesetzt. Mit bedächtigen Schritten, langsam und ohne jede Hast, kam sie den Abhang hinunter, sorgfältig darauf achtend, nicht wie ich den Halt zu verlieren und auszugleiten. Erst jetzt erkannte ich das unterarmlange Messer mit dem von fremdartigen Symbolen verzierten Griff, das in einer am Gürtel befestigten Lederscheide steckte.

Mit aller Kraft, die ich noch aufzubringen in der Lage war, quälte ich mich auf die Knie. Mir war klar, dass ich in meinem Zustand nicht aufstehen und weglaufen konnte, doch ich musste es zumindest versuchen. Meine Flucht war zu Ende, und ich hatte meinem Widersacher nichts mehr entgegenzusetzen.

Erst als die Gestalt mich beinahe erreicht hatte, konnte ich im herrschenden Dämmerlicht ihr Gesicht erkennen. Die blasse Haut war von zahlreichen Muttermalen übersät. Über einer schlanken Nase musterte mich ein Augenpaar, das an zwei hellrote Pfützen erinnerte. Die vollen Lippen schimmerten in einem intensiven Blauton.

Der Hals der Frau wirkte für den eher breiten, von einem deutlich sichtbaren Knochenwulst umrahmten Kopf zu lang und zu dünn. Zudem störte der übermäßig ausgeprägte Kehlkopf das ästhetische Empfinden – zumindest das meine. Dennoch zog mich ihre markante Erscheinung in ihren Bann. Da war etwas schwer Fassbares, etwas, das man nicht beschreiben oder benennen konnte. Eine Art Aura, die mich gleichzeitig faszinierte und abschreckte.

Ich kannte diese Frau. Ihr Name war Trilith Okt und ich war ihr schon einmal begegnet. Sie war mir auf gewisse Weise ähnlich und doch standen Dinge zwischen uns, die sich nicht mit ein paar klärenden Worten aus der Welt schaffen ließen.

Triliths Mund verzog sich zu einem unmerklichen Lächeln und wechselte dabei die Farbe von Blau nach Grün, aber das war nicht die einzige Bewegung in ihrem exotischen Gesicht. Zunächst glaubte ich einer Sinnestäuschung aufzusitzen, doch die dunkle Verfärbung der Haut um Triliths rechtes Auge herum, deren Form an einen neunarmigen Kraken erinnerte, und von der ich nach wie vor nicht wusste, ob es sich um eine Tätowierung oder eine natürliche Pigmentierung handelte, bewegte sich. Die dünnen Tentakel zitterten und zuckten, als würden sie unter Strom stehen, als würden sie leben und einen eigenen Willen besitzen.

Das ... *Ding* pulsierte. Ich wollte unwillkürlich zurückweichen, doch Trilith ließ das nicht zu. Ihre rechte Hand packte mich so fest an der Schulter, dass ich aufschrie, denn die Kraft, die sie dabei entwickelte, war mörderisch. Ihr Lächeln wurde eine Spur breiter, als sie sich so weit zu mir hinunterbeugte, dass die Spitzen unserer Nasen nur eine Handbreit voneinander entfernt waren.

»Warum läufst du vor mir davon, Lordadmiral«, hörte ich ihre sanfte Stimme. »Ich will dir helfen.«

Ich wollte etwas erwidern, mich gegen Triliths brutalen Griff stemmen, irgendetwas *tun*. Stattdessen konnte ich nur auf das pulsierende Etwas vor mir starren. Und dann – blitzartig und ohne Vorwarnung – geschah es: Der Krake löste sich von Trilith und katapultierte sich mitten in mein Gesicht!

Im ersten Moment fühlte es sich an, als hätte jemand ein feuchtes, kaltes Handtuch um meinen Kopf geschlungen.

Dann spürte ich ein mit jeder Sekunde unangenehmeres Kribbeln, das sich schnell zu einem heftigen Zwicken steigerte. Millionen winziger Nadeln tanzten auf meinen Wangen, meiner Stirn, stachen in die empfindlichen Stellen unter den Augen und an den Schläfen. Klebrige Tentakel schoben sich in die Öffnungen von Ohren und Nase, bahnten sich unaufhaltsam ihren Weg zwischen meinen zusammengepressten Lippen hindurch und legten sich wie eine hauchdünne Lackschicht über jeden Quadratzentimeter freier Haut.

Instinktiv hob ich die Hände, wollte das grauenhafte Monster in meinem Gesicht packen und herunterreißen, doch Trilith erlaubte es nicht. Sie ließ meine Schulter los und umfasste meine Handgelenke.

»Lass es geschehen«, flüsterte sie eindringlich. »Gleich geht es dir besser.«

Warum glaubte ich ihr nicht? Vielleicht lag es daran, dass ich auf einmal keine Luft mehr bekam, dass sich die dünne Membran um meinen Schädel immer enger zusammenzog. Vielleicht lag es an den grauenvollen, pochenden Kopfschmerzen, die mich wünschen ließen, endlich in eine erlösende Ohnmacht zu fallen und diese unwirkliche Situation einfach hinter mir zu lassen. Vielleicht machte es aber auch gar keinen Unterschied, ob das, was ich gerade erlebte, Wirklichkeit war oder nicht.

Von irgendwoher erklang eine leise, getragene Melodie. Die schluchzenden Töne erinnerten mich an eine arkonidische Ghad-Flöte, aber wahrscheinlich war das schon der beginnende Wahnsinn.

»Wie fühlst du dich, Lordadmiral?«

Vorsichtig öffnete ich die Augen. Das Licht in der Krankenstation der GAHENTEPE war auf ein Minimum herabgedimmt. Dennoch empfand ich das dämmrige Halbdunkel als zu hell.

Ich ruhte auf einer leidlich bequemen Liege, die – gemeinsam mit einer zweiten, baugleichen Konstruktion – etwa in der Mitte des Raums auf einem breiten Podest montiert war. Ein

Schwarm erbsengroßer Medoeinheiten umschwirrte meinen nackten Oberkörper auf wirren Bahnen. Ab und an verließ eine der Maschinen die ungeordnete Formation, um sich für ein paar Atemzüge auf meinem Bauch, der Hüfte oder einer Schulter niederzulassen. Was sie dort tat, konnte ich nicht erkennen.

Trilith Okt stand zu meiner Rechten und musterte mich mit undefinierbarem Blick. Seit unserem letzten Zusammentreffen im Ephelegon-System, das rund neun Monate zurücklag, hatte sie sich nur unwesentlich verändert. Sie trug die schwarzen Haare nach wie vor offen, doch eine Spur kürzer. Die Fältchen um ihre Mundwinkel hatten sich ein wenig tiefer eingegraben. Sie wirkte ernsthafter, *gereifter*.

Das Feuermal in ihrem Gesicht saß dort, wo es hingehörte, und machte keinerlei Anstalten, sich auf mich zu stürzen oder anderweitige Aktivitäten zu entwickeln. Ich hatte tatsächlich nur geträumt. Was mir vor wenigen Minuten noch so real und bedrohlich erschienen war, kam mir nun albern und überzogen vor.

»Interessiert dich das wirklich«, gab ich zurück und erschrak vor dem rauen Klang meiner eigenen Stimme, »oder fragst du das nur aus Höflichkeit?«

Trilith antwortete nicht. Sie drehte sich von mir weg und kontrollierte die Anzeigen einer mit mehreren Monitoren ausgestatteten Messbatterie über meinem Kopf. Die langen, schlanken Finger ihrer rechten Hand huschten über matt leuchtende Sensorfelder, dann nahmen ihre Lippen einen sanften Olivton an.

»Herzfrequenz, Blutdruck, Temperatur, Puls, Atemfrequenz«, zählte sie auf. »Es gibt nicht einen Vitalparameter, der sich im für deinen Physiotyp geltenden Normbereich bewegt.«

»Das hast du wunderschön gesagt«, kommentierte ich spöttisch, obwohl ich alles andere als in heiterer Stimmung war. Der Zellaktivator auf meiner Brust hatte sich merklich erwärmt und die Impulse, die er in schneller Folge durch meinen Körper sandte, erreichten fast schon das Ausmaß schwacher Strömstöße. Es fühlte sich beinahe … *unangenehm* an, so als wolle sich das eiförmige Gerät in mein Fleisch hineinfressen.

Nein, ich musste mich irren. Ich litt nach wie vor unter den Nachwirkungen meiner Sucht.

»Offenbar bist du nicht zum Sprechen aufgelegt«, zeigte sich Trilith von meinem Charme unbeeindruckt. »Ich werde wiederkommen, wenn du …«

»Warte«, unterbrach ich sie. »Ich … es tut mir leid. Ich bin …«

»Du bist ein Opfer deiner grenzenlosen Unbesonnenheit und Arroganz«, vollendete sie den Satz für mich. »Ohne die medizinischen Möglichkeiten der GAHENTEPE und die Impulse deines Zellaktivators wärst du längst tot. Jeder, der sich einem Gatusain anvertraut, zahlt früher oder später den Preis dafür.«

»Ich hatte keine Wahl«, erwiderte ich trotzig.

Trilith Okt lachte humorlos.

»Natürlich nicht«, sagte sie. »Du bist schließlich etwas ganz Besonderes, nicht wahr? Du bist der unsterbliche Lordadmiral Atlan, furchtloser Kämpfer für Recht und Ordnung in der Galaxis, ach was sage ich, *im Universum*. Hast du mir während unseres letzten Abenteuers nicht ständig gepredigt, dass jede Handlung Konsequenzen hat? Gilt das nur für andere, oder legst du deine hohen Maßstäbe auch an dich selbst an?«

»Ich habe nie behauptet, dass ich keine Fehler mache«, verteidigte ich mich. »Im übrigen bin ich dir für deine Hilfe dankbar, aber ganz bestimmt keine Rechenschaft über meine Handlungen schuldig.«

»Nein, das bist du nicht«, stimmte Trilith zu. »Aber sag mir eines, Arkonide: Hast du das Gefühl grenzenloser Überlegenheit nicht mit allen Sinnen genossen?«

»Ich weiß nicht, was du meinst«, erwiderte ich nach kurzem Zögern. Ich hatte plötzlich wieder Kopfschmerzen.

»Du weißt *genau*, was ich meine«, widersprach die Psi-Kämpferin. »Deine Besuche im Sarkophag haben dir etwas vermittelt, was dir der Zellaktivator nicht geben kann, nicht wahr? Grenzenloses Selbstbewusstsein. Die Überzeugung, dass dir nichts und niemand etwas anhaben kann. Und damit einhergehend die Fähigkeit, das dir verliehene ewige Leben in vollen Zügen zu genießen, es ohne Reue auszukosten.«

Ich leckte mir nervös über die Lippen, schmeckte salzigen Schweiß. Das Atmen fiel mir auf einmal schwer. Die Luft in der Krankenstation schien sich in zähen Sirup verwandelt zu haben und der Aktivator brannte wie ein glühendes Stück Kohle auf meinem Brustkorb.

»Bist du jetzt unter die Psychologen gegangen«, versuchte ich einen lahmen Scherz.

»Es tut manchmal weh, wenn man den Spiegel vorgehalten bekommt«, sagte Trilith leise. »Ich habe in den letzten Monaten einige interessante Details erfahren. Auch über mich selbst. Die Dinge werden nicht einfacher, wenn man ihnen auf den Grund geht.«

»Wie lange liege ich schon hier?«, wechselte ich das Thema. Ich war ganz sicher nicht stolz auf das, was ich in Bezug auf den Sarkophag der Illochim getan hatte. Mein Verhalten an Bord der AVIGNON und auf Orgoch war das eines Süchtigen gewesen, eines Getriebenen, der die meiste Zeit des Tages an nichts anderes denken konnte, als an den nächsten *Schuss*, die nächste Dosis seiner Droge.

Ja, ich hatte die Phasen der Euphorie und des Hochgefühls genossen. Es war ein Rausch gewesen, der alles überstieg, was ich bis dahin erlebt hatte. Es fiel mir nicht leicht, es zuzugeben, doch Trilith hatte recht. Der Übergang zwischen gesunder Selbstsicherheit und gefährlicher Überheblichkeit war fließend. Ein Zellaktivator und die damit verbundene Unsterblichkeit waren keine Garantie für einen ausgeglichenen und mit sich selbst im Einklang befindlichen Charakter, für die Entwicklung einer Persönlichkeit oder die Ausrichtung der eigenen Taten nach gängigen moralischen Prinzipien.

Charakter zu haben bedeutet, sich selbst gegebene Versprechen unter allen Umständen zu erfüllen, hatte mein alter Lehrmeister Fartuloon oft gesagt. *Niemand wird mit der dafür notwendigen*

Willenskraft geboren. Die höchsten Qualitäten des Charakters müssen jeden Tag aufs neue erworben werden.

Als ich mich dem Gatusain zum ersten Mal anvertraute, hatte ich nicht allein auf meine jahrtausendelange Erfahrung, meine Mentalstabilisierung und meinen starken Willen, sondern vor allem auf den Schutz des Zellaktivators gebaut. Das Gerät verhinderte üblicherweise nicht nur die normale biologische Zellalterung, sondern schützte mich auch vor jeder nur denkbaren Art von Gift. Im Falle des Sarkophags hatte ich mich gründlich verrechnet, vielleicht auch selbst überschätzt. Was immer die geheimnisvolle *Auster* auch mit mir gemacht hatte: Der Aktivator, und vor allem mein Geist, waren nicht damit fertig geworden. Aber war mir das überhaupt jemals wirklich bewusst gewesen? Hatte ich mir meine Sucht in den vergangenen Tagen jemals ehrlich eingestanden? Die Antwort auf diese Fragen lautete Nein, denn andernfalls hätte ich etwas gegen meine fatale Abhängigkeit unternommen!

Warum überrascht es dich, dass auch deine *Standhaftigkeit ihre Grenzen hat?,* wisperte der Extrasinn. *Mir musst du nichts vormachen, Arkonide. Helden waren schon immer kaum mehr als der Stoff für Tragödien. Sei dem Schicksal für deine Schwächen dankbar, denn sie führen dir ab und an vor Augen, dass du nicht besser als alle anderen bist. Den Unterschied machst nur du allein aus.*

»Nach deiner Zeitrechnung schreiben wir heute den 2. Juni 3103«, hörte ich Triliths Stimme wie durch eine dichte Wand aus Watte. Es dauerte lange Sekunden, bis ich das Dröhnen in meinem Schädel so weit zurückgedrängt hatte, dass ich wieder klar denken konnte.

»Wir haben Orgoch vor gut dreißig Stunden verlassen und befinden uns derzeit am Rand der galaktischen Eastside, etwa fünftausend Lichtjahre entfernt von Gatas.«

»Die ESHNAPUR ...?«, begann ich, doch Trilith ließ mich nicht ausreden.

»... ist wie abgemacht auf dem Weg nach Terra. Glaub mir, Lordadmiral, du hast im Moment ganz andere Sorgen.«

»Ich bin in Ordnung«, knurrte ich und wollte mich von der Liege schwingen. Trilith drückte mich ohne Mühe auf das Lager zurück und machte mir damit klar, dass ich noch längst nicht wieder bei Kräften war. Sie trat einen Schritt näher und beugte sich so tief zu mir hinunter, dass die Spitzen ihrer Haare meine Wangen berührten. Der herbe, nicht unangenehme Duft, der dabei in meine Nase stieg, ließ mich unwillkürlich an Decaree Farou denken. Als sei es erst gestern gewesen, dass ich mit dieser ebenso intelligenten wie betörenden Frau in Quinto-Center einen der wenigen entspannten Abende verbracht hatte, die mir meine Rolle als USO-Chef gestattete.

»Ich gebe dir den guten Rat, das hier sehr ernst zu nehmen, Lordadmiral.« Ihre bisherige Gelassenheit war auf einmal wie weggewischt. »Ich musste deine Behandlung für einige Zeit unterbrechen. Dein Kreislauf drohte zu kollabieren. Die Tatsache, dass wir überhaupt miteinander sprechen können, verdankst du lediglich den Schmerzmitteln, die ich dir injiziert habe – in Mengen, die einen normalen Menschen auf der Stelle töten würden. Du hast mit dem Feuer gespielt und stehst noch immer in Flammen. Glaub mir, ich beneide dich nicht um das, was dir in den nächsten Tagen bevorsteht.«

»Willst du mir … Angst machen?«, brachte ich mühsam hervor. Der dicke Kloß in meinem Hals wuchs mit beängstigendem Tempo.

»Nein.« Trilith schüttelte in einer vollendet terranischen Geste den Kopf. »Das muss ich gar nicht. Du hast genug Angst für uns beide.«

Als ich erwachte, war ich allein. Ich hatte nicht die geringste Ahnung, wie viel Zeit seit dem letzten Gespräch mit Trilith Okt vergangen war, und um ehrlich zu sein, war es mir auch egal.

Die Liege unter mir schien zu vibrieren und es dauerte eine Ewigkeit, bis ich begriff, dass ich selbst es war, der diese Erschütterungen erzeugte. Meine Muskeln zuckten unkontrolliert, ver- und entkrampften sich in schneller Folge, so als fühlten sie sich in meinem Körper nicht mehr wohl und wollten sich mit Gewalt ihren Weg in die Freiheit bahnen. Mein Herz schlug ohne jeden Rhythmus, setzte immer wieder für mehrere Sekunden aus, nur um seine Arbeit dann von Neuem und umso ungestümer und nachhaltiger aufzunehmen. Zumindest kam es mir so vor.

Ich hörte das entfernte Wispern des Extrasinns, doch ich verstand kein Wort. In meinen Ohren rauschte das Blut, eine zähe, ätzende Masse, die sich geradezu widerwillig durch meine Adern wälzte.

Die Zuckungen erinnerten an einen epileptischen Anfall, ein Leiden, das auf der Erde schon lange vor der Zeitenwende bekannt gewesen war. In den diversen Kulturen hatten die so Erkrankten wahlweise als von den Göttern auserwählt oder von Dämonen besessen gegolten. Ich musste unwillkürlich an meine Erlebnisse im alten Rom denken. Damals mussten angehende Soldaten bei ihrer Musterung durch ein rotierendes Wagenrad in die Sonne schauen. Erlitten sie einen Anfall, wurden sie aussortiert. Später hatte ich dem an Epilepsie leidenden Julius Cäsar mehrfach mittels geeigneter Medikamente aus den Arsenalen meiner Unterwasserkuppel bei schweren Anfällen Linderung verschafft.

Die Ursache epileptischer Anfälle waren wahllos feuernde Neuronen im Gehirn. In der galaktischen Medizin galt die Krankheit als ausgerottet beziehungsweise mit standardisierten und nahezu nebenwirkungsfreien Antikonvulsiva problemlos beherrschbar. Hatte Trilith nicht gesagt, dass ich Medikamente bekommen hatte? Wenn das der Fall war, taugten diese entweder nicht viel oder die letzte Einnahme lag schon so lange zurück, dass sie nicht mehr wirkten. Das war einer der wenigen Nachteile eines Zellaktivators: Die lebensverlängernden Impulse neutralisierten *sämtliche* körperfremden Stoffe im Organismus – auch jene, die in bester therapeutischer Absicht injiziert wurden.

Ich öffnete den Mund, wollte die GAHENTEPE respektive den Bordrechner des Diskusschiffes auf meinen Zustand aufmerksam machen, aber ich brachte keinen Laut heraus. Ich hatte jegliche Kontrolle über meinen Körper verloren, und dieses Gefühl war schlimmer als die bestialischen Schmerzen, die mich in Wellen durchliefen und mit jedem Mal heftiger wurden.

Beim Versuch mich zu zwingen, eine kontrollierte Bewegung auszuführen, konzentrierte ich mich einzig und allein auf meinen rechten Arm, der wie ein großer Fisch im Netz eines Anglers hin und her zappelte. Nichts! Ich spürte lediglich einen sanften Widerstand. Vermutlich lag ich unter einem flexiblen Prallfeld, das verhinderte, dass ich von meinem Lager fiel und mich selbst verletzte.

Ein neuer Schmerzorkan fegte durch meinen Körper. Ich schrie, das hieß, ich *glaubte* zu schreien, denn nach wie vor war alles, was ich hören konnte, ein monotones Rauschen und das asynchrone Wummern meines Herzens.

Warum versetzte mich die GAHENTEPE nicht in einen künstlichen Heilschlaf? Sie musste über ihre Sensoren und Diagnostikfühler genau über mein aktuelles Befinden informiert sein. Warum griff sie nicht ein und verschaffte mir Erleichterung?

Vor meinen Augen erschienen wirre Muster. Mir war, als würde ich aus großer Höhe auf eine riesige Menschenmenge herabschauen. Meine Gedanken verwirrten sich. Ich wusste plötzlich nicht mehr, wer und wo ich war. Die Bilder, die schlaglichtartig vor mir auftauchten, ergaben keinen Sinn, zeigten Szenen, die mir Angst einflößten.

Irgendwann war das Schlimmste vorüber – zumindest vorläufig. Ich öffnete die von getrocknetem Sekret verklebten Augen. Sofort waren zwei der winzigen Medoroboter zur Stelle und entfernten die Sekretreste innerhalb weniger Sekunden. Ich war nach wie vor allein in der Krankenstation. Mit äußerster Anstrengung hob ich den Kopf und sah an mir herunter. Außer einer eng anliegenden, dünnen Hose, die mir bis knapp über die Knie reichte, war ich nackt.

Etwas war nicht so, wie es sein sollte!

Ich wartete auf einen Hinweis des Logiksektors, doch der kam nicht. War mein zweites Ich von meinem *Entzug* ebenfalls betroffen? Für einen schrecklichen Augenblick durchzuckte mich der Gedanke, dass die Hölle, durch die ich ging, meinen Extrasinn so stark geschädigt hatte, dass er für immer verstummt war. So sehr mich die flüsternde Stimme in meinem Kopf manchmal zur Weißglut trieb, so sehr hatte ich mich an sie und ihren in so vielen Situationen wertvollen, ja manchmal sogar lebensrettenden Rat gewöhnt.

Das Schicksal erlaubte es mir nicht, dieser Befürchtung länger nachzuhängen, denn in diesem Moment wurde mir bewusst, was mich die ganze Zeit gestört hatte.

Fassungslos starrte ich auf meine blanke Brust.

Der Zellaktivator war verschwunden!

Kapitel 2

4. Juni 3103
Trilith Okt

Trilith Okt beobachtete schweigend den Nebelschirm über der ovalen Befehlskonsole. Auf der Projektionsfläche drängten sich die zahllosen Sterne der Eastside; im Hintergrund schimmerten die Sonnenmassen des galaktischen Zentrums wie ein Meer vollendet geschliffener Edelsteine. Es war ein Anblick, dessen sie nicht müde wurde.

Seit den Ereignissen im Sphärenrad und auf Rudyn war viel geschehen. Dennoch spürte Trilith diese Unruhe, die sie schon so lange mit sich herumtrug. Das quälende Gefühl der inneren Leere, die Gewissheit, wichtige, die eigene Existenz betreffende Informationen nicht zu besitzen, machten ihr unverändert zu schaffen.

Hinzu kamen die Alpträume. Fast jede Nacht sah sie das schmerzverzerrte Gesicht Lalia Birs vor sich, die furchtbare Wunde, die das gewaltsame Entfernen des Zellaktivators in die Brust der Freundin gerissen hatte. Dabei war das Gerät ihre ganze Hoffnung gewesen, eines jener schmucklosen, aus einem unbekannten, bläulichrot schimmernden Material bestehenden Eier, um die sich in der Milchstraße mehr Legenden rankten, als um jedes andere Objekt.

Lalia hatte auf den Aktivator geradezu allergisch reagiert, etwas, das sich Trilith bis heute nicht erklären konnte, auch wenn sie vermutete, dass die GAHENTEPE etwas damit zu tun hatte. Sie selbst hatte danach fast zwei Wochen gebraucht, um sich zu überwinden und sich die dünne Kette mit dem Gerät wieder über den Kopf zu streifen. Nach allgemeiner Auffassung dauerte es üblicherweise acht Tage, bis sich der Körper so sehr auf die lebensverlängernden Impulse eingestellt hatte, dass ein Ablegen des Aktivators nach spätestens 62 Stunden zu einem explosiven Zellverfall und somit unweigerlich zum Tod führte. Für Trilith waren es die längsten acht Tage ihres Lebens gewesen.

Zu einer Abwehrreaktion wie bei Lalia kam es bei ihr – warum auch immer – nicht. Im Gegenteil. Das Gerät sorgte dafür, dass sie sich so gesund und fit fühlte wie niemals zuvor in ihrem Leben. Schnell stellten sich weitere körperliche Veränderungen ein. Plötzlich genügten schon zwei bis drei Stunden Schlaf pro Tag, um frisch und ausgeruht zu sein. Das nervtötende Jucken, das sie manchmal an der Nahtstelle zwischen ihrem linken Bein und ihrer Unterschenkelprothese verspürte, verschwand. Es fiel ihr zudem leichter als früher, sich zu konzentrieren, sich Dinge zu merken, und selbst die komplexen mathematischen Formeln, die ihr die GAHENTEPE einst im Rahmen ihrer Ausbildung vorgesetzt hatte, bereiteten ihr mit einem Mal keine Probleme mehr.

Trilith zog an einigen der von der Decke der Zentrale hängenden Quastenschnüren. Sofort stieg ein süßlicher Duft in ihre Nase und signalisierte, dass ihr Steuerbefehl empfangen und umgesetzt worden war. Das Diskusschiff erhöhte die Geschwindigkeit und veränderte den Kurswinkel um einige Grad.

Sie hatte kein klares Ziel vor Augen, steuerte die GAHENTEPE nun bereits seit vielen Stunden auf willkürlichen Flugbahnen durch die Weiten der Milchstraße. Das Fliegen half ihr beim Nachdenken. Das komplizierte System der Quastenschnüre beherrschte sie längst blind. Sie musste sich nicht mehr konzentrieren, um die diversen Routinemanöver auszuführen, einen neuen Zielstern in Peilung zu nehmen oder die ständig eingehenden Ortungsdaten zu filtern. Sie betrachtete die GAHENTEPE inzwischen als *ihr* Schiff, und auch wenn der Raumer noch eine Reihe von Geheimnissen barg und ihr beharrlich den Zutritt zu bestimmten Bereichen verwehrte, so war sie doch einigermaßen sicher, dass sich der Bordrechner ihren Befehlen unterordnete.

Nach den Ereignissen auf Rudyn und dem Tod Lalias war Trilith erneut nach Fauron geflogen, jenem Planeten, auf dem sie damals ihre *Abschlussprüfung* gemeistert und den Kampf gegen die mutierte Springerin Morchete gewonnen hatte. Die Dschungelwelt schien ihr ein passender Ort zu sein, um den Leichnam ihrer Gefährtin zur letzten Ruhe zu betten. Sie landete auf jener Lichtung, auf der die GAHENTEPE sie einst abgesetzt und ihr dann den linken Unterschenkel mit einem Schuss aus einer der Bordkanonen abgetrennt hatte. Es war der Beginn eines einzigartigen Martyriums gewesen.

Aus Triliths Rückschau hatte hier ein neuer Abschnitt ihrer an Schicksalsschlägen reichen Lebensgeschichte seinen Anfang genommen. Während der dreitägigen Gewaltmarsches durch den Urwald hatte sie viel Zeit zum Nachdenken gehabt. Damals war ein Großteil jenes Hasses entstanden, den sie seitdem in ihrem Herzen trug und der sich gegen jene richtete, die sie von Geburt an gegängelt und immer wieder getestet hatten. Eines Tages, davon war sie nach wie vor fest überzeugt, würde sie die Verantwortlichen finden und zur Rede stellen.

Doch zunächst hatte sie Abschied von ihrer einzigen Freundin genommen und zum letzten Mal deren dem eigenen in vielen Details so ähnliche Gesicht betrachtet. Von den Verletzungen, die die Frau davongetragen hatte, war dank der gründlichen Arbeit der Medoroboter nichts mehr zu sehen. Fast konnte man den Eindruck gewinnen, dass Lalia lediglich schlief, dass sie jeden Moment aufwachen würde, verwirrt und erschöpft vielleicht, doch ansonsten auf dem Weg der Genesung.

Trilith Okt wusste es besser. Lalia Bir würde nie mehr aufwachen, und als sich der schlichte Stahlplastsarg mit dem leblosen Körper in das Erdreich Faurons senkte, ließ es der in ihr brodelnde Hass nicht zu, dass sie auch nur eine einzige Träne vergoss. Später vermochte sie nicht mehr zu sagen, wie lange sie am Grab ihrer *Schwester* ausgeharrt hatte, doch als sie schließlich in die GAHENTEPE zurückkehrte, brach bereits die Nacht über Fauron herein.

Trilith verließ die Zentrale, um sich in einem der angrenzenden Aufenthaltsräume einen Becher *Hanjak* zu holen. Schon nach dem ersten Nippen an dem dampfend-heißen, schneeweißen Gebräu breitete sich eine wohlige Wärme in ihrem Magen aus. Sie ließ sich auf einen der leidlich komfortablen Sessel fallen, die neben einem schlichten Tisch die einzige Einrichtung des Raums bildeten.

»Wie geht es ihm?«, fragte sie laut. Die GAHENTEPE reagierte sofort.

»Nicht gut«, erklärte sie mit ihrer geschlechtslosen und stets ein wenig unpersönlich klingenden Kunststimme. »Lordadmiral Atlan befindet sich unverändert in einem kritischen Zustand. Gemäß deiner Anweisungen erhält er aber noch immer die mit seiner Konstitution maximal vereinbare Strahlungsmenge. Ich möchte die Gelegenheit nutzen, um noch einmal nachdrücklich darauf hinzuweisen, dass ...«

»Spar dir deine Bedenken für jemanden auf, der sie hören will«, unterbrach Trilith das Bordgehirn schroff. Sie betrachtete die Steuereinheit der GAHENTEPE schon lange nicht mehr wie eine gewöhnliche Positronik, auch wenn sich das *Schiff* als solche bezeichnet hatte – vermutlich um sie damals nicht zu überfordern. Inzwischen wusste Trilith allerdings, dass sich hinter den metallenen Wänden weit mehr verbarg als Schaltkreise, Speicherbänke und ein paar Hyperkristalle.

»Wie du willst«, tönte es aus unsichtbaren Akustikfeldern, die den Eindruck vermittelten, dass die Stimme des Bordrechners aus allen Richtungen zugleich kam. »Ich befürchte jedoch, dass du die Kräfte deines Gastes überschätzt. Er war dem Einfluss des Gatusains zwar nicht allzu lange ausgesetzt, aber es handelte sich um den Sarkophag eines Navigators. Du weißt, was das bedeutet.«

»Weiß ich das?«, fragte Trilith.

»Darauf erwartest du hoffentlich keine Antwort von mir.«

Für einige Sekunden herrschte absolute Stille. Die in der GAHENTEPE installierten Maschinen arbeiteten weitgehend lautlos. Nur wenn man bewusst darauf achtete, konnte man ein leises Summen hören, so als wäre irgendwo in den verwinkelten Tiefen des Diskusschiffes ein Schwarm Schnacksen auf Nahrungssuche.

»Natürlich nicht«, sagte Trilith spöttisch lächelnd. »Ich bin es gewohnt, mir die Antworten auf meine Fragen hart erarbeiten zu müssen.«

Das Schiff schwieg und sie wusste nur zu gut warum. Auch wenn die GAHENTEPE streng genommen nur ein Werkzeug gewesen war, wenn es lediglich Anweisungen ausführte, so konnte Trilith das, was es ihr angetan hatte, nicht einfach vergessen. Dazu waren die Wunden zu frisch, und viele davon würden wahrscheinlich niemals verheilen.

Trilith hatte sich angemessen revanchiert. Sie hatte gesucht und tatsächlich eine Möglichkeit gefunden, dem Diskus Schmerzen zuzufügen. *Große* Schmerzen. Und die Tatsache, dass die GAHENTEPE am Ende einen Punkt erreichte, an dem sie nicht mehr in der Lage gewesen war, diese Schmerzen zu ertragen, ließ sie auf groteske Weise menschlich erscheinen.

Hatten sie die durch die Gänge und Räume hallenden Schreie des Bordgehirns berührt? Hatten das tagelange Wimmern und Klagen, die schluchzend hervorgebrachten Appelle an ihr Mitgefühl den Zorn in ihr mildern können? Nein!

Das Diskusschiff – das wusste Trilith jetzt mit Sicherheit – war weit mehr als nur ein unbelebtes Konglomerat aus Stahl und technischen Bauteilen. Es besaß ein eigenes Bewusstsein und somit die Fähigkeit, seine Handlungen nach ethischen Prinzipien zu bewerten. Es war die GAHENTEPE gewesen, die Lalia Bir getötet und sie, Trilith Okt, verstümmelt hatte. Dafür gab es keine Entschuldigung, höchstens Vergebung, und letztere war Trilith nicht bereit gewesen zu gewähren.

Vergebung ist die letzte Hoffnung des Verlierers, hörte sie die Stimme ihres einstigen Lehrers Romeus Abrom sagen. *Vergeltung dagegen ist das erste Recht des Siegers.*

Also hatte sie von ihrem Recht Gebrauch gemacht und den Willen des Diskusschiffes letztendlich gebrochen. Ihre Belohnung war eine Reihe von höchst aufschlussreichen Daten gewesen, die die GAHENTEPE preisgab, und die sie ihrem Ziel, der Klärung der eigenen Herkunft, ein gutes Stück näher brachten.

Kurz darauf hatte sich ihr Weg erneut mit dem des Lordadmirals gekreuzt, und zu ihrer nicht geringen Überraschung musste sie erkennen, dass sich auch der USO-Chef auf der Spur der Illochim befand. Mehr noch: Atlan war im Besitz zweier Gatusain, und einer davon hatte offenbar einst einem Navigator gehört!

Trilith wartete geduldig und beobachtete die Entwicklungen auf Orgoch aus sicherer Entfernung. Überrascht nahm sie zur Kenntnis, dass sich der Arkonide einem der beiden Sarkophage anvertraut hatte – anscheinend ohne sich der entsprechenden Folgen bewusst zu sein. Die Frau konnte ihr Glück kaum fassen. Die Gedankenlosigkeit des Lordadmirals spielte ihr einen unerwarteten Trumpf in die Hände, den sie in der Folge ohne zu zögern einsetzte.

Atlan und seinen Begleitern blieben keine Alternative. Die Abhängigkeit von seinem Gatusain würde den Unsterblichen früher oder später umbringen, und ihr Angebot war eindeutig gewesen: Das Leben des Arkoniden gegen die Sarkophage!

Trilith leerte den immer noch halb vollen Becher in einem Zug und stellte ihn auf den Tisch. Dann erhob sie sich, durchquerte die Zentrale, ohne auf die dort auf sie einströmenden Düfte zu achten, und machte sich auf den Weg in die Krankenstation.

»Beruhige dich«, sagte Trilith Okt. Sie hob beschwichtigend beide Arme, ging zu einem Schrank an der meinem Lager gegenüberliegenden Wand und schlug mit der rechten Faust auf eine Stelle an dessen Frontseite, die sich in nichts von allen anderen Stellen unterschied. Eine Schublade öffnete sich und fuhr automatisch heraus. Trilith griff hinein, holte meinen Zellaktivator hervor und legte mir das Gerät um.

»Es tut mir leid, wenn ich dir einen Schrecken eingejagt habe«, sprach sie weiter, »aber ich wollte kein Risiko eingehen. Die Technik der GAHENTEPE und die Impulse von Zellaktivatoren vertragen sich nicht immer. Frage mich nicht warum. Es ist einfach so.«

Sie sah mich dabei nicht direkt an, sondern kontrollierte einmal mehr die Anzeigen der Messbatterie über mir. Ihr Mund leuchtete dabei in einem für meine Augen geradezu schmerzhaften Rot, und ich hatte den Eindruck, dass hinter den Worten meiner Gastgeberin weit mehr steckte, als ich ahnte.

Ich horchte in meinen Körper hinein. Zum ersten Mal seit Beginn meiner *Entwöhnung* war ich halbwegs schmerzfrei. Dennoch erforderte jede noch so geringe Bewegung gewaltige Anstrengungen. Trilith strich mit dem Finger über eine Sensorfläche. Ein Prallfeld bildete sich in meinem Nacken und hob meinen Kopf behutsam an.

»Trink«, befahl sie knapp und steckte mir einen dünnen Plastikschlauch zwischen die Lippen. Sofort begann ich gierig daran zu saugen. Die herrlich kühle und leicht süßlich schmeckende Flüssigkeit kam mir vor wie der Nektar der antiken griechischen Götter.

»Das Schlimmste hast du hinter dir«, sagte Trilith. »Allerdings wird es noch ein paar Tage dauern, bis du endgültig wieder auf den Beinen bist.«

Ich nickte nur und saugte so lange weiter, bis mir die Frau den Schlauch mit Gewalt entzog.

»Wie geht es dir?«, wollte sie wissen.

»Abgesehen von einigermaßen erträglichen Kopfschmerzen ganz gut«, antwortete ich wahrheitsgemäß.

»Du hast unverschämtes Glück gehabt, Lordadmiral.« Trilith trug einen eng anliegenden, schwarzen Hosenanzug, dessen Material an Leder erinnerte und ihre üppigen Formen überaus vorteilhaft zur Geltung brachte.

Kein Zweifel, wisperte der Extrasinn. *Dein Heilungsprozess schreitet mit Riesenschritten voran.*

Ich war zu müde, um auf den kümmerlichen Scherz des Logiksektors zu reagieren. Trilith Okt war gewiss eine auf ungewöhnliche Weise attraktive Vertreterin ihrer Art und strahlte eine ebenso fremdartige wie aufregende Sinnlichkeit aus, doch ich hatte mich nie zu ihr hingezogen gefühlt. Unter all der vordergründigen Verlockung und der herben Weiblichkeit lauerte noch etwas anderes, etwas, das alle meine Alarmglocken schrillen ließ und mich davor warnte, mich dieser rätselhaften Frau zu nähern.

Dass Trilith eine voll ausgebildete und äußerst fähige Kämpferin war, hatte ich bereits am eigenen Leib erfahren dürfen, aber das war es nicht, was mich zur Vorsicht gemahnte. Nach meiner Rückkehr aus dem Ephelegon-System hatte ich sämtliche Quellen angezapft, die der USO zur Verfügung standen. Ohne Erfolg. Trilith Okt war ebenso aus dem Nichts aufgetaucht wie ihr Raumschiff, die GAHENTEPE.

Nirgendwo gab es Hinweise, woher sie gekommen war oder welcher Werft der 40-Meter-Diskus entstammte. Und ausgerechnet dieses unbekannte Wesen besaß nun einen Zellaktivator und zählte damit zu einem höchst elitären Kreis von Persönlichkeiten, deren Vertreter in vielerlei Hinsicht beachtenswert waren.

Sie weiß über die Illochim Bescheid, gab der Extrasinn zu bedenken. *Außerdem besitzt die GAHENTEPE die nötigen Voraussetzungen, um die schädliche Wirkung eines Gatusains zu neutralisieren. Die Schlussfolgerung liegt auf der Hand.*

Zwischen Trilith, ihrem Raumschiff und den Illochim gibt es eine Verbindung, führte ich die Überlegungen des Logiksektors fort.

So ist es, stimmte dieser zu. *Wir wissen so gut wie nichts über dieses seltsame Volk. Selbst die spärlichen Fakten, die dir Waheijathiu geliefert hat, müssen nicht unbedingt der Wahrheit entsprechen. Der Navigator hat dich manipuliert und dir womöglich genau das erzählt, was du hören wolltest oder was am besten zu seinen Plänen passte.*

»Was kannst du mir über die Illochim sagen?«, fragte ich laut.

Trilith wich erneut meinem Blick aus. Ich konnte sehen, wie es hinter ihrer glatten Stirn arbeitete.

»Hör zu«, versuchte ich es noch einmal, nachdem sie auch nach einer Minute noch nicht geantwortet hatte. »Vielleicht können wir uns gegenseitig helfen. Dir muss klar sein, dass ich dir den Zellaktivator nicht mehr streitig machen werde, auch wenn ich immer noch der Ansicht bin, dass er dir nicht zusteht. Ebenso weißt du, dass ich zu meinem Wort stehe. Ich garantiere dir also hiermit, dass ich dir alles erzähle, was ich bislang über die Illochim in Erfahrung gebracht habe – vorausgesetzt du tust das Gleiche.«

Trilith strich sich langsam mit beiden Händen über die Haare am Hinterkopf. Dort verbarg sie ein zweites Augenpaar, das sie allerdings nur benutzte, wenn es sich nicht vermeiden ließ. Es ermöglichte ihr praktisch eine Rundumsicht, was insbesondere in Kampfsituationen ein nicht zu unterschätzender Vorteil war.

»Die Gatusain und die GAHENTEPE entstammen der selben Technik«, begann sie dann übergangslos und sprach zunächst nur das aus, was ich bereits geargwöhnt hatte. »Ich bin inzwischen davon überzeugt, dass auch ich meine Existenz den Illochim zu verdanken habe. Im letzten halben Jahr habe ich nach den Spuren dieser mysteriösen Wesen gesucht. Viel Erfolg hatte ich nicht dabei. Du kannst dir meine Überraschung sicher vorstellen, als ich die Information erhielt, dass ausgerechnet du im Besitz zweier Illochim-Artefakte bist.«

»Ich vermute, es hat keinen Sinn nach der Quelle dieser Information zu fragen«, warf ich ein.

»Ebenso wie du erfahre ich gewöhnlich alles, was ich wissen muss«, erwiderte Trilith. »Allerdings steht mir dafür kein galaxisweit arbeitender Geheimdienst zur Verfügung.«

»Ich bevorzuge die Bezeichnung *unabhängige Polizeiorganisation*«, sagte ich.

»Ich nicht.«

»Wie auch immer«, kam ich auf unser eigentliches Thema zurück. »Es gibt deutliche Anzeichen dafür, dass sich die Illochim vor fast zehntausend Jahren auf Terra aufgehalten haben. Aus dieser Zeit stammen auch die beiden Sarkophage und die in ihnen gespeicherten Rudimentärbewusstseine. Was genau die Illochim auf der Erde wollten, ist unklar. Das Fehlen sämtlicher Hinweise auf weitere Aktivitäten dieses Volkes in der Milchstraße ist höchst ungewöhnlich und lässt befürchten, dass es die Galaxis entweder verlassen hat oder einer Katastrophe zum Opfer fiel.«

Trilith lachte und schüttelte dabei den Kopf. »Das ist typisch für dich und deine terranischen Freunde, Arkonide. Was nicht in den Datenbanken der USO gespeichert ist, das gibt es auch nicht.«

Sie hat recht, fuhr mir der Extrasinn in die Parade, *und du weißt es. Selbst Optimisten unter den Astronomen schätzen, dass wir aktuell höchstens zehn Prozent der Milchstraße erforscht haben. Sogar weitaus größere Sternenreiche als die der Terraner oder der Arkoniden könnten zwar existieren, aber womöglich noch für Jahrhunderte unentdeckt bleiben.*

Ich kenne die entsprechenden Hochrechnungen, widersprach ich. *Sie beziehen sich lediglich auf die optisch-energetische Erfassung im unmittelbaren Näherungsbereich von wenigen Parsec. Die Milchstraße ist kartographisch vollständig erschlossen und messtechnisch nach allen Regeln der Kunst durchleuchtet.*

»Na schön«, lenkte ich Trilith gegenüber ein. »Ich lasse mich gerne eines Besseren belehren. Was hat es deiner Meinung nach mit den Illochim auf sich?«

»Wir haben zwei ihrer Vertreter an Bord«, sagte die Psi-Kämpferin. »Warum fragen wir sie nicht?«

»Wie meinst du das?«, erkundigte ich mich erstaunt. »Ich werde mich ganz sicher nicht noch einmal in einen Gatusain legen, und ich vermute, du stehst für ein solches Vorhaben ebenfalls nicht zur Verfügung.«

Trilith lächelte süffisant und strich sich eine Strähne ihres langen schwarzen Haares aus der Stirn. »Du unterschätzt mich schon wieder, Lordadmiral. Ruh dich aus und komm zu Kräften. Wenn du wieder auf deinen eigenen Beinen stehen kannst, werden wir ein kleines Experiment veranstalten.«

Mit diesen Worten drehte sich Trilith um und verließ die Krankenstation. Das leise Zischen des sich schließenden Schotts hörte ich schon nicht mehr, da ich bereits tief und fest schlief.

Kapitel 3

6. Juni 3103
Atlan

Zwei Tage später führte mich Trilith von meinem Krankenlager in eines der in der Nähe der Zentrale gelegenen Quartiere, wo ich mich ausgiebig duschte und frische Kleidung anzog. Außer einem leichten Schwindelgefühl und einem Brennen in Knie- und Ellbogengelenken, verspürte ich keinerlei Nachwirkungen der Behandlung. Inwieweit meine Psyche bleibenden Schaden genommen hatte, vermochte ich im Moment noch nicht zu sagen.

Drei Beutel mit jenem grünlichgrauen Nährbrei, den ich bereits bei meinem ersten Besuch an Bord der GAHENTEPE kennen und schätzen gelernt hatte und der auch diesmal köstlich schmeckte, brachten die letzten Lebensgeister zurück. Ich hätte sogar noch ein oder zwei weitere Portionen essen können, doch meine Gastgeberin riet mir davon ab. Mein Magen, so Trilith, müsse sich erst wieder an normale Kost gewöhnen. Schließlich hatte ich fast eine volle Woche auf der Medostation verbracht und war dabei ausschließlich künstlich ernährt worden.

»Wäre es zuviel verlangt, Quinto-Center oder wenigstens einen USO-Außenposten anzufunken und meine Leute zu informieren, dass ich gesund und am Leben bin?«, fragte ich, als ich schließlich hinter Trilith neben der Steuerkonsole stand. Sie zog an mehreren der vor ihr baumelnden Schnüre, die allesamt in verschiedenfarbigen Quasten endeten. Sofort stieg mir ein scharfer Geruch nach verbranntem Maschinenöl und Essig in die Nase.

»Wozu?« Trilith wandte kurz den Kopf und sah mich an. »Ist deine *unabhängige Polizeiorganisation* so sehr von dir abhängig, dass sie nicht mal ein paar Tage ohne dich auskommt?«

»Keineswegs.« Ich blieb gelassen. »Und wie ist es bei dir? Ist deine Paranoia so ausgeprägt, dass schon ein kurzer Funkspruch genügt, um dich nervös zu machen?«

»Wir arbeiten zusammen, weil wir im Moment die gleichen Interessen verfolgen, Arkonide«, sagte Trilith scharf. »Das heißt aber nicht, dass ich dir vertraue. Du würdest es niemals eingestehen, aber wenn du die Möglichkeit hättest, würdest du mich auf der Stelle in Gewahrsam nehmen und in deinem geliebten Quinto-Center so lange weichkochen, bis ich dir meinen Aktivator freiwillig übergebe. Vielleicht bin ich paranoid, aber lieber das als tot.«

»Ich habe es dir schon einmal gesagt«, sagte ich. »Du kennst mich nicht annähernd so gut wie du glaubst. Aber ich respektiere dein Misstrauen, wenn du mir dafür verrätst, warum ich nach wie vor an Bord bin.«

»Du sprichst wie so oft in Rätseln«, entgegnete sie wenig überzeugend. »Du bist hier, weil ich dein Leben gerettet habe.«

»Ich bitte dich, Trilith«, rief ich und breitete theatralisch beide Arme aus. »Halte mich meinetwegen für ein intrigantes Ungeheuer, das die Milchstraße mit einer Terrororganisation namens USO im Würgegriff hält, aber halte mich nicht für dumm. Du hast deinen Teil unserer Abmachung längst erfüllt. Ich verspüre keinerlei Drang mehr, mich einem Gatusain anzuvertrauen. Ich bin geheilt. Du könntest mich also jederzeit auf irgendeinem unbedeutenden Planeten im Einflussbereich des Solaren Imperiums absetzen und dich mit den beiden Sarkophagen aus dem Staub machen. Aber du tust es nicht. Du brauchst mich! Wofür?«

Trilith hatte aufgehört, an den Schnüren zu zupfen. Sie atmete tief ein und wieder aus. »Erinnerst du dich an das Experiment, von dem ich gesprochen habe?«

»Ja.«

Es dauerte lange, bis Trilith weitersprach. »Ich glaube, es ist wichtig, dass du dabei anwesend bist. Ich weiß nicht warum, aber seit die beiden Gatusain an Bord sind, hat sich die GAHENTEPE ... verändert.«

»Inwiefern?«

»Ich wünschte, ich könnte es in Worte fassen.« Ihr Bedauern klang ehrlich. »Es ist mehr eine Ahnung. Du kennst einen Großteil meines wechselhaften Lebensweges. Die GAHENTEPE war von Beginn an ein Instrument jener, die mich erschaffen haben. Für sie war ich nur eine Gefangene, eine Befehlsempfängerin und ein Testobjekt. Nach unserer gemeinsamen Episode auf Rudyn habe ich dieses Verhältnis umgedreht. Frag mich nicht, auf welche Weise; es ist keine besonders schöne Geschichte, und wenn ich sie dir erzähle, wird deine Meinung von mir sich nicht zum Positiven wenden.

Das Schiff gehorcht mir, allerdings nicht aus freiem Willen, sondern weil es weiß, dass ich es *bestrafe*, wenn es nicht tut, was ich will. Und dir muss ich bestimmt nicht sagen, dass eine mit Gewalt erkaufte Loyalität höchst brüchig ist.«

Da ich mir nicht ganz sicher war, ob Trilith die letzte Bemerkung als allgemeine Feststellung oder offene Spitze verstanden wissen wollte, schwieg ich.

»Seit die Sarkophage an Bord sind, verhält sich die GAHENTEPE jedenfalls ... eigenartig«, fuhr sie fort. »Sie hat sich zurückgezogen. Es ist wie schon gesagt schwer zu erklären, aber es kommt mir vor, als ob sie sich vor den Gatusain *fürchten* würde.«

»Wo sind die Sarkophage jetzt?«, fragte ich.

»Ich habe sie in zwei separaten und so gut es geht voneinander isolierten Lagerräumen untergebracht«, antwortete Trilith. »Erzähl mir von den beiden Bewusstseinen, die in den Gatusain stecken.«

»*Rudimentär*bewusstseine«, korrigierte ich. »Die Sarkophage dienten den Illochim gewissermaßen als Zwischenspeicher und Ablage für störende Gedanken, Gefühle und Erinnerungen aller Art. Sie unterstützten ihre Besitzer bei der Aufarbeitung und Lösung von Problemen, gaben Ratschläge und befreiten deren Verstand sozusagen von mentaler Schlacke.«

»Nicht unähnlich deinem Extrasinn«, bemerkte Trilith.

»Mit Abstrichen, ja«, gab ich zu. »Allerdings ist der Logiksektor ein Teil von mir und untrennbar mit meinem Bewusstsein verbunden. Die Gatusain dagegen waren mobile Psychotherapeuten und in der Lage, die Illochim von sämtlichen Sorgen und Ärgernissen zu erleichtern, indem sie deren Gedanken mehr oder minder *desinfizierten*. Alle Zweifel, alle Ängste, all die ungezählten kleinen Verstimmungen und Disharmonien, die das klare Denken behinderten und die Urteilsfähigkeit trübten, blieben im Sarkophag zurück.«

»Ich nenne so etwas Realitätsflucht.«

»Dann sind wir zumindest in diesem Punkt ausnahmsweise einmal einer Meinung«, sagte ich lächelnd. »Berücksichtige jedoch, dass wir nach wie vor fast nichts über die Illochim wissen. Ihre Vorstellungswelt, ihre Gesellschaftsordnung, ihr Wertesystem – das alles mag sich grundlegend von unserer eigenen Denkweise unterscheiden.

Aber zurück zum Thema: Mit der Zeit sammelte sich in den Gatusain immer mehr geistiger Müll an, eben all das, was die Illochim glaubten, nicht brauchen zu können. Im Fall jener beiden Objekte, die aus unbekannten Gründen auf Terra zurückblieben, addierten sich die gespeicherten Gedankensplitter irgendwann zu einer kritischen Masse und bildeten eine eigene Identität aus.

Ob so etwas bei den Illochim die Regel war oder ob sie ihre Sarkophage in gewissen Abständen von ihrer mentalen Last befreiten beziehungsweise gegen neue austauschten, kann ich nicht beurteilen. Ich halte es allerdings für unwahrscheinlich, dass die Entstehung von unabhängigen Pseudobewusstseinen gewünscht war. Womöglich wurden die zwei Illochim auf der Erde von ihren Artgenossen getrennt und hatten keine Möglichkeit mehr, den Planeten zu verlassen.«

»Deshalb mussten sie ihre Gatusain immer und immer wieder benutzen«, führte Trilith meine Ausführungen fort. »Mit den bekannten Folgen.«

»Genau«, nahm ich den Faden wieder auf. »Der kleinere der beiden Sarkophage gehörte einem Illochim namens Gasuijamuo, der größere einem gewissen Waheijathiu, der sich selbst als Navigator bezeichnete und offenbar rangmäßig über Gasuijamuo stand. Die beiden waren sich in inniger Feindschaft zugetan, und daran hat sich auch nach ein paar Jahrtausenden nichts geändert.«

»Du konntest mit Waheijathiu kommunizieren?«

»Ja. Die Rudimentärbewusstseine lagen in einer Art Winterschlaf und erwachten nach eigener Aussage durch so genannte *Aktivimpulse*, die die Gatusain bei ihren jeweiligen Benutzern freisetzten. Viel hat mir der Navigator allerdings nicht erzählt. Er war schon damals auf Terra hinter Gasuijamuo her, hat ihn wohl aber nicht erwischt.«

»Ob Waheijathiu und Gasuijamuo, ich meine, die beiden Original-Illochim, noch leben?«, fragte Trilith.

»Ich bezweifle es«, antwortete ich. »Das alles ist fast zehntausend Jahre her – und das Glück, an einen Zellaktivator zu kommen, wird nicht jedem zuteil. Willst du mir jetzt verraten, woher du von den Gatusain weißt?«

»Aus den Speichern der GAHENTEPE.« Trilith wandte sich wieder ihrer Steuerkonsole zu. »Wie ich schon sagte, ist mein Schiff ein Produkt der Illochim. Es existieren Bilder und Fragmente technischer Zeichnungen, die die Sarkophage zeigen. Leider gibt es keinerlei Aufzeichnungen über die Illochim selbst.«

»Na gut«, gab ich mich vorerst damit zufrieden. »Was also tun wir jetzt?«

»Ganz einfach«, sagte Trilith. »Wir bringen die beiden Streithähne zusammen ...«

Es war ein seltsames Gefühl, als ich den kleinen Lagerraum betrat. Dort, zwischen zwei zur Seite geschobenen Regalen, ruhte der Gatusain, in dem ich eine nicht geringe Zahl von Stunden verbracht hatte, auf einem stabilisierenden Prallfeld.

Das drei Meter lange und knapp einen Meter breite Objekt erinnerte auf den ersten Blick an eine riesige Austernmuschel aus hellgrauem Kristall. Die Oberfläche war mit zahlreichen Symbolen übersät, von denen keines dem anderen glich. Die Experten an Bord der AVIGNON hatten sich redlich bemüht, die geheimnisvollen Zeichen zu entziffern, doch selbst die auf solche Aufgaben speziell programmierten Positroniken waren an den Gatusain gescheitert.

Trilith sagte kein Wort, als ich an den Sarkophag herantrat und das schwach schimmernde Material mit der Hand berührte. Nichts geschah.

Was hast du erwartet?, wisperte der Extrasinn. *Wenn du nicht erneut so leichtsinnig bist und dich in die Muschel hinein legst, droht dir keine Gefahr.*

Ich kann mich nicht daran erinnern, dass du besonders nachdrücklich protestiert hast, als ich den Gatusain zum ersten Mal benutzt habe, gab ich mental zurück.

Was hätte das genützt? Doktor Drays hatte alle bestehenden Bedenken bereits vorgebracht. Wenn du selbst auf die Warnungen einer schönen Frau nicht mehr hörst, welche Chance hätte ich *dann gehabt?*

»Spürst du etwas?« Trilith riss mich aus dem kurzen Dialog mit dem Logiksektor.

Ich schüttelte den Kopf.

»In Ordnung«, sagte sie. »Machen wir das Ganze ein wenig interessanter.«

Mit zwei Schritten erreichte sie eine der Seitenwände und schlug dort mit der Faust auf einen unsichtbaren Kontakt. Mit leisem Zischen schob sich die gesamte Wand nach oben und gab den Blick in einen weiteren Lagerraum frei. In diesem hatte Trilith den anderen, geringfügig kleineren Gatusain untergebracht. Die beiden Sarkophage waren nur wenige Meter voneinander entfernt.

Ich wollte etwas sagen, doch bevor ich auch nur zum Sprechen ansetzen konnte, zuckte ein mörderischer Schmerz durch meinen Schädel und eine Woge aus purem Hass drohte mich zu überwältigen. Ich verspürte mit einem Mal den unbändigen Drang, loszulaufen und alles kurz und klein zu schlagen, was sich mir in den Weg stellte.

Reiß dich zusammen!

Der scharfe Impuls des Extrasinns machte mir bewusst, dass ich den auf mich einstürzenden Emotionen keineswegs hilflos ausgeliefert war. Ich richtete meine gesamte Aufmerksamkeit auf einen imaginären Punkt an der mir gegenüberliegenden Wand und atmete tief durch den Mund ein und durch die Nase wieder aus. Die durch Tausende von Dagor-Übungen erlernte Fähigkeit, die Gedanken für kurze Zeit auf ein einziges Ziel zu fokussieren, und meine Mentalstabilisierung taten das Übrige. Die Kopfschmerzen ließen nach und das Bedürfnis, mich abzureagieren, verwandelte sich in ein einigermaßen beherrschbares Verlangen im Hintergrund meines Verstandes.

Ich hatte all das schon einmal – wenn auch in abgeschwächter Form und nicht annähernd so intensiv wie gerade eben – auf Orgoch erlebt. Dort war ich einer Eingebung gefolgt und hatte die Gatusain an Bord der ESHNAPUR zusammengebracht. Alle Anwesenden hatten damals die von den Sarkophagen ausgehenden Hassgefühle empfunden; ich in besonderem Maße.

»Faszinierend«, hörte ich Trilith sagen. »Deine Affinität zu den Gatusain ist nach wie vor vorhanden. Hast du direkten Kontakt zu den Rudimentärbewusstseinen?«

»Wenn du mich schon als Versuchskaninchen missbrauchst«, fuhr ich sie wütend an, »dann gib mir wenigstens ein paar Sekunden, um wieder zu Atem zu kommen. Ich bin ...«

Ein leises Wimmern ließ mich verstummen. Im ersten Augenblick glaubte ich, dass es Trilith war, die die Klagelaute ausstieß, dass sie ebenfalls, wenn auch verzögert, auf die Hassstrahlung der Sarkophage reagierte. Doch als ich in das verblüffte Gesicht der Frau blickte, war mir sofort klar, dass ich mich irrte.

»GAHENTEPE?«

Mit einem zweiten Faustschlag ließ Trilith die Zwischenwand wieder zufahren. Sofort brach das Klagen des Bordrechners ab und auch ich spürte, wie sich der Druck auf meinen Geist jäh verflüchtigte.

»GAHENTEPE?«, fragte Trilith noch einmal. »Was ist los?«

»Warum tust du das?« Die Stimme des Diskusraumers klang blechern und erinnerte mich an einen alten arkonidischen Kampfroboter mit defektem Sprachmodul.

»Warum tust du mir weh? Ich habe nichts falsch gemacht.«

»Ich wusste es!« Triliths Mund verzog sich zu einem triumphierenden Grinsen. »Ebenso wie du, Lordadmiral, reagiert auch die GAHENTEPE auf die Gatusain. Ich werde die beiden Sarkophage sofort in die *Gruft* bringen.«

»In die ... was?«, fragte ich. Ich glaubte, mich verhört zu haben.

»In die Gruft«, wiederholte Trilith. »Zumindest nenne ich diesen Bereich des Schiffes so. Dort konzentriert sich die biologische Komponente der GAHENTEPE. Es ist schwer zu erklären ...«

»... wie so vieles, wenn es um dich oder diesen Raumer geht, nicht wahr?«, unterbrach ich sie.

»Willst du behaupten, dass ich dich anlüge?«

»Diese Diskussion hatten wir schon einmal«, seufzte ich. »Vielleicht lügst du mich nicht an, aber du erzählst mir nicht alles, was du weißt.«

»Welchen Vorteil bringt es dir, wenn ich dir sage, dass ein Teil des Bordgehirns aus organischem Material besteht?« Trilith hatte die Arme vor der Brust verschränkt. »Die GAHENTEPE besitzt eine subjektive Persönlichkeit und kann eigenverantwortlich handeln. Die Gruft ist ein Bezirk von nicht klar zu definierender Dimension in Zentrumsnähe des Diskuskörpers, an dem die *Präsenz* des Schiffes besonders ausgeprägt ist. Wenn die GAHENTEPE einen humanoiden Körper hätte, wäre die Gruft gewissermaßen das Herz – oder, um genau zu sein, das Gehirn.«

»Und warum willst du die Sarkophage ausgerechnet dorthin bringen?«

»Weil dort die von mir vermutete und gerade eben bewiesene Wechselwirkung zwischen den Rudimentärbewusstseinen und dem Bordgehirn am stärksten sein müsste.«

Das ist zwingend logisch, wisperte der Extrasinn.

»Was versprichst du dir davon?«, fragte ich.

»Erkenntnisse«, sagte Trilith trocken. »Komm mit. Unsere persönliche Anwesenheit in der Gruft ist nicht erforderlich. Wir werden alles über den Nebelschirm in der Zentrale beobachten.«

Ohne darauf zu achten ob ich ihr folgte, eilte Trilith aus dem Lagerraum.

Von der Gruft selbst war so gut wie nichts zu sehen. Der Raum, wenn es denn einer war, lag in milchigem Zwielicht und seine Grenzen waren auf dem Bildschirm nur schemenhaft zu erkennen. Ich hatte mir einen Becher Hanjak besorgt und es mir so gut es eben ging auf einem der willkürlich in der Zentrale verteilten Aggregatblöcke bequem gemacht.

Die für menschliche Verhältnisse keiner auch nur halbwegs durchschaubaren Systematik folgende Architektur der GAHENTEPE brachte mich einmal mehr ins Grübeln. Wie mochten Wesen aussehen, die ein solches Schiff bauten?

Der größere der beiden Gatusain, der das Rudimentärbewusstsein des Navigators Waheijathiu beherbergte, glitt als erster in die Gruft hinein. Sekunden später folgte der Sarkophag des Illochims Gasuijamuo. Ich selbst spürte dieses Mal nichts, was wohl an der Entfernung zu den beiden Austernmuscheln lag. Dafür fiel die Reaktion der GAHENTEPE um so heftiger aus.

Ich musste unwillkürlich an den Juli des Jahres 2114 und den damaligen Einsatz auf der Hundertsonnenwelt der Posbis denken. Dort hatte das Zentralplasma, also die biologische Komponente der auf dem Planeten installierten Hyperinpotronik, während des Angriffs der Laurins ein herzzerreißendes Wehklagen angestimmt. Ähnlich anrührend füllte nun auch die

Stimme des Diskusraumers die Zentrale. Das lang gezogene Schluchzen steigerte sich zu einem regelrechten Geschrei, so als empfände das Bordgehirn große Schmerzen.

»Warum tust du mir weh?«, wiederholte der Bordrechner dabei das, was er schon während der ersten Phase des Experiments im Lagerraum gesagt hatte.

»Ich habe nichts falsch gemacht! Bitte tu mir nicht mehr weh!«

»Ist das notwendig?«, erkundigte ich mich ärgerlich. »Warum quälst du die GAHENTEPE?«

»Meinst du diese Frage wirklich ernst?« Trilith sah mich prüfend an.

»Dieses Schiff hat mich jahrelang gequält. Du weißt, was damals auf Fauron passiert ist. Für Mitleid besteht also kein Grund.«

»Für Mitleid braucht es auch keinen Grund«, erwiderte ich. »Es ist einfach, jemanden für etwas zu verurteilen und gleiches mit gleichem zu vergelten. Hast du die GAHENTEPE nach den Motiven für ihr Handeln gefragt?«

»Das war nicht nötig.«

»Warum?«

»Weil mich ihre Motive nicht interessieren.« Trilith wandte ihre Aufmerksamkeit wieder dem Nebelschirm zu.

»Dann musst du noch sehr viel lernen«, sagte ich leise.

Sie fuhr auf dem Absatz herum, und für einen Moment glaubte ich, sie würde mich angreifen. Ihre Lippen hatten sich tiefschwarz verfärbt und die Nasenflügel bebten. Ich wich weder zurück, noch dem Blick Triliths aus. Tief in meinem Herzen wünschte ich mir sogar, dass sie die Beherrschung verlieren und auf mich losgehen würde, doch dann entspannten sich ihre Züge wieder.

»Nein, Arkonide. *Du* musst noch sehr viel lernen, und dazu gehört unter anderem zu akzeptieren, dass wir beide grundverschieden sind. Vielleicht bin ich in zehn- oder zwanzigtausend Jahren genau so scheinheilig und berechnend wie du. Vielleicht verwechsle ich dann auch Moral mit Heuchelei. Aber bis dahin kannst du deine guten Ratschläge für dich behalten. Die GAHENTEPE ist *mein* Schiff, und ich verfahre mit ihr, wie es mir beliebt.«

Lass es sein, wisperte der Extrasinn. *So lange sie nicht weiß, wer sie ist und vor allem,* warum *sie ist, wirst du nicht zu ihr durchdringen.*

Das Jammern des Bordgehirns hatte sich zu einem leisen, aber stetigen Stöhnen abgeschwächt. Ich fragte mich, wie lange Trilith Okt ihr grausames Spiel noch treiben wollte. Es war längst offensichtlich, dass die von den Gatusain ausgehenden Hassimpulse der biologischen Komponente des Schiffes massiv zusetzten, ja sogar noch von ihr verstärkt wurden. Das erschien mir insofern einleuchtend, als dass GAHENTEPE und Sarkophage derselben Technik entstammten.

Allerdings dürfte die GAHENTEPE um einiges jünger sein, gab der Logiksektor zu bedenken. *Die Gatusain sind fast zehntausend Jahre alt. Der Diskusraumer macht dagegen nicht den Eindruck, als läge seine Fertigung länger als ein paar Jahrhunderte zurück. Möglicherweise fördert diese zeitliche Diskrepanz das Ausmaß der Reaktion zusätzlich.*

Das alles beweist aber auch, dass die Illochim nach wie vor in der Milchstraße aktiv sein müssen,. Wenn Trilith ein Produkt dieser Unbekannten ist und von ihnen mit hohem Aufwand für einen ganz bestimmten Zweck ausgebildet und trainiert wurde, ist es um so wichtiger, dass wir herausfinden, welcher Zweck das ist.

Ich gebe dir recht, stimmte mir der Extrasinn zu. *Die Illochim sind ein neuer Faktor im komplizierten und äußerst instabilen Machtgefüge der Galaxis. Je mehr wir über sie und ihre eventuellen Pläne erfahren, desto besser. Insofern rate ich dir, den Kontakt mit Trilith nach Möglichkeit nicht abreißen zu lassen. Sie ist zurzeit die einzige Verbindung, die du zu den Fremden hast.*

»Dein Name ist Trilith Okt! Warum bist du hier?«

Trilith und ich sahen uns überrascht an. Es war die GAHENTEPE gewesen, die gesprochen hatte, doch ihre Frage ergab keinen Sinn. Auch ihr in den vergangenen Minuten ununterbrochenes Klagen war schlagartig verstummt.

»Antworte!«, forderte das Bordgehirn. »Wie kommst du in den Besitz eines Raumschiffs der Illochim?«

»Die Gatusain«, entfuhr es mir. »Das muss eines der Rudimentärbewusstseine sein. Es kommuniziert über die GAHENTEPE.«

»Ich bin Waheijathiu«, sagte die Stimme des Diskusraumers. »Du bist Atlan. Unsere Verbindung wurde zerstört.«

»So könnte man es nennen, ja«, gab ich grimmig zurück. »Und bevor du fragst: Ich verspüre keinerlei Bedürfnis, sie zu erneuern.«

»Das wird auch nicht nötig sein«, verkündete Waheijathiu. »Die Situation hat sich grundlegend verändert. Die Prioritäten haben sich verschoben.«

Trilith entwickelte plötzlich hektische Aktivität und zog in schneller Folge an einigen Quastenschnüren. Sofort breitete sich ein bizarres Durcheinander von Düften aus. Der Bordrechner respektive Waheijathiu produzierte etwas, das sich wie ein spöttisches Kichern anhörte.

»Nein«, sagte er dann. »Deine Befürchtungen sind unbegründet, Trilith Okt. Zu meinem Bedauern sind weder ich noch Gasuijamuo in der Lage, das Schiff, das du GAHENTEPE nennst, zu kontrollieren. Andernfalls hätte wohl kaum die Notwendigkeit zur Kontaktaufnahme bestanden.«

»Gasuijamuo ist mit dir ... da drin?«, fragte ich und machte eine vage Geste, die den gesamten Diskusraumer umfassen sollte. »Ihr scheint euch auf einmal prächtig zu verstehen.«

»Du irrst, Atlan«, entgegnete das Rudimentärbewusstsein des Navigators. »Wie so häufig in den letzten Tagen. Angesichts der neu gewonnenen Erkenntnisse erschien mir eine vorübergehende Allianz mit Gasuijamuo die beste Lösung zu sein.«

»Neue Erkenntnisse?«, wiederholte Trilith.

»So ist es«, bestätigte Waheijathiu. »In den Speichern dieses Raumschiffs ruhen gewaltige Datenmengen, darunter auch die

Koordinaten eines Planeten namens Shahimboba. Es ist eine Welt der Illochim. Es ist zudem jene Welt, auf der die GAHENTEPE einst ... erbaut wurde.«

Weder mir noch Trilith war das kurze Zögern des Navigators entgangen. Zu deuten wusste ich es nicht und ich bezweifelte, dass es der Psi-Kämpferin anders erging.

»Was mich zurück zu meiner Frage bringt«, fuhr Waheijathiu fort. »Du bist keine Illochim, Trilith Okt. Wie bist du an dieses Schiff gekommen?«

»Ich wüsste nicht, was dich das angeht«, antwortete sie. »Im übrigen solltest du auf deinen Ton achten, den du hier anschlägst. Andernfalls finden sich du und dein Kumpel sehr schnell im freien Raum wieder.«

Ich musste unwillkürlich grinsen. Es gefiel mir, wie Trilith mit dem Navigator umsprang.

»Wir können uns gegenseitig helfen«, sagte Waheijathiu.

»Können wir das?«, fragte Trilith skeptisch.

»Aber ja. Ich kenne die Koordinaten einer Welt der Illochim. Du hast ein Raumschiff und bist offenbar daran interessiert, mehr über dieses Volk herauszufinden. Somit haben wir beide etwas, das der andere will. Bring mich und Gasuijamuo nach Shahimboba. Die GAHENTEPE verfügt über alle notwendigen Sicherheitskodes, um ungehindert auf dem Planeten landen zu können und ich habe vollständigen Zugriff auf die entsprechenden Speicher.«

»Es leben also Illochim auf Shahimboba?«, vergewisserte sich Trilith. Man musste kein Prophet sein, um zu erkennen, dass sie längst angebissen hatte.

»Natürlich«, erwiderte das Rudimentärbewusstsein. »Mehrere tausend.«

»Warum erzählst du uns nicht von ihnen?«, mischte ich mich ein. »Du bist selbst ein Illochim, also wirst du doch wohl etwas über dein Volk wissen. Woher kommt ihr? Wie heißt eure Heimatwelt und wo liegt sie? Was habt ihr vor sechstausend Jahren auf der Erde gemacht? Wie seht ihr aus?«

»Du vergisst, dass in Gasuijamuo und mir lediglich die abgelegten Assoziationen und Gedanken unserer ursprünglichen Besitzer schlummern«, wiegelte Waheijathiu ab. »Wir sind …«

»… Lügner«, sagte ich laut. Das Wort schoss regelrecht in die Zentrale hinein.

»Willst du mir ernsthaft einreden, dass du keinerlei Erinnerungen an so elementare Dinge wie Herkunft und Aussehen deines Volkes besitzt? Dass du nicht weißt, warum du beziehungsweise der echte Waheijathiu auf Terra warst, warum du Gasuijamuo nichts als Hass und Verachtung entgegenbringst und ihn seit Ewigkeiten verfolgst? Egal wie *rudimentär* deine Erinnerungen auch sind – solche grundlegenden Informationen gehören definitiv dazu!«

»Das mag sein, Atlan«, ließ sich der Navigator nicht beirren, »doch diese Informationen sind fast zehntausend deiner Jahre alt. Du entstammst selbst einem sehr alten und stolzen Volk. Du weißt, dass die Zeit nicht nur dein mächtigster Verbündeter, sondern auch dein ärgster Feind sein kann. Wenn du wirklich etwas über die Illochim erfahren willst, dann komm mit nach Shahimboba.«

»Wer sagt mir, dass das ganze nicht eine Falle ist? Wer sagt mir, dass du Trilith und mich nicht den Illochim übergibst, sobald wir unser Ziel erreicht haben?«

»Dieses Risiko wirst du eingehen müssen«, erwiderte der Navigator.

»Trilith«, wandte ich mich an meine Begleiterin. »Tu mir den Gefallen, und denke einen Moment lang nach. Lass mich Kontakt mit meinen Leuten aufnehmen und in ein paar Stunden stehen uns ein halbes Dutzend schwer bewaffneter USO-Kreuzer zur Verfügung. Ich gebe dir mein persönliches Ehrenwort, dass du nichts zu befürchten hast. Alles, was wir auf Shahimboba in Erfahrung bringen, steht dir ohne Einschränkung zur Verfügung.«

»Das ist nicht annehmbar«, protestierte Waheijathiu.

»Willst du etwa mit einer Flotte über dem Planeten auftauchen?«, entrüstete sich auch Trilith.

»Natürlich nicht«, sagte ich. »Aber hältst du es nicht für sinnvoll, dass wir uns ein Hintertürchen offen halten? Gerade du solltest allen Grund zur Vorsicht haben, wenn es um die Illochim geht.«

Trilith legte den Kopf schief und sah mich prüfend an. Dann verzogen sich ihre hellblauen Lippen zu einem zynischen Lächeln.

»Möchtest du, dass ich dich irgendwo absetze, bevor ich mit der GAHENTEPE nach Shahimboba fliege?«, fragte sie.

Ich seufzte hörbar. Sie hatte sich längst entschieden. Und natürlich wusste sie genau, dass ich mir die Chance, die Illochim persönlich kennenzulernen, um keinen Preis entgehen lassen würde.

»Ich hoffe sehr«, sagte ich ernst, »dass du deinen Entschluss nicht schon bald bereuen musst.«

Kapitel 4

22. März 2867
Adrian Deubtar

Die blaugrüne Kugel Terras schwebte gestochen scharf und dreidimensional im Zentrum der Bilderfassung. Wenn man genau hinsah, konnte man sogar die kaum merkliche Rotation des Planeten erkennen.

Über dem europäischen Kontinent hatte sich eine mächtige Wolkenformation gebildet, deren Ausläufer sich bis tief in den Kaukasus und ein gutes Stück nach Asien hinein erstreckten. Vermutlich hatte NATHAN, der lunare Großrechner der Menschheit, der unter anderem auch die Satelliten der Wetterkontrolle koordinierte, für den Nachmittag eine breite Regenfront vorgesehen. Die imaginäre Kamera bewegte sich nach links und die Erde driftete langsam zur Seite, bis die faustgroße Scheibe Sols sichtbar wurde. Das Zentralgestirn glühte in mattem Orange, ein Effekt der positronischen Filter, der die Beobachter in der Zentrale der EX-856 vor den negativen Folgen der Sonnenstrahlung schützen sollte. War es schon auf Terra – und somit von der viele hundert Kilometer dicken Erdatmosphäre geschützt – gefährlich, direkt in die Sonne zu schauen, so galt das für den freien Raum um so mehr.

Die Katastrophe begann unmerklich, beschleunigte ihren Verlauf dann aber rasant. Zunächst änderte sich nur die Farbe der Sonnenscheibe, sie wurde um einige Nuancen dunkler. Ein argloser Zuschauer mochte den Eindruck gewinnen, dass es sich dabei lediglich um eine Verzögerung in der automatischen Anpassung der optischen Sensoren handelte, doch Kommandant Adrian Deubtar wusste es besser.

Von einem Augenblick auf den anderen verdoppelte Sol ihre Größe. Es sah aus, als würde sie auf den Betrachter zuspringen. Nach zehn Sekunden hatte sie bereits das fünfzigfache ihres ursprünglichen Durchmessers erreicht, weitere dreißig Sekunden später überschritt die Ausdehnung vierhundert Sonnenradien. Der inzwischen in düsterem Rot strahlende Ball nahm jetzt fast die gesamte Fläche des Zentralschirms ein.

»Leuchtkraft liegt bei 2300 L«, meldete Gonzalo Pavaree, Zweiter Wissenschaftsoffizier und an der Akademia Terrania graduierter Astrophysiker. »Venus und Merkur existieren nicht mehr. Masseverlust durch Sonnenwind: 38 Prozent und damit geringfügig über den Prognosen. Oberflächentemperatur 2500 Calvin.«

»Die Bahnverschiebung Terras beträgt 124 Bogensekunden«, gab Darko Loevej bekannt. Der schmächtige Ortungsoffizier mit der pechschwarzen Haarmähne klang überrascht. »Chilly hat recht. Es kommt tatsächlich zu einer orbitalen Verwerfung.«

»Natürlich habe ich recht«, rief Monique Morizur aus dem Hintergrund und fuhr sich zum wiederholten Mal an diesem Tag mit der rechten Hand über die spiegelblanke Glatze.

»Die Ausdehnung der äußeren Gasschichten ist so gewaltig, dass ihre Dichte exponentiell abnimmt. Der dadurch entstehende Partikelfluss erreicht Geschwindigkeiten von mehreren tausend Sekundenkilometern und bringt das Gravitationsfeld der Erde zum Vibrieren. Und wenn du mich noch einmal Chilly nennst, hast du vier Wochen Strafdienst im Observatorium!«

»Kommt du mich dort besuchen?«, fragte Darko.

»Das genügt, Mr. Loevej«, sagte Adrian Deubtar scharf. »Ich möchte Sie bitten, Ihre öffentlichen Auslassungen während der Zentralwache auf Dienstliches zu beschränken und sich ansonsten auf Ihre Aufgaben zu konzentrieren.«

»Verzeihen Sie, Sir«, erwiderte der Gescholtene. »Meine Schwäche für kahlköpfige Frauen ist mal wieder mit mir durchgegangen.«

Es fiel dem Kommandanten nicht leicht, aber er schaffte es, das Lächeln zu unterdrücken. Der Rest der Zentralbesatzung war weniger zurückhaltend. Selbst Monique verzog die vollen Lippen zu einem nachsichtigen Lächeln. Natürlich war ihr der Spitzname bekannt, mit dem sie die Besatzung des Explorers belegt hatte und der darauf anspielte, dass sie selbst bei moderaten Temperaturen schnell ins Frieren kam. Loevej war jedoch der einzige an Bord, der es wagte, ihn auch dann zu benutzen, wenn sie anwesend war.

»Wie lange noch?«, erkundigte sich Deubtar.

»T minus zwei Minuten und acht Sekunden«, meldete Elvia daHuck vom Pilotenpult. Ihr wissenschaftliches Spezialgebiet, auf dem sie zwei Doktortitel besaß, war die Theoretische Philosophie. Der Kommandant hatte schon oft darüber nachgedacht, was die zierliche Frau dazu bewogen hatte, ausgerechnet in die Explorerflotte einzutreten. Als Pilotin war sie zweifellos eine Kapazität erster Güte und während der gemeinsamen Nächte in seiner Kabine hatte sie ihm eine Reihe weiterer Qualitäten offenbart. Ihren akademischen Anspruch allerdings konnte die Arbeit auf einem Explorer seiner Meinung nach unmöglich befriedigen.

Wenn Adrian sie danach fragte, zuckte sie nur mit den Schultern und warf ihm irgendeinen klugen Spruch an den Kopf. »Die Philosophie soll uns helfen, die Welt zu verstehen, Ad«, sagte sie zum Beispiel. »Also muss man die Welt beobachten und seine Schlussfolgerungen ziehen. Und ist die Welt nicht überall?«

»Datenabgleich beendet«, riss ihn Monique Morizur wieder in die Wirklichkeit zurück. »Wir haben schon jetzt eine Übereinstimmung von über 80 Prozent.«

»Wir warten trotzdem bis zum Ende der Simulation.«

»Selbstverständlich, Sir.«

Adrian Deubtar legte beide Hände auf die breite Lehne des Kontursessels, hinter dem er stand, und richtete seine Aufmerksamkeit wieder auf den Hauptbildschirm. Die Erde war längst zu einem leblosen Klumpen kochender Lava geworden und die

Sonne hatte ihre Grenzen bis über die Umlaufbahn des Mars hinaus erweitert. Das Solsystem existierte praktisch nicht mehr; war zu einer riesigen Wolke interstellaren Gases geworden, in deren Zentrum ein sterbender Stern seine letzten Wasserstoffvorräte verfeuerte. Immerhin: Bis es in der Realität so weit war, würden noch rund zwölf Milliarden Jahre vergehen und natürlich würde der Prozess nicht knapp acht Minuten wie die im Zeitraffer ablaufende Simulation, sondern in Wahrheit viele hundert Millionen Jahre dauern.

»Drei … zwei … und ... aus!« Elvia daHuck zählte die letzten Sekunden laut herunter. Das rote Leuchten machte dem üblichen, in der Zentrale herrschenden Halbdunkel Platz, als die Projektion erlosch und die Panoramagalerie wieder das umgebende Weltall zeigte.

»Sieht gut aus, Sir.« Monique Morizur klang aufgeregt, was höchst selten vorkam.

»Die Synchronisation ist statistisch valide und die Datenkongruenz liegt bei 97,81 Prozent. Das ist phantastisch!«

»Sehe ich genau so«, nickte Adrian. »Gute Arbeit, Leute. Monique, überspielen Sie alle Aufzeichnungen in die Hauptpositronik und legen Sie ein zusätzliches Backup in die Externspeicher. Elvia, bring uns bis auf ein halbes Lichtjahr an den größten der angemessenen Subcluster heran. Darko, ich will, dass Sie mich umgehend informieren, wenn sich da drüben etwas tut, egal was es ist. Noch Fragen?«

In schneller Folge trafen die Klarmeldungen ein. Adrian Deubtar ließ sich zufrieden vor seiner Kommandokonsole nieder und überflog routinemäßig die Logbucheinträge der Abteilungsleiter. Die EX-856 war ein umgebauter Schwerer Kreuzer der TERRA-Klasse. Ihre 200 Meter durchmessende Kugelzelle bestand aus doppelwandigem Terkonitstahl und war in fünfzehn Decks unterteilt. Die bei militärischen Einheiten dieser Größe gängige Transformkanone in der Polkuppel war entfernt und durch ein mit allen Schikanen ausgestattetes Observatorium ersetzt worden. Gleichzeitig hatte man sämtliche Jäger und

Zerstörer ausgelagert und den so gewonnenen Raum in zusätzliche Labors verwandelt.

362 Wissenschaftler mit insgesamt einundfünfzig unterschiedlichen Fachrichtungen, darunter so exotische Disziplinen wie Halbraummeteorologie, 5-D-Ethik, Astro-Pathologie oder Hypnosuggestiv-Didaktik, arbeiteten und forschten in zwölf Haupt- und dreiundzwanzig Nebenabteilungen. Hinzu kamen die achtzehn Angehörigen des Technischen Personals, die rund um die Uhr dafür sorgten, dass das Schiff so funktionierte wie es funktionieren sollte.

Ja, Adrian hatte allen Grund, stolz auf ihre kleine Gemeinschaft zu sein. Er befehligte die Männer und Frauen – in der Hauptsache Terraner – bewusst mit einer gewissen Freizügigkeit und ließ ihnen weit mehr Spielraum, als es die Dienstanweisungen vorgaben. Es waren die ihm oftmals stupide erschienene Disziplin und das einem unflexiblen Regelwerk folgende Leben an Bord eines Raumschiffs der Solaren Flotte gewesen, die ihn dazu veranlasst hatten, sich für das Explorerprojekt zu melden. Mit seinen zweiundvierzig Jahren gehörte er damals zu den jüngsten Bewerbern, denen man jemals das Kommando über einen Forschungskreuzer übertragen hatte.

Adrian störte es nicht, wenn man den Stiefeln seiner Mitarbeiter ansah, dass sie nicht täglich geputzt und blank poliert wurden oder wenn der oberste Knopf der Dienstkombination offen blieb. Er legte keinen gesteigerten Wert auf Äußerlichkeiten und akzeptierte es, wenn Darko Loevej ab und an ein paar Minuten zu spät zur Zentralwache erschien oder während der Nachtschicht ein kleines Nickerchen machte.

Das änderte sich allerdings schlagartig, wenn er bemerkte, dass man seine Großzügigkeit ausnutzte. Faulenzerei, Inkompetenz und die persönliche Vorteilnahme auf Kosten anderer tolerierte er auf keinen Fall, und wer glaubte, dass sein nachsichtiges Führungsverständnis auf Unentschlossenheit oder Willensschwäche zurückzuführen war, der bereute diese Einschätzung sehr schnell.

»So eine Konstellation habe ich noch nie gesehen, Sir«, hörte er Gonzalo Pavaree neben sich sagen. Der Astrophysiker hatte sein Messpult verlassen und war neben den Kommandanten getreten.

»Diese Ansammlung von Roten Riesen ist in der gesamten Milchstraße einmalig. Ich frage mich, wie sie entstanden ist.«

»Möglicherweise werden wir genau das herausfinden, Gonzalo«, lächelte Adrian. Die Tatsache, dass er sämtliche Besatzungsmitglieder mit Vornamen ansprach war eine weitere Besonderheit seines persönlichen Kommandostils. Im Gegenzug überließ er es seinen Untergebenen selbst, ob sie seinem Beispiel folgten, und auch bei ihm, Adrian, die persönliche Anrede bevorzugten. Unter der Mannschaft der EX-856 herrschte jedoch eine stillschweigende Übereinkunft, dieses Privileg nicht in Anspruch zu nehmen. Es war ihre Art zu zeigen, dass man seine Interpretation von Befehlsgewalt schätzte, seinen Status als Anführer aber gleichzeitig uneingeschränkt anerkannte.

»Jedenfalls steht fest, dass auch Sol eines Tages als Roter Riese enden wird«, fasste Pavaree das Ergebnis des soeben abgeschlossenen Versuchs zusammen. »Durch die gewonnenen Daten können wir unser Modell weiter verfeinern.«

Die EX-856 hatte den ungewöhnlichen Sonnencluster im zentrumsnahen Bereich des Scutum-Crux-Spiralarms bereits vor mehreren Wochen entdeckt. Der größte Subcluster umfasste 27 Sonnen innerhalb eines Gebiets von 800 Kubiklichtjahren; allesamt Rote Riesen, also Hauptreihensterne wie auch Sol einer war, die am Ende ihrer natürlichen Entwicklung angekommen waren.

Wie die Gruppierung entstanden war, blieb ein Rätsel. Es galt inzwischen als gesichert, dass die solare Genese, also jener Vorgang, den Adrian gerade am Beispiel des Solsystems im Zeitraffer auf dem Hauptschirm verfolgt hatte, simultan verlaufen war. Sämtliche Sterne des Clusters hatten praktisch gleichzeitig gezündet und die Entwicklung zum Roten Riesen begonnen. Die Spekulationen der Astronomen an Bord des Explorers reichten derzeit von einem bislang unbekannten Naturphänomen über die Superwaffe eines mysteriösen außergalaktischen Volkes bis hin zum reinen Zufall.

»Der Abstand zur definierten Clustergrenze beträgt jetzt zehn Lichtjahre.« Elvia klang ruhig und zuversichtlich wie immer. Sie hatte die EX in manueller Steuerung übernommen und die positronisch aufbereiteten Orterdaten auf die Panoramagalerie geschaltet. Acht der 27 Sonnen lagen im unmittelbaren Erfassungsbereich. Wenn eine von ihnen Planeten besessen hatte, dann waren diese längst im Glutorkan der einstigen Katastrophe vergangen – mit einer Ausnahme: Schon kurz nach der Ankunft in diesem Raumsektor hatten die Instrumente ein namenloses Sechs-Planeten-System ausgewiesen. Die äußere Welt lag nach den Angaben der Experten innerhalb der Biosphäre, hatte aber kein intelligentes Leben hervorgebracht. Adrian hatte die Katalogisierung und nähere Erforschung des Systems auf später verschoben und angeordnet, sich zunächst um die Erfassung der Sonnencluster zu kümmern.

»Beschleunige auf eine Million Licht«, meldete die Pilotin.

Knapp zwei Lichtjahre pro Minute, rechnete Adrian Deubtar in Gedanken um. In den Tiefen des Kreuzers fuhren die Fusionsmeiler für einige Minuten höhere Leistung, um den zusätzlichen Energiehunger des Kalupkonverters zu stillen. Trotz Schallisolierung und Vibrationsdämpfer fühlte der Kommandant das Erwachen seines Schiffes, spürte, wie es atmete und die Muskeln spielen ließ. Es war jedes Mal ein erhebender Augenblick.

Auf dem Hauptschirm stand der Zielstern als düsterrote Kugel, die beständig größer wurde. Die ihn umgebende Gashülle verlieh ihm eine strahlende Aureole, die immer wieder von nebelartigen Strukturen durchzogen wurde. Adrian wusste natürlich, dass es sich dabei um hocherhitztes Plasma handelte, gigantische Mengen von Protonen und Elektronen; dennoch mit bloßem Auge nicht zu sehen und von der Schiffspositronik anhand der Verformung des solaren Magnetfelds hochgerechnet.

In solchen Momenten erinnerte sich der Kommandant an die Worte seines alten Astronomieprofessors an der Universität, die dieser stets benutzt hatte, wenn er ein paar Aufnahmen aus den staatlichen Archiven oder den Datenbanken der Akademie zeigte:

Wenn es einen Gott gibt, dann war er auf jeden Fall dort draußen. Etwas so Vollkommenes, etwas, das unsere großartigsten Vorstellungen so mühelos übertrifft, wäre eines Gottes fraglos würdig.

Adrian war nie besonders gläubig gewesen, doch damals hatte er jedes Mal eine Gänsehaut bekommen. Später, als er die ersten Raumflüge absolvierte und die vielfältigen Wunder der Schöpfung mit eigenen Augen schauen durfte, war dieses Gefühl wieder zurückgekehrt, und wenn ihn das Universum eines gelehrt hatte, dann war es Demut.

»Träumst du?« Elvias leise Stimme ließ ihn zusammenzucken. Er hatte tatsächlich geträumt. Sie schenkte ihm ein flüchtiges Lächeln. Aus den Augenwinkeln bemerkte Adrian, wie sich Darko Loevej und Monique Morizur einen vielsagenden Blick zuwarfen. Der Kommandant hatte aus seinem Verhältnis zu Elvia niemals ein Geheimnis gemacht und benutzte deshalb auch im täglichen Umgang miteinander ganz selbstverständlich das vertrauliche Du. Andere Privilegien genoss die Pilotin allerdings nicht.

»Austritt aus dem Linerraum in drei … zwei … eins … jetzt!«

Der Schlag traf die die EX-856 wie aus heiterem Himmel. Der Hauptbildschirm flackerte, fiel aus und stabilisierte sich kurz darauf wieder. Im gleichen Moment erschütterten mehrere Detonationen das Innere des Raumschiffs.

»Was zur Hölle …», stieß Adrian Deubtar hervor. Weiter kam er nicht.

Ein Knall. Splitternder Kunststoff. Ein spitzer Schrei, der in einem erstickten Gurgeln endete.

»Chilly!«

Darko Loevej war aus seinem Sessel aufgesprungen und starrte mit vor Schreck geweiteten Augen zur Station der Chefwissenschaftlerin hinüber. Monique Morizur hing leblos in ihrem Sessel. Ihr Gesicht war blutüberströmt. Offenbar war der Bildschirm vor ihr explodiert und der Splitterregen hatte sie voll erwischt.

»Bleiben Sie auf Ihrem Posten, Darko! Ich brauche Sie!«

Die scharfe Ermahnung zeigte sofort Wirkung. Wie die anderen in der Zentrale war auch der Ortungsoffizier ein für Krisensituationen geschulter Spezialist. Loevej ließ sich auf seinen Platz zurückfallen und las die von den Außensensoren gelieferten Werte ab.

»Das ist ...«, brachte er heraus, stockte und versuchte es erneut. »So etwas habe ich noch nicht erlebt, Sir. Irgendetwas oder -jemand entzieht uns sämtliche Energie.«

Der Zentralschirm zeigte für wenige Sekunden ein silbriges Netz, das sich um die EX-856 legte. Dann wurde er endgültig schwarz.

»Was ist mit den Schutzschirmen?«, rief Adrian Deubtar. Einer der mobilen Medoroboter, eine ovale, knapp 60 Zentimeter hohe und halb so breite Konstruktion mit sechs flexiblen Tentakelarmen, kümmerte sich bereits um die verletzte Monique Morizur.

»Ausgefallen«, antwortete Thuram Rydberg, der Cheftechniker des Schweren Kreuzers. Seine Arbeitskonsole, auf die er mit beiden Armen in wachsender Verzweiflung einhämmerte, befand sich im hinteren Teil der Zentrale.

»Paratron baut sich nicht auf und der HÜ ist beim ersten Kontakt mit dem Netz zusammengebrochen.«

»Bring uns hier weg, Elvia!«, befahl Adrian. »Sofort!«

»Ich versuche es, aber der Kalup hat sich abgeschaltet, weil er nicht genug Saft bekommt«, verkündete die Pilotin die nächste Hiobsbotschaft. »Gleiches gilt für die Impulstriebwerke. Die hyperstrukturellen Kraftfelder fallen immer wieder in sich zusammen, da die zugeführte Grundleistung unter dem Schwellenwert liegt.«

»Darko«, wandte sich der Kommandant wieder an den Orter. »Reden Sie mit mir! Was ist das da draußen?«

»Keine Ahnung, Sir«, zuckte Loevej die Schultern. »Aber es saugt uns aus wie ein verdammter Vampir. Sämtliche Energieerzeuger auf Hyperbasis haben bereits abgeschaltet. Pegelstände der Speicherbänke fallen rapide. In spätestens dreißig Sekunden sind wir trocken. Ich ...«

Ein zweiter Schlag, härter und ungestümer als der erste, ließ die EX-856 erbeben. Kurz darauf folgte ein dritter und vierter. An mehreren Stellen in der Zentrale brachen kleine Brände aus, die von den Löschrobotern jedoch schnell unter Kontrolle gebracht wurden.

»Jemand feuert auf uns!« Darko Loevej hatte Mühe, seine Panik zu verbergen. »Drei Volltreffer jeweils unter- und oberhalb des Ringwulstes. Vakuumeinbruch auf den Decks sechs bis neun. Noch ein oder zwei solcher Salven und wir sind Geschichte!«

Über die Bedienelemente des Orterpults tanzten silbrige Fäden. Sie sahen aus wie von einem heftigen Wind bewegtes, antikes Lametta. Noch bevor der Kommandant den Mann warnen konnte, hatte Loevej die Hand ausgestreckt, um die Hauptstromzufuhr zu unterbrechen.

Sein Schrei hallte durch die Zentrale, zitterte durch die nach heißem Metall und verschmorter Isolierung stinkende Luft und brach abrupt ab. Die Silberfäden sprangen von der Konsole auf den Ortungsoffizier über, wimmelten über Brust, Arme, Schultern und Gesicht. Loevejs Züge waren zur schmerzverzerrten Grimasse erstarrt und die Haut hatte eine hellgraue Farbe angenommen, warf an Wangen und Kinn hässliche Blasen. Aus Nase und Ohren ringelten sich hauchdünne Rauchfäden.

Lukas Bonfell-Heroe reagierte am schnellsten. Der Funkoffizier und Fremdrassenpsychologe, dessen Reich die unmittelbar neben dem Orterpult gelegene Komstation war, sprang auf und versetzte dem Kontursessel seines Kameraden einen heftigen Tritt. Das Sitzmöbel kippte um und Darko Loevej stürzte zu Boden. Durch den unterbrochenen Kontakt mit seinem Kontrollpult war damit zwar auch der an Elmsfeuer erinnernde

Tanz der Silberfäden beendet, doch schon ein flüchtiger Blick auf den reglos daliegenden Mann genügte, um zu erkennen, dass er wahrscheinlich schwere Verletzungen davongetragen hatte.

Adrian Deubtar traf die schwerste Entscheidung seines Lebens innerhalb weniger Sekunden. Mit der flachen Hand aktivierte er das in die rechte Armstütze seines Sessels eingelassene Sensorfeld. Eine versiegelte Klappe öffnete sich und gab den breiten, schwarzen Notschalter frei. Das Zischen defekter Leitungen, das Zirpen und Piepsen der Konsolen und die Stimmen der Zentralbesatzung traten in den Hintergrund, als der Raumalarm durch das Schiff heulte. Überall in der EX-856 schlossen sich Sicherheitsschotte und zergliederten die Kugelzelle des Explorers in eine Vielzahl autarker Sektionen. Sensible Bereiche wie Labors, in denen leicht entzündliche Chemikalien, potentiell gefährliche Strahlung oder anderweitig risikobehaftete Substanzen zum Einsatz kamen, wurden zusätzlich gesichert und evakuiert. Die Meiler der Notstromversorgung liefen an und pumpten Millionen Gigawatt in die Speicherbänke. Da sie ihre Energie mittels der Kernfusion, also der Verschmelzung von Wasserstoff- zu Helium-Atomen gewannen, waren sie von dem geheimnisvollen Effekt, der das Schiff in seinen Klauen hielt, nicht betroffen.

Ein schriller Pfeifton signalisierte dem Kommandanten, dass die Positronik alle notwendigen Vorbereitungen abgeschlossen hatte. Elvia daHuck drehte den Kopf. Ihre Blicke trafen sich und für ein paar wertvolle Sekunden schien die Zeit still zu stehen. Elvia nickte ihm aufmunternd zu, obwohl sie wissen musste, dass das, was Adrian im Begriff war zu tun, die EX-856 mit hoher Wahrscheinlichkeit in ein Wrack verwandeln würde.

»46,5 Prozent Licht, Ad«, sagte die Pilotin. »Viel Glück!«

»Wir brauchen mehr als Glück«, erwiderte der Kommandant tonlos. »Wir brauchen ein Wunder!«

Dann legte er den Notschalter um.

Die Mindesteintrittsgeschwindigkeit für den Linearflug lag bei fünfzig Prozent Licht. Seit Perry Rhodan vor mehr als siebenhundertfünfzig Jahren mit der FANTASY, dem ersten terranischen Raumschiff mit Linearantrieb, gestartet war, hatte sich an dieser Grundvoraussetzung nichts geändert. Heere von Technikern, Ingenieuren und Experten aller Fachgebiete hatten seitdem versucht, jene magische Grenze zu unterschreiten und den Antrieb so zu modifizieren, dass auch geringere Eintrittsgeschwindigkeiten einen sicheren Flug garantierten, doch nicht einmal Genies wie Arno Kalup oder Geoffrey Abel Waringer waren erfolgreich gewesen.

Zwar konnte der Übergang in den Halbraum auch bei weniger als der halben Lichtgeschwindigkeit erfolgen, doch war ein solcher mit erheblichen Risiken verbunden. Abgesehen von dem immensen Energieaufwand für den Aufbau des Kompensatorfeldes, das den Raumer in die Librationszone brachte und dort hielt, bestand die Gefahr, dass das Schiff aufgrund der gewaltigen Materialbelastung und der energetischen Wechselwirkungen beim Dimensionsübergang schlicht und einfach auseinanderbrach. Adrian Deubtar hatte Filmaufnahmen von entsprechenden Experimenten mit robotgesteuerten Raumschiffen gesehen, bei denen die Versuchsobjekte reihenweise wie Seifenblasen zerplatzt waren. Das war unter anderem der Grund, warum man an der Solaren Flottenakademie bereits den Kadetten des ersten Jahrgangs einbläute, so etwas auf gar keinen Fall zu versuchen. Jedem Offizier, der es dennoch tat, drohte – unabhängig wie ehrenwert und gut gemeint seine Gründe auch gewesen sein mochten und sofern er es überlebte – ein Untersuchungsverfahren, die unehrenhafte Entlassung und fast immer eine langjährige Gefängnisstrafe.

All das war Adrian Deubtar bewusst, als er den in Raumfahrerkreisen so bezeichneten *early retirement button* drückte. Eine sofortige Linearetappe, unter welchen Bedingungen auch immer, war angesichts der drohenden Vernichtung die einzige Alternative.

Der um Adrian tobende Sturm steigerte sich zum Orkan. Sein Kontursessel schüttelte sich wie ein wildes Pferd, das einen übermütigen Reiter abwerfen wollte, und ein lang gezogenes Knirschen drang an die Ohren des Kommandanten. Ein unsichtbarer Riese hatte die EX-856 gepackt und spielte mit ihr. Adrian sah, wie die meterdicken Stahlplaststreben einknickten, die sich vom Boden der kuppelförmigen Zentrale bis zur sanft gerundeten Decke zogen. Das Hauptschott zerriss und armlange Splitter sausten wie Geschosse durch die heiße Luft.

Hatten sie den Sprung in den Linearraum geschafft? Und wenn ja: Wie lange hatte Elvia das Schiff dort halten können? Reichte die zurückgelegte Distanz aus, um dem fremden Angreifer zumindest vorübergehend zu entkommen?

Als hätte sie seine Gedanken gelesen, sagte Elvia: »1,14 Sekunden Überlicht mit einem Faktor von knapp 100.000. Wir sind ...«

Sie brach ab, musste husten.

Rund dreißig Milliarden Kilometer, durchzuckte es den Kommandanten. Gemessen an den unfassbaren Dimensionen des Weltalls kaum erwähnenswert, in ihrer Lage jedoch besser als nichts.

Aus dem Innern des Schiffes drang ein tiefes Grummeln. Dann folgten weitere Explosionen. Die Schläge und Stöße, die den Schweren Kreuzer durchliefen, schienen gar nicht mehr aufhören zu wollen.

Adrian musste sich anstrengen, um aus seinem Sessel zu kommen. Er hatte das Gefühl, das Doppelte oder Dreifache seiner 86 Kilogramm zu wiegen.

Hatten die Andruckabsorber etwas abbekommen? Oder die Schwerkrafterzeuger? Das System zur Aufrechterhaltung einer konstanten Gravitation und der Neutralisierung der enormen Beschleunigungskräfte eines Raumschiffs war mit mehrfachen Redundanzen ausgelegt. Bei den unglaublichen Geschwindigkeiten, die terranische Raumfahrzeuge erreichten, konnte bereits der Ausfall der künstlichen Schwerkraft für nur eine einzige Sekunde tödlich sein.

»Sag mir, dass wir noch leben.« Adrian trat hinter Elvias Pilotenpult und überflog die Anzeigen. Die EX-856 raste mit knapp zwei Drittel Licht auf die äußere Welt jenes Sechs-Planeten-Systems zu, auf dessen Untersuchung sich der Kommandant in seiner Rolle als Exobiologe bereits gefreut hatte. Wie es aussah, würde er seinem Forscherdrang nun weitaus eher als erwartet nachgeben können.

»Wäre ich eine Optimistin, würde ich sagen, dass uns das Wasser bis zum Kinn steht, Ad«, sagte die Pilotin. »Die kurze Linearetappe hat fast die gesamten Energiereserven aufgezehrt. Ich habe kaum noch genug für einen halbwegs brauchbaren Bremsschub. Wenn es hart auf hart kommt, muss ich die Lebenserhaltung anzapfen.

Fünf der sechs Meiler sind ausgefallen, der verbliebene arbeitet nur noch mit halber Leistung. Wir haben weder Funk noch Ortung. Ich fliege praktisch blind. Selbst die interne Bordkommunikation hat sich verabschiedet. Es tut mir leid, Ad, aber ich fürchte, es sieht nicht gut aus. Unsere einzige Chance ist eine Notlandung auf dem sechsten Planeten – sofern ich es schaffe, diesen Schrotthaufen in einem Stück runter zu bringen.«

»Tu was du kannst«, rief der Kommandant und klopfte ihr kurz auf die Schulter. Dann wandte er sich ab, um die Lage zu begutachten.

Die Zentrale war ein einziges Trümmerfeld. Eine Reihe von Konsolenverkleidungen waren geborsten und hatten ihre technischen Innereien wahllos in der Gegend verteilt. Überall qualmte und knisterte es.

Immerhin schien außer Darko Loevej und Monique Morizur niemand sonst zu Schaden gekommen zu sein. Ein paar Beulen und Schrammen, die eine oder andere Schnittwunde, aber nichts Lebensbedrohliches.

»Thuram«, rief Adrian. »Ich brauche so schnell wie möglich eine Übersicht. Nehmen Sie sich jeden, den Sie brauchen. Impulstriebwerke, Ortung und Kommunikation haben Priorität. Wir müssen zumindest versuchen, einen Notruf abzusetzen.«

»Verstanden, Sir.« Der Cheftechniker, ein untersetzter Mittsiebziger mit kurzen, schwarzen Stoppelhaaren, steckte halb in der Stirnwand der Zentrale. Die entsprechenden Schutzblenden hatte er mit Gewalt abgerissen und achtlos auf den Boden fallen lassen.

Adrian sah kurz nach Monique und Darko. Die Wissenschaftlerin hatte sich bereits wieder an ihre Konsole begeben. Ein transparenter Sprühverband machte aus ihren sonst so weichen Zügen eine wächserne Maske. Als sie die Blicke des Kommandanten bemerkte, lächelte sie flüchtig. Adrian lächelte zurück.

Darko Loevej wurde noch immer von einem Medoroboter betreut. Ihn hatte es weitaus schwerer erwischt. Was immer die silbernen Fäden auch gewesen waren – sie hatten dem Ortungsoffizier nicht nur einen Großteil der Gesichtshaut verbrannt, sondern ihn auch in einen Schockzustand versetzt. Der Kommandant las den Diagnoseschirm des Roboters ab. Die Maschine hatte ein komplexes Kreislaufversagen, Azidose und Tachykardie festgestellt. Loevejs Puls lag bei über 120 Schlägen pro Minute, der Hämoglobingehalt des Blutes bei dreißig Prozent der üblichen Norm. Adrians medizinische Kenntnisse reichten völlig aus, um zu erkennen, dass Darko dringend in die Obhut eines qualifizierten Arztes gehörte, dem die Mittel einer modernen Medostation zur Verfügung standen.

»Okay, Elvia«, brüllte Thuram von der anderen Seite der Zentrale herüber. »Du kannst es mit den Impulsdüsen versuchen. Aber bitte vorsichtig.«

Adrian kehrte an die Seite der Pilotin zurück. Sie steuerte den Kreuzer noch immer ausschließlich nach den wenigen Werten, die ihr die letzten intakten Außensensoren lieferten.

Die Welt, auf die die EX-856 wie eine Kanonenkugel zu schoss, besaß einen Durchmesser von exakt 14.445 Kilometern, war also etwas größer als die Erde. Über die zu weiten Teilen mit Wasser bedeckte Oberfläche zogen dichte Wolken, aus denen immer wieder Regen fiel. Adrian vermutete, dass der Planet vor vielen Millionen Jahren eine einzige Eiswüste gewesen war und seine Bahn fern der Sonne gezogen hatte. Als diese dann zum Roten Riesen wurde und auf ein Vielfaches ihres normalen Umfangs anschwoll, geriet die äußere Welt in die Biosphäre, der Eispanzer schmolz und es bildeten sich ausgedehnte Ozeane.

In der Nähe des Äquators hatten die ausgeschickten Sonden zwei Kontinente ausgemacht, die sich in Form von Halbmonden gegenüberlagen und sich an den jeweiligen Spitzen berührten. Obwohl seit der Zündung der Sonne mindestens hundert Millionen Jahre vergangen waren, hatte sich der Planet geologisch noch immer nicht beruhigt. Während zu Wasser zahllose unterseeische Quellen ihr heißes Magma ausspuckten und manche Bereiche des Ozeans in riesige Dampfbäder verwandelten, gab es an Land Hunderte aktiver Vulkane, die insbesondere abseits der Küstenlinien für permanente Unruhe sorgten.

Ansonsten waren die beiden Kontinente von spärlicher Vegetation, ausgedehnten Felswüsten und gewaltigen Sinterterrassen geprägt, die sich teilweise zu wahren Gebirgen auftürmten und in allen Regenbogenfarben schillerten.

Die Atmosphäre setzte sich aus 75 Prozent Stickstoff, 21 Prozent Sauerstoff und einer Reihe von Edelgasen zusammen. Sie entsprach damit beinahe Erdstandard. Zumindest in dieser Hinsicht hatten die Menschen an Bord der EX-856 nichts zu befürchten.

Für die ausgiebige Suche nach Leben war bislang keine Zeit geblieben. Fest stand lediglich, dass keinerlei Spuren einer Zivilisation existierten, was angesichts der Tatsache, dass der Planet erst seit für kosmische Verhältnisse kurzer Zeit fähig war, überhaupt organisches Leben hervorzubringen, niemanden wunderte. Den in biologischem Sinne modernen Menschen gab es auch erst seit rund 160.000 Jahren, und das, obwohl die Erde bereits 4,6 Milliarden Jahre auf dem Buckel hatte.

Thuram Rydbergs Aufschrei ließ Adrian Deubtar zusammenzucken. Der Techniker stand in der Mitte der Zentrale und deutete triumphierend auf die Panoramagalerie. Dort hatte sich, von Streifen und Störungen durchzogen, ein flackerndes Bild aufgebaut. Es zeigte die Zielwelt, die bereits so nahe war, dass man die glänzende Fläche des Riesenozeans und die beiden sichelförmigen Kontinente ausmachen konnte.

»Elvia ...«, begann Adrian, wurde jedoch von der Pilotin unterbrochen.

»Geh mir nicht auf die Nerven, Ad«, stieß sie hervor. »Ich weiß, dass wir zu schnell sind, aber wenn ich die Impulstriebwerke noch stärker belaste, fliegen sie mir um die Ohren. Du solltest dir etwas suchen, woran du dich festhalten kannst. Und der Rest von euch auch!«

Bei den letzten Worten hatte sie die Stimme gehoben, damit jeder in der Zentrale sie verstehen konnte. Adrian musste kurz an die vielen Besatzungsmitglieder denken, die irgendwo in den Tiefen der EX Dienst getan oder Freiwache gehabt hatten. Wie viele von ihnen hatten den bisherigen Höllenritt überlebt? Und wie vielen würde die bevorstehende Notlandung noch das Leben kosten? Aufgrund des defekten Interkoms konnte er seine Leute nicht einmal warnen.

»Wie lange noch?«, fragte der Kommandant.

»Eine knappe halbe Stunde ungefähr«, antwortete Elvia. »So oder so.«

Verdammt, fluchte Adrian. Das war nicht genug Zeit. Nicht genug Zeit, um Kuriere loszuschicken und die Mannschaft zu informieren. Nicht genug Zeit, um Waffen und Ausrüstung für einen längeren Aufenthalt auf einem fremden Planeten zusammenzustellen. Nicht genug Zeit, um Elvia noch einmal zu sagen, was er für sie empfand.

»Ihr habt es gehört«, rief Adrian Deubtar laut und benutzte ganz bewusst das persönliche Du.

»Bereiten wir uns so gut es geht auf die härteste Landung unseres Lebens vor!«

Als die EX-856 in die oberen Schichten der Atmosphäre von Interlude eintauchte, betrug ihre Geschwindigkeit noch immer mehr als fünftausend Kilometer pro Stunde. Interlude – *Zwischenspiel* – so hatte Adrian den Planeten provisorisch getauft. Es war ein Name, in dem Hoffnung mitschwang. Ein Name, dem das Vorübergehende, das Kurzfristige anhaftete, denn lange würden sie hier nicht bleiben. Davon war der Kommandant überzeugt.

Der mysteriöse Gegner hatte sich nicht mehr bemerkbar gemacht. Vielleicht beobachtete er den Todeskampf des Schweren Kreuzers aus der sicheren Distanz. Wozu Energie verschwenden, wenn der Explorer ohnehin in der Lüfthülle des Planeten verglühte, ins Meer stürzte oder auf einem der beiden Kontinente zerschellte?

»Die Temperatur der Außenhülle überschreitet jetzt zehntausend Grad Celsius«, meldete Monique Morizur. Sie hatte neben Elvia daHuck Platz genommen und las die Anzeigen ab. Dadurch konnte sich die Pilotin voll auf den Flug konzentrieren.

»Thuram!«, rief Elvia. Man merkte ihr die Anspannung jetzt deutlicher an als zuvor. Dennoch bewunderte Adrian die Ruhe, die sie nach wie vor ausstrahlte.

»Ich brauche gleichmäßige Feldstärken auf allen Schubdüsen, verdammt.«

»Sag das nicht mir, sondern diesem schrottreifen Frequenzmodulator«, erwiderte Thuram Rydberg gereizt. »Das Scheißding fluktuiert.«

»Dann sorge dafür, dass es damit aufhört.«

»Ich bin dabei, Prinzessin.«

Adrian griff nicht ein. Ihm war klar, dass in einer Situation wie dieser jeder nach einem Ventil suchte. Er wünschte nur, er hätte ebenfalls etwas tun, sich irgendwie beschäftigen und damit ablenken können.

»Besser?«, kam es aus den Eingeweiden der Pilotenkonsole, aus der nur noch Thurams Füße herausragten. Sie steckten in den klobigen Stiefeln eines Raumanzuges, alle in der Zentrale trugen inzwischen einen.

»Ja«, sagte Elvia knapp. »Ob es gut genug ist, wird sich zeigen.«

Die EX-856 stöhnte und ächzte, als die Pilotin die Impulsdüsen auf Gegenschub feuern ließ. Die Panoramagalerie zeigte ein loderndes Chaos in Rot und Orange. Täuschte sich Adrian oder wurde es in der Zentrale tatsächlich wärmer?

»Eintritt in die Stratosphäre, fünfzig Kilometer über Null.« Das war wieder Monique.

»Winkel bei sechs Grad. Wir kommen zu steil rein, Elvia. Zieh hoch!«

»Können vor Lachen.«

Die Pilotin legte in schneller Folge eine Reihe von Schaltern um. Auf dem Hauptbildschirm rissen die Feuerlohen auseinander und gaben den Blick auf die Planetenoberfläche frei. Wasser, nichts als Wasser. Dann Wolken, glühende Trümmer, die sich von der EX lösten und davongerissen wurden. Dunkelblauer, fast schwarzer Himmel. Im äußeren Bildbereich war gerade noch die Scheibe des Roten Riesen zu erkennen. Und wieder Wasser. Adrian musste den Kopf senken, weil ihm schwindlig wurde.

»Wir drehen uns wie ein Kreisel.« Moniques blanker Schädel glänzte vor Schweiß.

»Ich weiß«, stieß Elvia hervor. »Die Schubdüsen feuern mit Abweichungen im Mikrosenkundenbereich. Das genügt bereits, um uns in Rotation zu versetzen.«

»Ich arbeite dran!«, kam es wütend aus dem Innern der Konsole.

»Das war kein Vorwurf, Thuram«, sagte die Pilotin. »Ich weiß, dass du es schaffst.«

Adrian Deubtar kam sich auf einmal furchtbar überflüssig vor.

»3800 Stundenkilometer. 20.000 Celsius. 29 Kilometer über Null. Winkel 5,1 Grad.«

»Wir verlieren Meiler 6. Schalte Lebenserhaltung ab. Positronik im gesicherten Modus. Das bringt uns ein paar Gigawatt zusätzlich.«

Wenn es auf Interlude intelligentes Leben gäbe, dachte der Kommandant, *einen primitiven Stamm von Jägern und Sammlern vielleicht, dann würde die EX-856 diesen Wesen jetzt als hell leuchtender Feuerball am Himmel erscheinen. Sie würden dastehen, nach oben starren und sich womöglich noch in Generationen an dieses Ereignis erinnern.*

Für Adrian hätte die Gewissheit, dass sein Schiff wenigstens noch als Zeichen der Götter oder als anregende Geschichte für kalte Nächte am Lagerfeuer taugte, etwas Tröstendes gehabt. Doch da unten war nichts. Nichts, außer Wasser, heißen Quellen und Vulkanen. Seltsam, welche Gedanken einem durch den Kopf stürzten, wenn man dem eigenen Tod entgegen sah.

»2500 Stundenkilometer. 30.000 Celsius. Wir erreichen die Troposphäre. 16 Kilometer über Null. Winkel 4,7 Grad.«

Der Schmelzpunkt für Terkonit lag bei 35.000 Celsius. In wenigen Sekunden würde die Außenhülle anfangen, sich in ihre Bestandteile aufzulösen. Elvia bremste das Schiff zwar immer weiter ab, doch die Atmosphäre wurde gleichzeitig immer dichter und damit die Reibungshitze immer größer.

Die Verzweiflung, die Adrian bislang mit Erfolg in die hintersten Winkel seines Verstandes verbannt hatte, ließ sich nicht länger verdrängen. Die Wohnquartiere und Freizeitbereiche lagen fast sämtlich in den Außensektoren des Kreuzers. Dort mussten jetzt mörderische Temperaturen herrschen. Wie viele der Frauen und Männer hatten schnell genug begriffen, was geschah, und ihre Raumanzüge angelegt?

»Wir sind noch immer zu schnell.« Elvia klang unendlich weit entfernt.

»Komm schon, altes Mädchen. Mach mir jetzt nicht schlapp. Nicht so kurz vor dem Ziel.«

Adrian kicherte. Redete die Pilotin tatsächlich mit dem Schiff?

Ein scharfer Ruck ging durch den Schweren Kreuzer. Offenbar setzte Elvia alles auf eine Karte und pumpte sämtliche Energie, die sie noch hatte, in die Schubdüsen.

»Helm schließen«, krächzte der Kommandant. Fast augenblicklich fühlte er sich besser. Ein kühler Luftstrom strich über sein erhitztes Gesicht, als die Klimaanlage seiner Montur ihre Arbeit aufnahm.

»900 Stundenkilometer«, hörte er Monique Morizur über den Internfunk. Ihre Stimme drohte zu kippen. »38.000 Celsius. Neun Kilometer über Null. Winkel 31 Grad. Brems ab, oder von uns bleibt außer einem großen Krater nichts übrig!«

»Prallfelder oszillieren. Wir gehen in den freien Fall über.«

»Thuram! Wenn du noch ein As im Ärmel hast – jetzt wäre der Zeitpunkt, es auszuspielen!«

»Gib mir ... zwanzig Sekunden. Gleich ... gleich ...«

»Wir haben keine zwanzig Sekunden!«

Auf dem Zentralschirm sah Adrian die Oberfläche auf sich zukommen. Die EX-856 taumelte über felsiges Land. In der Ferne war die flache Küstenlinie zu erkennen.

»Jetzt!«

Der Knall der Detonation hinterließ ein schmerzhaftes Pfeifen in Adrians Ohren. Der Sessel, in dem er sich festgeschnallt hatte, riss aus der Verankerung und flog quer durch die Zentrale. Dann war Stille. Für einen viel zu kurzen Moment köstliche Stille.

Als die EX-856 mit immer noch 350 Stundenkilometern, weiß glühend und in viel zu steilem Winkel auf den harten Boden Interludes aufschlug, schloss Kommandant Adrian Deubtar die Augen und dachte an Elvia.

Kapitel 5

8. Juni 3103
Malotuffok

Über den Fördertürmen von Bauland Mokos, der größten Lagerstätte des Planeten, dampfte feuchter Nebel. Es hatte die ganze Nacht geregnet. Nun, da die ersten Sonnenstrahlen über die Sinterterrassen des Nordwalls krochen, erwachte die Grube zum Leben. Malotuffok schwebte über allem. Die anderen konnten ihn nicht sehen, doch ihm selbst entging nichts. Verzückt beobachtete er die vielen hundert Shahms, die wie Insekten durch das Labyrinth der Stollen und Schächte krochen, sich auf den Plattformen und in den Kavernen tummelten und ihren vielfältigen Verrichtungen nachgingen.

Hier begann es! Hier nahm alles seinen Anfang!

Es kostete Malotuffok nur einen Gedanken und schon schwang er sich hoch in die Luft. Ein stürmischer Wind trieb dunkelrote Wolken über die umliegende Felswüste. Das erste Schiff, ein mächtiger Diskuskörper von über einem Kilometer Durchmesser, verließ seinen unterirdischen Hangar und gewann rasch an Höhe. Ein zweites folgte, dann ein drittes.

Schon nach wenigen Minuten gab es dort oben keinen freien Platz mehr, und noch immer wuchs die Wand aus Schiffen an, verdunkelte das Land unter sich und trotzte den Naturgewalten mit spielerischer Leichtigkeit.

Malotuffok genoss die Demonstration seiner Macht. Zehntausend Raumschiffe. Jedes für sich ein Instrument ultimativer Zerstörungskraft und gemeinsam so gut wie unbesiegbar.

Doch das war nur der erste Schritt. Schon bald würden auf vielen weiteren Planeten ähnlich große Geschwader entstehen.

Sie würden hinausfliegen in eine nichts ahnende Galaxis und Malotuffok würde bei ihnen sein. Welt um Welt würde fallen, Volk um Volk sich seinem Willen unterwerfen. Ein Heer von Sklaven zu seiner Verfügung, und wer es wagte, sich ihm in den Weg zu stellen, der würde nicht einmal mehr die Gelegenheit haben, seinen Fehler zu bedauern.

Malotuffok glitt zum Raumhafen hinüber, der gut zehn Kilometer von Bauland Mokos entfernt mitten auf einem Hochplateau lag. Der Anblick der zwanzig dort parkenden Erzfrachter amüsierte ihn. Die gerade einmal dreihundert Meter durchmessenden Transporter, die früher das gewonnene Arrachieda befördert hatten, wirkten mit ihren bauchigen Auswölbungen an den Polen plump und primitiv. Kein Vergleich zu den schlanken und eleganten Einheiten der Invasionsflotte.

Mit einem einzigen Satz schnellte sich Malotuffok in den freien Raum hinaus, badete in den wärmenden Strahlenschauern der roten Riesensonne. Wie viele Welten mochten da draußen auf ihn warten? Und was hielten sie für ihn bereit? Die Daten der Erkunder verwirrten ihn oft. Außerhalb seines Palastes war das Universum vielfältiger und fortwährender Veränderung unterworfen. Seine Bewohner befanden sich in einem Zustand permanenter Rastlosigkeit, was möglicherweise an der Kürze der ihnen zur Verfügung stehenden Lebensspanne lag.

Doch Malotuffok mochte keine Hektik und kein Durcheinander, keine Überraschungen und keine Disziplinlosigkeit. Seine Aufgabe war es, Gleichklang und Übereinstimmung zu schaffen, eindeutige Ziele vorzugeben und Aufgaben zu verteilen.

Dieses Universum brauchte einen Führer wie ihn.

Dieses Universum *verdiente* einen Führer wie ihn.

Er würde das Chaos durch die Ordnung ersetzen.

Er würde klare Verhältnisse schaffen und dem Flüchtigen Gestalt verleihen.

Denn er war Malotuffok, der Navigator.

Und der Navigator träumte.

Kapitel 6

27. April 2867
Adrian Deubtar

Heftiger Regen peitschte Adrian Deubtar ins Gesicht, als er aus der Deckung der Klippen trat und den Weg in Richtung Lager einschlug. Seine Waden und Oberschenkel schmerzten, und das nicht nur, weil er lange Fußmärsche nicht gewöhnt war. Der Untergrund im Umkreis um die Absturzstelle der EX-856 bestand aus ungewöhnlich hartem Gestein, sodass beim Gehen Muskeln und Gelenke einer höheren Belastung ausgesetzt waren.

Der Blick des Kommandanten ging hinüber zum Wrack, das wenige Kilometer entfernt wie eine bizarre Felsformation am Rand der Steilküste in den rötlichen Himmel ragte. Die ehemalige Kugelform war kaum noch zu erkennen, da die Hitze beim Ritt durch die Planetenatmosphäre große Teile der Außenhülle abgeschmolzen hatte.

Adrian fuhr sich müde über die brennenden Augen. 36 Tage. 36 lange, bittere Tage, und noch immer war kein Rettungskommando aufgetaucht. Explorerschiffe waren auf ihren Reisen oftmals unbekannten Gefahren und unkalkulierbaren Risiken ausgesetzt und per Dienstanweisung verpflichtet, spätestens alle 48 Stunden einen speziellen Rafferkode abzustrahlen. Das entsprechende Signal wurde mittels überall in der Galaxis verteilten Hyperrelais-Stationen an das koordinierende Ministerium auf der Erde weitergeleitet und dort gespeichert. Terra musste also längst wissen, dass mit der EX-856 etwas nicht stimmte. Warum also kam niemand, um nach dem Forschungsraumer zu suchen?

Der Regen wurde heftiger und Adrian kauerte sich in die Deckung eines überhängenden Felsvorsprungs. Der Schwere Kreuzer war in der Nähe eines flachen Gebirgszuges zur Ruhe gekommen. Die von großen Steinplatten gesäumte Landschaft stieg treppenartig an und überwand dabei einen Höhenunterschied von rund vierhundert Metern. Davor lag die Küste, deren zerklüftete Steilwände bis zu hundert Meter senkrecht in die Tiefe stürzten. Vegetation gab es so gut wie keine. Lediglich ein feinblättriges, farbloses Moos trotzte den Unbilden der Witterung und fristete ein karges Dasein in Felsritzen und an ähnlichen windgeschützten Stellen.

Adrian Deubtar schlüpfte aus seinen klammen Stiefeln und kippte das Wasser aus, das sich in ihnen gesammelt hatte. In der Ferne rollte anhaltender Donner und zwischen den dunklen Wolken zuckten immer wieder Blitze. Auf Interlude – oder zumindest in dieser Gegend des Planeten – regnete es praktisch ständig.

Die EX-856 hatte die Erde vor über einem Jahr mit 385 Besatzungsmitgliedern verlassen. 191 davon hatten die Havarie überlebt. Weitere acht waren in den Tagen danach an beim Absturz erlittenen Verletzungen gestorben. Adrian hatte sich bemüht, die ihm zugedachte Rolle zu spielen und Zuversicht auszustrahlen. Er merkte schnell, dass die meisten der Männer und Frauen zu ihm aufschauten, und so fügte er sich in das Unvermeidliche, auch wenn ihm alles andere als danach gewesen war.

Er war der Kommandant. Er war für seine Leute verantwortlich. Und wegen ihm saßen sie jetzt auf diesem verfluchten Planeten fest.

O ja, natürlich diktierte die Vernunft, dass er gar nicht anders hatte handeln können, dass sie inzwischen längst alle tot wären, wenn er nicht den Notschalter umgelegt und den Kreuzer zu Schrott geflogen hätte. Aber seltsamerweise halfen ihm diese Gedanken nicht, so logisch und einleuchtend sie auch sein mochten. Die nagenden Zweifel, die Alpträume, das Gefühl, versagt zu haben, all das blieb gegenwärtig.

Der anonyme Feind hatte sich nicht mehr um sie gekümmert, und Adrian verbrachte einige schlaflose Nächte damit, über der Frage zu grübeln, wer sie da draußen wohl so unvermittelt angegriffen hatte. Vielleicht waren sie einer Schmugglerbande ins Gehege gekommen, die gerade ein lukratives Drogengeschäft abwickelte. Oder man hatte sich unbeabsichtigt dem geheimen Stützpunkt einer der galaktischen Großmächte angenähert. So etwas passierte, wenn man sich in weitgehend unerforschte Sektoren der Milchstraße wagte.

Möglicherweise handelte es sich bei jenem seltsamen Silbernetz, das ein ganzes Raumschiff umschließen und ihm innerhalb von Sekunden sämtliche Hyperenergie entziehen konnte, auch um die waffentechnische Neuentwicklung eines jener vielen aufstrebenden Kolonialstaaten, die sich in den vergangenen Jahrhunderten von Terra losgesagt hatten und der Ansicht waren, als politisch und militärisch autonome Blöcke besser zu fahren als unter dem Dach des Solaren Imperiums. Wer wusste schon, was die Wissenschaftler dieser Minireiche in ihren Labors alles ausheckten?

Auf jeden Fall war Adrian nach über einem Monat auf Interlude sicher, dass man sie nicht mehr finden würde, und die Konsequenzen, die sich aus dieser Gewissheit ergaben, machten ihm schwer zu schaffen.

Natürlich behielt er seinen Pessimismus für sich. Die Gruppe hatte auch ohne derartige Schwarzmalerei genug Probleme, und so tat er das, was getan werden musste. Er organisierte das primitive Lager, das sie im Windschatten einer Sinterterrasse aufgeschlagen hatten, verteilte die täglichen Arbeiten, verwaltete die kargen Vorräte, die man aus der EX-856 hatte bergen können und bemühte sich ansonsten, gute Laune zu verbreiten, was mit jedem weiteren Tag, den sie auf Interlude festsaßen, schwieriger wurde.

Der Regen ließ ein wenig nach und Adrian setzte seinen Marsch fort. Der Tag auf der Wasserwelt war rund drei Stunden länger als auf der Erde. In den ersten Wochen ihres unfreiwilligen Aufenthalts hatten deshalb viele Besatzungsmitglieder mit Schlaflosigkeit, Kopfschmerzen und ähnlichen Beeinträchtigungen zu kämpfen gehabt. Hinzu kam der fremdartige Himmel, an dem tagsüber die rote Riesensonne mit dem Katalognamen EX-ST 5342 leuchtete und nachts zwei Monde ein unangenehm fahles Licht verbreiteten.

Adrian erreichte einen breiten, von Felswänden gebildeten Korridor. Hier führte das Gelände sanft abwärts. Bei starkem Regen wirkte der Korridor wie eine Rinne und leitete das Wasser in ein steinernes Becken, das von einem natürlichen Wall aus mineralischen Ablagerungen umgeben war. Der Kommandant achtete auf seine Schritte, denn der Untergrund war nass und rutschig.

Nach fünf Minuten kam das Camp in Sicht. Schon von weitem waren die notdürftigen Behausungen der Überlebenden zu erkennen. Die meisten bestanden aus herangeschleppten Wrackteilen und zwischen den Felsen aufgespannten Folien. Kaum einer hatte sich große Mühe gegeben, denn nach wie vor gingen die Frauen und Männer davon aus, dass sie diesem ungemütlichen Planeten in absehbarer Zeit den Rücken kehren und an Bord eines Rettungsschiffs zur Erde zurückfliegen würden. Die ersten begannen bereits zu ahnen, dass diese Hoffnung eine ebensolche bleiben würde, und Adrian fürchtete sich vor dem Zeitpunkt, an dem auch der große Rest seiner Mannschaft die bittere Wahrheit nicht mehr länger würde ignorieren können.

Elvia daHuck hatte ihn kommen sehen und ging ihm die letzten Meter entgegen. Sie sah abgezehrt aus; die fleckige Kombination war ihr mindestens zwei Nummern zu groß.

»Wo warst du?«, fragte sie mit unüberhörbarem Vorwurf.

»Ich habe mich umgesehen«, gab er zur Antwort. »Ich wusste nicht, dass ich mich dazu bei dir abmelden muss.«

Noch bevor er den letzten Satz zu Ende gesprochen hatte, bedauerte er ihn. Elvia war diejenige gewesen, die ihn in den vergangenen vier Wochen ohne jeden Vorbehalt unterstützt hatte.

Wenn er ehrlich zu sich selbst war, musste er eingestehen, dass er es ohne sie wahrscheinlich nicht geschafft hätte. Von allen Menschen auf diesem verfluchten Planeten verdiente sie es am wenigsten, dass er sie auf diese Weise abkanzelte.

»Es tut mir leid«, sagte er leise und rieb sich die pochenden Schläfen. »Ich bin ein Idiot, aber das weißt du ja längst.«

»Allerdings«, erwiderte die Pilotin und lächelte kraftlos. Sie ging auf ihn zu und nahm ihn in die Arme. Adrian schloss die Augen und für einen kurzen Moment war die erdrückende Last auf seinen Schultern verschwunden. Er strich über die nassen Haare der Frau, über ihren schlanken Hals und den sanft nach innen gekrümmten Rücken. Sie fühlte sich so furchtbar zerbrechlich an.

»Der Generator arbeitet nur noch mit zwanzig Prozent seiner ursprünglichen Leistung«, verkündete Elvia, als sie sich voneinander gelöst hatten.

»Ich fürchte, er wird spätestens in ein paar Stunden endgültig versagen. Ich habe zwei Gruppen auf die Suche nach Feuerholz geschickt. Ohne den Generator dürfte es eine verdammt kalte Nacht werden.«

»Hat Thuram inzwischen etwas entdeckt?«, wollte Adrian wissen. Es war eine rein rhetorische Frage. Thuram Rydberg versuchte seit dem ersten Tag ihrer Havarie herauszufinden, warum nach und nach sämtliche technischen Geräte ausgefallen waren. Ob Energiewaffen oder mobile Stromerzeuger, ob Handlampen oder Heizstrahler, selbst die robust ausgelegten Mikromeiler der Raumanzüge hatten ihre Arbeit nach einigen Tagen eingestellt.

Das Phänomen faszinierte den terranischen Cheftechniker ebenso, wie es seine Geduld auf eine harte Probe stellte. Es war keineswegs so, dass die Technik ihre Arbeit von einem Moment auf den anderen einfach einstellte. Es verlief vielmehr als schleichender Prozess.

»Physikalisch ist die Sache einfach zu erklären«, wurde Thuram Rydberg nicht müde zu versichern. »Irgendetwas erhöht den elektrischen Widerstand. Es wird immer mehr Energie benötigt, um die gleiche Leistung zu erzielen. Mit einer geeigneten Messausrüstung hätte ich die entsprechende Ursache vermutlich in kürzester Zeit identifiziert, aber die steht mir nun einmal nicht zur Verfügung.«

»Es hat keinen Sinn, sich etwas vorzumachen, Ad«, sagte Elvia daHuck. »Wenn Terra nach uns suchen würde, hätte man uns längst gefunden und spätestens in ein paar Tagen sind unsere Energievorräte endgültig aufgebraucht. Die Nahrungskonzentrate gehen ebenfalls zur Neige und es sind kaum noch Medikamente übrig. Das einzige, das wir im Überfluss haben, ist Wasser. Du musst eine Entscheidung treffen, und du musst es tun, so lange die Frauen und Männer den körperlichen Strapazen noch gewachsen sind!«

Adrian Deubtar nickte und betrachtete dabei das schmale Gesicht der Pilotin. Der Regen lief ihr aus den Haaren und über die Wangen. Es sah aus, als ob sie weinte und vielleicht tat sie das ja auch.

»Du hast recht«, seufzte er. »Gib bitte bekannt, dass ich in zwei Stunden eine wichtige Ankündigung machen werde. Es sollen sich alle versammeln. Ich ...«

Er unterbrach sich und versuchte, den Kloß in seinem Hals hinunter zu schlucken. Möglicherweise hatte er das Unvermeidliche schon viel zu lange hinausgezögert, aber wer wollte ihm das verdenken? Was er seinen Leuten in zwei Stunden verkünden musste, kam für viele einem Todesurteil gleich. Der einzige Grund, warum sie bislang in der Nähe der Absturzstelle ausgeharrt hatten, war die Aussicht auf Rettung gewesen. Zu Beginn hatte Adrian noch fest daran geglaubt, dass es kaum länger als eine Woche dauern würde, bis sich die stählerne Kugel eines terranischen Kreuzers aus dem rotgrauen Himmel herabsenkte. In seiner Phantasie hatte er sich dutzendfach ausgemalt, wie die Überlebenden schreiend und lachend auf den landenden Giganten zustürmten, erschöpft und gezeichnet von dem, was sie erlebt hatten, doch gleichzeitig unendlich erleichtert.

Die ersten Bedenken waren ihm zwei Wochen später gekommen, denn das einzige, was sich bis dahin von Himmel herab gesenkt hatte, war der Regen gewesen, dessen beständiges Rauschen ihn langsam aber sicher in den Wahnsinn trieb. Tag und Nacht trommelten die Tropfen ihr monotones Lied auf dem blechernen Dach der schlichten Behausung, die er für sich und Elvia errichtet hatte. Er lernte dieses Geräusch zu hassen, dieses eintönige Klopfen, gegen das er genau so wenig unternehmen konnte wie gegen die unaufhaltsam schwindende Zuversicht.

Jetzt, nach über einem Monat, war Warten keine Option mehr. Es gab hier keine Nahrung, das Klima war zu kühl und zu feucht. Wenn sie überleben wollten, mussten sie tiefer ins Festland ziehen und hoffen, dort günstigere Voraussetzungen vorzufinden.

Adrian machte sich keine Illusionen. Der bevorstehende Exodus würde weitere Opfer kosten. Zwar erhielt jeder, der sich der Explorerflotte anschloss, eine militärische Grundausbildung, die auch einen mehrwöchigen Außeneinsatz unter erschwerten Bedingungen einschloss, doch eine solche Übung konnte den Ernstfall nicht einmal ansatzweise ersetzen. Der moderne Mensch des 29. Jahrhunderts stand der Natur so gut wie wehrlos gegenüber – vor allem, wenn er nicht auf all die kleinen und großen technischen Hilfsmittel zurückgreifen konnte, die für ihn selbstverständlich geworden waren.

»Denk nicht darüber nach, Ad«, hörte er Elvia sagen. »Wir werden es schaffen. Uns bleibt doch gar nichts anderes übrig.«

Adrian zog die Pilotin zu sich heran und küsste sie. Der Kuss schmeckte nach Salz. Er brachte seinen Mund dicht an ihr Ohr.

»Was verschweigst du mir«, flüsterte er. Elvia wollte sich seinem Griff entziehen, doch er ließ es nicht zu. Nach einer Weile gab sie auf. Er spürte wie sie in seinen Armen zu zittern begann.

»Was ist los?«, wollte der Kommandant wissen, auch wenn er es längst ahnte.

Für ein, zwei Herzschläge fanden sich ihre Blicke.

Mein Gott, dachte Adrian, *sie ist so wunderschön.*

»Ich bin schwanger«, sagte die Pilotin.

»Vielen Dank, dass ihr trotz des Wetters so zahlreich erschienen seid.«

Ein paar der Versammelten lachten pflichtschuldig über den lahmen Witz. Adrian musterte den bunten Haufen vor sich, versuchte in den Gesichtern zu lesen. Er sah Resignation, Trotz, Wut, vor allem aber Erschöpfung. Die letzten 36 Tage hatten jeden einzelnen dieser Menschen gezeichnet. Jeder hatte gekämpft – gegen den Hunger, den Regen, die fremde Umgebung mit ihren ungewohnten Gerüchen und Geräuschen. Und mit jedem neuen Tag war die Heimat ein Stück weiter weg gerückt.

Man hatte sich gegenseitig so gut es ging getröstet, hatte in der gemeinsamen Trauer um die Verstorbenen Kraft gefunden. Es war Adrian nicht leicht gefallen, die Anordnung zum Desintegrieren der wenigen geborgenen Leichen zu geben. Die meisten Toten waren ohnehin im Feuer der Notlandung verglüht oder lagen noch immer in den durch die Explosionen unzugänglich gewordenen Bereichen der EX-856. Für eine Erdbestattung war keine Zeit geblieben; andere Dinge waren zunächst wichtiger gewesen.

Später hatte der Kommandant eine Felswand in der Nähe des Lagers ausgewählt und drei Männer mit Thermonadlern ausgerüstet. Diese hatten die Namen der beim Absturz getöteten Besatzungsmitglieder in den Stein gebrannt. Zu diesem Zeitpunkt waren die Minipositroniken der Schutzmonturen noch funktionstüchtig gewesen, sodass er die Namen der Überlebenden mit den im Bordmanifest gespeicherten abgleichen konnte. In zweihundertzwei Fällen hatte es keine Übereinstimmung gegeben.

»Ich weiß nicht, wie ich es euch schonend beibringen soll«, sprach Adrian weiter, »also versuche ich es erst gar nicht. Die meisten werden es ohnehin schon befürchtet haben: Wir müssen davon ausgehen, dass man uns nicht mehr finden wird.«

Eine untersetzte Frau in der blauen Kombination des Wartungspersonals, die nur wenige Schritte von Adrian entfernt stand, brach in ungehemmtes Schluchzen aus. Viele andere hatten die Blicke gesenkt. Niemand sagte etwas.

»Wir werden morgen früh kurz nach Sonnenaufgang aufbrechen«, rief Adrian Deubtar. Seine Stimme klang zu seiner eigenen Überraschung wieder fest und entschlossen.

»Jeder nimmt nur das mit, was er als unbedingt notwendig erachtet. Elvia, Monique, Thuram, Lukas und ich werden die übrige Ausrüstung und die Vorräte auf die kräftigsten unter euch verteilen. Wir haben einen sehr langen und sehr anstrengenden Marsch vor uns, und ebenso wie ihr weiß auch ich nicht, was wir dort finden werden.«

Er machte eine vage Handbewegung in Richtung des Landesinneren.

»Was ich dagegen weiß, ist, dass wir Terraner sind. Erinnert ihr euch, was man uns draußen in der Milchstraße nachsagt? Dass wir niemals aufgeben, dass wir unbeirrt und beharrlich den einmal eingeschlagenen Weg verfolgen, bis wir unser Ziel erreicht haben, dass wir primitive Barbaren sind, die sich mit List und Tücke innerhalb kürzester Zeit einen Platz im großen Konzert der galaktischen Völker erobert haben und dass uns dieser Platz nicht zusteht. Generationen tapferer Frauen und Männer haben sich diesen Ruf hart erarbeitet – und wie es scheint, hat uns das Schicksal auserwählt, ihn einmal mehr zu bestätigen!«

Adrian bemerkte, dass immer mehr seiner Zuhörer aufsahen. Seine Worte zeigten Wirkung.

»Ich werde euch nicht anlügen«, fuhr er fort. »Ich werde euch nicht erzählen, dass alles gut wird und ich euch nach Hause bringe. Was immer andere über uns Terraner denken mögen, tut hier und jetzt nichts zur Sache. Hier und jetzt sind wir auf uns allein gestellt. Hier und jetzt haben wir niemanden außer uns. Deshalb möchte ich, dass ihr hier und jetzt die Person neben euch an den Händen fasst und ihm oder ihr in die Augen seht. Los, Leute, ich meine es ernst. Bewegt euch.«

Der Kommandant trat zu Elvia daHuck heran und nahm ihre Hände in die seinen. Die graublauen Augen der Frau schimmerten feucht. Zögernd folgten die ersten der Umstehenden seinem Beispiel und nach ein paar Minuten hatten sich fast hundert Paare gebildet, die sich stumm im strömenden Regen gegenüber standen und anschauten.

»Seht euch die Person vor euch gut an«, rief Adrian Deubtar. »Sie hat dasselbe durchgemacht wie ihr. Sie hat fast alles verloren, was ihr etwas bedeutet. Sie hat Angst, sie hat Hunger, sie fühlt sich erbärmlich und fragt sich, ob sie die nächsten Tage überleben wird.«

Adrian machte eine kurze Pause, ließ den Moment auf sich und die anderen wirken. Er spürte, dass etwas geschah, etwas, das schwer zu fassen war, weil man es nicht sehen oder hören konnte. Elvia lächelte ihn an, und diesmal lag eine Spur Optimismus in ihrem Gesicht.

»Angst!«, redete er weiter und stieß das Wort so laut hervor, dass einige der Frauen und Männer in seiner Nähe zusammenzuckten. »Verzweiflung! Mutlosigkeit! Ist es das, was ihr seht? Ist es das, was ihr empfindet? Ich verrate euch ein kleines Geheimnis: Das ist nur die Oberfläche, das Äußerliche. Angst und Verzweiflung haben die Angewohnheit, sich nach vorn zu drängen, weil sie ohne unsere Hilfe schwach und machtlos sind. Sie leben von unserer Verzagtheit, von unserer Zurückhaltung, von dem Verlangen, in schwierigen Situationen aufzugeben. Sie wollen uns einreden, dass wir genauso verängstigt und ohnmächtig sind wie sie selbst, und viel zu oft schenken wir ihren Einflüsterungen Glauben.

Unser Schicksal ist nicht in Stein gebrannt wie die Namen auf der Felswand dort vorn, die Namen jener, die wir verloren haben. Und wenn ihr denkt, es gäbe nichts mehr, für das es sich zu kämpfen lohnt, wenn ihr glaubt, dass wir auf dieser Welt früher oder später umkommen werden, egal was wir tun, dann irrt ihr euch. Jeder einzelne von uns hat die verdammte *Pflicht* zu kämpfen, die verdammte *Pflicht* zu überleben, denn wir dürfen es nicht zulassen, dass unsere Kameraden umsonst gestorben sind.

Nennt mich einen Phantasten, haltet mich meinetwegen für verrückt, aber ich bin fest davon überzeugt, dass wir eine Chance haben. Wir sind Terraner, und wenn in dem, was man über uns sagt, nur ein Fünkchen Wahrheit steckt, dann werden wir das hier durchstehen. Gemeinsam!«

Der Kommandant erwiderte Elvias Lächeln und erhob noch einmal seine Stimme.

»Schaut eurem Gegenüber in die Augen und macht euch klar, dass niemand hier allein ist. Eure Stärke ist die Stärke der Gemeinschaft. Wir können denken und handeln und deshalb die Angst und die Verzweiflung besiegen. Lasst es uns zusammen tun, und ich garantiere euch, dass ihr erstaunt sein werdet, zu was wir fähig sind.«

Adrian horchte in das sich anschließende Schweigen hinein. Es war eine vielversprechende, eine verheißungsvolle Stille. Die Enttäuschung war zumindest für wenige Augenblicke gewichen und hatte dem Trotz Platz gemacht. Der Kommandant beugte sich zu Elvia hinunter.

»Ich liebe dich, El«, flüsterte er, sodass nur sie es hören konnte.

Kapitel 7

29. April 2867
Adrian Deubtar

»Probleme, Doc?«

Adrian Deubtar ließ seinen Rucksack achtlos auf den Boden fallen. Die Gruppe hatte eine hügelige Ebene erreicht, auf der zahllose Geysire ein beeindruckendes Naturschauspiel aufführten. Immer wieder schossen kochende Fontänen aus Wasser und Dampf bis zu hundert Meter in die Höhe. Darko Loevej, der nach dem Vorfall in der Zentrale wieder genesen und dessen Verletzungen zumindest äußerlich halbwegs abgeheilt waren, hatte dem Kommandanten die Funktionsweise der heißen Quellen erklärt.

»Geysire bestehen in der Hauptsache aus einem unterirdischen Wasserreservoir und einem langen, engen Eruptionskanal, der durch das Gestein an die Oberfläche führt«, hatte der Hobbygeologe erläutert. »Das Wasser wird von Magmakammern, sogenannten Plumen, auf über hundert Grad Celsius aufgeheizt, wobei der Druck der im Kanal stehenden Wassersäule ein Sieden zunächst verhindert. Erst wenn sich die Temperatur weiter erhöht, bilden sich Dampfblasen, die nach oben steigen und einen Teil des Wassers mitnehmen. Dadurch fällt der Druck im Reservoir rapide ab, das heiße Wasser verwandelt sich schlagartig in Dampf und treibt als Fontäne aus.«

Geysire waren typisch für vulkanisch aktive Landstriche. Adrian hatte deshalb eine zweistündige Rast angeordnet und Darko zusammen mit drei weiteren Männern losgeschickt, um die Ebene zu erkunden. Falls eine Überquerung nicht sicher war, musste man das Hindernis notfalls umgehen, auch wenn das einen erheblichen Umweg bedeute hätte.

»Ich bin mir nicht sicher.« Doktor Hektor Robertson, Bordarzt der EX-856 und ausgewiesener Liebhaber antiker TriVid-Serien, schob die altmodische Brille zurück auf die Nasenwurzel. Die archaische Sehhilfe mit den millimeterdicken Gläsern und dem breiten, schwarzen Rahmen war in Mannschaftskreisen immer wieder Anlass für milden Spott gewesen und ließ den schlanken Mann stets ein wenig einfältig wirken. Dennoch verweigerte er sich standhaft einer mikrochirurgischen Augenkorrektur, einem an sich harmlosen Eingriff von wenigen Minuten Dauer, der seine Kurzsichtigkeit sofort und bleibend geheilt hätte.

»Auf den ersten Blick handelt es sich um eine normale Pilzinfektion, was bei den herrschenden klimatischen Bedingungen kein Wunder ist. Ich tippe auf Dermatophyten, also Fadenpilze, genauer gesagt auf die Gattung der Trichophyone. Pilze mögen es warm und feucht. Sehen Sie sich das an, Kommandant.«

Robertson winkte Adrian näher heran. Im Gegensatz zu den meisten anderen Überlebenden war er bei der förmlichen Anrede geblieben.

Robertsons Patient war ein Wissenschaftler aus dem Team der Astrophysiker. Adrian kam im Moment nicht auf den Namen, doch er kannte den hageren Mann mit den Sommersprossen im Gesicht aus den regelmäßigen Abteilungsbesprechungen. Er hockte mit herabhängenden Schultern und entblößtem Oberkörper auf einem Felsblock.

»Heben Sie die Arme, O'Bannon«, befahl der Arzt barsch. Der Angesprochene tat wie ihm geheißen.

»Der Befall zeigt sich in beiden Achselhöhlen.« Hektor Robertson ließ die Brille bis auf die Nasenspitze rutschen und spähte darüber hinweg. Seine Pupillen sprangen rastlos hin und her.

»Die Epidermis hat sich einen halben Millimeter über Normalniveau erhoben und weist die üblichen konzentrischen

Wachstumsringe aus. Allerdings ist die Haut innerhalb der Ringe nicht wie erwartet abgeheilt, sondern stark entzündet.«

»Wie fühlen Sie sich … Maurice, richtig?«, fragte Adrian. Nachdem Doc Robertson den Nachnamen des Mannes genannt hatte, fiel ihm nun auch wieder dessen Vorname ein.

»Ja, Sir.« Maurice O'Bannon nickte. »Das Schlimmste ist das verdammte Jucken. Aber wenn ich mich kratze, fängt es an zu bluten und tut dann höllisch weh.«

»Besteht die Gefahr, dass es sich weiter ausbreitet?«, wandte sich der Kommandant wieder an den Mediziner.

»Ich habe ein Breitbandantimykotika gespritzt«, antwortete Robertson. »Das sollte normalerweise reichen, aber falls weitere Fälle auftreten, werde ich die verfügbaren Medikamente schnell aufgebraucht haben.«

»Ist es möglich, dass dieser Planet etwas mit der Erkrankung zu tun hat?«

»Nicht nur möglich, sondern sehr wahrscheinlich«, erwiderte der Arzt. »Mykosen werden größtenteils indirekt durch Hautschuppen und in seltenen Fällen durch die Luft übertragen. Da die Atmosphäre an Bord eines Raumschiffs ständig gereinigt und gefiltert wird, treten Pilzinfektionen dort so gut wie nie auf.«

»Na schön«, seufzte der Kommandant. »Beobachten Sie den Fall weiter und versuchen Sie herauszufinden, wie sich Mr. O'Bannon angesteckt hat. Wenn sich an seinem Zustand etwas ändert, will ich es sofort wissen.«

»Verstanden, Sir.«

»Und Sie halten den Kopf hoch und die Achselhöhlen trocken, junger Mann«, sagte Adrian an den Astrophysiker gewandt, der sich soeben wieder in seine klamme Kombination quälte.

»Unser Doc ist vielleicht nicht gerade jemand, den man aufgrund seiner überschäumenden Freundlichkeit sofort ins Herz schließt, aber er versteht sein Fach. Sie sind bei ihm in den besten Händen.«

»Danke.« Maurice O'Bannon lächelte. »Das weiß ich.«

Dr. Hektor Robertson schob seine Brille nach oben und schwieg.

»Was machst du da?«

Lukas Bonfell-Heroe zuckte wie vom Blitz getroffen zusammen. »Verflucht noch mal«, stieß er hervor. »Macht es dir eigentlich Spaß mich zu erschrecken? Ich wünschte, du würdest dich nicht jedes Mal hinterrücks an mich heranschleichen.«

»Ich schleiche nicht«, entgegnete Monique Morizur. »Ich habe lediglich einen weiblich-eleganten Gang.«

Der Funkoffizier verzog das Gesicht, als hätte er in eine Zitrone gebissen und widmete sich wieder seiner Tätigkeit. Monique ging in die Hocke und sah ihm dabei zu.

»Das ist dieses komische farblose Moos, das hier überall wächst, nicht wahr?«, wollte sie wissen.

»Scharfsinnig beobachtet«, knurrte Bonfeld-Heroe.

»Ich wusste nicht, dass du dich für Pflanzenkunde interessierst.«

Der Funkoffizier hielt inne und hob den Kopf. Sein Brustkorb hob und senkte sich unter einem tiefen Atemzug. Dann drehte er sich wieder zu Monique um.

»Okay«, sagte er mit süßsaurem Lächeln. »Du willst also wissen, warum ich dieses komische Moos zerkleinere und in Plastiktüten fülle.«

»Na ja, vielleicht kann ich dir helfen. Ich habe vier Semester Botanik auf Epsal studiert und ...«

»... und du wirst mich nicht in Ruhe lassen, bevor ich dir nicht gesagt habe, was ich hier tue«, unterbrach sie Lukas.

Moniques Züge verhärteten sich. Die Spuren, die die Splitter des explodierenden Bildschirms in ihrem Gesicht hinterlassen hatten, waren noch immer deutlich zu sehen und würden ohne eine kosmetische Operation auch nicht verschwinden. So lange sie auf Interlude festsaßen, würde die Chefwissenschaftlerin mit den Entstellungen leben müssen.

»Entschuldige, Lukas«, sagte Monique leise. »Ich … ich wollte dich nicht bedrängen.«

Sie wollte aufstehen und gehen, doch der Funkoffizier hielt sie zurück.

»Warte, Monique. So war das nicht gemeint. Bitte bleib. Vier Semester Botanik könnten mir noch nützlich sein.«

Monique lächelte schwach und legte den Kopf schief. »Also? Was machst du da?«

»Ich werde dir etwas zeigen«, antwortete Lukas Bonfell-Heroe. Er griff mit der rechten Hand in die Innentasche seiner Kombination und förderte eine weitere Plastiktüte zutage. Im Gegensatz zu allen anderen enthielt sie jedoch kein Moos, sondern eine bunt bedruckte Pappschachtel.

»Weißt du was das ist?«

»Eine Schachtel Zigaretten«, erwiderte Monique Morizur.

»Falsch!« Lukas schüttelte den Kopf so heftig, dass Wassertropfen nach rechts und links spritzten.

»Das ist *die letzte Schachtel Zigaretten* auf Interlude. Ist dir klar, was das bedeutet?«

Monique legte die Stirn in Falten. »Um ehrlich zu sein, nein.«

»In wenigen Tagen«, sprach Lukas mit Grabesstimme weiter, »habe ich nichts mehr zu rauchen.«

Monique nickte bedächtig. Sie war sich nicht sicher, ob es ihr Gegenüber wirklich ernst meinte, oder sich nur über sie lustig machte. Natürlich wusste sie, dass Lukas Bonfeld-Heroe ein leidenschaftlicher Raucher war. Mehr noch: Er rauchte ausschließlich – wie er es auszudrücken pflegte – *echte* Zigaretten, also nicht die handelsüblichen schadstofffreien, mit Vitaminen und anderen, das allgemeine Wohlbefinden fördernden Substanzen versetzten, sondern die aus natürlich angebautem Tabak hergestellten Marken. Letztere waren bekanntermaßen nicht nur sehr ungesund, sondern auch schwer zu bekommen.

»Ich verstehe nicht, was das alles mit dem Moos …«, begann Monique und hielt inne, als ihr plötzlich ein Licht aufging. Mit einer Mischung aus Unglaube und Belustigung starrte sie den Funkoffizier an.

»Das ist nicht dein Ernst«, sagte sie. »Du willst das Zeug … rauchen?«

»Ich kann es zumindest versuchen, oder?« Lukas Bonfell-Heroe schien mit etwas mehr Begeisterung seiner Zuhörerin gerechnet zu haben, denn er wandte sich brüsk ab und begann wieder mit seinem gesammelten Moos und den Plastiktüten zu hantieren.

»Die Schwierigkeit ist, dass ich das Zeug nicht trocken kriege. Hier ist es feuchter als im tropischen Regenwald.«

»Lukas.« Die Chefwissenschaftlerin legte dem Mann eine Hand auf die Schulter. »Dir ist doch hoffentlich klar, dass du mit deinem Leben spielst, oder? Wir haben nicht den Hauch einer Ahnung, wie sich dieses Moos zusammensetzt. Es kann hochgiftig sein. Bitte sag mir, dass das alles nur ein dummer Scherz ist.«

»Ein Scherz?« Der Funkoffizier schob ihre Hand von seiner Schulter. »Ich will dich nicht deiner Illusionen berauben, Schätzchen, aber was glaubst du wie lange wir hier überleben werden? Adrian spricht es natürlich nicht laut aus, aber er weiß genau, dass wir allenfalls noch ein paar Monate durchhalten. All das schöne Gerede von uns Terranern, die wir niemals aufgeben, von Pflicht und Heldenmut. Alles wird gut, wir müssen uns nur lieb haben und das Banner des Solaren Imperiums hochhalten. Ich bitte dich, so naiv bist du nicht.«

»Glaubst du etwa, dass deine Lösung so viel besser ist?«, erwiderte Monique Morizur. »Sollen wir uns alle eine Zigarette zwischen die Lippen stecken und auf den Tod warten? Das ist feige, Lukas. Feige und beschämend. Wer sagt dir, dass nicht in zwei oder drei Monaten, meinetwegen auch in zwei oder drei Jahren, ein Raumschiff auf Interlude landet? Vielleicht, weil es die Wasservorräte auffüllen will, weil Reparaturarbeiten durchgeführt werden müssen, weil die Besatzung den Planeten erforschen möchte, oder einfach nur aus Zufall.«

»Das ist Wunschdenken!«

»Nein«, widersprach Monique. »Das ist der Glaube an eine Zukunft, egal, wie sie aussehen mag. Ich habe noch keine Lust zu sterben, Lukas. Es gibt viel zu viel, für das es sich zu leben, für das es sich zu kämpfen lohnt.«

»Dann lass dich nicht aufhalten«, knurrte der Funkoffizier.

Monique Morizur wartete noch einige Sekunden, doch Lukas Bonfell-Heroe ignorierte sie einfach. Mit einem Achselzucken ließ sie ihn allein und ging.

»Der Boden ist stabil!«, rief Darko Loevej. »Granit oder etwas ähnliches. Wenn es hier vulkanische Aktivität gegeben hat, dann liegt sie schon lange zurück.«

»Bist du sicher?« Malinka Odonobe stampfte heftig mit dem rechten Fuß auf, so als könne er dadurch tatsächlich die Beschaffenheit des Geländes prüfen.

»So sicher wie ich ohne Georadar und Massenspektrometer sein kann. Die Anzahl der Geysire ist ziemlich hoch. Das lässt vermuten, dass sich die entsprechenden Magmafelder großflächig unter der gesamten Ebene entlang ziehen. Für einen Ausbruch haben sie deshalb zu wenig Druck.«

»Dann können wir zu den anderen zurückgehen?«, fragte William Palin. Darkos zweiter Begleiter hatte einige Steine aufgehoben und warf sie lustlos durch die Gegend. Das Klacken, mit dem die Wurfgeschosse aufprallten, klang ungewöhnlich satt, eine Folge der hohen Luftfeuchtigkeit und des fehlenden Echos.

»Eine Minute noch«, sagte der Ortungsoffizier. »Ich würde mir gerne eine der Quellen etwas näher ansehen.«

»Wozu?« Das war wieder Odonobe. Seine pechschwarze Haut kontrastierte stark mit dem hellen Gestein. Wenn Darko die Augen zusammenkniff, sah der Mann aus wie ein Scherenschnitt.

»Weil ich wissen will, welchen Durchmesser der Eruptionskanal hat«, erklärte er geduldig. »Es gibt verschiedene Typen von Geysiren und aus der Beschaffenheit ihrer Kanäle kann man auf die geologische Struktur des Untergrunds schließen.«

»Aha«, sagte Odonobe gleichgültig. Er hab sich keinerlei Mühe, sein Desinteresse zu verbergen.

Darko Loevej ließ die beiden Männer einfach stehen und machte sich auf den Weg zu dem seinem Standort nächstgelegenen Geysir. Er hatte ihn in der letzten Stunde aufmerksam beobachtet. Die Quelle eruptierte etwa alle fünfzehn Minuten.

Unter anderen Umständen hätte Darko Wochen auf der Ebene verbringen können. Sie erinnerte ihn an das obere Geysirbecken im Yellowstone Nationalpark auf der Erde, das er als Kind oft mit seinem Vater besucht hatte. Dort konzentrierten sich rund ein Viertel aller auf Terra bekannten heißen Quellen, unter anderem *Old Faithful*, einer, wenn nicht gar *der* bekannteste irdische Geysir überhaupt. Seine Ausbrüche konnten bis zu fünf Minuten andauern. In dieser Zeit schleuderte er mehrere zehntausend Liter Wasser bis zu 55 Meter in die Höhe. Für einen kleinen Jungen war das ein beeindruckendes Schauspiel, doch auch später, als Erwachsener, hatte Darko manchmal stundenlang vor der mächtigen Fontäne gestanden und sich an ihrer Erhabenheit erfreut.

Normalerweise erloschen Geysire früher oder später. Die ständige Aktivität weitete den Eruptionskanal so lange, bis der von unten wirkende Druck irgendwann nicht mehr ausreichte, um einen Ausbruch auszulösen. Im Falle von Old Faithful hatte der Mensch mit moderner Technik eingegriffen. Bereits im Jahr 2341 war sein 11 Meter tiefer und im Durchschnitt neunzehn Zentimeter durchmessender Kanal mit einer hauchdünnen Stahlplastschicht ausgegossen worden, um weiterer Ausdehnung und Erosion vorzubeugen. 2411 hatte man schließlich zwei positronisch gesteuerte Antigravprojektoren installiert, um Höhe und Dichte der Fontäne sowie die Ausbruchsintervalle regulieren zu können.

Darko schüttelte die Erinnerungen ab und konzentrierte sich wieder auf das, was vor ihm lag. Schon auf hundert Meter

Entfernung spürte er den feinen Nebel aus Wassertröpfchen, den der Wind ihm entgegenwehte. Er schaute kurz über die Schulter. Odonobe und Palin waren zurückgeblieben, was ihm ganz recht war. Er wäre ohnehin am liebsten allein losgezogen, doch Adrian hatte aus Sicherheitsgründen auf eine Begleitung bestanden.

Nach Darkos Schätzung musste der nächste Ausbruch unmittelbar bevorstehen. Danach würde er sich der Quelle relativ gefahrlos nähern können. Er blieb stehen und lauschte aufmerksam. Manchmal, wenn die Magmakammer nicht zu tief lag, konnte man die Dampfbildung im Erdinneren als fernes Grummeln wahrnehmen. In seltenen Fällen kündigte sich die Eruption sogar mit einem kaum merklichen Beben an.

Doch er hörte nichts. Nur das Heulen des Windes, der über die wenigen Erhebungen der Ebene strich und ihm das Haar zauste. Sie würden das Geysirfeld ohne Gefahr überqueren können, davon war Darko Loevej schon kurz nach seinem Aufbruch überzeugt gewesen, doch die Gelegenheit, eines der größten Vorkommen an heißen Quellen in der Milchstraße näher in Augenschein zu nehmen, wollte sich der Hobbygeologe auf keinen Fall entgehen lassen. Im Yellowstone Nationalpark waren rund fünfhundert Geysire registriert; hier auf der Ebene mochten es mehrere tausend sein.

Die Wassersäule schien mit einem Mal senkrecht vor ihm in der Luft zu stehen. Ein ohrenbetäubendes Zischen begleitete den Ausbruch. Heißer Dampf breitete sich nach allen Seiten aus. Darko legte den Kopf in den Nacken, um die Fontäne, die schnell ausfaserte und vom Wind abgetrieben wurde, in ihrer ganzen Pracht erfassen zu können. Je nach Wasserdruck konnte der Dampf eine Temperatur von bis zu 130 Grad Celsius erreichen. Natürlich kühlte er während des Aufstiegs im Eruptionskanal ab, doch die Hitze, die ein solcher Ausbruch freisetzte, war auch mit einigem Abstand noch deutlich spürbar. Darko hätte viel darum gegeben, wenn er jetzt ein paar seiner Messgeräte von Bord der EX-856 zur Verfügung gehabt hätte.

Reflexartig hob er den Arm und sah auf den Chronometer am linken Handgelenk. Wie alle anderen technischen Geräte hatte auch dieser längst aufgehört zu funktionieren. Langsam zählte Darko die Sekunden mit. Als er bei 164 angelangt war, fiel die Fontäne in sich zusammen. Dennoch wartete er noch ein paar Minuten ab. Ein Geysir war kein Uhrwerk, und nach einer Eruption konnte es durchaus zu weiteren, wenn auch weniger heftigen Ausbrüchen kommen. In Fachkreisen wurde so etwas *Nachspucken* genannt.

Darko 1, wie der Ortungsoffizier die Quelle für sich getauft hatte, verzichtete auf solcherlei Mätzchen und blieb brav. Je näher Loevej seinem Ziel kam, desto überzeugter war er, es hier mit einem sogenannten düsenartigen Geysir zu tun zu haben. Diese zeichneten sich durch einen sehr langen und schmalen Eruptionskanal und eine kaum vorhandene Teichbildung aus. Letzteres hieß nichts anderes, als dass sie ihre Wassermassen so hoch und weit zu schleudern imstande waren, dass es so gut wie keinen Rückfluss gab. Der Nachschub für das Reservoir erfolgte über den Grundwasserspiegel.

Darko umrundete die Quelle einmal und trat dann bis an den Rand des Sinterkegels heran, der die Mündung des Geysirs bildete. Der Kanal durchmaß mindestens vierzig Zentimeter. Der Terraner wischte sich über die Augen. Die Luft war unglaublich schwül. Zudem war der Regen wieder stärker geworden.

Seit der ebenso schmerzhaften wie beinahe tödlichen Episode in der Zentrale der EX-856, als er von den mysteriösen, aus seiner Steuerkonsole herausschießenden Silberfäden getroffen worden war, litt er unter diffusen Beschwerden, die sich als nicht eindeutig zu lokalisierendes Druckgefühl am ganzen Körper äußerten. Manchmal schien jeder einzelne Quadratzentimeter seiner Haut in Flammen zu stehen, dann wieder taten nur die Verbrennungen weh, die er im Gesicht erlitten hatte und die längst vernarbt waren. Die Schmerzen verschlimmerten sich immer dann, wenn es regnete – und das tat es auf Interlude beinahe ständig.

Irrte er sich, oder schimmerte das Gestein um den Sinterkegel leicht rötlich? Nein, er irrte sich nicht. An mehreren Stellen schien der Boden porös zu sein, eine beinahe blasenartige Struktur zu besitzen. In seinem Rücken hörte er seine beiden Begleiter rufen. Er drehte sich um. Odonobe und Palin waren rund vierhundert Meter entfernt. Was sie riefen, konnte Darko nicht verstehen. Dabei winkten sie aufgeregt mit den Armen.

»Schon gut, schon gut«, brummte der Ortungsoffizier und winkte lässig zurück. »Ich bin gleich fertig.«

Er ließ sich auf die Knie sinken und tastete sich behutsam an die Kanalmündung heran. Der umgebende Fels war warm, jedoch nicht heiß. Er würde also problemlos eine Probe des rötlichen Gesteins nehmen können. Mit geübtem Griff öffnete er das schmale, schwarze Metalletui an seinem Gürtel und holte den kleinen Geologenhammer daraus hervor. Mit Zeige- und Mittelfinger der rechten Hand strich er über die raue Oberfläche des Sinterkegels. Aussehen und Charakter des Materials erinnerten ihn an Hämatit, ein auf vielen Planeten der Milchstraße vorkommendes Mineral aus der Klasse der Oxide. Allerdings stimmten Glanz und Farbe nicht überein.

Das Gestein erwies sich als ungewöhnlich hart. Er musste kräftig ausholen und mehrfach fest zuschlagen, bevor sich drei kleinere Brocken lösten. Darko betrachtete die Bruchstücke auf seiner Handfläche. Das rötliche Schimmern war jetzt verschwunden und die Proben sahen aus wie ganz normales Granit.

Der Hobbygeologe schüttelte den Kopf und ließ seine Beute in der Brusttasche der Kombination verschwinden. Er wollte gerade aufstehen, als er aus den Augenwinkeln eine Bewegung wahrnahm. Dort, wo er soeben mit seinem Hammer drei winzige Löcher in den Fels gehauen hatte, schob sich ein ein Millimeter dicker Wurm aus dem Stein. Bislang war man auf Interlude noch auf keinerlei tierisches Leben gestoßen, auch wenn die Evolutionsbiologen unter den Gestrandeten fest davon überzeugt waren, dass der Riesenozean nur so vor Tieren wimmeln müsse.

Darko beugte sich tief hinunter, um den Wurm besser sehen zu können. Dessen Körper war durchgehend transparent und unter der gallertartigen Haut verlief eine Reihe von langen, hauchdünnen Fasern, etwa so dick wie ein menschliches Haar. Das Tier bewegte den vorderen Teil seines Körpers ruckartig hin und her, so als wolle es sich orientieren. Allerdings konnte der Ortungsoffizier keinerlei Sinnesorgane ausmachen.

»Wahnsinn«, flüsterte Darko und nestelte aufgeregt an seinen Gürteletui, das neben Hammer, Meißel und einigen unzerbrechlichen Glasplaströhrchen zur Aufbewahrung von Proben auch eine Pinzette enthielt. In seinem Kopf jagten sich die Gedanken. Wie konnte dieser Wurm hier existieren? Wie schützte er sich gegen die mörderischen Temperaturen? Wovon ernährte er sich? Und wie, um alles in der Welt, bewegte er sich durch festes Gestein?

»Keine Angst, Kleiner« sagte Darko und näherte sich mit der Pinzette dem sich nach wie vor wie im Takt einer unbekannten Melodie wiegenden Wurm.

»Ich will dir nicht wehtun.«

Kurz bevor der Terraner zupacken konnte, erstarrte das Tier in der Bewegung – und war eine Sekunde später im Boden verschwunden.

»Verdammter Mist!«

Darko zog erneut den Hammer hervor und führte einige weitere Schläge gegen den Sinterkegel. Es gelang ihm zwar, ein paar zusätzliche Felsbröckchen zu lösen, die er zu den anderen in die Brusttasche steckte, doch der Wurm kehrte nicht zurück. Um ehrlich zu sein, hatte der Funkoffizier auch nicht unbedingt damit gerechnet.

Ein tiefes Brummen unter ihm machte ihm schlagartig bewusst, dass er in seiner Begeisterung über seine Entdeckungen die Zeit vergessen hatte. Wie lange hielt er sich bereits an der Quelle auf? Erst jetzt hörte er das Rufen von Malinka Odonobe und William Palin. Die beiden Männer waren regelrecht außer sich, sprangen auf und ab und winkten wie von Sinnen.

Ein Zischen, gefolgt von einer mächtigen Dampfwolke, trieb Darko auf die Beine. Der Geysir konnte jeden Moment eruptieren, und der Hobbygeologe wusste sehr genau, was das für ihn bedeutete. Er hatte mehr als einen Bericht über Unfälle in Verbindung mit heißen Quellen gelesen, und keiner davon war besonders appetitlich gewesen. Schwere Verbrühungen waren dabei noch die harmloseren Folgen gewesen. Die aufgeheizte Luft konnte Lungen und Schleimhäute irreparabel schädigen; zudem produzierten einige Geysire giftige Gase.

Darko kam genau zwei Schritte weit. Der glitschige Untergrund schien auf einmal Wellen zu schlagen. Er rutschte aus und stürzte zu Boden. Der Hammer, den er bis dahin in der Hand gehalten hatte, entglitt ihm und schlitterte davon.

Auf allen Vieren krabbelte Darko weiter. Panik hatte die Kontrolle übernommen. Den Vorzeichen nach stand diesmal ein ganz besonders heftiger Ausbruch bevor. Er schalt sich selbst einen Narren. Wie hatte er nur so unvorsichtig sein können? Unvorsichtig und dumm! Schon in der Grundausbildung zum Dienst in der Explorerflotte bekam man eingehämmert, dass Besonnenheit und das Abwägen von Risiken zu den wichtigsten Eigenschaften eines guten Forschers gehörten. Er hatte diese Grundsätze sträflich missachtet.

Die Eruption war so stark, dass sie ein weiteres Beben auslöste. Darko schrie, doch das Brausen der aus dem Kanal schießenden Wassersäule übertönte jedes andere Geräusch. Der Funkoffizier versuchte auf die Beine zu kommen, doch er rutschte immer wieder aus. Das Atmen wurde zur Qual. Er glaubte gleichzeitig zu ertrinken und zu ersticken. Die Kombination klebte nass und heiß an seinem Körper.

Irgendwann spürte er eine Berührung an den Armen. Er schlug und trat um sich, begriff nicht, was geschah. Jemand gab ihm zwei kräftige Ohrfeigen, doch erst als aus dem Grau um ihn herum das dunkle Gesicht Malinka Odonobes auftauchte, beruhigte sich Darko. Die Lippen Odonobes bewegten sich, ohne dass der Ortungsoffizier verstehen konnte, was dieser sagte. In seinen Ohren klang immer noch das furchtbare Zischen und Rauschen des Geysirs.

»Bist du okay?« William Palins Stimme war nur ein schwaches Murmeln.

Darko Loevej nickte. Die Erleichterung erfasste ihn mit solcher Macht, dass er nicht anders konnte, als in hysterisches Gelächter auszubrechen. Die verdatterten Gesichter von Odonobe und Palin taten das übrige. Der Hobbygeologe lachte, bis er völlig außer Atem war. Einige Minuten später war alles vorbei. Darko war gerade noch einmal mit dem Schrecken davon gekommen und schwor sich bei allem, was ihm heilig war, nie wieder derart fahrlässig zu handeln.

»Danke«, sagte er an Odonobe und Palin gewandt. »Ihr habt etwas gut bei mir.«

»Schon okay«, winkte Malinka ab. »Aber was hast du da drüben eigentlich so lange getrieben?«

»Steine geklopft«, antwortete Darko und dachte an seinen verlorenen Hammer. Im Moment verspürte er wenig Lust, nach ihm zu suchen.

»Ich bin auf ein ungewöhnliches Mineral gestoßen«, sagte er und griff in seine Brusttasche, um die gesammelten Proben herauszuholen. »Natürlich kann ich ohne vernünftige Analyse nicht sicher sein, aber es scheint sich um eine Art …«

Er brach mitten im Satz ab. Sprachlos starrte er auf das, was da in seiner rechten Handfläche lag. Seine beiden Begleiter waren herangetreten und taten es ihm gleich.

»Was hast du?« wollte William Palin wissen. »Für mich sieht das aus wie ein ganz gewöhnlicher Stein.«

Darko Loevej schwieg. Wie hätte er den Männern seine Bestürzung auch erklären sollen? Er wusste ja selber nicht, was hier passiert war. Vor nicht weniger als zehn Minuten hatte er mindestens fünf oder sechs erbsengroße Stücke des rötlich schimmernden Minerals in seine Tasche gesteckt. Das, was da nun jedoch auf seiner Handfläche lag, war ein einzelner, massiver und walnussgroßer Brocken.

Kapitel 8

2. Mai 2867
Adrian Deubtar

Sie kamen nur langsam voran. Nach Adrians Schätzung hatten sie seit ihrem Aufbruch vor gut drei Tagen etwa 35 Kilometer zurückgelegt. Die Landschaft hatte sich dabei nur unwesentlich verändert. Noch immer dominierte der vegetationslose Felsboden, der lediglich ab und an von terrassenartigen Höhenzügen unterbrochen wurde.

Zwölf weitere Besatzungsmitglieder litten inzwischen an der unbekannten Pilzinfektion, die sich jedes Mal in den Achselhöhlen manifestierte. Der zuerst erkrankte Maurice O'Bannon war zwar bemüht, sich nichts anmerken zu lassen, doch es war nicht schwer zu erkennen, dass er Angst hatte. Der Pilz breitete sich mit erschreckender Geschwindigkeit aus und erstreckte sich bei ihm bereits über beide Seiten bis zu den Lenden hinunter. Gestern hatte Doc Robertson zudem einen Befall der Zunge und des Genitalbereichs festgestellt und heute morgen war O'Bannon mit starken Schmerzen im Unterbauch aufgewacht. Erst nach Gabe eines Sedativums war er überhaupt in der Lage gewesen, den Marsch fortzusetzen.

»Die Erreger sind wahrscheinlich über die Lunge in den Blutkreislauf gelangt«, sagte Hektor Robertson, als er mit Adrian allein war.

»Bestimmte Pilze sind durchaus in der Lage, innere Organe zu befallen. Mit dieser Art der Komplikation ist nicht zu spaßen. Wir können nur hoffen, dass das Immunsystem des Patienten stark genug ist, um mit den Eindringlingen fertig zu werden. Wenn nicht …« Er ließ den Satz unvollendet.

»Gibt es irgend etwas, das wir tun können?«, fragte Adrian Deubtar.

»Nein«, sagte der Arzt kopfschüttelnd. »Mit den Mitteln einer halbwegs brauchbaren Medostation hätte sich die Sache in wenigen Stunden erledigt, aber so …«

Angesichts dieser Perspektiven erschien das Rätsel um Darko Loevejs Gesteinsprobe eher unbedeutend. Adrian hatte sich den Bericht des Ortungsoffiziers angehört und einige Experten hinzugezogen. Diese hatten den Stein zerkleinert und beobachtet. Passiert war nichts, auch dann nicht, als sie die Einzelteile wieder in Darkos Brusttasche verfrachteten.

Darko schwor bei seiner Ehre, dass er sich das alles nicht nur eingebildet hatte, und Adrian glaubte ihm. Trotzdem machte die Tatsache, dass sich die Behauptungen des Hobbygeologen nicht beweisen ließen, auch dessen Bericht über den eigenartigen Wurm nicht gerade glaubwürdiger. Der Kommandant war nach eigener Einschätzung ein passabler Exobiologe und wusste, dass es eine Reihe von Lebewesen gab, die hohen Temperaturen widerstehen konnten. Ein Wurm, der sich durch massiven Fels bewegte und die Nähe heißer Quellen bevorzugte, erschien aber selbst ihm höchst zweifelhaft.

Adrian hatte die Besatzung in drei Gruppen aufgeteilt. Die fünfzig Kräftigsten gingen, angeführt von Thuram Rydberg, mit leichtem Gepäck voran und bestimmten ihr Marschtempo weitgehend selbst. Ihre Aufgabe war es, den Weg zu erkunden und in regelmäßigen Abständen Markierungen anzubringen oder Nachrichten zu hinterlassen, die den nachfolgenden Kameraden eine sichere Passage signalisierten. Sofern unüberwindbare Hindernisse oder andere Schwierigkeiten auftauchten, sollte die Vorhut auf das Gros der Überlebenden warten.

In der zweiten Gruppe waren all jene versammelt, die aus den verschiedensten Gründen nicht mit der Mehrheit mithalten konnten. Adrian hatte Monique Morizur als Kopf dieser etwa achtzig Personen zählenden Fraktion bestimmt. Niemand musste sich hier mit Gepäck abplagen; es ging nur darum, eine halbwegs akzeptable Geschwindigkeit zu halten und nicht zu weit hinter die erste Gruppe zurückzufallen.

Der Rest der Überlebenden bildete die Nachhut und war für den Transport der Ausrüstung zuständig. Deshalb sorgte Adrian dafür, dass die Angehörigen der ersten und letzten Gruppe regelmäßig die Plätze tauschten. Der Kommandant pendelte – von Darko Loevej unterstützt – zwischen den einzelnen Teilen der Karawane hin und her und sorgte dafür, dass man nicht zu weit auseinanderdriftete. Diese Form der Organisation hatte sich in den ersten Tagen des Marsches bewährt und wurde deshalb beibehalten.

Wie an jedem Abend trafen sich Adrian, Elvia, Darko, Monique, Thuram, Dr. Robertson und Lukas Bonfeld-Heroe auch diesmal kurz vor Sonnenuntergang zur Lagebesprechung.

»Wie geht es Maurice, Doc?«, fragte der Kommandant, nachdem sich alle auf dem Boden niedergelassen hatten. Jedem einzelnen waren die Strapazen der vergangenen Tage anzusehen.

»Schlechter als gestern, Sir«, antwortete der Arzt bedrückt. »Der Junge hält sich tapfer, aber ich sage Ihnen offen und ehrlich wie es ist: Wenn nicht ein Wunder geschieht, wird er die Woche nicht überleben. Sofern ich mit den bescheidenen Mitteln, die mir zur Verfügung stehen, überhaupt eine halbwegs brauchbare Diagnose stellen kann, würde ich sagen, dass der Pilz so gut wie alle lebenswichtigen Organe befallen hat. Er bildet mikroskopisch kleine Fäden aus, die sich durch das Gewebe schieben und dabei Sporen freisetzen. Ich kann zudem nicht ausschließen, dass sich die kleinen Biester über die Luft verbreiten und möchte deshalb noch einmal nachdrücklich empfehlen, die Kranken zu isolieren. Andernfalls riskieren wir eine Epidemie oder doch zumindest eine beschleunigte Ausbreitung der Infektion.«

»Isolation«, seufzte Adrian. »Sie wissen, was das bedeuten würde, Doc. Das Kollektiv wäre damit endgültig zerstört.«

»Ist es das nicht längst, Ad?«, warf Elvia daHuck ein. »Wenn Maurice tatsächlich stirbt, dann werden die anderen Infizierten zu Aussätzigen. Die Gruppe wird sie als Gefahr einstufen und früher oder später entsprechend handeln. Der Doc hat recht. Wir dürfen nicht länger warten.«

»Und was schlägst du vor?«, fragte Adrian gereizt. »Soll ich Maurice und die anderen einfach zurücklassen? Soll ich ihnen sagen, dass es mir leidtut, aber dass ich keine andere Wahl habe, als sie dem Wohl der Allgemeinheit zu opfern?«

»Niemand macht dir einen Vorwurf«, erwiderte Elvia gefasst. »Aber du bist immer noch der Kommandant. Die Leute hören auf dich. Wenn einer diese Entscheidung treffen kann, dann bist du es.«

Adrian Deubtar presste die Lippen zusammen. Wie so oft sprach Elvia auch die unbequemen Wahrheiten aus. Bislang hatte er noch gehofft, dass sich die Pilzinfektion von allein erledigte, dass die natürlichen Abwehrkräfte von O'Bannon und den anderen ausreichten, um der Krankheit Herr zu werden. Diese Hoffnung war spätestens mit dem ersten Toten endgültig zerstört.

»Wie sieht es bei den Vorräten aus, Lukas?«, fragte er.

»Bei strenger Rationierung«, antwortete der Angesprochene, »reichen die Konzentrate noch sechs, maximal sieben Tage. Danach müssen wir von dem leben, was uns Interlude bietet, und das ist – wenn Sie mir die Bemerkung gestatten, Sir – nicht gerade viel.«

»Monique«, wandte sich Adrian an die Chefwissenschaftlerin. »Hält deine Gruppe so lange durch?«

»Hat sie eine andere Wahl? Es sind nicht der Hunger, die Kälte und die Erschöpfung, die den Leuten den Mut nehmen. Es ist diese verfluchte Eintönigkeit. Sie marschieren Tag für Tag durch die ewig gleiche Felswüste und haben dabei mehr und mehr das Gefühl, dass sich daran nichts ändern wird. Es gibt kein Ziel, keine Hoffnung, keinen Garten Eden, den man in Besitz nehmen könnte, wie weit er auch immer entfernt sein mag. Sie verlieren den Glauben.«

Eine halbe Stunde später beendete Adrian die Besprechung. Während sich die Teilnehmer nach und nach zerstreuten, um die Vorbereitungen für die Nacht zu treffen, blieb Elvia sitzen, bis alle anderen gegangen waren. Verstohlen musterte er die zierliche Pilotin. Täuschte er sich, oder wies ihr Bauch bereits eine schwache Wölbung auf? Nein, er musste sich irren; dazu war es noch zu früh.

Nach einer Weile kam Elvia zu ihm herüber, ließ sich neben ihm zu Boden sinken und legte die Arme um ihn. Er zog sie zu sich heran, legte seinen Kopf an den ihren.

»Weißt du noch?«, hörte er Elvias leise Stimme direkt neben seinem Ohr. »Das *Ta-moas* in Atlan Village? Dort hast du bei unserem ersten gemeinsamen Abend versucht, mich mit Managara betrunken zu machen.«

»Du verdrehst die Tatsachen«, erwiderte Adrian und brachte tatsächlich ein Lächeln zustande.

»Du hast einen Cocktail nach dem anderen bestellt, um mit dem Kellner zu flirten, und warst beleidigt, weil der dich ignoriert hat.«

»Ich hatte schon immer eine Schwäche für Arkoniden.«

»Warum hast du dann *mich* genommen?«, fragte der Kommandant.

»Weil *du* mich nicht ignorierst hast.«

»War das der einzige Grund?«

»Einer von vielen«, flüsterte Elvia und küsste ihn. Als sich ihre Lippen wieder voneinander lösten, stieß sie ein kurzes Kichern aus und kratzte sich an der Nase.

Er schüttelte den Kopf. »Was?«

»Die Enthaarungscreme verliert langsam ihre Wirkung«, entgegnete Elvia. »Du bekommst einen Bart.«

»Daran wirst du dich wohl gewöhnen müssen«, sagte er.

Kapitel 9

4. Mai 2867
Adrian Deubtar

Obwohl Maurice O'Bannon ohne größeres Aufsehen verstarb, änderte sein Tod alles. Der Terraner war auf einmal verschwunden, und als Adrian ihn schließlich in sich zusammen gesunken hinter einer Reihe spitz aufragender Felsen fand, lebte er bereits nicht mehr. Doc Robertson untersuchte die Leiche kurz und zuckte mit den Schultern.

»Ohne O'Bannon haben wir jetzt 26 Infizierte«, bilanzierte er resignierend. »Bei keinem zeigt sich eine Immunreaktion, die Anlass zur Hoffung geben würde. Vier der Erkrankten sind nicht mehr in der Lage weiterzumarschieren. Ich bin alles andere als ein Pessimist, Sir, aber wenn wir nicht bald Unterschlupf und vor allem Nahrung finden, wird sich …«

»Danke, Doc!«, unterbrach Adrian den Arzt scharf. »Mir ist der Ernst der Lage bewusst.«

»Natürlich, Sir. Entschuldigen Sie mich«, sagte Hektor Robertson steif und ging.

Maurice O'Bannon wurde noch am selben Abend bestattet. Die Zeremonie war kurz, und die drei Männer, die der Kommandant anwies, den Körper mit Steinen zu bedecken, gehorchten nur widerwillig. In ihren Augen spiegelte sich dieselbe Furcht, die inzwischen so gut wie alle Überlebenden erfasst hatte. Die Furcht, sich anzustecken und damit ebenfalls zu den Todgeweihten zu gehören. Was Adrian schon länger befürchtet hatte, trat jetzt ein: Das Gefüge der Gruppe brach auseinander.

Der erste Vorfall ereignete sich einige Stunden später, als Adrian anhalten ließ und befahl, das Nachtlager aufzuschlagen. Die

Infizierten hatte sich bereits in den Tagen zuvor abgesondert und marschierten nicht nur getrennt, sondern campten auch rund hundert Meter abseits ihrer Kameraden. Lediglich Doc Robertson und Adrian selbst wagten sich in ihre Nähe; ersterer, um so gut es ging medizinische Hilfe zu leisten, letzterer, um Trost und Zuspruch zu spenden.

Lautes Geschrei schreckte den Kommandanten aus einem leichten Schlummer in den er gesunken war. Elvia, eingehüllt in eine hauchdünne Isolierdecke, schlief tief und fest unter der aufgespannten Folie, die zumindest den größten Teil des Regens abhielt. Adrian sprang auf die Beine und lief in die Richtung, aus der er den Tumult vernahm. Eine Schar von rund zwanzig Personen hatte sich um ein loderndes Feuer versammelt. Es war einer jener seltenen Glücksfälle gewesen, dass Lukas Bonfeld-Heroe ein Päckchen mit mehreren tausend antiken Zündhölzern aus der wracken EX-856 hatte retten können. Moderne Feuerzeuge, so behauptete der Fremdrassenpsychologe, verfälschten den Geschmack seiner geliebten Zigaretten. Adrian hatte die Zündhölzer an sich genommen, zumal Lukas ohnehin nichts mehr hatte, was er damit anstecken konnte, und wachte persönlich darüber, dass sie trocken und unversehrt blieben. Im Moment waren sie einer der wertvollsten Schätze der Gruppe.

Das Feuer brannte im Schutz eines primitiven, aus Felsen gebauten Ofens, der dafür sorgte, dass die Wärme gleichmäßig in eine Richtung abstrahlte. Die Versammelten, ausschließlich Männer, hatten einen Halbkreis gebildet. In seiner Mitte standen sich Zac Penrose, ein Chemiker aus der Fraktion der Gesunden, und Timothy Blake, ein Hyperstrukturmechaniker, der vor drei Tagen die ersten Symptome der Pilzinfektion gemeldet hatte, gegenüber. Blake hielt einen brennenden Ast in der Rechten, Penrose hatte einen scharfkantigen Stein in der Hand.

»Was geht hier vor?«

Adrian Deubtar stellte sich demonstrativ zwischen die beiden Streithähne und fixierte sie abwechselnd mit finsterem Blick.

»Sir«, rief der Chemiker. »Der Dreckskerl wollte sich an unseren Vorräten vergreifen. Ich habe ihn dabei erwischt, wie er sich am Schloss einer der Isolierboxen zu schaffen gemacht hat.«

»Du elender Lügner«, stieß Blake hervor und machte einen Schritt nach vorn. »Unser Feuer ist ausgegangen und ich wollte lediglich das hier …«, er deutete auf den brennenden Ast, »… um es wieder anzuzünden. Sie können gerne mitkommen und sich davon überzeugen, Sir.«

»Wen nennst du hier einen Lügner, du Bastard?« Penrose hob drohend die Hand mit dem Stein darin.

»Schluss damit!«

Der unbändige Zorn, der Adrian plötzlich packte, überraschte ihn selbst. Er zwang sich, ruhig zu bleiben, doch es kostete ihn gewaltige Anstrengung.

»Legen Sie den Stein weg, Zac«, befahl er scharf. »Ich werde mich nicht wiederholen.«

Penrose zog lautstark die Nase hoch und leckte sich die Lippen. Dann öffnete er seine Faust, und der Felsbrocken fiel mit einem dumpfen Schlag zu Boden.

»Und Sie, Timothy«, wandte sich der Kommandant an Blake, »gehen ruhig und gesittet zu den anderen zurück und zünden das Feuer wieder an. Haben wir uns verstanden?«

»Wenn er es überhaupt noch bis zu seinen kranken Brüdern und Schwestern schafft«, zischte Zac mit einem bösen Grinsen. »Wenn Sie mich fragen, Sir, sollten wir unsere kostbaren Reserven nicht an die da drüben verschwenden. In ein paar Tagen hat sich das Problem ohnehin erledigt.«

Ohne zu überlegen holte Adrian aus und schlug zu. Er legte all seine Wut, seine Enttäuschung und den in den langen Wochen auf Interlude angestauten Frust in diesen Schlag und noch in derselben Sekunde, in der seine Faust ins Gesicht seines Gegenübers krachte, wusste er, dass er einen Fehler gemacht hatte.

Penrose flog zurück und stürzte zu Boden. Blut schoss aus seiner Nase und spritzte auf die Kombination. Einige der anderen Männer wichen instinktiv zurück, andere starrten Adrian nur ungläubig an. Die meisten mochten wohl genauso wie Zac Penrose denken, sprachen es allerdings nicht offen aus.

Der Chemiker kam stöhnend und auf die Ellbogen gestützt wieder hoch, betastete seine Nase und starrte dann mit großen Augen auf seine blutverschmierte Hand.

»So lange ich hier noch etwas zu sagen habe«, erklärte Adrian Deubtar mit ruhiger Stimme, »werde ich solche Geschmacklosigkeiten nicht dulden. *Die da drüben*, wie Sie es so feinsinnig formulieren, Mr. Penrose, sind unsere Kameraden und Freunde. Sie haben mindestens so viel Angst wie jeder andere. Ich sage Ihnen etwas, meine Herren: Vielleicht werden wir alle auf diesem Planeten sterben, doch wenn es so sein sollte, dann möchte zumindest ich es mit Anstand tun!«

Er trat an den nach wir vor auf den Boden hockenden Mann heran und streckte die Hand aus.

»Ich entschuldige mich für meinen Ausbruch«, sagte er. »Ich hatte kein Recht, Sie zu schlagen, Zac, und es tut mir leid.«

Für einen Moment sah es so aus, als würde der Chemiker die Geste ignorieren, dann jedoch entspannten sich seine Züge und er ließ sich von Adrian aufhelfen.

»Schon gut, Sir«, murmelte er. »Ich hatte es verdient.«

Er ging zu dem bescheidenen Haufen Brennholz hinüber, das in der Hauptsache aus den Resten einer in dieser Gegend spärlich wachsenden Strauchart bestand, griff sich eine Handvoll und nickte Timothy Blake zu, der noch immer mit seinem brennenden Ast auf der Stelle verharrte.

»Komm schon, Tim«, sagte Zac Penrose. »Lass uns dieses beschissene Feuer wieder anzünden, bevor es der Regen wegspült.«

Adrian sah den beiden Männern hinterher, wie sie nebeneinander zum Lager der Infizierten hinüber schritten. Die übrigen Zuschauer zerstreuten sich schnell. Der Kommandant blieb noch mindestens eine Minute stehen und sah in die Nacht hinaus. Die fremden Sterne, die am Himmel standen und sich dort zu unbekannten Konstellationen gruppierten, machten ihm bewusst, wo er sich befand. Interlude war ihm fremd und würde es immer bleiben.

Kapitel 10

9. Mai 2867
Adrian Deubtar

Am Morgen hatten sie den vierzehnten Toten gefunden. 56 weitere Frauen und Männer waren infiziert. Die Konzentrate waren ausgegangen und die Vitamintabletten und Nährstoffpflaster würden noch zwei Tage reichen. Der Wettlauf mit der Zeit ging in die entscheidende Runde – und es sah ganz danach aus, als würden sie ihn verlieren.

In den vergangenen 48 Stunden hatte ihr Tross Kurs auf einen markanten Höhenzug gehalten, der sich über einige hundert Kilometer von Osten nach Westen erstreckte und an den sich Adrian dunkel erinnerte. Die wenigen Bilder der Oberfläche, die er von ihrem Absturz im Gedächtnis behalten hatte, reichten nicht einmal für eine grobe Orientierung aus, doch die Gebirgskette schwirrte wie ein lästiges Insekt in seinen Gedanken und ließ ihn auch im Schlaf nicht los. Je näher sie den Bergen kamen, desto überzeugter war er davon, dass sich dahinter das verbarg, was sie suchten. Die Frage war nur: Wie viele von ihnen würden einen kräftezehrenden Aufstieg und den nachfolgenden Treck ins Tal überstehen?

Das Gelände wurde bereits unmerklich steiler, was das ohnehin stetig sinkende Marschtempo weiter verringerte. Inzwischen kämpfte so gut wie jeder mit dem einen oder anderen Handicap. Blasen an den Füßen, schmerzende Gelenke und Rücken, Abschürfungen aufgrund von Stürzen, Durchfall, verstauchte Knöchel, aufgerissene Lippen und raue Haut – die Liste war lang. Hinzu kamen die erbärmlichen hygienischen Verhältnisse. Kleidung zum Wechseln gab es so gut wie keine und das, was man auf dem Leib trug, konnte man im besten Fall nur mit klarem Wasser waschen.

Wer seine Notdurft verrichtete, musste sich hinterher mit bloßen Händen reinigen, ein Umstand, der vielen der Überlebenden erhebliche Schwierigkeiten bereitete. Die ungehindert wuchernden Haare und Bärte waren noch das geringste Problem, sorgten jedoch dafür, dass die meisten eher wie Höhlenmenschen denn wie zivilisierte Terraner aussahen und sich auch so fühlten.

»Heute Abend dürften wir den Fuß der Berge erreichen«, sagte Adrian, der neben Elvia ging und ihre Hand hielt. Sie fühlte sich nass und kalt an.

»Wir werden dort einen Tag rasten und uns auf den letzten Abschnitt der Reise vorbereiten.«

Die Pilotin schwieg. Natürlich war sich der Kommandant der Doppeldeutigkeit seiner Aussage bewusst. Es würde tatsächlich der letzte Abschnitt ihrer Reise werden – so oder so. Entweder die Überquerung gelang und sie fanden auf der anderen Seite des Höhenzugs die Bedingungen, die sie zum Überleben brauchten, oder sie würden alle sterben.

»Weißt du, wovor ich am meisten Angst habe?«, fragte Adrian.

Elvia schüttelte den Kopf.

»Nicht, dass wir jenseits der Berge nichts weiter als die bekannte Einöde finden, sondern dass es niemanden mehr interessiert.«

»Wie meinst du das?«

»Hast du nicht die allgemeine Gleichgültigkeit bemerkt?«, erwiderte Adrian. »Die Leute marschieren, ja, aber sie tun es nicht aus Überzeugung, sondern um die Zeit zu überbrücken, wie Roboter, die darauf warten, dass ihre Batterie versagt und sie endlich stehen bleiben können. Als würden sie das Ende *herbeisehnen*.«

Elvia sah ihn nicht an. »Kannst du es ihnen verdenken?«

»Nein«, sagte Adrian leise. »Um ehrlich zu sein, wundert es mich sogar, dass wir so lange durchgehalten haben. Wusstest du, dass Sari Farasha, das Mädchen, das heute Nacht gestorben ist, gerade einmal 24 Jahre alt war? Monique kannte sie gut, weil sie des öfteren in ihrer Abteilung ausgeholfen hat. Farasha ist arabisch und heißt Schmetterling. Sie hat ihr Studium …«

Der Kommandant verstummte, weil ihm die Stimme versagte. Elvia blieb stehen und sah ihn mit Tränen in den Augen an.

»Hör auf damit, Adrian«, flüsterte sie erstickt. »Hör verdammt noch mal auf damit.«

»Ich kann nicht, Elvia.« Die Lippen des Terraners bebten. »Es ist … ich bin … ich wache jeden Morgen auf und frage mich, wen ich wohl diesmal verscharren muss. Und dann schaue ich in die Gesichter der Toten und stelle fest, dass ich so gut wie nichts über sie weiß. Sie haben sich *mir* anvertraut, El. Sie sind an Bord *meines* Schiffes gegangen und alles, was ich jetzt noch für sie tun kann, ist, ein paar leere Worte an ihrem Grab zu sprechen.«

»Was willst du von mir hören, Ad?«, entgegnete die Pilotin matt. »Dass es nicht deine Schuld ist? Dass *ich* dir keine Schuld gebe? Was glaubst du, was wir hier machen? Glaubst du, dass uns Gott für unsere Sünden bestraft? Glaubst du, dass das Universum angesichts dessen, was hier geschieht, den Atem anhält? Der Tod ist allgegenwärtig, Adrian. Wir können ihn bis zu einem gewissen Grad ignorieren, aber wenn wir wirklich hinsehen, wenn wir die Scheuklappen ablegen und die Welt nüchtern und ohne Sentimentalitäten betrachten, dann ist der Tod so ziemlich die einzige Wahrheit, die übrig bleibt.«

Adrian schüttelte den Kopf. »Das will … das kann ich nicht glauben.«

»Dann glaub es nicht«, erwiderte Elvia daHuck. »Es macht keinen Unterschied. *Nichts* macht einen Unterschied. Niemand von uns wird diesen Alptraum überleben. Ich nicht, du nicht und schon gar nicht das Kind, das ich in mir trage. Die Zukunft liegt hinter uns, Adrian. Und wenn du ehrlich zu dir selbst bist, dann gibst du zu, dass auch du das längst erkannt hast.«

»Nein!«

Der Kommandant hatte das Wort so laut hervorgestoßen, dass einige der vor und hinter ihnen gehenden Besatzungsmitglieder erstaunt aufschauten.

»Nein«, wiederholte er leiser. »Das werde ich nicht akzeptieren! Niemals! Und du solltest das auch nicht tun.«

Elvia sagte nichts, sah ihn nur traurig an. Adrian erwiderte ihren Blick. Seine Niedergeschlagenheit war mit einem Mal wie weggewischt. All den Opfern, die sie in den letzten Wochen gebracht hatten, all den Kameraden, die gestorben waren, standen plötzlich wieder Entschlossenheit und Hoffnung gegenüber. Vielleicht würde irgendwann der Zeitpunkt kommen, an dem es nicht mehr weiterging, doch noch war er nicht erreicht, noch waren sie nicht am Ende.

»Interlude wird mich nicht besiegen, El«, sagte Adrian und packte die zierliche Frau fest an den Schultern.

»Ich werde nicht aufgeben!«

Kapitel 11

10. Mai 2867
Adrian Deubtar

Adrian schätzte den Höhenunterschied, den sie überbrücken mussten, auf etwa achthundert Meter. Zunächst verlief der Anstieg eher moderat. Der Kommandant hatte sich Darko Loevej als Begleitung ausgewählt, weil dieser ein paar Erfahrungen im Klettern mitbrachte und im Rahmen seiner Leidenschaft für die Geologie bereits Ausflüge ins Holoi-Massiv auf Rudyn und ins Vayngebirge auf Tahun unternommen hatte. Gemeinsam gingen sie voran, um den sichersten Weg zu erkunden.

Nach einigen Stunden wurde das Gelände schwieriger. Immer öfter versperrten breite Steinstufen und steile Geröllfelder den direkten Weg. Als der Rote Riese im Mittag stand, erreichte das Pärchen den Rand einer kraterähnlichen Kluft, die wie ein Burggraben rings um eine Ansammlung spitzer Felsnadeln verlief.

»Hier kommen wir nicht weiter, Sir«, schnaufte Darko. »Wir müssen das Hindernis umgehen.«

»Sieht so aus«, stimmte Adrian enttäuscht zu. »Riechen Sie das?«

Der Ortungsoffizier schnupperte und nickte.

»Riecht verbrannt«, sagte er. »Nach Asche und Schwefel.« Er legte die flache Hand auf den Felsen neben ihm.

»Deutlich wärmer als die Luft«, nickte er, so als hätte er es erwartet.

»Sagen Sie mir bitte nicht, dass Sie einen Ausbruch befürchten, Darko.«

»Das hier ist kein Vulkangestein. Allerdings vermute ich, dass am Grund dieser Kluft ein Lavabecken liegt. Wenn von dort unten Dämpfe aufsteigen, können sie giftig sein oder doch zumindest die Atmung beeinträchtigen.«

»Großartig«, seufzte Adrian. »Noch mehr gute Nachrichten?«

»Im Moment nicht. Aber schauen Sie, Sir, dort oben, rechts neben der Formation, die wie ein Fliegenpilz aussieht.«

Der Kommandant folgte dem ausgestreckten Arm seines Begleiters mit den Augen. »Sieht aus wie ein Spalt.«

»Eher eine Schlucht. Wenn sie weit genug in das Massiv hineinreicht und sich nicht zu stark verengt, können wir einen erheblichen Teil unseres Weges abkürzen.«

»Dann sollten wir uns die Sache aus der Nähe ansehen.« Adrian strich sich eine Strähne seines dunkelbraunen Haares aus der Stirn und machte sich daran, auf dem schmalen Pfad weiterzugehen, den sie heraufgekommen waren. Seine an einigen Stellen zerrissene Kombination klebte unangenehm auf der Haut. Er schwitzte und fror gleichzeitig. Möglicherweise hatte er sich das Virus eingefangen. Kurz darauf standen die beiden Männer vor einer fast senkrechten Wand, die nach rund zehn Metern vor einem breiten Plateau endete.

»Lassen Sie mich vorausklettern, Sir«, sagte Darko Loevej, »und folgen Sie mir einfach. Achten Sie darauf, dass Sie jederzeit mit drei ihrer vier Gliedmaßen die Wand berühren und festen Halt haben. Prüfen Sie vor jedem Schritt oder Griff sorgfältig die Beschaffenheit des Gesteins.«

»In Ordnung.« Adrian nickte und ließ den Ortungsoffizier passieren.

Darko bewegte sich mit erstaunlicher Leichtigkeit und überwand das Hindernis innerhalb weniger Minuten.

»Keine Sorge, Sir«, rief er dem Kommandanten zu, als er das sichere Plateau erreicht hatte. »Es ist ganz leicht.«

Diese Einschätzung teilte Adrian nicht unbedingt. Zwar absolvierte auch er die Klettertour ohne größere Probleme, aber der Gedanke an jene Überlebenden, die der Aufenthalt auf Interlude bereits stark mitgenommen hatte, bereitete ihm große

Sorgen. Für diese Menschen würde die Wand nahezu unüberwindlich sein.

Nicht jetzt, ermahnte er sich selbst. *Mach einen Schritt nach dem anderen. Wie beim Klettern.*

Das Plateau erwies sich als größer als zunächst vermutet. Es lag zwischen zwei Steilwänden eingebettet und verlief nach einer jähen Krümmung weitere hundert Meter im rechten Winkel zu der zuvor entdeckten Schlucht. Darko Loevej war bereits zu dem Einschnitt hinüber gelaufen.

»Sieht gut aus, Sir«, rief er. Seine Worte hallten als mehrfaches Echo nach. »Der Schacht ist mindestens drei Meter breit. Selbst mit Platzangst sollte man hier bequem gehen können.«

Adrian lächelte schwach.

»Was meinen Sie, Darko, wie weit reicht der Spalt in den Berg hinein?«

»Das ist schwer zu sagen«, sagte der Hobbygeologe. »Aber bevor wir zu den anderen zurückkehren, sollten wir ihn auf mindestens einem Kilometer begehen. Wenn er seine Breite dabei um nicht mehr als die Hälfte verringert, besteht eine gute Chance, dass wir es tatsächlich mit einem durchgehenden Spalt zu tun haben.«

»Das wäre phantastisch.« Adrian drehte sich langsam um die eigene Achse.

»Diese Ebene wäre als Lagerplatz ideal. Wir könnten unserer Leute in kleinen Gruppen durchschleusen. Wenn die Schlucht das Massiv teilt, würde sich der Abstieg ins Tal direkt anschließen. Wir würden zwei bis drei Tage sparen.«

Auch Darko lächelte. »Ich finde, dass wir zur Abwechslung mal etwas Glück verdient hätten, meinen Sie nicht, Sir?«

»Allerdings«, stimmte der Kommandant zu. »Was schlagen Sie also vor?«

»Am besten gehe ich voraus. Sie folgen mir in mindestens zehn Metern Abstand, besser zwanzig. Wir müssen mit losem Geröll und Steinschlag rechnen, also keine lauten Geräusche.«

Die Dunkelheit und die Stille im Inneren der Schlucht waren auf seltsame Weise tröstlich. Ab und an konnte Adrian das Heulen des Windes hören, der sich hoch über ihm in den Klüften und Schründen fing. Hin und wieder lösten sich ein paar lockere Steine aus dem Fels oder tropfte etwas Wasser auf den Boden. Doch ansonsten schien die übrige Welt hier keine Bedeutung zu haben.

Darko legte ein beachtliches Tempo vor und beinahe hätte der Kommandant ihm zugerufen, langsamer zu gehen. Im letzten Moment erinnerte er sich an die Warnung des Ortungsoffiziers, möglichst keinen Lärm zu verursachen. Also versuchte er, so gut wie möglich mitzuhalten, und hoffte ansonsten, dass die Begeisterung nicht mit seinem Begleiter durchging und dieser die nötige Vorsicht vermissen ließ. Die Erfahrung mit dem Geysir auf der Ebene sollte ihm noch in bester Erinnerung sein.

Schon nach wenigen Minuten hatte Adrian das Zeitgefühl völlig verloren. Es kam ihm vor, als würde er sich bereits seit Stunden durch diese Schlucht tasten. Sehen konnte er so gut wie nichts. Hatte zu Beginn ihrer Exkursion noch die nahe Spaltöffnung für etwas Helligkeit gesorgt, so herrschte inzwischen fast völlige Dunkelheit. Der obere Rand des Einschnitts war viel zu weit entfernt, als dass das Tageslicht seinen Weg bis auf den Grund hätte finden können.

Der Fels um ihn herum fühlte sich noch immer warm an. Die Luft war feucht und roch irgendwie abgestanden.

Adrian musste wie so oft in den letzten Tagen an Elvia denken. Wenn sie nachts nebeneinander lagen, konnte er ihre Schwermut körperlich spüren. Sie, die ihm in den ersten Wochen nach der Havarie so viel Kraft gegeben hatte, schien mit einem Mal resigniert zu haben. Reichte das Kind, das sie in sich trug, und die Sorgen, die sie sich um sein Wohlergehen und seine Zukunft machte, als Erklärung für diesen Stimmungsumschwung aus?

Der Kommandant war alles andere als ein Experte auf diesem Gebiet und pflegte wie die meisten Männer durchaus gewisse Vorurteile, wenn es um Schwangerschaft und die damit verbundenen Begleiterscheinungen ging. Auf der Erde und den meisten anderen zivilisierten Welten der Milchstraße waren das Austragen und die Geburt eines Kindes schon lange nichts mehr, worüber man sich als werdende Mutter oder Vater Gedanken machte.

Die moderne Medizin sorgte dafür, dass sowohl der Verlauf der Schwangerschaft selbst als auch der Vorgang der Geburt weitgehend schmerz- und beschwerdefrei verliefen. Dennoch hatte Adrian gehört, dass der Hormonhaushalt und somit auch die Gefühlswelt einer schwangeren Frau in erhebliche Unordnung geraten konnte.

Er nahm Elvias Zustand keinesfalls auf die leichte Schulter. Auch wenn die Geburt seines Kindes noch mehr als ein halbes Jahr entfernt war, so machte er sich dennoch keine Illusionen. Selbst mit Doc Robertsons Hilfe, den er über die Schwangerschaft informiert und der ihm versichert hatte, bereits eine Reihe von Entbindungen durchgeführt zu haben, wenn auch mit entsprechender medotechnischer Unterstützung, waren die Risiken gewaltig.

Ein Flüstern unmittelbar vor ihm ließ ihn innehalten.

»Vorsicht, Sir«, sagte der Ortungsoffizier. »Vor uns liegt ein Schacht. Ich habe keine Ahnung, wie tief er ist, aber der Sims, der uns zu seiner Überwindung zur Verfügung steht, ist ziemlich schmal.«

»Dann sollten wir umkehren«, schlug Adrian vor. »Wenn wir das Gros der Gruppe bis zum Plateau gebracht haben, können wir den Schacht mit einer der Isolierplatten unserer Ausrüstung überbrücken.«

»Im Prinzip haben Sie recht, Sir«, erwiderte Darko Loevej. »Aber ich glaube, wir sollten trotzdem noch ein bisschen weitergehen. Spüren Sie es nicht?«

Adrian hielt inne und richtete den Blick in die Dunkelheit voraus. Tatsächlich! Ein sanfter Hauch strich fast unmerklich über sein erhitztes Gesicht. Ein Luftzug!

»Ich glaube, dass der Ausgang nicht mehr weit weg ist«, sprach Darko weiter. »Ein paar hundert Meter vielleicht. Ich denke, wir können …«

Das ohrenbetäubende Fauchen hinter ihm ließ ihm keine Zeit mehr, seinen Satz zu vollenden. Im gleichen Moment schoss eine in der Finsternis kaum zu erkennende Dampffontäne aus dem ebenfalls unsichtbaren Schacht. Adrian fühlte sich übergangslos in eine Sauna versetzt. Glühend heiße, mit Feuchtigkeit gesättigte Luft strömte in seine Lungen und ließ ihn husten.

»Raus hier«, krächzte der Kommandant. Wo war Darko?

Adrian hustete, stolperte rückwärts. Seine Hände griffen Halt suchend nach den Schachtwänden. Das Gestein war jetzt deutlich wärmer als zuvor, beinahe schon heiß. Er drehte sich um und taumelte den Weg zurück, den er gekommen war, blieb mit dem Fuß an einem Vorsprung hängen und stürzte zu Boden.

Um ihn herum zischte und brauste es. Der Dampf füllte die komplette Breite der Schlucht und der Kommandant hatte das Gefühl, als würde sich die Haut in seinem Gesicht und an den Armen langsam ablösen. Etwas traf ihn hart an der Stirn und verhinderte damit, dass er wieder auf die Beine kam. Auf allen Vieren kroch er weiter.

Darko musste sich geirrt haben, und Adrian konnte ihm deswegen nicht einmal einen Vorwurf machen. Der Ortungsoffizier hatte immer wieder betont, dass seine Qualifikationen auf dem Gebiet der Geologie allenfalls gehobenem Amateurstandard genügten. Allerdings war er unter den Gestrandeten der letzte, der sich in diesem Fach überhaupt noch auskannte. Die übrigen Experten zählten inzwischen allesamt zu den Opfern der *tinae robertsonensis*, wie der Doc die Pilzinfektion in einem Anflug von Galgenhumor getauft hatte.

Jemand packte Adrian an den Schultern und zog ihn hoch. Keuchend klammerte er sich an Darko Loevej fest. Der Ortungsoffizier schien weit weniger mit den Verhältnissen zu kämpfen, als er selbst. Nach einigen Metern fiel ihm das Atmen endlich wieder leichter. Die Luft, die er gierig in sich hinein sog, war zwar immer noch feucht und warm, doch im Vergleich deutlich kühler.

»Was zur Hölle war das, Darko?« stieß der Kommandant hervor.

»Eine geothermische Druckkammer, Sir«, antwortete der Angesprochene. »Das ist zumindest meine Meinung. Dabei handelt es sich um vergleichsweise kleine Zwischenräume im Gestein, die sich über längere Zeiträume hinweg mit Gasen füllen können und schließlich einen so großen Druck aufstauen, dass die Statik zum Teufel geht und es zu einer explosionsartigen Entladung kommt.«

»Also kein Vulkanausbruch?«, hakte Adrian nach.

»Aber nein, Sir«, versicherte Darko. »Allerdings deuten Druckkammerentladungen gewöhnlich auf einen bevorstehenden Ausbruch hin. Die Verschiebung der Kontinentalplatten auf Terra zum Beispiel ...«

»Wie viel Zeit haben wir?«

»Das kann ich unmöglich sagen. Selbst wenn ich die Daten der Hohlraumortung und eine entsprechend programmierte Positronik zur Verfügung hätte: Die Vulkanologie ist keine exakte Wissenschaft, auch wenn das einige meiner professio nellen Kollegen anders sehen.«

»Ich gebe mich mit einer groben Schätzung zufrieden, Darko«, sagte Adrian. »Und ich verspreche Ihnen, dass ich Sie nicht darauf festnageln werde.«

»Zwei Stunden, zwei Tage, zwei Wochen – es tut mir leid, Sir, aber meine Aussage wäre so gut oder so schlecht wie Ihre. Wir sollten uns auf jeden Fall beeilen.«

»Okay«, seufzte der Kommandant. »Wir kehren um und führen die Gruppe auf das Plateau. Morgen früh unternehmen wir beide dann einen neuen Versuch, die Schlucht zu durchqueren. Bis dahin dürften sich die Bedingungen normalisiert haben, richtig?«

»Davon gehe ich aus«, sagte Darko Loevej.

Kapitel 12

11. Mai 2867
Adrian Deubtar

Lukas Bonfeld-Heroe stand einige Schritte abseits der Schluchtöffnung und hantierte ungelenk mit einem transparenten Plastikbeutel und einem Stück zerknitterter Schreibfolie. Monique überlegte einen Moment, ob sie tatsächlich zu ihm gehen sollte, und entschied sich dann dafür.

»Sag mir nicht, dass du dieses Höllenkraut tatsächlich rauchst«, sagte sie.

Der Funkoffizier warf ihr nur einen kurzen Blick zu und wandte sich wieder seiner Tätigkeit zu. Er versuchte seine Moosvorräte, die er getrocknet und in einen Plastikbeutel abgefüllt hatte, in eine Folie zu wickeln. Letztere war jedoch viel zu steif und unflexibel. Die Chefwissenschaftlerin sah ihm eine Weile regungslos zu.

»Versuch es damit«, brach sie schließlich das Schweigen und reichte ihm einen dünnen Bogen Papier. Lukas Bonfeld-Heroe runzelte die Stirn, zögerte kurz, griff dann aber zu.

»Wo hast du das her?«, fragte er.

»Das sind die Ausdrucke einiger Vakuum-Spektralanalysen der von der EX-856 gesammelten interstellaren Staubproben. Als wir das Schiff verlassen mussten, habe ich wahllos nach allem gegriffen, was mir in diesem Moment wichtig erschien. Nenn mich altmodisch, aber ich finde, die Farben kommen nur auf Papier richtig zur Geltung.«

»Verstehe«, sagte Lukas.

Kaum eine Minute später hatte er zwei unförmige, aber durchaus brauchbare Tabakrollen fabriziert und reichte ihr eine davon. Monique nahm ohne Scheu an. Lukas bedeutete ihr mit erhobener Hand zu warten, ging zu einem der Feuer hinüber und kam mit einem glühenden Ast zurück. Er gab ihr Feuer und zündete dann seine eigene Zigarette an.

Monique Morizur hatte noch nie in ihrem Leben geraucht. Auf der Erde, wo sie einen Großteil ihrer 53 Lebensjahre verbracht hatte, frönte kaum jemand ernsthaft diesem anachronistischen Laster. In gewissen Kreisen fanden es manche chic, speziell parfümierte Zigaretten zu konsumieren, die nach allerlei exotischen Dingen dufteten. Ansonsten kamen und gingen die Trends, wie sie es schon immer getan hatten. Zigaretten, die farbigen Rauch und holografische Bilder erzeugten, Zigaretten mit angeblich potenzsteigernder Wirkung, die freilich keiner ernsthaften klinischen Prüfung standhielten, Zigaretten gegen Atembeschwerden und Erkältungskrankheiten, Zigaretten, die nach allen möglichen und unmöglichen Früchten oder Gemüsesorten schmeckten – kurz: Der Phantasie waren keine Grenzen gesetzt.

Es fiel Monique nicht leicht, aber sie schaffte es, den beißenden, faulig riechenden Rauch zu inhalieren, ohne zu husten. Kopfschüttelnd sah sie Lukas dabei zu, wie er mit Genuss einen Zug nach dem anderen nahm, und den weißen Qualm in den Wind blies.

»Na?«, fragte er nach einer Weile, nachdem sie sich einfach nur gegenüber gestanden und geraucht hatten. »Nicht schlecht, das Kraut, oder?«

Monique nickte nur, da sie fürchtete, ihre Kehle würde beim Sprechen Feuer fangen. Dennoch hielt sie tapfer durch und beendete, was sie begonnen hatte.

»Wenn du willst, dass ich mich bei dir entschuldige«, sagte Lukas Bonfeld-Heroe unbeholfen, »dann werde ich das gerne tun. Um ehrlich zu sein, beneide ich dich sogar um deinen Optimismus. Ich war schon immer jemand, der sich eher mit einer Situation abgefunden hat, anstatt Zeit und Mühe zu investieren, um die Dinge in meinem Sinn zu verändern.«

»Du musst dich nicht entschuldigen, Lukas«, erwiderte Monique. »Komm nachher bei mir vorbei und hol dir den Rest des Papiers ab. Es dürfte für eine ganze Weile reichen und ich brauche es ganz sicher nicht mehr.«

»Bist du da so sicher?« Er grinste und verstaute den Plastikbeutel mit dem getrockneten Moos sorgfältig in seiner Hosentasche. »Wo bleibt dein unerschütterlicher Glaube an die Wende zum Guten? Selbst ich als chronischer Pessimist kann nicht ausschließen, dass wir doch noch gerettet werden.«

Monique lächelte verkrampft. »Und das wünsche ich dir und den anderen von ganzem Herzen. Ich für meinen Teil …«

Sie brach ab und trat einen Schritt näher heran. Wortlos öffnete sie die dünne Jacke, die sie über der Kombination trug, zog das Hemd hoch, das sie darunter anhatte, und entblößte ihre Achselhöhlen. Auf der ansonsten glatten, hellen Haut waren deutlich jene kreisförmigen Rötungen sichtbar, die jeder einzelne der Überlebenden in den vergangenen Wochen fürchten gelernt hatte. Die regelmäßige Kontrolle der Achselhöhlen gehörte längst zum morgendlichen Ritual. An einigen Stellen zogen sich die Ausläufer der Entzündung bereits bis hinunter zur Taille.

Lukas Bonfeld-Heroe sagte nichts, weil es nichts zu sagen gab.

»Wie du siehst, macht *tinae robertsonensis* auch vor Optimisten nicht Halt.«

»Es …«, brachte Lukas verlegen heraus, »… es tut mir leid.«

»Jetzt entschuldigst du dich ja doch«, sagte Monique und strich sich über die Stoppeln auf ihrem Kopf. Mangels entsprechender Cremes wuchsen auch bei ihr die Haare langsam wieder nach.

»Sind wir ehrlich«, sprach sie sofort weiter. »Jeder von uns wusste, auf was er sich einließ, als er sich für die Explorerflotte meldete. Die Statistiken sind seit langem bekannt und jeder Bewerber wird explizit auf diese Zahlen hingewiesen. 36 Prozent aller Besatzungsmitglieder geraten in den ersten vier Jahren in eine lebensbedrohliche Situation. Jede dritte davon endet tödlich. Bislang wurden über hundert Einheiten als vermisst gemeldet. Nur 59 Fälle konnten aufgeklärt werden. In ein paar Jahrzehnten, Lukas, sind wir nichts weiter als ein Teil dieser Statistik, aber dafür haben wir Dinge gesehen und erlebt, von denen die meisten Menschen auf Terra nur träumen können.«

»Vielleicht hast du recht. Und vielleicht gehörst du sogar zu den Glücklichen unter uns. Du hast es in ein paar Tagen hinter dir.«

Monique Morizur lächelte traurig.

»Du änderst dich nicht mehr, Lukas«, sagte sie. »Und jetzt entschuldige mich. Ich habe Elvia versprochen, ihr beim Brennholzsammeln zu helfen.«

»Vierzig?«, stieß Adrian Deubtar hervor. »Ist das Ihr Ernst, Doc?«

»Eher fünfzig«, erwiderte Robertson. »Die Leute haben ihre letzten Kräfte verbraucht, um dieses Plateau zu erreichen. Die meisten von ihnen sind zudem infiziert, einige haben das letzte Stadium der Krankheit erreicht. Sehen Sie sich selbst um, Sir. Wir haben nichts zu essen und keine Medikamente mehr. Sie können es drehen und wenden wie Sie wollen, aber die Tatsachen lassen sich nicht länger leugnen: Wir sind am Ende.«

Der Kommandant schüttelte den Kopf, allerdings mehr aus Verzweiflung denn aus Überzeugung. Natürlich sah er den Verfall, bemerkte er die Niedergeschlagenheit in den Gesichtern, doch bislang war es immer irgendwie weitergegangen. Jetzt musste er erkennen, dass seine Crew für *ihn* gekämpft hatte und nicht, weil sie noch an die Rettung glaubte. Niemand wollte ihn enttäuschen, niemand beschwerte sich, und der Streit zwischen Zac Penrose und Timothy Blake blieb streng genommen der einzige erwähnenswerte Zwischenfall, der sich während des Marsches ereignet hatte. Doch nun waren die Reserven aufgebraucht.

»Wir müssen es dennoch versuchen«, sagte Adrian an Hektor Robertson gewandt. »Zum Umkehren ist es zu spät. Darko und ich werden in einer halben Stunde aufbrechen und der Schlucht bis zu ihrem Ende folgen. Notfalls müssen wir eben die, die zu krank oder schwach sind, tragen.«

Der Arzt brauchte nichts sagen. Adrian sah an seinem Gesichtsausdruck, was er von seinem Vorschlag hielt, doch das war ihm egal. Wenn es keine Hoffnung mehr gab, dann musste eben der Trotz als Ersatz herhalten.

Dreißig Minuten später verabschiedete er sich von Elvia und drang gemeinsam mit Darko Loevej zum zweiten Mal in den Felsspalt ein. Sein rechter Ringfinger schmerzte höllisch. Wahrscheinlich hatte er ihn sich beim ersten Versuch, die Schlucht zu durchqueren, gebrochen. Er behielt das kleine Missgeschick jedoch für sich. Doc Robertson hätte ihm kaum helfen können und Elvia hatte genug mit sich selbst zu tun. Er musste ihr nicht noch zusätzlich Gründe liefern, sich Sorgen zu machen.

Sie kamen ohne größere Schwierigkeiten bis zu jener Stelle, an der am Tag zuvor die geothermische Druckkammer aufgebrochen war. Von dem Ausbruch waren keine Spuren mehr festzustellen, auch wenn sich der Fels nach wie vor warm anfühlte.

Darko Loevej überwand den schmalen Sims, der seitlich des Schachts entlang führte, mit großem Geschick. Obwohl der Ortungsoffizier inzwischen fast nur noch aus Haut und Knochen bestand, bewies er eine erstaunliche Zähigkeit.

»Kommen Sie«, hörte Adrian seinen Begleiter flüstern. »Rücken eng an die Wand, Arme zur Seite, Körper durchstrecken und Kopf nach oben. Treten Sie immer mit der ganzen Sohle auf und prüfen Sie jeden Tritt.«

Als der Kommandant die andere Seite des Schachts erreichte, war er schweißgebadet, und das nicht nur, weil aus der Tiefe noch immer heiße Dampfschwaden stiegen.

Danach wurde es einfacher. Der Boden der Schlucht fiel immer stärker ab und da war auch wieder der bereits bekannte

Luftzug. Adrian begann, seine Schritte zu zählen. Als er bei 224 angelangt war, registrierte er zum ersten Mal das Licht. Zunächst kaum mehr als ein unbestimmtes Schimmern, wurde es mit jedem zurückgelegten Meter heller, bis er schließlich sogar der Spalt erkannte, durch den es hereinfiel.

Für einen Moment erfasste den Kommandanten starker Schwindel. Die Felswände um ihn herum schoben sich auf ihn zu und drehten sich dabei immer schneller. Adrian musste innehalten und sich mit beiden Armen abstützen, um nicht umzufallen.

»Ist alles in Ordnung, Sir?«, erkundigte sich Darko besorgt.

»Ja, ja«, nickte Adrian. »Es ist nur … die Aufregung. Tun Sie mir einen Gefallen, Darko. Lassen Sie mich ab jetzt vorangehen.«

»Natürlich, Sir.«

Plötzlich schien der Spalt viel zu rasch näher zu kommen. Das da vorn, war die letzte Chance. Die letzte Chance von mehr als hundertfünfzig Gestrandeten. All die Fragen und Selbstzweifel, die ihn in den vergangenen Nächten geplagt hatten, waren auf einmal wieder da. Hätte er den Marsch nicht schon viel früher anordnen müssen? Hätte er nicht schon nach einer, spätestens nach zwei Wochen akzeptieren müssen, dass keine Hilfe kam, dass sie auf Interlude festsaßen und er nicht länger warten durfte? Hätte eine strengere Rationierung der Vorräte den meisten von ihnen nicht genau jene Zeit erkauft, die ihnen jetzt fehlte? Hätte er die Infizierten nicht, wie von Zac Penrose indirekt vorgeschlagen, als hoffnungslose Fälle betrachten, und sie – so kalt und grausam das auch sein mochte – aus der Gemeinschaft ausschließen müssen?

Außergewöhnliche Situationen erforderten außergewöhnliche Maßnahmen. Irgendwo hatte er das einmal gelesen. Als Offizier der Solaren Flotte und Kommandant eines Explorerraumschiffs musste er darauf vorbereitet sein, Entscheidungen zu treffen, die andere das Leben kosten konnten, doch was wussten die Ausbilder und Psychologen in den Schulungszentren und Trainingscamps schon von der Wirklichkeit? Einen anderen Menschen in den sicheren Tod zu schicken, mochte manchmal die einzig logische Alternative sein, die einzige Möglichkeit, viele andere zu retten, doch wer glaubte, das Geben eines solchen Befehls ließe sich in Simulationen trainieren, der irrte gewaltig.

Adrian hatte seine Schritte unwillkürlich beschleunigt. Die letzten Meter bis zum Ausgang der Schlucht rannte er beinahe. Hinter ihm forderte ihn Darko Loevej zur Vorsicht auf, doch er nahm den Ortungsoffizier gar nicht mehr bewusst wahr. Außer Atem erreichte er die breite Öffnung im Fels, die ihn hinaus auf ein weiteres Plateau führte. Im ersten Moment glaubte er tatsächlich, Darko und er wären im Kreis gegangen und wieder an ihrem Ausgangspunkt angekommen. Dann aber registrierte sein überreizter Verstand, dass diese Hochebene leer war.

Der Kommandant ging noch ein paar Meter weiter und blieb schließlich stehen. Vor ihm lag ein riesiges Tal, das auf drei Seiten von Bergen umgeben war. Ein eisiger Wind peitschte ihm die Regentropfen so heftig ins Gesicht, dass sie sich wie winzige Nadeln anfühlten, doch Adrian Deubtar spürte den Schmerz nicht. Er starrte ins Tal hinab, und die Tränen liefen ihm die Wangen herunter. Zum ersten Mal, seit die EX-856 auf Interlude notgelandet war, weinte der Kommandant. Die Dämme, die er Tag für Tag aufs neue in seinem Inneren errichten musste, weil die Verzweiflung und die Angst sie immer wieder hinweg spülten, brachen zusammen. Adrian weinte wie ein kleines Kind, und selbst wenn in diesen Sekunden die Existenz des Universums davon abhängig gewesen wäre, dass er sich wieder beruhigte, so hätte er es nicht gekonnt.

»Das ist …«, hörte er Darko Loevej neben sich sagen. »Das ist … unglaublich.«

Adrian hatte Darko allein zurückgeschickt und ihm aufgetragen, die anderen zu informieren. Er selbst würde später nachkommen, doch im Moment bräuchte er ein paar Minuten Einsamkeit, etwas Zeit, um sich zu sammeln und nachzudenken. Und so stand er einfach nur da und ließ den Anblick des Tals auf sich wirken, das sich unter ihm bis zum Horizont zog.

Die dichte Wolkendecke war aufgerissen und durch die Lücken fielen die Strahlen der roten Riesensonne auf den gewaltigen See, der wenige hundert Meter vom Fuß der Berge entfernt begann und rechts und links von zwei Wasserfällen gespeist wurde. Das Wasser wurde von einem an seiner Einmündung mindestens fünfzig Meter breiten Fluss aufgenommen, der sich jedoch schnell verengte und in sanften Windungen Richtung Meer floss.

Am Seeufer wuchs dichtes Gebüsch, eine Strauchart mit dünnen, transparenten Blättern und steinharten Ästen, die hervorragend und lange brannten. Adrian kannte sie bereits, da die Überlebenden solche und ähnliche Gewächse auch auf der Ebene gefunden hatten. Viel bedeutsamer war jedoch der Laubwald, der sich vom Ufer bis tief ins Innere des Tals zog. Zwischen den Stämmen der meterhohen Bäume wälzte sich träger Nebel und in den weit ausladenden Kronen erkannte der Kommandant immer wieder wimmelnde Bewegung. Vermutlich Tiere – die ersten, die man auf Interlude entdeckte, wenn man einmal Darkos seltsame Steinwürmer außer acht ließ.

»Du hast es tatsächlich geschafft.«

Die Stimme neben ihm ließ ihn erschrocken zusammenzucken. Er drehte den Kopf zur Seite.

»Elvia …?«, fragte er verwirrt. »Ich … wie lange …?«

»Als du nicht zurückkamst, habe ich Darko gebeten, mich zu dir zu führen«, sagte die Pilotin und deutete über ihre Schulter nach hinten. Der Ortungsoffizier stand ein wenig verloren neben dem Ausgang der Schlucht und hob grüßend die Hand. Dann wandte er sich ab und drang wieder in die Felsspalte ein, vermutlich, um den anderen bei der Organisation der Passage zu helfen.

»Du bist bereits seit einer Stunde hier, Ad«, sagte Elvia mit einem sanften Lächeln.

Adrian Deubtar sah sie entgeistert an, wollte etwas entgegnen, doch sie legte ihm kopfschüttelnd den Zeigefinger auf die Lippen.

»Du hast es dir verdient«, sprach sie weiter. »Den Rest schafft die Crew auch allein. Der Abstieg sieht nicht besonders anspruchsvoll aus, oder?«

»Nein«, stimmte der Kommandant zu.

Von dem Plateau führte eine mäßig abschüssige Geröllhalde auf den Sims einer breiten Sinterterrasse. Ihre Stufen fielen senkrecht ab und waren teilweise mehrere Meter hoch, doch alles andere als unüberwindlich. Vier, vielleicht fünf Stunden. Die ersten Überlebenden würden das Tal noch weit vor der Abenddämmerung erreichen.

»Leider gibt es auch schlechte Nachrichten«, sagte Elvia. »Wir haben zwei weitere Tote zu beklagen. Außerdem sind neben Monique nun auch Thuram und Doc Robertson infiziert. Letzterer bezweifelt inzwischen, dass sich die natürliche Immunisierung in erwünschtem Maße einsetzt. Rund die Hälfte der Besatzung zeigt bereits Symptome. Der Doc befürchtet, dass es früher oder später jeden von uns erwischen wird, und bislang hat kein einziger den Krankheitsverlauf überlebt.«

Adrian Deubtar nickte nur. Er fühlte sich unendlich müde. Er führte einen Krieg, den er nicht gewinnen konnte, und doch kämpfte er weiter. Um jeden Tag, jede Stunde, jeden zusätzlichen Moment an der Seite Elvias, weil ihm diese Zeit wertvoller als alles erschien, was er jemals in seinem Leben besessen hatte.

Mit dem wachsenden Kloß in seinem Hals kamen die Erinnerungen an seinen Vater zurück. Malcolm Deubtar war vor sechzehn Jahren an einer seltenen Form von Knochenkrebs gestorben. Selbst die sündhaft teuren Wundermittel der Aras und eine Reihe von chirurgischen Eingriffen und Strahlentherapien hatten den Verfall nur aufhalten, jedoch nicht stoppen können. Fast drei Jahre lang hatte sich sein Vater gequält, hatte in dem Bewusstsein gelebt, dass es ihm jeden Tag ein bisschen schlechter ging, dass die Kraft und die Lebenslust, die ihn 68 Jahre lang ausgezeichnet hatten, langsam aus ihm heraustropften. Nach und nach versagte ihm sein Körper die Gefolgschaft, ließ ihn immer öfter im Stich – und er, Adrian, hatte nur hilflos zuschauen können, musste diese furchtbare Metamorphose mit ansehen, ohne etwas dagegen tun zu können.

Dennoch war für seinen Vater eine Kapitulation nicht infrage gekommen. Bis heute hatte Adrian nicht wirklich verstanden, warum Malcolm Deubtar das Martyrium auf sich genommen hatte, warum er nicht den leichten, den schmerzfreien Ausweg wählte, warum er es nicht nur sich selbst, sondern auch denen, die ihm nahe standen, so schwer machte.

Elvia war der einzige Mensch, dem er jemals darüber erzählt hatte. Adrian war nie jemand gewesen, der seine Gefühle nach außen reflektierte. Wie es tief in ihm drin aussah, ging seiner Ansicht nach niemanden etwas an. Malcolm Deubtars selbst gewähltes Sterben auf Raten hatte es ihm unmöglich gemacht, seine emotionale Isolation aufrechtzuerhalten – und dafür hatte er seinen Vater auf schwer zu beschreibende Weise gehasst.

Elvia half ihm dabei, sich im Nachhinein über seine Empfindungen klar zu werden. Sie machte ihm begreiflich, dass es keine Schande war, Schwäche zu zeigen. Verlust und Trauer gehörten zum Leben dazu, und keiner konnte sich dieser Erfahrung entziehen. Es war wichtig, sich diesen Gefühlen zu stellen, sie mit anderen zu teilen, denn allein wurde man nur selten damit fertig.

Adrian legte den Arm um die Schultern der zierlichen Frau, spürte, wie sich ihr schmächtiger Körper schutzsuchend an seine Seite drängte. Ja, jeder einzelne Moment zählte. Sein Vater hatte um jede weitere Sekunde gerungen, die er im Kreis jener Menschen verbringen durfte, die ihm etwas bedeuteten, und Adrian hatte nicht verstanden, woher er die Kraft dafür nahm. Nun, fast zwei Jahrzehnte später, wurde ihm bewusst, was er damals übersehen hatte, und es tat schrecklich weh, dass er es seinem Vater nicht mehr sagen konnte.

»Er hat es gewusst, Ad.«

Elvias Stimme war kaum zu verstehen, doch er wusste, was sie meinte.

Als die erste Gruppe der Überlebenden auf dem Plateau ankam, standen Adrian Deubtar und Elvia daHuck noch immer eng umschlungen auf der Stelle.

Kapitel 13

15. Mai 2867
Adrian Deubtar

Vier Tage später überschritt die Zahl der Opfer die Dreißig und die Stimmung sank auf einen nie zuvor da gewesenen Tiefpunkt. Von den übrig gebliebenen 152 Menschen waren 96 infiziert. Thuram Rydberg lag im Sterben und würde den nächsten Tag vermutlich nicht mehr erleben. Hektor Robertson ging es nicht wesentlich besser. Er konnte sich kaum noch auf den Beinen halten und Adrian hatte ihm schließlich befehlen müssen, seinen medizinischen Notdienst endgültig einzustellen. Ohne Medikamente und ähnliche Hilfsmittel konnte er sowieso nicht viel ausrichten.

Immerhin bot das Tal eine Reihe lange vermisster Annehmlichkeiten. Sie hatten ihr Lager in der Nähe des Sees aufgeschlagen und die, die noch einigermaßen bei Kräften waren, hatten sofort damit begonnen, Bäume zu fällen und halbwegs trockene Behausungen zu bauen. Bei den von Adrian schon vom Plateau aus beobachteten Tieren handelte es sich um plumpe Vögel, die leicht zu fangen waren. Die Gestrandeten sammelten auch ihre Eier ein. Wurzeln, Beeren und Kräuter, die die Erkundungstrupps im Wald fanden, erweiterten den Speiseplan zusätzlich.

Der See hielt außerdem eine reichhaltige Auswahl an Fischen bereit, die sich in den ersten Tagen sehr einfach fangen ließen. Menschen waren den hiesigen Lebensformen unbekannt und somit noch nicht als Feindbild gespeichert. Adrian ließ deshalb so viel Nahrung wie möglich heranschleppen und Vorräte für schlechtere Zeiten anlegen.

Trotz all dieser positiven Entwicklungen neigte sich die Zeit der Überlebenden langsam ihrem Ende entgegen. Wenn das Tempo von Ausbreitung und Verlauf der *tinae robertsonensis* nicht bald deutlich abnahm – und danach sah es keineswegs aus – würde in vier bis sechs Wochen niemand mehr am Leben sein.

Es war am Nachmittag ihres 54. Tages auf Interlude, als Adrian und Lukas von einer längeren Exkursion aus den nahen Waldgebieten ins Lager zurückkehrten. Der Fremdrassenpsychologe schnaufte wie eine antike Dampflokomotive. Die körperliche Anstrengung machte ihm offensichtlich zu schaffen.

»Adrian!«, rief Monique Morizur schon von weitem und kam ihnen entgegen gerannt. Adrian Deubtar sah ihr verwundert entgegen. Gestern war die Chefwissenschaftlerin kaum noch in der Lage gewesen zu gehen. Nun machte sie für eine seit fünf Tagen Infizierte einen erstaunlich vitalen Eindruck.

»Beruhige dich, Monique«, empfing der Kommandant die Frau, als sie keuchend vor ihnen stehen blieb. »Was ist denn passiert?«

»Etwas wunderbares«, schnappte die Chefwissenschaftlerin. »Seht euch das an.«

Mit diesen Worten zog sie das Oberteil ihrer Kombination über den Kopf und riss die Arme in die Luft. In ihren graubraunen Augen standen Tränen.

»Das ist …«, sagte Adrian und trat einen Schritt näher heran. »Willst du damit sagen, dass …«

»Ja«, ließ ihn Monique nicht ausreden. »Die Entzündung ist so gut wie abgeklungen. Gestern kam die Ausbreitung zum Stillstand. Seit heute morgen sind fast sämtliche Spuren des Pilzes verschwunden.«

»Und wie fühlst du dich?«

»Großartig! Ich könnte Bäume ausreißen. Ich habe … oh, Adrian!«

Mit einem Schluchzen fiel sie ihm in die Arme. Sie zitterte am ganzen Körper.

»Okay«, sagte der Kommandant, als sie sich wieder einigermaßen gefasst hatte. »Hast du irgend eine Idee, was diese Heilung ausgelöst haben könnte? Ich muss dir nicht sagen, wie wichtig es ist, dass ...«

»Was glaubst du, worüber ich seit gestern Nacht unaufhörlich nachgedacht habe?«, unterbrach ihn Monique erneut. »Ich bin mir ziemlich sicher, dass es nur Lukas' Zigaretten sein können.«

Im ersten Moment glaubte der Kommandant, dass sich die Frau einen schlechten Scherz erlaubte, doch dann schaute er in ihr ernstes Gesicht, und ihm wurde klar, dass sie das, was sie sagte, auch so meinte.

»Ich habe vor vier Tagen die erste geraucht, danach zwei weitere, weil ich Lukas nicht vor den Kopf stoßen wollte. Er hat mir ein paar seiner selbst gebastelten Sargnägel überlassen, um sich für das Papier zu bedanken, dass ich ihm gegeben habe. Tut mir leid, Lukas, aber die Dinger schmecken einfach nur scheußlich.«

Adrian wandte sich an den Funkoffizier, der dem Dialog mit offenem Mund gefolgt war.

»Das Moos, das du für die Zigaretten verwendest«, stieß der Kommandant hervor. »Hast du es hier schon gefunden?«

»Ja ... äh, es wächst hier in rauen Mengen«, brachte der Angesprochene verdutzt hervor, »aber ich ... also ich experimentiere derzeit mit einigen weit vielversprechenderen Pflanzen, die geschmacklich und ...«

»Stell mit Monique Suchtrupps zusammen«, fiel ihm Adrian ins Wort. »Ihr habt vollkommen freie Hand und könnt uneingeschränkt auf sämtliche Ressourcen zurückgreifen. Beruft euch einfach auf mich. Ich will, dass ihr so schnell so viel wie möglich von diesen Zigaretten produziert. Lukas, wie viele hast du vorrätig?«

»Schätzungsweise ... zehn, vielleicht fünfzehn«, antwortete Lukas. »Zwei habe ich gleich hier ...«, er zog die beiden unförmigen Papierröllchen aus der Innentasche seiner Jacke und hielt sie Adrian hin, »... der Rest liegt bei meinen Sachen im Zelt.«

»Bring sie mir«, sagte der Kommandant und riss ihm die Zigaretten aus der Hand. »Los! Wir haben keine Zeit zu verlieren.«

»Verstanden!«, rief Monique und zerrte den immer noch verwirrt wirkenden Lukas mit sich.

Adrian suchte als erstes Doc Robertson auf. Der Arzt lag in seinem Zelt auf dem Rücken und starrte teilnahmslos an die fleckige Plane, die sich über ihm spannte. Sein Atem ging röchelnd. Noch immer schliefen die meisten Überlebenden in behelfsmäßigen Unterkünften, da der Bau von Holzhütten nicht nur aufwendig, sondern auch sehr zeitintensiv war.

Der Kommandant steckte eine der beiden Zigaretten zwischen die blassen Lippen des Arztes, zog ein Päckchen Streichhölzer hervor und zündete sie an.

»Inhalieren Sie, so tief Sie können, Doc«, forderte er Robertson auf. »Ich weiß, es klingt vollkommen verrückt, aber womöglich rettet diese Zigarette Ihr Leben!«

Der Mediziner unterbrach diese Therapie ständig wegen starker Hustenanfälle. Adrian wartete ungeduldig, bis Hektor Robertson den letzten Zug gemacht hatte, und ging dann einige Zelte weiter zu Thuram Rydberg, wo sich die ganze Prozedur wiederholte.

Den Rest des Tages verbrachte der Kommandant mit der Koordination der *Operation Glimmstengel*, wie er sie bei sich nannte. Während der Großteil der Frauen und Männer Moos sammelte, war der Rest damit beschäftigt, die Pflanzen zu zerkleinern, über rasch entfachten Feuern zu trocknen und schließlich zu Zigaretten zu verarbeiten. Währenddessen erstellte Elvia daHuck eine Art Rangliste der Infizierten, um später zu gewährleisten, dass die dringendsten Fälle zuerst behandelt werden konnten.

Adrian war überall und nirgends. Seine Nervosität steigerte sich von Minute zu Minute, und er wusste, dass es seiner Crew nicht anders ging. Immer wieder suchte er die Zelte von Doc Robertson und Thuram Rydberg auf, doch der Zustand der beiden Schwerkranken änderte sich nicht. Sie lagen einfach nur da und schienen auf den Tod zu warten.

Die Dunkelheit war bereits einige Stunden alt, als Monique und Lukas die Fertigstellung der ersten fünfzig Zigaretten meldeten. Kurz darauf schlug Dr. Hektor Robertson im Beisein Adrians die Augen auf. Seinem eigenen Vernehmen nach ging es ihm besser, also ordnete der Kommandant die Verteilung der Zigaretten an. Selbst wenn sie wider Erwarten doch nicht wirken sollten, ging er damit nur ein geringes Risiko ein; schließlich rauchte Lukas Bonfeld-Heroe das farblose Moos schon seit Wochen.

Im Morgengrauen fiel Adrian in einen tiefen, traumlosen Schlaf und als er erwachte, blickte er in das lächelnde Gesicht Elvias, die vor ihm auf dem Boden hockte. Die Sonne stand im frühen Nachmittag.

»Und?«, fragte er nur. Die Pilotin strich ihm mit der linken Hand zärtlich über Stirn und Wange.

»Es funktioniert«, sagte sie leise. »Es ist … ein Wunder, Ad.«

»Nein.« Der Kommandant schüttelte energisch den Kopf und richtete sich auf. »Wunder ist nur ein anderes Wort für das Ergebnis harter Arbeit und eine Mahnung, auch dann weiterzumachen, wenn Kämpfen scheinbar keinen Sinn mehr ergibt.

Du weißt, dass ich nicht an so etwas wie Schicksal oder Vorherbestimmung glaube. Vor ein paar Jahren hat Perry Rhodan in einer Rede vor dem Terranischen Parlament einmal etwas gesagt, das ich nie mehr vergessen habe: *Man kann einem Terraner sein Eigentum stehlen, kann ihn seiner Würde und seiner Zuversicht berauben, man kann ihn einsperren, demütigen, ja sogar töten. Doch eines kann man ihm niemals nehmen: seinen Starrsinn!*

Das ist das ganze Geheimnis, verstehst du? Beharrlichkeit. Der unbedingte Wille, es immer wieder zu versuchen. Sich von Rückschlägen nicht einschüchtern zu lassen, egal wie schwer sie auch scheinen mögen. Mein Vater hat damals versucht, mir das beizubringen – und hier auf diesem gottverlassenen Planeten habe ich es endlich begriffen.«

Elvia sah ihn lange an und der Blick in ihre Augen machte ihm klar, wie viel Glück er im Unglück gehabt hatte. Er war mit jenem Menschen zusammen, der ihn komplettierte. Er hatte den Teil seiner selbst gefunden, nach dem jeder Mann und jede Frau suchte – die meisten ein Leben lang.

»Für dich«, sagte Elvia daHuck und reichte ihm eine der frisch gedrehten Zigaretten. Ihr Lächeln vertiefte sich.

»Ausnahmsweise einmal *vor* dem Sex«, fügte sie hinzu.

Adrian grinste ebenfalls und irgendwie sah die Zukunft plötzlich gar nicht mehr so düster aus.

Kapitel 14

20. Januar 2868
Adrian Deubtar

Die Wehen hatten mitten in der Nacht eingesetzt. Inzwischen kamen sie in immer kürzeren Abständen. Doc Robertson hatte getan, was in seiner Macht stand, doch die Geburt des ersten Menschen auf Interlude war wie erwartet mit einem hohen Risiko verbunden, da sie unter primitivsten hygienischen Bedingungen stattfand.

Elvia lag in der Hütte des Mediziners, die gleichzeitig die Krankenstation war, auf einer speziell für sie gezimmerten Pritsche. Neben ihr saß Monique Morizur, die ihr den letzten Monaten zur besten Freundin geworden war. Es ärgerte Arian ein wenig, dass die Pilotin Moniques Gesellschaft der seinen vorzog, doch verwunderlich war es nicht. Als Anführer ihrer kleinen Gemeinschaft war er jeden Tag von morgens bis abends beschäftigt und sah seine Partnerin meistens nur für wenige Minuten. Monique dagegen verbrachte einen großen Teil ihrer Zeit bei Elvia, zumal sie selbst Mutter eines 33-jährigen Sohnes war, der als Positronikspezialist für eine Zweigniederlassung des Whistler-Konzerns auf Lepso arbeitete.

Das Lager hatte längst den Charakter einer kleinen Siedlung angenommen. Fünfunddreißig Hütten waren entstanden, darunter eine Art *Rathaus*, in dem sich die Überlebenden einmal pro Woche versammelten und über alle wichtigen Vorhaben diskutieren, Streitereien schlichten und Vorschläge unterbreiten konnten. Es gab eine Räucherkammer, in der Fisch und Fleisch haltbar gemacht wurde, einen gemauerten Brunnen, eine primitive Werkstatt, ein Kleiderdepot, mehrere Felder, auf denen essbare Grünpflanzen wuchsen, und sogar ein von einer unterirdischen Quelle beheiztes Schwimmbecken.

Die Infizierten waren ausnahmslos genesen. Doc Robertson hatte das Moos so gut es ging analysiert und festgestellt, dass es – wie eine Reihe anderer Pflanzen auch – eine natürliche Substanz produzierte, die Pilzsporen abtötete. Es war eine mehr als glückliche Fügung des Schicksals, dass der Wirkstoff selbst durch große Hitzeeinwirkung seine chemische Zusammensetzung beibehielt und zudem auch noch für den menschlichen Organismus verträglich war. Dennoch hatte der Arzt als Ersatz für die Zigaretten ein Filtrat entwickelt, das man bequem mit einem Becher Wasser einnehmen konnte und das ausschließlich den medizinisch wirksamen Bestandteil des Mooses enthielt. Schließlich wusste niemand, was man mit dem Rauch einer typischen Lukasschen Zigarette noch so alles in sich hineinsaugte.

Elvias Schwangerschaft war – soweit Adrian das beurteilen konnte – weitgehend normal verlaufen. Auch der Doktor war zufrieden. Obwohl Hektor Robertson selbst nicht über zu wenig Arbeit klagen konnte, hatte er sich geradezu rührend um die Pilotin gekümmert; auch dann noch, als nach und nach vier weitere Schwangerschaften gemeldet wurden.

Adrian begrüßte diese Entwicklung, zeigte sie doch, dass sich die Gestrandeten mit ihrem neuen Leben arrangierten. Das war gut so, denn die Aussicht, dass doch noch eine Rettungsexpedition auftauchte und die Besatzung der EX-856 fand, tendierte inzwischen gegen Null.

Der Kommandant war vor einigen Monaten gemeinsam mit Darko Loevej, Monique Morizur und vier weiteren Männern zum Wrack des Explorers zurückgekehrt, um dort nach eventuell verwertbaren Dingen zu suchen. Man hatte ein paar Werkzeuge, Decken, Verbandsmaterial und sogar einen kleinen Vorrat Medikamente gefunden. Die meisten Bereiche des Schiffes waren jedoch nach wie vor unzugänglich und höchstens mit schwerem Bergungsgerät freizulegen oder nur unter größten Gefahren zu betreten.

Der Kommandant ließ es sich nicht nehmen, die Namen der seit ihrer Abreise verstorbenen Kameraden in die bekannte Felswand zu brennen. Fast eine halbe Stunde stand er danach im strömenden Regen und betrachtete die steinerne Liste. Es war nur ein schwacher Trost, doch immerhin hatten diese Frauen und Männer ihr Leben nicht umsonst verloren. Als er sich schließlich umdrehen und zu den anderen zurückgehen wollte, stellte er überrascht fest, dass Darko, Monique und die vier übrigen Männer die ganze Zeit hinter ihm ausgeharrt hatten, aufrecht, stumm, mit ernster Miene und den Blick gleichsam auf die Felswand gerichtet.

Adrian nickte ihnen zu, und der Stolz, den er in diesem Moment empfand, heilte viele der Wunden, die der verlustreiche Kampf ums Überleben in den vergangenen Monaten geschlagen hatte. Die Terraner auf Interlude hatten sich ihre Chance verdient. Jeder einzelne von ihnen. Und er, Adrian Deubtar, würde dafür sorgen, dass sie sie auch weiterhin bekamen.

Der Nachmittag dehnte sich endlos. Er konnte sich auf nichts konzentrieren und immer wieder zog es ihn zur Hütte des Doktors hinüber. Erst als ihn Elvia entnervt anschrie und ihm unmissverständlich klar machte, dass er sie mit seiner Unrast in den Wahnsinn trieb, gesellte er sich zu Lukas Bonfeld-Heroe und bat um eine Zigarette.

»Ich weiß«, sagte er zu seinem ehemaligen Funkoffizier. »Die Tradition verlangt es eigentlich, dass der werdende Vater die Kippen verteilt, aber wenn ich mich nicht irgendwie beschäftige …«

Lukas nickte nur. Kurz darauf hockten die beiden Männer nebeneinander vor dem Haus des Fremdrassenpsychologen und pafften graublauen Rauch in die Luft. Lukas Bonfeld-Heroe hatte in den letzten Monaten so ziemlich alles, was im weiteren Umkreis wuchs, auf seine mögliche Eignung als Tabak überprüft. In seiner Hütte roch es meist streng nach Moder und verbranntem Laub und einige seiner Nachbarn hatten sich bereits mehrfach bei Adrian über den Gestank beschwert, der immer dann durch die Siedlung zog, wenn er wieder einmal eine neue Mischung ausprobierte.

»Habt ihr schon einen Namen?«, fragte Lukas nach einer Weile.

»Miriam, wenn es ein Mädchen wird«, antwortete Adrian. »Bei einem Jungen sind wir uns noch nicht einig. Ich bevorzuge Samuel, Elvia ist für Benjamin.«

Die nächsten Minuten verbrachten sie schweigend. Die Zigarette schmeckte gar nicht einmal so übel, wie Adrian zugeben musste. Er wusste natürlich, dass Lukas seine Erzeugnisse bei den anderen Siedlern gegen Dinge des täglichen Bedarfs eintauschte, aber da er sich dadurch nicht wirklich bereicherte, sondern sich lediglich das Leben ein wenig leichter machte und Doc Robertson die Tabakwaren allenfalls als mild berauschend einstufte, duldete der Kommandant diese Geschäfte. Es gehörte zu den notwendigen Eigenschaften eines guten Anführers, nicht nur alles zu wissen, was innerhalb einer Gruppe vorging, sondern auch, dieses Wissen ab und an für sich zu behalten.

Dann sah er Monique. Die Chefwissenschaftlerin eilte mit schnellen Schritten auf ihn zu. Die Ärmel ihrer an Dutzenden von Stellen geflickten Kombination wiesen dunkle Blutflecken auf und ihr blasses, erschöpft wirkendes Gesicht mit den geröteten Augen ließ nichts Gutes erahnen. Adrian warf die halb aufgerauchte Zigarette achtlos auf den Boden und erhob sich.

»Beeil dich«, sagte Monique heiser. »Es gibt Komplikationen.«

Ohne sich weiter um die Frau zu kümmern, rannte er los. Ihm war, als hätte sich ein stählerner Panzer um seinen Brustkorb geschlossen, der sich immer weiter verengte. Sein Herz raste. Vor ihm tauchte die Hütte des Doktors auf. Einige andere Überlebende hatten sich bereits davor versammelt; sie wichen respektvoll zur Seite.

Adrian stieß die aus grob behauenen Brettern bestehende Tür so hart auf, dass sie gegen die Innenwand schlug. Die Pritsche, auf der Elvia lag, war von einem Vorhang aus dünner Folie umgeben. Dahinter machte der Kommandant undeutliche Bewegung aus. Ein großer Schatten – Dr. Hektor Robertson – huschte hin und her, eine zweite Gestalt – eine seiner Assistentinnen – stand daneben und wartete auf Anweisungen.

»Doc?« rief Adrian angsterfüllt. »Ich bin da. Kann ich etwas tun?«

Er erhielt keine Antwort. Statt dessen klang auf einmal ein hoher, kläglicher Schrei durch den Raum. In der nachfolgenden Stille glaubte der Kommandant ein qualvolles Wimmern zu hören. Ohne es bewusst zu registrieren, legte er den kurzen Weg bis zur Pritsche zurück und trat hinter den Vorhang.

Als erstes sah er das Neugeborene. Es lag mit knittrigem Gesicht und am ganzen Körper mit Blut und Schleim bedeckt auf einer Decke, die winzigen Fäustchen wie ein Boxer vor das Kinn gepresst. Doc Robertson hatte die Nabelschnur bereits durchtrennt und stand wieder über Elvia gebeugt, die Adrian von seiner Position aus nicht erkennen konnte.

Die Assistentin wischte das Kind – es war ein Junge – sauber und wickelte es dann in ein breites, weißes Tuch. Sie trug das strampelnde Bündel hinüber zur Pritsche. Adrian folgte ihr.

Die Euphorie, die der Anblick seines Sohnes kurzzeitig in ihm ausgelöst hatte, verflog sofort, als er das Blut sah. Doc Robertsons Kittel, die Folien und Tücher, mit denen der untere Teil der Pritsche abgedeckt war, Elvias Beine, die unter einer dünnen Decke hervorragten – alles war voll Blut. Selbst auf dem Holzboden hatte sich eine große, rote Lache gebildet, die noch immer anwuchs.

Der Arzt beachtete ihn nicht. Die Haare hingen ihm wirr in die Stirn, auf seiner Oberlippe glänzte der Schweiß. Offenbar versuchte er verzweifelt, die Blutung zu stoppen. Er rief der Assistentin irgendetwas zu, das Adrian nicht verstand, woraufhin diese das Baby hastig auf Elvias Brust legte und damit begann, eine Spritze aufzuziehen.

Elvias Gesicht war schneeweiß, doch als sie Adrian erkannte, lächelte sie. Er versuchte, das Lächeln zu erwidern, aber er schaffte es nicht. Die Tränen schossen aus seinen Augen und spülten alle guten Vorsätze hinweg. Er wollte stark sein, wollte ihr zeigen, wie unendlich dankbar er ihr war, wollte ihr sagen, wie sehr er sie liebte, doch es ging nicht. Der Schmerz war so überwältigend, so allumfassend, dass er neben sich nichts und niemand anderen duldete.

»Pass gut auf ihn auf, Ad«, flüsterte die Pilotin kaum verständlich.

Adrian schüttelte den Kopf, griff nach Elvias rechter Hand. Sie war eiskalt, so kalt wie ihre Lippen, als er sie zum letzten Mal küsste. Dann schloss die Pilotin ihre Augen, und Adrian wusste, dass sie sie nie mehr öffnen würde.

Behutsam nahm er das Kind in die Arme. Es schien ihn mit seltsam skeptischem Blick anzusehen, so als wäre es sich noch nicht so recht darüber im Klaren, was es von ihm zu erwarten hatte.

Als Adrian Deubtar vor die Hütte trat, hatten sich dort fast sämtliche Überlebenden versammelt. Es dauerte lange, bis er endlich sprechen konnte, doch das störte niemanden. Sie standen einfach alle da, so als wüssten sie genau, was geschehen war, und dass ihr Kommandant sie jetzt noch dringender benötigte. Es war der Moment, in dem Adrian begriff, daß sie schon längst keine einfache Explorerbesatzung mehr waren, kein unkoordinierter Haufen hochqualifizierter Wissenschaftler, in dem sich jeder nur auf sich selbst und seine akademische Laufbahn konzentrierte. Das gemeinsame Schicksal hatte sie zusammengeschweißt, hatte eine tiefe gegenseitige Verbundenheit entstehen lassen, die weit über bloßes Mitgefühl hinausging. Sie waren einander Vertraute, Gefährten, Helfer und Tröster, bereit, für die Gemeinschaft und jedes einzelne ihrer Mitglieder einzustehen.

Was Adrian vor ihrem Aufbruch gesagt hatte, war auf wunderbare Weise Realität geworden. Die Kraft und die Zuversicht jedes einzelnen, trug zur Kraft und zur Zuversicht aller bei. Und niemals zuvor hatte Adrian diese Kraft deutlicher gespürt wie in diesem Augenblick. Sie schwebte über den Köpfen der Anwesenden, war beinahe körperlich greifbar. Sie floss auf ihn über und in ihn hinein, und wenn sie den Schmerz, den er spürte, auch nicht lindern konnte, so machte sie ihn doch erträglicher.

»Elvia hat uns verlassen«, sagte der Kommandant schließlich und seine Stimme klang fester und klarer als jemals zuvor. »Aber sie hat uns allen ein wunderbares Geschenk gemacht: Meinen Sohn Benjamin.«

Kapitel 15

11. Juni 3103
Atlan

Zunächst war es nichts weiter als eine Ahnung gewesen, ein unangenehmes Gefühl, das sich irgendwo in den Tiefen meines Verstandes eingenistet hatte und mich nicht zur Ruhe kommen ließ. Natürlich war mir klar, dass Trilith mir nicht alles sagte, was sie wusste – weder über sich selbst noch über die Illochim. Wahrscheinlich hätte ich an ihrer Stelle ganz ähnlich gehandelt. Sie misstraute mir, weil sie in ihrem Leben zu oft getäuscht, verführt und belogen worden war.

Doch da war noch etwas anderes, etwas, das man nicht greifen konnte und das doch in jeder Sekunde präsent schien. Ich weigerte mich zu glauben, dass Trilith in den neun Monaten seit unserem umstrittenen Auseinandergehen nicht mehr herausgefunden hatte als diese dürftigen Fakten, die sie mir freiwillig präsentierte. Was meinen Argwohn, hintergangen zu werden, jedoch schließlich in Gewissheit verwandelte, war die Eröffnung, dass wir Shahimboba erst am 15. Juni erreichen würden.

»Du erwartest hoffentlich nicht, dass ich mich so einfach damit abfinde«, stellte ich sie in der Zentrale zur Rede. Wie üblich stand sie breitbeinig vor der Steuerkonsole und zupfte an den Quastenschnüren.

»Eine Woche für eine Strecke von ein paar zehntausend Lichtjahren? Komm schon, Trilith! Wofür brauchst du so viel Zeit?«

»Ich möchte nichts überstürzen«, lautete die Antwort. »Shahimboba ist eine Welt der Illochim. Nach Aussage von Waheijathiu wurde dort die GAHENTEPE gebaut und es steht zu vermuten, dass der Planet entsprechend abgesichert ist. Ich möchte nichts riskieren und mich vorsichtig nähern, die Lage sondieren, beobachten. Als Lordadmiral der USO solltest du mit dieser Art des Vorgehens vertraut sein.«

»Als Lordadmiral der USO weiß ich vor allem, wann man mir Lügen auftischt«, sagte ich wütend und deutete auf den Nebelschirm. »Wir fliegen nicht nur im Schneckentempo, sondern auch in die falsche Richtung. Ich verstehe vielleicht die Technik der GAHENTEPE nicht, aber ich habe Augen im Kopf. Hat dein zögerliches Vorgehen etwas mit den Gatusain zu tun?«

»Und wenn es so wäre?«

»Dann möchte ich es wissen.«

Trilith Okt ließ von den Quastenschnüren ab und drehte sich zu mir um. Sie suchte meinen Blick und ich wich ihr nicht aus.

»Ich würde einiges dafür geben, wenn ich jetzt deine Gedanken lesen könnte«, sagte sie nach einer kurzen Pause.

»Wechsle nicht das Thema«, reagierte ich scharf. »Warum fliegen wir Shahimboba nicht direkt an?«

»Du hast es nie verwunden, dass ich dir den Zellaktivator praktisch vor der Nase weggeschnappt habe, nicht wahr?«, ließ sie sich nicht beirren. »Gibst du mir die Schuld am Tod deines Freundes Lemy Danger?«

»Wenn ich dir auf diese Frage eine ehrliche Antwort gebe«, erwiderte ich, »verrätst du mir dann, warum wir hier draußen sinnlos hin und her kreuzen?«

»Woher weiß ich, dass deine Antwort ehrlich ist?«

»Woher weiß *ich*, dass du mich nicht nur deshalb an Bord deines Schiffes duldest, weil du glaubst, dass ich dir aus irgendeinem Grund von Nutzen bin?«, entgegnete ich ruhig. »Genau darum geht es, Trilith. Es wird der Tag kommen, an dem es nicht mehr ausreicht, dass du dich nur auf dich selbst verlässt. Jemandem zu vertrauen, birgt stets das Risiko in sich, enttäuscht zu werden. Du fragst mich, ob ich dich für den Tod

Lemy Dangers verantwortlich mache? Nein, das tue ich nicht. Lemy hat mehr als acht Jahrhunderte gelebt, länger, als es sich jeder Terraner oder Arkonide auch nur erträumen könnte. Er ist gestorben, weil seine Zeit gekommen war, genau so, wie auch meine oder deine Zeit einmal kommen wird. Glaub einem Mann, der dieses Ding …«, ich klopfte auf jene Stelle meiner Brust, an der der Zellaktivator hing, »… schon ein paar Jahrtausende länger als du trägt: Es wird nicht leichter! Ob du die Unsterblichkeit verdienst, ob man sie sich überhaupt verdienen muss, das entscheide nicht ich. Aber mit der Zeit wirst du anfangen, dir Fragen zu stellen. Nicht heute, nicht morgen, nicht in zehn oder zwanzig Jahren, aber eines Tages wird es soweit sein. Spätestens dann wirst du froh sein, wenn du nicht die einzige bist, die dir bei der Suche nach den Antworten zur Seite steht.«

Trilith hatte mir ohne äußerliche Regung zugehört. Jetzt beobachtete ich, wie sich ihre Lippen von einem satten Rosa hin zu einem tiefen Blau verfärbten. Ich hatte bislang nicht herausgefunden, ob diese Farbänderungen einem Muster folgten, ob also bestimmte Farben einer bestimmten Gemütslage zuzuordnen waren, oder ob es ein rein zufälliger Prozess war.

»Ich will nicht ausschließen, dass du recht hast, Lordadmiral«, sagte Trilith. »Allerdings kümmert es mich wenig, was in zehn oder zwanzig Jahren sein wird.«

»Das ist mir bewusst«, nickte ich. »Aber hast du dir schon einmal überlegt, was geschieht, wenn du das Geheimnis, das deinen Ursprung umgibt, entschlüsselt hast? Was machst du, wenn dir das, was du letztlich bist, nicht gefällt? Du wurdest ausgebildet, um zu kämpfen und zu töten. Man hat dich darauf trainiert, Schmerzen zu ertragen, und du bist bereit, jegliche Skrupel außer acht zu lassen, wenn es der Erreichung deiner Ziele dient. Du bist nicht fähig, dich in eine Gemeinschaft einzufügen. Wer immer dich *geschaffen* hat, Trilith, er hat dich systematisch und bewusst zu einer Einzelgängerin gemacht. Es ist nicht einmal auszuschließen, dass auch die Eroberung des

Zellaktivators Teil des großen Plans war. Ich zweifle nicht daran, dass du irgendwann erfahren wirst, wer du bist und was man von dir erwartet, aber ich bin mir sicher, dass es dich nicht glücklich machen wird.«

»Und was soll ich deiner Meinung nach tun, Arkonide?« Die Frau machte zwei Schritte rückwärts und verschränkte die Arme vor der Brust.

»Ich bin, wie ich bin. Damit muss ich leben. Welche Pläne ich auch immer für die Zukunft schmiede: Solange ich nicht weiß, wer mir das alles angetan hat und warum, sind sie nichts weiter als Wunschträume.«

Ich trat wieder an Trilith heran und nahm ihre Hände. Sie ließ es geschehen.

»Akzeptiert«, sagte ich leise. »Aber die Freunde, die du morgen brauchst, kannst du nicht früh genug finden. Ich habe es dir schon damals gesagt, Trilith: Ich kann dir helfen, und das einzige, was ich dafür haben will, ist ein kleines bisschen Aufrichtigkeit. Meiner Meinung nach machst du damit ein verdammt gutes Geschäft.«

Sie sah mich für einige Sekunden an. Dann entzog sie mir ihre Hände und lehnte sich gegen die Steuerkonsole.

»Du bist wirklich gut«, sagte sie lächelnd. »Kein Wunder, dass dir der Ruf eines Herzensbrechers vorauseilt. Ich gebe zu, dass es mich schon reizen würde herauszufinden, inwieweit sich all die Geschichten, die man sich über deine Fähigkeiten als Liebhaber erzählt, an der Realität messen lassen. Was meinst du: Wollen mir miteinander schlafen? Wer weiß, wenn du gut genug bist, erfährst du womöglich, was du wissen willst ...«

Gib es auf, wisperte der Extrasinn. *Die Mauern, die Trilith um sich herum errichtet hat, sind zu stark und zu hoch. Selbst ein Dickschädel wie du wird es nicht schaffen, sie einzurennen.*

»Vielleicht später«, erwiderte ich trocken. »Zeit genug haben wir ja, nicht wahr?«

In meiner Kabine – es war dieselbe, die ich bereits bei meinem ersten Besuch an Bord der GAHENTEPE belegt hatte – ließ ich mich auf das unbequeme Lager fallen und schloss für einen Moment die Augen. Wie schon damals, als Trilith und ich den Sphärendreher TRADIUM verfolgt hatten, blieb mir wieder einmal nichts anderes übrig als zu warten. Das fiel mir hier besonders schwer, denn der Diskusraumer hielt keinerlei adäquate Zerstreuung bereit. Es gab weder ein TriVid-Programm noch Lesespulen oder anderweitige Medien zur Unterhaltung.

Ich atmete tief und gleichmäßig ein und wieder aus, versenkte mich langsam in eine der klassischen Dagor-Übungen, die entsprechend geschulte Angehörige meines Volkes bereits seit Jahrtausenden praktizierten. Mein Lehrmeister Fartuloon war ein Dagor-Hochmeister, ein so genannter Thi-Laktrote gewesen und hatte mich nach der Ermordung meiner Eltern in die Geheimnisse dieser uralten Philosophie und Kampftechnik eingeführt.

Wollte man es schlicht ausdrücken, so war Dagor – wie so viele andere Lehren auch – nur der Versuch, die Harmonie zwischen Körper und Geist herzustellen. Was einfach klang, fiel in der Realität jedoch schwer. Es genügte keineswegs, ein paar Atemtechniken zu erlernen und diese anzuwenden. Dagor war eines Geisteshaltung, eine Art zu denken, die man sich in vielen Jahren harten Trainings zu eigen machen musste. Wirklich *erlernen* konnte man das Dagor lediglich als Hertaso – Adept und Anfänger. Nach Bestehen der Meisterprüfung reichte das nicht mehr aus. Ab dann musste man Dagor *erspüren*, es leben und atmen, und das schafften nicht viele.

Wenn du deine ersten Schritte im Dagor tust, hatte mir Fartuloon vor langer Zeit einmal erklärt, *ist alles fremd und mühevoll und unerklärlich. Wenn du es zum Meister gebracht hast, ist alles vertraut und einfach und einleuchtend. Wenn du das Dagor jedoch verinnerlichst und die letzte Stufe der Vollendung erklimmst, ist alles wieder fremd und mühevoll und unerklärlich.*

Ich verstand erst viel später, was er mir damit hatte sagen wollen. Dagor folgte bestimmten Regeln. Es gab Techniken und vorgegebene Wege, diese einzuüben. Die alten Arkoniden hatten das Dagor gegliedert und zu etwas gemacht, das man beherrschen konnte. Doch erst, wenn man die ausgetretenen Pfade des Vorgegebenen verließ, erst wenn man die Normen und Richtlinien außer acht ließ und das Chaos hinter der Ordnung entdeckte, erschloss sich einem das Dagor wirklich – und dann stellte man fest, dass alles, was man zu wissen und können glaubte, nur ein Tropfen im Meer der Vollkommenheit war.

Eine Stunde später fühlte ich mich etwas besser. Ich gab es nicht gerne zu, doch die Nachwirkungen meiner Sucht machten mir noch immer zu schaffen. Jede Nacht fuhr ich mehrmals aus dem Schlaf, weil das Rasen meines Herzens wie antikes Maschinengewehrfeuer in meinen Ohren klang. Dann wieder hatte ich wahnsinnigen Durst und konnte nur mit größter Mühe mit dem Trinken aufhören. Ich litt an Alpträumen, konnte mich aber später nicht mehr an sie erinnern. Lediglich die kalte, nagende Angst blieb nach dem Aufwachen zurück und ließ mich für Stunden nicht mehr los.

Heute morgen war ich zitternd und schluchzend in einem Gang unweit meiner Unterkunft zu mir gekommen, ohne zu wissen, wie ich dorthin gelangt war. Die Traurigkeit, die mich erfüllte, ging tiefer als alles, was ich seit langem gefühlt hatte, und ich konnte die Tränen nicht zurückhalten. Es dauerte fast eine Viertelstunde, bis ich mich mit Hilfe des beständigen Zuredens meines Logiksektors wieder beruhigte. Den Sternengöttern sei Dank hatte mich Trilith nicht in diesem Zustand gefunden.

Die GAHENTEPE schien all das zu ignorieren. Ob aus eigenem Antrieb oder auf Anweisung meiner Gastgeberin, vermochte ich nicht zu sagen. Ich hatte versucht, mit dem Bordgehirn ins Gespräch zu kommen, doch es reagierte nicht, und so zerschlug sich meine Hoffnung recht schnell, das Spannungsverhältnis zwischen Trilith und dem Diskusraumer für meine Zwecke nutzen zu können.

Ich stand auf und begann einen meiner zahlreichen Rundgänge durch das Raumschiff. Natürlich erwartete ich nicht, irgendetwas Neues zu entdecken. Die meisten Bereiche der GAHENTEPE blieben mir weiterhin verschlossen, und so schlenderte ich den Ringkorridor entlang, der sich wie ein Schlauch um die breiteste Stelle des maximal vierzig Meter durchmessenden Diskuskörpers legte und von dem aus zahlreiche Schotte abzweigten. Rein aus Gewohnheit schlug oder trat ich hin und wieder an bestimmte Stellen der Wandverkleidung. Zwar gab es an Bord auch Sensoren, Schalter und Knöpfe, doch ein Großteil seiner Funktionen ließ sich nur mittels primitiver Gewalteinwirkung aktivieren. Wie schon zuvor hatte ich kein Glück. Zwar öffnete sich der ein oder andere Durchgang, doch dahinter lagen lediglich mir längst bekannte leere Lagerräume oder nicht benutzte Besucherquartiere.

Die GAHENTEPE war in vielerlei Hinsicht ein Anachronismus. An Bord standen sich überlegene Technik und urtümliche Funktionalität konträr gegenüber. So besaß das Schiff ein unbekanntes Antriebssystem, gegen das selbst Linearkonverter modernster Bauart verblassten, es musste jedoch über eine in meinen Augen höchst störanfällige und in der Handhabung komplizierte Ansammlung von Quastenschnüren gesteuert werden. Die Fähigkeiten der GAHENTEPE, sich zu tarnen, überstiegen alles, was in der Milchstraße an Antiortungstechnologie auf dem Markt war, doch die Übermittlung von Informationen wurde über ein wenig effektives System von Gerüchen abgewickelt. Hinzu kam der sich in vielen Kleinigkeiten niederschlagende Eindruck, dass der Diskus nicht für eine humanoide Besatzung entwickelt worden war – oder zumindest von einem Ingenieurteam, das sich mit den Bedürfnissen Humanoider nicht besonders gut auskannte.

Ich inspizierte den kleinen Hangar, durch den ich die GAHENTEPE damals auf Finkarm zum allerersten Mal betreten hatte. Der Diskus besaß kein Beiboot, zumindest keines, von dem ich wusste, und so diente die etwa drei mal zwei Meter breite Schleuse vermutlich hauptsächlich zur Verladung größerer Lasten. Die willkürlich im Raum verteilten, vollverkleideten Aggregatblöcke, deren Zwecke nicht einmal zu erahnen waren, erweckten den Anschein der Unordnung. Obwohl ich nun schon einige Zeit an Bord verbracht hatte, erschien mir meine Umgebung nach wie vor fremd und ungemütlich. Ich hatte unterschwellig stets das Gefühl, nicht willkommen zu sein, und spürte, dass mich die GAHENTEPE lediglich in ihrem Innern duldete.

Ich starrte das Schleusenschott an, und für eine Sekunde war ich fest davon überzeugt, dass es sich im nächsten Augenblick öffnen und ich in den freien Raum hinausgesaugt werden würde. Kalter Schweiß brach mir aus, ich begann am ganzen Körper zu zittern.

Reiß dich zusammen, wisperte der Extrasinn. *Spätestens wenn wir Shahimboba erreichen, kannst du dir solche Anwandlungen nicht mehr leisten. Geh zurück in deine Kabine und meditiere. Du* musst *die Kontrolle über dich zurückgewinnen.*

Der Extrasinn hatte recht. Ich hatte plötzlich wieder Kopfschmerzen. Womöglich war es von Vorteil, dass wir die Welt der Illochim erst in einigen Tagen erreichten. Das gab mir mehr Zeit, mich wieder zu fangen, meine Gedanken zu ordnen und mir darüber klar zu werden, was mit mir geschah. Meine unmittelbare Sucht mochte ich mit Trilith Okts Hilfe besiegt haben, doch der Kampf gegen das, was die Verbindung mit dem Navigator in mir angerichtet hatte, tobte weiter.

Kapitel 16

14. Juni 3103
Decaree Farou

In Quinto-Center war gerade der neue Morgen angebrochen und in den der Allgemeinheit zugänglichen Bereichen des 62 Kilometer durchmessenden Asteroiden, die nicht rund um die Uhr genutzt wurden, schaltete die Automatik die Beleuchtung ein. Wirklich ruhig wurde es im Hauptquartier der USO nie. Neben der Stammbesatzung, die Tag und Nacht mit dem Sammeln, Sichten, Ordnen, Analysieren und Speichern von Informationen beschäftigt war, investierte die Organisation einen nicht unbeträchtlichen Teil ihres Budgets in die Unterstützung diverser Forschungsprojekte überall in der Milchstraße. Im HQ selbst waren nur die wenigsten der subventionierten Wissenschaftler aktiv, doch die getroffenen Vereinbarungen erlaubten es der USO, jederzeit auf das Fachwissen und die Fähigkeiten ihrer *freien Mitarbeiter* zurückgreifen zu können. Ein verschlüsselter Hyperfunkspruch genügte.

Daneben widmeten sich zahlreiche Teams, die sich aus hochqualifizierten Experten aller nur denkbaren Fachrichtungen zusammensetzten, der permanenten Beurteilung der gesamtgalaktischen Situation. Kein Krisenherd blieb unbemerkt, keine Bedrohung war zu belanglos, als dass man sich ihr nicht ausführlich und mit aller gebotenen Ernsthaftigkeit widmete. Tausende kluger Köpfe zerbrachen sich eben jene, um mögliche Eskalationen bereits frühzeitig zu erkennen und ihnen entgegenzuwirken. Alle zwei Stunden veröffentlichten die Leiter der sechs Hauptabteilungen ihre maximal zweiseitigen Zirkulare, bewusst knapp gehaltene Lageberichte, mit deren Hilfe sich der

Lordadmiral und sein Führungsstab innerhalb kürzester Zeit einen Überblick verschaffen konnten.

An all das dachte Decaree Farou nicht, als sie mit raumgreifenden Schritten den Gang entlangeilte, der in leichter Krümmung von den Quartieren hinüber zum Trainingsdeck führte. Quinto-Center beherbergte fast ständig zwischen zwei- und fünftausend Spezialisten, die entweder gerade von einem Einsatz kamen und von ihren Führungsoffizieren befragt wurden, oder sich auf neue Missionen vorbereiteten. Die Sport- und Übungseinrichtungen im Innern des Asteroiden waren die besten und fortschrittlichsten ihrer Art und erlaubten es den Agenten, ihre körperliche Fitness zu testen und – wenn nötig – gezielt zu verbessern. Daneben stand jederzeit ein kleines Heer von persönlichen Trainern, Ernährungsberatern und Medizinern zur Verfügung.

Ein leises Summen in ihrem rechten Ohr ließ die schlanke Frau unhörbar aufseufzen. Sie hatte die Hauptzentrale gerade erst verlassen. Ergeben drückte sie die Meldetaste ihres Multifunktionsarmbands. Ein Piepsen zeigte an, dass der Kontakt zustande gekommen war.

»Josh Dirks hier, Ms. Farou«, meldete sich der diensthabende Kommunikationsspezialist mit hoher Stimme. »Wir haben soeben den Abschlussbericht der MAESTRO empfangen. Kommandant Araviak meldet, dass es von der ESHNAPUR keine Spur gibt. Alle Funkanrufe blieben unbeantwortet. Die komplette Datei mit sämtlichen Protokollen wurde auf Ihre persönliche Plattform überspielt.«

»Danke, Mr. Dirks«, sagte Decaree Farou. »In den kommenden dreißig Minuten möchte ich nur gestört werden, wenn das Universum zu explodieren droht – oder besser noch: wenn es bereits explodiert ist.«

»Ver… ver… verstanden«, hörte sie den schlaksigen, jungen Mann noch stottern, bevor sie die Verbindung unterbrach. Vermutlich hockte er jetzt mit hochrotem Kopf vor seinem Funkpult und fragte sich, ob er etwas falsch gemacht hatte.

Decaree erlaubte sich ein flüchtiges Lächeln. Auf schwer zu beschreibende Weise weckte Josh Dirks ihre Mutterinstinkte, doch selbstverständlich durfte sie diesen nicht nachgeben. Wenn der schüchterne Terraner seine zweifelsfrei vorhandenen Talente jemals voll ausschöpfen wollte, musste er seine manchmal phlegmatisch und leidenschaftslos wirkende Art ablegen und lernen, sich durchzusetzen. Vielleicht konnte sie ihm dabei ein wenig helfen.

Sie betrat die Trainingshalle 5, in der sich laut Logcomputer derzeit nur der von ihr Gesuchte aufhielt, durch einen der beiden Nebeneingänge. Der hochgewachsene und athletisch gebaute Terraner schien sie nicht zu bemerken, doch das war keineswegs ungewöhnlich. Der im Zentrum der Halle aufgebaute Hindernisparcours erforderte seine ganze Aufmerksamkeit.

Decaree Farou hatte schon des öfteren Spezialisten beobachtet, die sich an dieser Aufgabe versuchten. Auf einem fünfzig mal fünfzig Meter umfassenden Areal verteilten sich willkürlich eine Reihe von etwa mannshohen Zylindern. Ziel war es, von einer Ecke des Parcours in die gegenüberliegende zu gelangen, um dort eine Kontaktplatte zu berühren – und das, ohne sich die Knochen zu brechen. Sobald man das abgesteckte Gebiet betrat, versetzte eine speziell programmierte Mikropositronik die massiven Säulen aus Stahlplast in zufällige, ruckartige Bewegung. Geschwindigkeit und Kurs der Hindernisse bestimmten sich dabei nach dem eingestellten Schwierigkeitsgrad. Sie fröstelte, als sie einen kurzen Blick auf den Kontrollschirm an der gegenüberliegenden Wand warf. Ronald Tekener hatte die höchste Stufe gewählt. Selbst für einen umweltangepassten Ertruser wäre dieses Setting eine nicht zu verachtende Herausforderung gewesen.

Der Unsterbliche trug lediglich eine eng anliegende, bis knapp über die Knie reichende Hose. Fasziniert betrachtete Decaree Farou das Muskelspiel an Armen und Beinen. Auf dem nackten Oberkörper blitzte immer wieder der Zellaktivator im Licht der

Deckenstrahler. Das von den Lashat-Pocken entstellte Gesicht war von einer dünnen Schweißschicht überzogen.

Ronald Tekener hatte erst vor kurzem gemeinsam mit dem Lordadmiral den gefährlichen Drogendealer Exten da Aurith dingfest gemacht. Eine Sonderermittlungsabteilung der USO, unterstützt von Angehörigen der von Tekener gegründeten *Unabhängigen Hilfsorganisation für Bedrängte*, war noch immer damit beschäftigt, das weit verzweigte Verteilernetz des Arkoniden aufzudecken und die Handlanger da Auriths gleichfalls ihrer gerechten Strafe zuzuführen. Als der *Smiler* vor einigen Tagen seinen Besuch auf Quinto-Center angekündigt hatte, war Decaree Farou, die Atlan während seiner Abwesenheit vertrat, zunächst besorgt gewesen, doch Tekener brachte nicht die befürchteten schlechten Nachrichten über das Verschwinden des Lordadmirals, sondern nahm lediglich einen Termin bei dem berühmten Ara-Mediziner Kadot wahr, der zurzeit im Hauptquartier der USO weilte.

Der Unsterbliche wirkte, als hätte er sich noch immer nicht von seinem Einsatz auf Hokkonien erholt, obwohl dieser nun bereits über ein Jahr zurücklag. Decaree erinnerte sich noch gut an ihre damalige Stippvisite auf Satisfy im Startek-System. Gemeinsam mit Atlan hatte sie Ronald Tekener aufgesucht, um diesen im Fall der geheimnisvollen Tyarez um Unterstützung zu bitten. Der Smiler war damals schwer gezeichnet gewesen und Decaree hatte nach ihrer Rückkehr nach Quinto-Center in allen USO-Datenbanken nach dem Begriff *Hokkonien* gesucht. Fündig geworden war sie nicht. Bis heute wusste sie nicht, was damals wirklich geschehen war.

Der Terraner war unglaublich schnell und gewandt. Natürlich kannte Decaree viele der Geschichten, die man sich um den *galaktischen Spieler*, wie man Tekener hinter vorgehaltener Hand auch nannte, erzählte. Der Mann galt unter USO-Spezialisten als Legende. Im biologischen Alter von sechsunddreißig Jahren war es ihm gelungen, einen der fünfundzwanzig von der Superintelligenz ES in der Milchstraße ausgestreuten Zellaktivatoren aufzuspüren – und vor allem zu behalten. Seitdem gehörte er wie Atlan, Perry Rhodan und einige andere zur elitären Gruppe der Unsterblichen.

Tekener hatte etwa die Hälfte des Parcours gemeistert, da passierte es. Er wich zwei in rasendem Tempo auf ihn zu schießenden Zylindern aus, indem er sich zu Boden fallen ließ und seitlich abrollte. Sofort war er wieder auf den Beinen, doch da war schon die nächste Säule heran. Sie traf den Aktivatorträger an der rechten Schulter und schleuderte ihn herum. Decaree glaubte ein deutliches Knacken zu hören und erwartete, dass die Positronik die Übung auf der Stelle unterbrach. Selbstverständlich wurden die Benutzer des Parcours permanent überwacht, und sobald sie in ernsthafte Schwierigkeiten gerieten, sorgte eine Sicherheitsschaltung dafür, dass die gesamte Maschinerie zum Stillstand kam und der Betreffende höchstens ein paar Quetschungen und Abschürfungen, in seltenen Fällen einen Bruch davontrug. Doch hier geschah nichts. Die Zylinder setzten ihren fieberhaften Tanz ungerührt fort.

»Verdammt«, fluchte Decaree und lief zum in die Wand eingelassenen Steuerfeld hinüber. Ronald Tekener stand währenddessen wieder aufrecht. Die dunkle Haare hingen ihm wirr in die Stirn. Der Terraner ging leicht in die Hocke, orientierte sich.

Decaree Farou presste den Daumen auf den Sensor der manuellen Notabschaltung. Ein kurzes Summen erklang und auf dem Kontrollschirm erschien eine knappe Botschaft: *Sicherheitsprotokoll inaktiv – Fehlerkode 321 – Überlastung des positronischen Puffers.*

Das durfte nicht wahr sein. Ausgerechnet wenn einer der prominentesten Männer der Galaxis in Quinto-Center weilte, versagte die hundertfach bewährte und permanent gewartete Technik. Falls sich der Unsterbliche hier verletzte, würde das hohe Wellen schlagen – und sie, Decaree Farou, führte derzeit das Kommando!

Tekener hatte sich offensichtlich wieder gefangen. Zwar wirkten seine Bewegungen längst nicht mehr so flüssig und elegant wie zuvor, doch er kam jetzt zügig voran. Einige Male schien er eine weitere Kollision mit einem der Zylinder nicht vermeiden zu können, aber jeweils im letzten Moment schaffte er es doch noch auszuweichen.

Als er die Kontaktplatte endlich erreichte und das Areal kurz darauf verließ, schwankte er für einige Sekunden hin und her, schüttelte dann kurz den Kopf und straffte sich. Am rechten Oberarm des Terraners begann sich ein riesiger blauschwarzer Bluterguss zu bilden.

»Ms. Farou«, sagte Ronald Tekener und produzierte jenes berühmte Lächeln, dass ihm vor langer Zeit seinen Spitznamen eingebracht hatte. Decaree musste zugeben, dass es im Original noch weitaus beeindruckender wirkte, als auf Holofotos oder im TriVid.

»Es freut mich, Sie wiederzusehen. Sie wirken allerdings ein wenig blass. Ich hoffe, ich habe Ihnen keinen Schrecken eingejagt.«

Mit den letzten Worten trat er an das Steuerfeld heran, öffnete die Abdeckklappe und drückte einen losen Kontakt in seine Halterung. Danach schloss er die Klappe wieder und ließ die Finger über das neben dem Bildschirm angebrachte Bedienfeld fliegen. Augenblicklich erlosch die Fehlermeldung auf dem Monitor und machte einer neuen Botschaft Platz.

Sicherheitsprotokoll reaktiviert, las Decaree Farou mit offenem Mund. *Interne Funktionsdiagnose abgeschlossen.*

»Sie haben …«, begann Atlans Stellvertreterin, stockte und setzte dann erneut an. »Sie haben die Automatik *selbst* abgeschaltet? Ist Ihnen klar, was …«

»Es tut mir leid«, unterbrach sie Tekener und hob beide Arme, nur um sofort das Gesicht vor Schmerzen zu verziehen. Er fasste sich an die Schulter.

»Ich hatte nicht mit Besuch gerechnet, Ms. Farou«, fuhr er fort. »Bitte akzeptieren Sie meine ehrliche und aufrichtige Entschuldigung. Wie Sie sehen können, habe ich die gerechte Strafe für meinen Leichtsinn bereits erhalten.«

Er deutete auf sein inzwischen in allen Regenbogenfarben schillerndes Hämatom. Decaree schüttelte den Kopf.

»Man sollte meinen, dass ein Mann in Ihrem Alter vernünftiger ist«, erwiderte sie.

»Welchen Reiz hat ein Spiel, wenn man es nicht verlieren kann?«

»Sie hätten sich schwer verletzen, ja sogar umbringen können.«

»Was meinen Standpunkt nur unterstreicht.« Tekener strich sich eine Haarsträhne aus der Stirn. »Wie soll ich meinen körperlichen Zustand einschätzen, wenn ich genau weiß, dass mir da drin ...«, er deutete auf den Trainingsparcours, »... nichts passieren kann? Sie sind Psychologin, Sie müssten mich verstehen.«

»Das hat nichts mit Verständnis zu tun, Mr. Tekener.« Die burschikose Art ihres Gegenübers machte sie wütend. »Ich führe derzeit das Kommando auf Quinto-Center, und wenn Ihnen hier etwas passiert, bin ich es, die zur Rechenschaft gezogen wird. Wenn Ihnen also schon ihr eigenes Wohl nicht am Herzen liegt, dann denken Sie wenigstens an all die anderen, die Sie mit Ihrer Fahrlässigkeit in Schwierigkeiten bringen.«

»Das tue ich.« Der Unsterbliche blieb gelassen. Dennoch veränderte sich sein Lächeln unmerklich, und ohne dass es Decaree Farou an Einzelheiten hätte festmachen können, wirkte es plötzlich weit weniger freundlich.

»Wenn Sie Ihre persönlichen Nachrichten abrufen, werden Sie eine Mitteilung mit meinem USO-Überrangkode finden. Dort erkläre ich, dass die Zusammenstellung meines Trainingsprogramms ohne Ihre oder die Zustimmung eines anderen Kommandooffiziers erfolgt ist und spreche Sie von jeder Verantwortung frei.«

»Sie haben offenbar auf alles eine Antwort«, sagte Decaree. Ihr Zorn war keineswegs verraucht. Was Ronald Tekener getan hatte, war leichtsinnig und gefährlich gewesen. »Nichtsdestotrotz werde ich diesen Vorfall in den Logbüchern vermerken.

Sie sind hier an Bord einer USO-Station, Mr. Tekener, *meiner* USO-Station, um genau zu sein, und dort gelten gewisse Regeln. Auch für Sie!«

Der Terraner schien tatsächlich für einen Herzschlag überrascht. Dann fing er sich wieder und nickte bedächtig. »Sie haben recht, Ms. Farou«, sagte er. »Und ich bitte Sie noch einmal um Verzeihung. Ich habe Ihre Gastfreundschaft missbraucht, und das tut mir leid. Es wird nicht noch einmal vorkommen.«

»Entschuldigung angenommen. Im übrigen können Sie Ihren Fehltritt wiedergutmachen, indem Sie mir in einer anderen Sache helfen.«

»Nichts lieber als das. Schönen Frauen in Not beizustehen, war mir von jeher Verpflichtung und Vergnügen zugleich.«

Decaree Farou verzog das Gesicht. »So erzählt man sich«, gab sie spöttisch zurück. »Ziehen Sie sich etwas an und treffen Sie mich in zehn Minuten in Konferenzraum L-105. Pünktlich!«

»Was kann ich für Sie tun, Ms. Farou?«

Ronald Tekener trug eine dunkelgrüne Kombination, schwarze Stiefel und einen auffällig breiten, schwarzen Gürtel. Er hatte sich nicht nur in Rekordzeit angekleidet, sondern offenbar auch geduscht, sich frisiert und ein dezentes Parfüm aufgelegt. Nun saß er Decaree in dem kleinen, nahe der Hauptzentrale gelegenen Konferenzraum gegenüber und hatte sämtliche Allüren abgelegt. In der Trainingshalle war alles noch eine Art Spiel gewesen, ein unterhaltsames Geplänkel ohne größere Bedeutung. Jetzt allerdings war der Unsterbliche die personifizierte Aufmerksamkeit und dem Blick seiner hellblauen Augen schien nichts entgehen zu können.

»Lordadmiral Atlan ist nun seit beinahe zwei Wochen verschwunden«, kam Decaree ohne Umschweife zur Sache. »Vor kurzem erreichte mich der Report von Oberstleutnant Rasmus Araviak, Kommandant der MAESTRO, der die Lage im Zimthys-System untersucht hat. Von der ESHNAPUR fehlt demnach jede Spur. Ihre letzte Meldung datiert vom 31. Mai. Nach seinem

Start von Orgoch hat der Kreuzer einen letzten Routinefunkspruch abgesetzt und dann Kurs auf die Erde genommen. Dort ist er jedoch nie eingetroffen. Karim Shoutain, der Kommandant der ESHNAPUR, erwähnte in seinem Bericht, dass der Lordadmiral erneut auf jene geheimnisvolle Fremde namens Trilith Okt getroffen und gemeinsam mit ihr an Bord ihres Diskusschiffes mit unbekanntem Ziel aufgebrochen ist. Unnötig zu sagen, dass sich Atlan seitdem nicht gemeldet hat.«

»Das ist in der Tat ungewöhnlich«, meinte Ronald Tekener und massierte sich nachdenklich das pockennarbige Kinn. »Natürlich wissen Sie so gut wie ich, dass sich der alte Beuteterraner seiner Haut sehr gut erwehren kann.«

»Es ist nicht nur die Haut des Lordadmirals, die mir Sorgen bereitet«, begann Decaree Farou. Der Unsterbliche hob beschwichtigend den rechten Arm und brachte sie damit zum Schweigen.

Ronald nickte. »Ich weiß«, sagte er und erhob sich, um sich an einem in der Ecke stehenden Getränkespender einen Kaffee zu holen. Der aromatische Duft des heißen Gebräus breitete sich im ganzen Konferenzraum aus.

»Wenn öffentlich bekannt wird«, fuhr er leise fort, »dass der Lordadmiral der USO verschwunden ist, dürfte das einige höchst unangenehme Konsequenzen nach sich ziehen.«

»Sie untertreiben, Mr. Tekener«, behauptete Decaree und stand nun ebenfalls auf, um sich mit Kaffee zu versorgen. »Die Situation in der Milchstraße ist seit Jahrzehnten angespannt wie selten zuvor. Wussten Sie, dass sich die Anzahl der Einsätze unserer Spezialisten seit dem Aufstand auf Naskophar im Februar 2994 fast jährlich verdoppelt hat? Ähnliche Zuwachsraten gelten für die Zahl der im Dienst getöteten und vermissten Agenten. Wir können kaum schnell genug rekrutieren und ausbilden, um die entstehenden Lücken zu füllen. Die Galaxis ist zu einem Dschungel geworden.«

»Das war sie schon immer, Ms. Farou«, entgegnete Tekener. »Allerdings wird das zu überwachende Gebiet immer größer. Mehr und mehr Planeten spalten sich ab und glauben, ihr eigenes Süppchen kochen zu müssen. Dadurch entstehen beinahe täglich neue Konflikte, und in deren Schatten ist ein teuflischer Rüstungswettlauf im Gange. Selbst die USO wird irgendwann nicht mehr in der Lage sein, die überall lodernden Brände unter Kontrolle zu bekommen, zumal man sie ohnehin lediglich als verlängerten Arm des Solaren Imperiums wahrnimmt.«

»Ich bin nicht überrascht, dass sich unsere Einschätzungen der politischen Großwetterlage decken.«

»Und dennoch fragen Sie mich um Rat?« Tekener grinste frech. »Kommen Sie, Ms. Farou, Sie wissen doch längst, was zu tun ist, und Sie brauchen ganz bestimmt nicht mein Einverständnis, um einen stummen Alarm auszulösen.«

»Es geht mir auch weniger um Ihre Absolution als vielmehr um Ihre … Verbindungen«, sagte sie nach kurzem Zögern mit fester Stimme.

Der Smiler machte seinem Namen alle Ehre und setzte ein Lächeln auf, das einen Topf kochendes Wasser augenblicklich in Eis verwandelt hätte. Trotz ihrer psychologischen Ausbildung und den zahlreichen Schulungen in den USO-Trainingszentren spürte Decaree Farou die Gänsehaut auf Rücken und Armen. Dieser Mann besaß eine schier unglaubliche Aura – und er setzte sie ganz bewusst und zielgerichtet ein!

»Sie meinen«, sagte Tekener, »dass ich Quellen anzapfen kann, die der USO und dem Imperium nicht ohne weiteres zugänglich sind, richtig?«

»Mir käme es niemals in den Sinn, Ihnen Kontakte zu Organisationen oder Personen zu unterstellen, die die freiheitlich-demokratischen Prinzipien der USO und des Solaren Imperiums ablehnen oder diesen gar entgegenarbeiten.«

»Das haben Sie schön gesagt. Leider kann ich im Moment nichts für Sie tun.«

»Was?« Decaree glaubte sich verhört zu haben. Das konnte Tekener unmöglich ernst meinen. »Atlan ist Ihr *Freund*«, empörte sie sich und sprang von ihrem Stuhl auf. »Wollen Sie mir etwa sagen, dass Sie keinen Finger rühren, wenn …«

»Ms. Farou, bitte«, unterbrach er sie und wich in gespielter Furcht vor ihr zurück. »Bevor Sie mir die Augen auskratzen, hören Sie noch einen Moment zu. Ich kann Ihnen nicht helfen, weil ich die von Ihnen gewünschten Ermittlungen längst eingeleitet habe. Zwei Dutzend meiner Leute haben Satisfy bereits vor drei Tagen verlassen und sind ausgeschwärmt, um ein paar Gefallen einzufordern und Erkundigungen einzuziehen. Sobald sie etwas herausfinden, erfahre ich es – und ich verspreche Ihnen, dass ich mich dann sofort bei Ihnen melden werde.«

»Sie sind …«, begann Decaree ärgerlich.

»… ein Schatz?«, fragte Tekener ungeniert.

»… ein elender Heuchler«, sagte sie und schüttelte den Kopf. »Und Sie stehlen mir meine Zeit.«

»Ich muss Ihnen schon wieder zustimmen«, grinste der Unsterbliche. »Aber vielleicht mildert es Ihren Zorn, wenn ich Ihnen verrate, dass mir ein Raubzug selten so viel Spaß gemacht hat. Und nun entschuldigen Sie mich, ich habe noch einen Arzttermin.«

Mit diesen Worten stand er auf und wollte zur Tür gehen.

»Mr. Tekener!«

Der Angesprochene drehte sich noch einmal um. Decaree Farou zog ein schmales, in silberne Schmuckfolie gewickeltes Päckchen unter dem Konferenztisch hervor und warf es dem Terraner zu. Der fing es geschickt auf und musterte es verblüfft.

»Was ist das?«, wollte er wissen.

»Packen Sie es aus«, sagte Decaree.

Ronald Tekener entfernte die knisternde Folie und öffnete die darunter verborgene Pappschachtel. Dann hielt er die schmale weiße Tube mit dem altertümlichen Schraubverschluss in die Höhe und sah Decaree fragend an.

»Eine Salbe, die äußerst wirksam gegen Blutergüsse sein soll«, sagte sie mit einem süffisanten Lächeln. »Tragen Sie sie alle zwölf Stunden dünn auf die betroffene Stelle auf und lassen Sie sie ein paar Minuten einziehen. Bei dieser Gelegenheit: Herzlichen Glückwunsch zum Geburtstag, Mr. Tekener! Wenn ich mich nicht irre, werden Sie heute siebenhundertdreißig. In Ihrem Alter sollte man besser auf seine Gesundheit achten.«

Der Unsterbliche stand lange Sekunden einfach nur da und ließ den Blick zwischen der Tube und seinem Gegenüber hin und her pendeln.

»Vielen Dank«, sagte er schließlich. »Atlan hat recht: Sie sind nicht nur schön, sondern auch ein ziemlich durchtriebenes Luder.«

Kapitel 17

15. Juni 3103
Atlan

Die Ansammlung von Roten Riesen war ungewöhnlich, vor allem, weil sie sich über ein relativ kleines Raumgebiet erstreckte. Fasziniert betrachtete ich die aufbereiteten Orterdaten, die die GAHENTEPE auf den Nebelschirm projizierte. Shahimboba war der äußere von sechs Planeten und zudem der einzige, der für Humanoide halbwegs tolerierbare Lebensbedingungen aufwies. Während sich das Diskusschiff der Wasserwelt in mäßigem Tempo näherte, rief Trilith weitere Informationen des Bordgehirns ab.

»Die Sonne trägt den Eigennamen Shahimlakat«, sagte sie laut, damit auch ich im Bilde war. » Shahimboba hat einen Äquatorialdurchmesser von 14.445 Kilometern. 84,7 Prozent Wasseranteil. Es gibt zwei sichelförmige Kontinente – Moiboslomo und Droshamba – die sich an den Spitzen berühren. Das von ihnen eingeschlossene Binnenmeer heißt Oplowosh, der Riesenozean Astanagsha. Es gibt nur einen schmalen Vegetationsgürtel, der sich quer über Moiboslomo zieht und den Kontinent praktisch in zwei Hälften teilt. Der Rest der Landmasse ist durch eine hohe vulkanische Aktivität gekennzeichnet, wie sie eigentlich für einen eher jungen Planeten typisch ist. Dem widerspricht allerdings die geologische Detailanalyse. Shahimboba ist mit mindestens zwölf Milliarden Jahren nur geringfügig jünger als die Milchstraße selbst.«

»Wahrscheinlich ist der Planet erst in die Biosphäre geraten, als Shahimlakat zum Roten Riesen wurde«, äußerte ich meine Vermutung, die auch der Extrasinn für plausibel hielt. »Ich wette ein Ultraschlachtschiff samt Transformbewaffnung, dass der Ozean eine einzige Algenkolonie ist.«

»Du hast recht.« Triliths Stimme klang überrascht. »Die Sensoren zeigen einen hohen Anteil an Biomasse, die bis in eine Tiefe von fünftausend Meter unter dem Meeresspiegel reicht. Woher wusstest du das?«

»Erfahrung«, sagte ich grinsend. »Der Planet hat eine stabile Sauerstoffatmosphäre, und die kann nur entstanden sein, wenn es genügend pflanzliches Leben gibt. Die meisten Welten der Milchstraße bestehen zur Hälfte aus Sauerstoff und dessen diversen Verbindungen. Neben Wasserstoff und Helium ist Sauerstoff das häufigste Element im gesamten Universum. Interessant dabei ist …«

»Du musst mir keinen wissenschaftlichen Vortrag halten«, unterbrach mich Trilith mürrisch.

»Entschuldige. Ich dachte, du wolltest etwas lernen.«

Sie reagierte nicht auf die kleine Spitze. Statt dessen kniff sie kurz die Augen zusammen und rieb sich dann mit beiden Daumen die Schläfen.

»Stimmt etwas nicht?«

»Alles in Ordnung«, lautete die Antwort. »Nur ein paar leichte Kopfschmerzen. Vermutlich eine Folge deines klugen Geredes.«

Schau dir die Strukturen auf der Südhälfte Moiboslomos an, wisperte der Extrasinn. *Das sind keine natürlich entstandenen Formationen, sondern Auswürfe und Erhebungen, wie sie für Grabungen typisch sind. Wenn ich raten müsste, dann würde ich sagen, dass auf Shahimboba Bergbau in großem Stil betrieben wird.*

»Kannst du den Bildausschnitt rechts unten vergrößern?« Ich wandte mich an Trilith und deutete auf den Nebelschirm. Sekunden später sprang mir die Planetenoberfläche förmlich entgegen. Jetzt war die zuvor verwaschen erschienene Landschaft deutlicher zu erkennen.

»Das sind Minenschächte«, stellte ich fest. »Was sagt die Hohlraumortung?«

»Ausgedehnte Stollensysteme«, antwortete Trilith. »Sie ziehen sich netzförmig von den bis zu drei Kilometer breiten Schächten nach allen Seiten. Da unten wird teilweise schweres Gerät eingesetzt. Mit hoher Wahrscheinlichkeit zur Erzförderung.«

Die GAHENTEPE war noch rund 250.000 Kilometer von Shahimboba entfernt, als sich das Bordgehirn meldete.

»Wir werden angefunkt. Ein gewisser Pawhikuthar, der sich als *Lotse* bezeichnet, verlangt eine Identifikation.«

»Dann gib sie ihm«, forderte Trilith. »Und kein Wort darüber, dass du Passagiere an Bord hast.«

»Diese Anweisung hast du mir bereits mehrfach erteilt«, bemerkte das Schiff.

»Dann betrachte die nochmalige Wiederholung als Hinweis auf die Bedeutung dieses Befehls und als Anhaltspunkt für die Schwere der Sanktionen, die eine Nichtbeachtung nach sich ziehen würde.«

Ich schwieg. Das Verhältnis zwischen meiner Gastgeberin und dem Diskusraumer hatte sich seit meinem letzten Besuch an Bord grundlegend geändert und ich fragte mich, ob der mehr oder weniger offen gezeigte Widerwille der GAHENTEPE, ihrer Besitzerin zu gehorchen, nicht eines Tages zum ernsthaften Problem werden würde.

Selbst wenn es so wäre, wisperte der Extrasinn, *könntest du nichts dagegen tun. Richte deine Aufmerksamkeit also lieber auf Dinge, die du beeinflussen kannst.*

»Identifikation wurde akzeptiert.« Die Stimme des Bordgehirns enthob mich eines Kommentars. »Pawhikuthar fordert mich zur Landung auf einem Raumhafen im Landesinneren von Moiboslomo auf. Dort soll ich auf weitere Anweisungen des *Gremiums der Zweiundzwanzig* warten.«

»Keine weiteren Rückfragen?«, wollte ich verwundert wissen. »Keine Ankündigung eines Prisenkommandos? Wir sollen einfach so und ohne Kontrolle landen?«

»So lauten die Instruktionen.«

»Wie weit ist dieser Raumhafen vom nächsten Minenschacht entfernt?«, fragte ich.

»Gut zehn Kilometer«, sagte die GAHENTEPE knapp.

»Kannst du Verteidigungsanlagen ausmachen?«, bohrte ich weiter. »Energieemissionen, die auf Schirm- oder Fesselfeldprojektoren hindeuten? Haben die Illochim Bodentruppen in Marsch gesetzt?«

»Nichts von alledem.«

»Bist du fertig?« Trilith hatte die Arme vor der Brust verschränkt und sah mich mit schief gelegtem Kopf an. Ihre Lippen glänzten in mattem Gelb.

»Kommt dir das nicht sehr komisch vor?« Ich fuhr mir nachdenklich durch die langen Haare. »Das hier soll eine Welt der Illochim sein, eine Welt jenes Volkes, von dem bislang noch niemand in der Milchstraße gehört hat, obwohl es sich bereits seit mindestens neuntausend Jahren hier herumtreibt, und wir dürfen einfach so landen. Da kann doch etwas nicht stimmen.«

»Das sehe ich anders«, sagte Trilith. »Die GAHENTEPE wurde hier gebaut. Man könnte auch sagen, sie ist hier stationiert. Wer sagt dir, dass ihre Rückkehr nicht ein völlig normaler Vorgang ist, zumal sie gültige Sicherheitskodes besitzt?«

»Mein gesunder Menschenverstand«, gab ich zurück. »Die GAHENTEPE wurde *dir* zur Verfügung gestellt. Müssten die Illochim also nicht wissen, dass du an Bord bist? Warum fragen sie nicht nach? Sie haben einen beispiellosen Aufwand betrieben, um dich zu dem zu machen, was du bist und jetzt soll sie das alles plötzlich nicht mehr interessieren? Ich befürchte, dass die Aussicht, mehr über deine Herkunft herauszufinden, dein Urteilsvermögen trübt.«

»Was macht es für einen Unterschied, ob du recht hast oder nicht?« Trilith zuckte mit den Schultern. »Was würde es ändern? Soll ich umkehren und davonfliegen?«

»Warum nicht?«, stieß ich hervor. »Du kennst mein Angebot. Lass mich Kontakt mit Quinto-Center aufnehmen. Lass meine Spezialisten einen offiziellen Erstkontakt in die Wege leiten. Ich weiß, es ist sinnlos, aber ich appelliere noch einmal mit Nachdruck an deine Vernunft: Eine Landung auf Shahimboba ohne Rückendeckung ist ebenso unnötig wie gefährlich.«

»Du irrst dich, Atlan.«

Obwohl es die Stimme der GAHENTEPE war, die gesprochen hatte, wusste ich sofort, dass nicht der Bordrechner hinter diesen Worten steckte.

»Waheijathiu«, entfuhr es mir.

»So ist es«, bestätigte der Navigator meine Vermutung. »Die Illochim auf Shahimboba verhalten sich … befremdlich. Etwas ist dort … nicht in Ordnung.«

»Ein Grund mehr, sich nicht blindlings in ein unberechenbares Abenteuer zu stürzen«, beharrte ich auf meinem Standpunkt.

»Eine Einmischung von außen kann auf keinen Fall hingenommen werden«, zeigte sich Waheijathiu uneinsichtig. »Das Shahimlakat-System und Shahimboba sind Illochim-Territorium. Auch wenn die Völker dieser Galaxis eine lange Tradition darin besitzen, sich gegenseitig auszulöschen, so kann ich dir versichern, dass die Illochim Mittel und Wege haben, um …«

»Halt! Stopp! Was soll das werden?«, rief ich wütend. »Wir reden hier doch nicht über eine Invasion oder eine Kriegserklärung. Ich spreche von der Aufnahme diplomatischer Beziehungen, wie sie im normalen Mit- und Nebeneinander üblich sind. Deine Reaktion lässt mich allerdings befürchten, dass die Illochim etwas zu verbergen haben. Was geschieht auf Shahimboba, das niemand sehen soll? Und wie wollen die Illochim mich daran hindern, ihre Existenz bekannt zu machen, wenn ich wieder bei meinen Leuten bin?«

Für Sekunden herrschte beredtes Schweigen.

»Trilith«, sagte ich nachdrücklich, »denk nach! Wenn dir dein eigenes Leben gleichgültig ist, kann ich das nicht ändern, aber wenn der Lordadmiral der USO durch deine Schuld in die Gewalt einer fremden Macht gerät und womöglich zu Schaden kommt, wird dich in kürzester Zeit die halbe Milchstraße jagen, und dann werden dir all deine Fähigkeiten nichts mehr nützen. Man wird dich zur Strecke bringen. Das ist keine Drohung, sondern eine simple Tatsache. Die ESHNAPUR hat die Erde inzwischen längst erreicht, also weiß man dort, dass ich mit dir an Bord der GAHENTEPE aufgebrochen bin. Ich bitte dich: Lass uns diese Sache auf *meine* Weise angehen.«

»Warte, Atlan.« Die von Waheijathiu gesteuerte Stimme des Diskusraumers besaß mit einem Mal einen geradezu devoten Unterton.

»Ich verstehe, dass du besorgt bist«, sprach der Navigator weiter. »Diese Besorgnis gründet sich jedoch auf mangelnde Information. Deshalb habe ich mich entschlossen, dir einige Fakten zugänglich zu machen, die dein falsches Bild von den Illochim korrigieren werden.«

»Ich höre.«

»Planeten wie Shahimboba einer ist«, sagte Waheijathiu, »sind äußerst selten. Auf ihnen findet man ein spezielles Erz, Arrachieda genannt, das für mein Volk existentielle Bedeutung besitzt. Wenn unsere Späher einen solchen Planeten entdecken, dann wird er bis ins letzte Detail durchleuchtet, vermessen, kartographiert und schließlich ausgebeutet. Die Arrachieda-Förderung bringt einige Besonderheiten mit sich, die eine sehr exakte Planung und Durchführung erfordern. Deshalb werden Abbau und Weitertransport auch meist von einem Gremium geleitet und überwacht, das ausschließlich aus Navigatoren besteht.«

»Das ist alles schön und gut«, warf ich ein, »zerstreut jedoch nicht meine Bedenken.«

»Hast du in den letzten vier Stunden ein Transportschiff gesehen, das Shahimboba verlassen hat?«, fragte der Navigator.

»Nein«, antwortete ich.

»In den Speichern der GAHENTEPE habe ich nicht nur die Koordinaten der Wasserwelt gefunden, sondern auch einige höchst beunruhigende Aufzeichnungen im Hinblick auf die dortigen Aktivitäten der Illochim«, sagte Waheijathiu. »Seit vielen Jahren scheint kein einziger Erzfrachter mehr von Shahimboba aus gestartet zu sein. Dennoch wurde die Förderung nicht nur weiter betrieben, sondern sogar noch intensiviert.«

»Welche Schlüsse ziehst du daraus?«

»Dass dort unten etwas geschieht, was nicht mit den Zielen und Grundsätzen der Illochim im Einklang steht.«

»Diese Ziele und Grundsätze würden mich brennend interessieren.«

»Das ist mir bewusst«, gab sich Waheijathiu verständnisvoll, »doch im Moment sind diese nicht von Belang. Deine Einwände waren völlig berechtigt. Es zeugt von beängstigender Nachlässigkeit, wenn man der GAHENTEPE allein aufgrund eines gültigen Sicherheitskodes die Landung gestattet. Kein verantwortungsvoller Navigator würde so etwas zulassen.«

Ich nickte. »Und deshalb willst du nach dem Rechten sehen. Das garantiert aber immer noch nicht meine Sicherheit respektive meinen späteren freien Abzug.«

»Das ist mir klar«, sagte Waheijathiu. »Und diese Garantie kann ich dir auch nicht geben, ohne die Verhältnisse auf Shahimboba zu kennen.«

»Welches Interesse hast du an dem, was auf Shahimboba geschieht oder nicht geschieht? Du bist lediglich das, was von einem Navigator übrig ist, der vermutlich schon seit vielen tausend Jahren tot ist.«

»Du weißt *nichts* von den Illochim«, antwortete Waheijathiu und klang plötzlich trotz der Kunststimme des Diskusraumers regelrecht entrüstet. »Und doch maßt du dir an, mein Volk und dessen Beweggründe in die Schablonen deiner eigenen, beschränkten Weltanschauung zu pressen. Das, was du und deinesgleichen über Jahrtausende hinweg einander angetan habt, würden Illochim einander niemals antun. Vergiss nicht, Atlan: Ich kenne deine Erinnerungen, all die furchtbaren Bilder von Krieg und Zerstörung, von Elend und Tod, die du mit dir herum trägst, und ich habe mich seitdem oft gefragt, warum du darüber nicht den Verstand verlierst.

Deine Welt ist voller Hass und Neid und Zweifel. Verwechsle sie nicht mit der Welt der Illochim!«

»Ich habe diese Welt nicht gemacht«, murmelte ich.

»Aber du bist ein Teil von ihr.«

»Das sind die Illochim auch.« Wieder kehrte für einige Momente Stille ein.

»Lass uns die müßige Diskussion beenden«, schlug Waheijathiu schließlich vor. »Ich werde nicht zulassen, dass irgendjemand außerhalb der GAHENTEPE von der Existenz Shahimbobas erfährt – zumindest nicht zum jetzigen Zeitpunkt. Und da Trilith Okt in diesem Punkt meiner Meinung ist, erübrigen sich alle weiteren Versuche, sie umzustimmen.«

»Hat der Flug hierher deshalb so lange gedauert?«, fragte ich an Trilith gewandt. »Welche Vereinbarungen hast du sonst noch mit deinem neuen Freund getroffen?«

»Scheinheiligkeit steht dir nicht, Atlan«, meinte Waheijathiu, noch bevor die Psi-Kämpferin reagieren konnte. »Ich sagte dir bereits, dass ich ein Teil von dir war. Ich weiß, wie du denkst. USO hin, Solares Imperium her – du brennst ebenso wie Trilith darauf, mehr über die Illochim zu erfahren. Shahimboba zieht dich an wie ein Magnet, und du würdest niemals darauf verzichten, den Planeten und seine Geheimnisse höchstpersönlich zu erforschen.«

Ich hätte es nicht treffender ausdrücken können, wisperte der Extrasinn.

Ich verzichtete auf eine Erwiderung und starrte stumm auf den Nebelschirm. Die GAHENTEPE hatte sich der Wasserwelt inzwischen bis auf fünfzigtausend Kilometer genähert und verzögerte stark. Über beiden Kontinenten lagen löchrige Wolkenbänke durch deren Lücken sich karges Felsland abzeichnete. Über dem Riesenozean entluden sich mehrere heftige Gewitter. Shahimbobas Rotationsachse wies gegenüber seiner mittleren Bahnebene eine Neigung von nur 21,5 Winkelgrad auf. Das bedeutete, dass es so etwas wie Jahreszeiten nur in Ansätzen gab.

»Sind die Sujadin ausgereift?«

Im ersten Moment glaubte ich, die Frage Waheijathius sei an mich gerichtet gewesen, und grübelte darüber nach, was er meinte, aber da hörte ich schon Trilith sprechen.

»Ja«, sagte sie. »Die Übertragung kann sofort beginnen.«

Ich sah sie auffordernd an, doch statt mir eine Erklärung zu liefern, drehte sie sich einfach um und bedeutete mir mit einer knappen Geste, ihr zu folgen. Gemeinsam verließen wir die Zentrale.

Kapitel 18

15. Juni 3103
Malotuffok

Das Universum war groß. So groß, dass es selbst Malotuffok Mühe bereitete, sich seine Ausdehnung vorzustellen. Vor beinahe vierzehn Milliarden Jahren hatte es seinen Anfang genommen. Seitdem waren mehr als hundert Milliarden Galaxien entstanden, die meisten von ihnen noch weit größer und sternenreicher als die Milchstraße.

Jeden anderen hätte diese unbeschreibliche Verschwendung, diese monumentale Demonstration von Macht und Bedeutung eingeschüchtert, womöglich gar geängstigt. Nicht so Malotuffok. Für ihn bedeutete Größe nicht Ehrfurcht, sondern Herausforderung.

Shahimboba war ein Planet, dessen Name schon bald in aller Munde sein würde, weil er der Ausgangspunkt einer neuen, unverbrauchten Ordnung war. Malotuffoks Diskusraumer würden ausschwärmen und die galaktischen Machtzentren im Handstreich erobern. Imperium-Alpha auf Terra, der Kristallpalast auf Arkon I, der Block der achtzehn Vorsichten auf Gatas, der Rote Palast auf Ferrol, das Blaustern-Gebäude auf Plophos, das OPRAL auf Rudyn, der Sonnenpalast auf Nosmo – diese und all die vielen anderen Symbole eines alten, kraftlosen Systems gehörten der Vergangenheit an. In einigen Jahren würde sich niemand mehr an sie erinnern.

Der Navigator verfolgte, wie die subplanetaren Werften Shahimbobas in ununterbrochener Folge ein Kampfschiff nach dem anderen ausspuckten, wie sich die Raumer mit spielerischer Leichtigkeit in den regenschweren Himmel schwangen und zu der im freien Raum wartenden Flotte stießen. Er hatte längst mit dem Zählen aufgehört.

Wussten die Völker der Milchstraße, was sie erwartete?

Nein, sie ahnten es nicht einmal. Sie lebten ihr ebenso erbärmliches wie kurzes Leben in geradezu empörender Einfalt. Sie kamen und gingen ohne zu begreifen, dass sie nichts weiter als das Abfallprodukt eines endlosen Kreislaufs waren, der ihrem begrenzten Horizont auf ewig verborgen bleiben musste. Die Galaxien, die Sonnen, Planeten, Monde und das auf ihnen wimmelnde Leben, all das machte nicht einmal fünf Prozent der Substanz des Universums aus. Und doch glaubten Terraner, Arkoniden, Akonen, Blues, Aras und wie sie alle hießen, dass ihr Tun etwas bewirkte, dass sie durch ihr Handeln etwas änderten. Wie ignorant und anmaßend musste man sein, um die Realität derart zu verleugnen?

Malotuffok erhöhte per Gedankenbefehl den Sheed-Zufluss in seine Schwimmkammer und der Zorn, den er empfand, verwandelte sich in Vorfreude. Die Woge der Erneuerung würde die Milchstraße mit nie gekannter Wucht durcheilen und danach würde nichts mehr so sein wie zuvor.

Ein schwacher Impuls der Kontaktnäpfe veranlasste den Navigator, unwillig den schlanken, keilförmigen Schädel zu drehen. Wer wagte es, ihn während seiner Reflektionen zu stören?

Es dauerte mehrere Minuten, bis Malotuffok begriff, dass einer der Lotsen die Ankunft der GAHENTEPE gemeldet hatte. Einige der Gremiumsmitglieder wurden deswegen bereits unruhig und er musste die mentalen Zügel merklich anziehen. Sofort herrschte wieder Ruhe und Harmonie.

Er kramte in seinem Gedächtnis.

Die GAHENTEPE.

Schemawesen Acht.

Eigenname: Trilith Okt.

Laut Aussage des Lotsen war das Schemawesen nicht an Bord. War das ungewöhnlich? War die Entwicklung bereits abgeschlossen? Konnte die Suche beginnen? Malotuffok fiel es unendlich schwer, die Gedanken zu ordnen. Er hatte das unangenehme Gefühl, etwas zu übersehen, doch die Konzentration bereitete ihm Unbehagen.

Erneut erhöhte er den Durchfluss des Sheeds, das als farblose, ölige Flüssigkeit in seine Schwimmkammer strömte und sich wie ein wärmendes Tuch um seinen langen, grauen Körper schmiegte, in ihn eindrang und alle Sorgen und Probleme unwichtig erscheinen ließ.

Der Lotse drängte auf eine Überprüfung des landenden Diskusschiffes. Seine bellende Stimme war wie ein schmerzhafter Dorn, der in Malotuffoks Fleisch steckte und ihn daran hinderte, seinen bahnbrechenden Plänen nachzuhängen. Er schickte dem nervtötenden Illochim eine scharfe Zurechtweisung und weidete sich an den Qualen des Artgenossen. Die Schemawesen waren im Moment nicht von Bedeutung.

Malotuffok versank wieder in der wahren, der wichtigen Welt.

Und der Navigator träumte.

Kapitel 19

15. Juni 3103
Atlan

Ich hatte in meinem langen Leben schon eine ganze Reihe aus menschlichem Blickwinkel seltsam anmutende Geschöpfe gesehen, doch die beiden Wesen, die ich nach Betreten des kleinen Hangars der GAHENTEPE zu Gesicht bekam, nahmen in meiner diesbezüglichen Liste zweifellos einen Spitzenplatz ein.

Ein Vorne und Hinten war bei den aufrecht gehenden Flunderkörpern nicht zu bestimmen. Am oberen Ende des rund hundertzwanzig Zentimeter durchmessenden, annähernd kreisförmigen Rumpfes, saßen zwei ausdruckslose Gesichter – eines auf jeder Seite. Die großen, kreisrunden Augen starrten blicklos. Die Arme wirkten dünn und dennoch kräftig. Sie endeten in acht langen, jeweils vierfach gegliederten Fingern, deren Spitzen sich leicht verdickten und in der Farbe heller waren.

Die beiden Beine fielen dagegen unnatürlich kurz aus und wollten nicht recht zum Rest passen. Im Gegensatz zu den Armen besaßen sie kein Gelenk, was den Flundern lediglich ungelenke Trippelschritte erlaubte. Ich fühlte mich spontan an terranische Pinguine erinnert.

Ebenso wie die Gesichter, waren die acht Zehen an den Füßen sowohl nach vorne als auch nach hinten ausgeprägt. Das verlieh den merkwürdigen Wesen nicht nur eine gewisse Standfestigkeit, was in Anbetracht des staksigen Ganges wohl dringend notwendig war, sondern befähigte sie auch, vorwärts und rückwärts zu laufen, ohne sich umdrehen zu müssen.

Insgesamt erreichte der flache, maximal eine Handlänge dicke Flunderkörper eine Höhe von hundertsechzig Zentimetern. Die Kleidung bestand aus einem wahren Gewirr von breiten, schwarzen Gürteln, die sich kreuz und quer über den Leib spannten und mit einer Vielzahl von Täschchen und Futteralen ausgestattet waren. Was sich alles darin verbarg, konnte ich nicht einmal erahnen.

In der Luft hing ein strenger Geruch nach Rosenwasser und Nelken, nicht unangenehm, aber auch nicht gerade anregend.

»Du wolltest wissen, warum wir Shahimboba nicht schon früher angeflogen haben«, sagte Trilith Okt. Offenbar war sie der Ansicht, dass ich genug Zeit gehabt hatte, die Flundern zu bestaunen.

»Die Rudimentärbewusstseine der Gatusain wurden extrahiert und in diese von der GAHENTEPE zur Verfügung gestellten Sujadin transferiert. Waheijathiu und Gasuijamuo sind damit voll handlungsfähig. Dieser Prozess war nicht ganz einfach zu bewerkstelligen und erforderte große Sorgfalt. Deshalb die Verzögerung.«

»Diese *Sujadin* sind …«, begann ich, doch Trilith ließ mich nicht ausreden.

»… vollwertige biologische Aktionskörper«, sagte sie. »Frag mich nicht nach Details. Ihre Bereitstellung und die Übertragung der mentalen Substanz aus den Sarkophagen war Teil der zwischen mir und Waheijathiu bestehenden Übereinkunft.«

»Dann darf ich also vermuten, dass wir nach der Landung auf Shahimboba nicht an Bord der GAHENTEPE bleiben werden«, ignorierte ich den Umstand, dass mich Trilith wieder einmal vor vollendete Tatsachen stellte.

»Natürlich nicht«, sagte eine der Flundern mit tiefer Bassstimme. Sie war um einige Zentimeter größer und breiter als ihr Gegenstück, weshalb ich annahm, dass es sich um den Navigator handelte.

»Ich erwähnte bereits, dass auf diesem Planeten merkwürdige Dinge vor sich gehen. Wir werden direkten Kontakt mit dem Lotsen aufnehmen und über ihn eine Verbindung mit den Vertretern des Gremiums herstellen.«

»Wer sagt dir, dass man überhaupt auf dich hören wird? Du bist seit neuntausend Jahren Geschichte und nicht einmal ein vollwertiger Illochim. Verrate mir eines: Repräsentieren diese Flunderkörper die normale Gestalt deiner Artgenossen? Sehen alle Illochim so aus wie du?«

»Ist das von Bedeutung?« Waheijathiu wich wieder einmal aus.

»Für mich schon.«

»Eine deiner zahlreichen Schwächen, Atlan.« Der Navigator machte ein paar tänzelnde Schritte auf mich zu und ich widerstand dem Impuls, zurückzuweichen.

»Du und deinesgleichen«, fuhr Waheijathiu fort, »legen viel zu viel Wert auf das Äußere. Ihr verlasst euch auf das, was ihr seht, obwohl das nur ein Bruchteil dessen ist, was wirklich existiert. Deine Augen nehmen nur einen winzigen Ausschnitt des elektromagnetischen Wellenspektrums wahr, und doch akzeptierst du dieses im Vergleich vernachlässigbare Fragment der Realität als Fundament für alles, an das du glaubst und was du für die Wirklichkeit hältst.«

»Ich habe gelernt, mit meiner Unvollkommenheit zu leben«, sagte ich launig. »Und da du meine Erinnerungen kennst, weißt du sehr genau, welchen Schaden Zeitgenossen anrichten können, die sich für perfekt halten. Meiner Ansicht nach schadet dem Universum die Ausstattung mit einer guten Portion Mittelmaß nicht. Ganz im Gegenteil.«

»Bis zur Landung bleiben uns noch ein paar Minuten«, warf Trilith ein. »Warum setzt ihr eure philosophische Debatte nicht später fort und wir kümmern uns zunächst einmal um die naheliegenden Dinge?«

Ohne eine Entgegnung abzuwarten, verließ sie den Hangar und schlug den Weg über den Kreisgang in Richtung Zentrale ein.

Waheijathiu und Gasuijamuo folgten ihr auf dem Fuß. Dabei konnte ich feststellen, dass sie sich in ihren Sujadin nicht nur überaus stabil, sondern auch flink bewegten. Die kurzen

Trippelschritte erfolgten rasend schnell hintereinander und erzeugten ein leises Trommeln auf dem Boden.

Ich nehme an, wisperte der Extrasinn, *du weißt, dass Waheijathiu dir einiges verschweigt.*

Ja, gab ich mental zurück. *Er hat gerade genug Informationen herausgerückt, um mich bei Laune zu halten. Das Spiel gefällt mir nicht, weil ich seine Regeln nicht kenne, aber ich habe es begonnen, also werde ich es beenden.*

Eine brauchbare, wenn auch etwas blumige Analogie, stimmte der Logiksektor zu. *Was immer die Illochim in der Milchstraße tun – es kann nicht schaden, darüber Bescheid zu wissen.*

Nimmst du Waheijathiu seine Nächstenliebe ab?, fragte ich.

Keine Sekunde, antwortete der Extrasinn überraschend eindeutig. *Sowohl auf der Erde als auch während der Ereignisse an Bord der ESHNAPUR und auf Orgoch hat er bewiesen, dass er keinerlei Skrupel besitzt, wenn es darum geht, seine Ziele zu erreichen. Er widerspricht sich selbst, wenn er auf der einen Seite den angeblich unter den Illochim gängigen Großmut rühmt, aber auf der anderen Seite seinem Kumpan Gasuijamuo an den Kragen will. Was mich zu einem weiteren Punkt bringt …*

Seit die beiden Rudimentärbewusstseine einen Körper besitzen, ging ich auf die Analyse des Logiksektors ein, *kommen sie offenbar prächtig miteinander aus. Ich habe die Hassimpulse des Navigators am eigenen Leib gespürt. Danach hätte ich erwartet, dass er Gasuijamuo geradewegs an die Kehle geht.*

Der Extrasinn sagte nichts mehr.

Die Zentrale war mit Trilith und den beiden Sujadin bereits gut gefüllt. Ich drückte mich in eine Lücke zwischen zwei Aggregatblöcken und richtete meinen Blick auf den Nebelschirm. Die GAHENTEPE hatte den Antrieb abgeschaltet und sank auf ihrem Prallfeld der Oberfläche des Planeten entgegen. Der Raumhafen war in der Vergrößerung bereits in allen Einzelheiten zu erkennen. Überrascht stellte ich fest, dass dort unten etwa zwanzig weitere Diskusschiffe parkten, einige davon nahezu baugleich mit der GAHENTEPE, die meisten jedoch mit deutlich größerem Durchmesser und Laderaum, beinahe schon kugelförmig, und somit massiger und plumper wirkend.

Erzfrachter, wisperte mein zweites Ich. *Überschlägig gerechnet mit jeweils rund 1,5 Millionen Tonnen Nutzlast.*

Das Landefeld erstreckte sich quadratisch über eine Fläche von vier mal vier Kilometern. An seinem Rand lagen ein flaches, fensterloses Gebäude und eine Reihe von aus dünnen Stahlplastplatten behelfsmäßig zusammengezimmerten Lagerhallen. Bewegung war nirgendwo zu erkennen; nur der Wind trieb ab und zu dünne Sand- und Regenfontänen über das verlassene Areal. Rund um den Raumhafen dehnte sich eine felsige, nur mit dürren Sträuchern bewachsene Ebene.

Während des Anflugs hatten die Sensoren der GAHENTEPE weitere Daten in großer Menge gesammelt. Die Düfte, die sich inzwischen in der Zentrale stauten, überdeckten das Rosenwasser- und Nelkenaroma der Sujadin mühelos und vermischten sich zu einem so intensiven und fremdartigen Bukett, das ich automatisch durch den Mund atmete. Es würde mir wohl ewig schleierhaft bleiben, wie jemand die komplexen Vorgänge eines Landeanflugs allein anhand seines Geruchssinns koordinieren konnte. Trilith hatte damit offenbar nicht die geringsten Schwierigkeiten, denn sie bediente nicht nur die Ansammlung von Quastenschnüren über der Steuerkonsole mit gewohnter Souveränität, sondern verkündete nebenbei auch die einlaufenden Ortungsdaten. Ich fragte mich, ob sie das allein aus Rücksicht auf mich tat, oder ob die Sujadin ebenfalls einer Übersetzung der vielfältigen olfaktorischen Reize bedurften.

»Keinerlei Energieechos«, sagte Trilith. »Wir bekommen nicht einmal einen der üblichen Leitstrahlen. Außentemperatur liegt bei 26 Grad Celsius, relative Luftfeuchtigkeit bei 98,5 Prozent.«

Erstaunlich, empfing ich einen Impuls des Logiksektors. *Das gefallene Regenwasser verdunstet fast sofort wieder und reichert die Atmosphäre an. Der Felsboden muss ungewöhnlich warm sein.*

Was mit der hohen vulkanischen Aktivität korrespondiert, dachte ich. *Unter den beiden Kontinenten liegen riesige Lavafelder.*

Was den Erzabbau im wahrsten Sinne des Wortes zu einem Spiel mit dem Feuer macht.

»GAHENTEPE«, hörte ich Triliths Anweisung. »Wir gehen in unmittelbarer Nähe des Flachbaus nieder. Wenn hier jemand ist, dann finden wir ihn dort am ehesten.«

»Verstanden.«

Der Diskus besaß noch immer eine beachtliche Geschwindigkeit. Erst einen knappen Kilometer über der Oberfläche bremste das Bordgehirn ab und ging sanft und wie angewiesen nur hundert Meter von dem fensterlosen Gebäude entfernt nieder.

Die illochimische Technik ist der terranischen fraglos um ein paar Jahrhunderte voraus, wisperte der Extrasinn. *Davon zeugt nicht nur die Existenz Triliths.*

»Wir treffen uns in zehn Minuten vor der Schleuse.« Die Psi-Kämpferin zog ein letztes Mal an einer der Quastenschnüre und drehte sich dann zu mir um.

»In deinem Quartier liegt ein leichter Schutzanzug bereit«, informierte sie mich. »Wenn du spezielle Anforderungen hast, lass es die GAHENTEPE wissen. Sie ist autorisiert, dir im Rahmen des Möglichen alle Wünsche zu erfüllen.«

»Danke«, sagte ich knapp und verließ die Zentrale.

Kapitel 20

15. Juni 3103
Atlan

Ich hatte schon fünf Minuten nach Verlassen des Diskusraumers den durchgehend transparenten Schutzhelm eingefaltet. Es war einfacher, den auf Shahimboba offenbar permanent fallenden Regen zu ertragen, als alle zehn Sekunden die Helmscheibe von Wassertropfen zu befreien, um eine einigermaßen freie Sicht zu haben. Trilith, die eine baugleiche Montur trug, folgte kurz darauf meinem Beispiel. Die beiden Sujadin vertrauten allein ihren breiten Gürteln und verzichteten auf zusätzliche Kleidung. Sie hetzten wie aufgedreht hin und her, liefen voraus, kamen zurück, nur um sofort wieder in eine andere Richtung zu eilen. Auf gewisse Weise wirkten sie wie zwei Hundewelpen, die lange keinen Auslauf gehabt hatten.

Nach neuntausend Jahren Gefangenschaft in ihren Gatusain ist das durchaus nachvollziehbar, wisperte der Extrasinn.

Trilith erreichte den Flachbau am Rand des Raumhafens als erste und machte sich an dem breiten Doppelschott zu schaffen, das den einzigen Zugang bildete.

»Zwecklos«, sagte sie nach einer guten Minute. »Ohne Gewaltanwendung kommen wir hier nicht rein.«

»Und auf diese sollten wir verzichten«, merkte ich sofort an. »Man mag unsere Anwesenheit hier aus diversen Gründen heraus tolerieren, doch bin ich sicher, dass sich das ändert, wenn wir anfangen, Türen aufzubrechen.«

»Was, schlägst du vor, sollen wir stattdessen tun?«

»Lasst uns zu dem Minenschacht fliegen. Dort treffen wir garantiert auf jemanden, der uns über die hiesigen Verhältnisse

Auskunft geben kann. Mit den Anzugaggregaten brauchen wir höchstens fünf Minuten. Waheijathiu und Gasuijamuo können wir ins Schlepptau nehmen.«

»Wozu?«, fragte der Navigator. Gleichzeitig aktivierte er eine Schaltung an einem seiner Schultergürtel und schwebte plötzlich ein paar Zentimeter über dem Boden.

»Um so besser«, meinte ich.

Kurz darauf waren wir unterwegs. Waheijathiu und Gasuijamuo flogen wie selbstverständlich voraus. Es wunderte mich ein wenig, dass der kleinere der beiden Sujadin noch keinen Ton von sich gegeben hatte. Akzeptierte er etwa die Autorität des Navigators, der zwar sein Artgenosse, jedoch auch sein Todfeind war?

Es sieht ganz danach aus, kommentierte der Extrasinn. *Die Situation auf Shahimboba ist für die beiden offenbar so schockierend, dass sie eine Art Waffenstillstand geschlossen haben. Es fällt mir schwer, die Gedankengänge der beiden Illochim nachzuvollziehen. Selbst das wenige, das wir bislang über dieses Volk wissen, scheint einfach nicht zusammenzupassen. Man könnte beinahe glauben …*

Mein zweites Ich stockte.

Was?, dachte ich. *Sag mir, was du denkst!*

Du kennst meine Abneigung gegen haltlose Spekulationen, wisperte der Logiksektor.

Ich will sie trotzdem hören, beharrte ich.

Na schön, gab der Extrasinn nach. *Was, wenn die Illochim nicht ein einzelnes Volk, sondern ein Kollektiv sind? Trilith traf während ihrer Ausbildung mehrfach auf Insektenwesen. Sie selbst dagegen ist eine Humanoide. Waheijathiu und Gasuijamuo wiederum sehen in ihren Sujadin aus wie riesige Flundern – möglicherweise die wahre Gestalt ihrer einstigen Originale, möglicherweise aber auch nicht.*

Auf jeden Fall, nahm ich den Faden sofort auf, *würde diese Theorie zu den Fakten passen. Wäre es nicht faszinierend, wenn wir die Illochim längst kennen, allerdings unter anderem Namen? Vielleicht bezeichnet der Begriff gar keine Rasse, sondern eine Orga-*

nisation. Vielleicht gehören ihr alteingesessene Völker wie Akonen oder Topsider an. Vielleicht …

Narr, stoppte mich der Logiksektor scharf. *Deine Phantasie geht wieder einmal mit dir durch. So etwas ist nahezu unmöglich. Die Geschichte der großen und alten Milchstraßenvölker ist so gut wie lückenlos bekannt und bis ins Detail erforscht. Wenn Akonen oder Topsider tatsächlich zu den Illochim gehörten, hätte sich das niemals über so lange Zeit verheimlichen lassen.*

Mein zweites Ich hatte natürlich recht; ich hatte mich hinreißen lassen, doch der Gedanke an sich war und blieb attraktiv.

Währenddessen schälten sich aus den wie Watte über der felsigen Ebene hängenden Dunstschleiern die ersten Konturen heraus. Soweit ich es einschätzen konnte, handelte es sich bei den wuchtigen Stahlkonstruktionen mit den riesigen Seilwinden am oberen Ende um primitive Fördertürme. So eine Technik war teilweise noch im 21. Jahrhundert auf Terra verwendet worden. Mit ihr transportierte man den beim Vorantreiben der Stollen unter Tage anfallenden Abraum an die Oberfläche. Die kurz danach auftauchenden Schutthalden, die sich bis zu hundertfünfzig Meter hoch anhäuften, bestätigten meine Analyse.

Der Regen peitschte uns nun so heftig entgegen, dass Trilith und ich die Helme wieder schließen mussten. Mit einem Stirnrunzeln registrierte ich, dass der Energiebedarf meines Flugaggregats um vierzig Prozent gestiegen war. Ich ordnete eine Schnelldiagnose an, doch alle gemeldeten Werte bewegten sich im Normalbereich.

Mit Hilfe der in meinen rechten Handschuh integrierten Kontrollen schloss ich zu Trilith auf und passte meine Geschwindigkeit der ihren an.

»Hat sich der Verbrauch deines Antigravs in den letzten Minuten erhöht?«, fragte ich sie. Sie zögerte kurz, konsultierte dann aber doch die Helmanzeigen.

»Tatsächlich«, stieß sie überrascht hervor. »Das Protokoll weist eine Leistungsabgabe des Meilers von plus 42 Prozent aus. Der Anstieg erfolgt nahezu linear und setzt sich weiter fort.«

»Mit anderen Worten«, sagte ich, »etwas entzieht uns den Saft.«

Narr, wies mich der Extrasinn zum zweiten Mal innerhalb kurzer Zeit zurecht. *Du verwechselst die Wirkung mit der Ursache. Die Energie wird den Meilern nicht einfach nur* entzogen, *die Systeme der Schutzanzüge* verbrauchen *sie.*

Wie ist so etwas möglich?

Keine Ahnung, antwortete der Logiksektor.

Schließlich geriet der Hauptschacht des Minenkomplexes in unser Sichtfeld. Wir flogen in knapp fünfzig Metern Höhe zwischen zwei Fördertürmen hindurch. Der Nebel lichtete sich, als hätte ein Regisseur einen schmutzig-grauen Vorhang zur Seite gezerrt, um den Blick auf ein bizarres Bühnenbild freizugeben.

Waheijathiu und Gasuijamuo hatten unwillkürlich angehalten. Trilith und ich schwebten gemeinsam mit den beiden Sujadin dem grauschwarzen Boden entgegen und nahmen dabei jedes Detail der Umgebung in uns auf.

Der Hauptschacht durchmaß mindestens drei Kilometer. Das zeigten zumindest die Ortungsdaten an, denn *sehen* konnten wir den gegenüberliegenden Schachtrand nicht. Auch über der Mine lagen dicke Nebelschwaden. Rechts von uns streckte ein kranähnliches Gebilde die von Kabeln und dünnen Rohrleitungen flankierten Stahlfinger in den Dunst; auf der linken Seite waren mehrere fleckige Container zu erkennen. Die Verwitterung war teilweise so weit fortgeschritten, dass der Rost bereits große, ausgefranste Löcher in die Metallwandungen gefressen hatte.

Die gesamte Anlage machte einen verlassenen Eindruck. Nach hiesigen Verhältnissen war es früher Vormittag. Wenn in diesem Schacht also noch immer gefördert wurde, hätte man eigentlich etwas davon merken müssen.

»Individualimpulse«, hörte ich Triliths Stimme in meinem Helmempfänger. »Etwa einen Kilometer unter uns.«

»Wenn wir da runter wollen«, sagte ich und deutete auf das schwarze Nichts vor uns, »sollten wir uns beeilen. Mein Flugaggregat verbraucht inzwischen fast doppelt so viel Strom wie gewöhnlich. Falls sich die Entwicklung fortsetzt, ist der Meiler irgendwann überfordert – wenn nicht zuvor die Zuleitungen unter der Energielast zusammenbrechen.«

»Ich stimme Atlan zu«, meldete sich Waheijathiu zu Wort. »Das geschilderte Phänomen ist bekannt. Es tritt stets auf, wenn größere Mengen unbearbeitetes Arrachieda-Erz im Spiel sind.«

»Worauf basiert dieser Effekt?«, fragte ich.

»Ich bin kein Wissenschaftler«, erwiderte der Navigator. »Und im Moment ist es auch nicht wichtig. Wir sollten sofort aufbrechen, bevor die Anzüge komplett ausfallen und ein Abstieg nur noch zu Fuß bewältigt werden kann.«

Dieses Erz musst du dir bei Gelegenheit genauer ansehen, drängte der Extrasinn.

Das werde ich, gab ich mental zurück und folgte meinen drei Mitstreitern, die in die Mitte des Minenschachts schwebten und dort einen langsamen Sinkflug einleiteten.

Schnell ließen wir den Nebel hinter uns, und schon nach etwa hundert Metern tauchten die ersten künstlichen Lichtquellen auf, kleine, schwach leuchtende Positionslampen, die an den Wänden des Schachts angebracht waren und von feinmaschigen Metallgittern vor Geröll und Steinschlag geschützt wurden. In dem von ihnen erzeugten diffusen Dämmerlicht war die Umgebung nur undeutlich zu erkennen.

In unregelmäßigen Abständen führten bis zu drei Meter durchmessende Stollen tiefer in die Mine hinein. Vor den Eingängen hatte man schwere, im Fels verankerte Plattformen installiert, die zusätzlich von Seilen und Ketten gehalten wurden. Vereinzelt führten mit Drahtzäunen gesicherte Treppen von einer Plattform zur nächsten; ab und an standen auch wenig stabil wirkende Käfige, die an einer Art Flaschenzug hingen, als Transportmittel bereit.

Ein dumpfes Summen drang auf einmal an meine Ohren. Ich manövrierte elegant an einem armdicken Kabel vorbei, das sich von einer Seite des Schachts zur anderen spannte. Seine graubraune Ummantelung war an vielen Stellen schadhaft und teilweise schimmerten blanke Drähte durch das poröse Material. Überhaupt vermittelte die gesamte Mine nicht nur einen sehr alten, sondern vor allem einen sehr vernachlässigten Eindruck.

Das Summen wurde lauter. Wir hatten inzwischen rund achthundertfünfzig Meter zurückgelegt und trieben jetzt auf eine Ansammlung von kreuz und quer in die Felsen gehauener Nischen zu. Von dort drang die typische Geräuschkulisse einer größeren Menschenmenge zu uns herauf. Trilith hielt auf einen mit dicken Tauen gesicherten Holzbalkon zu, der sich an mehreren Nischen vorbei um die Hälfte des Schachtrands zog. Mindestens drei Dutzend ausschließlich humanoide Lebewesen wimmelten dort geschäftig durcheinander.

Die meisten der Umstehenden warfen uns höchstens ein paar kurze Blicke zu und ignorierten uns dann. Einige wenige starrten uns offen an. Ein bulliger Terraner mit langen, blonden Locken fiel mir besonders auf. Seine dunkelblauen Augen schienen mich durchbohren zu wollen. Dann drehte er sich ruckartig um und verschwand in der Menge. Dabei bemerkte ich einen gelblichen, etwa faustgroßen Gewebeklumpen in seinem Nacken.

Was ist das?, fragte ich den Extrasinn

Ich weiß es nicht, entgegnete dieser. *Aber schau dich um. Ich kann allein fünf weitere Individuen ausmachen, die ein solches Geschwür besitzen. Rechts von dir. Siehst du den Blue mit dem gelben Schal? Bei ihm sitzt es an der linken Schulter.*

Tatsächlich. Kaum zehn Meter von mir entfernt besserten zwei Terraner ein Geländer aus. Einer von ihnen hatte wegen der hier unten herrschenden Wärme sein Hemd abgelegt. Die gelbe, aus der Nähe wie kristallin wirkende Schwellung, saß mitten auf seiner Brust, etwa in Höhe des Herzens. Nun, da ich darauf achtete, fielen mir immer mehr dieser seltsamen Gebilde auf. Irgendwie fühlte ich mich an die Symboflex-Partner der Zweitkonditionierten erinnert.

Du solltest keine voreiligen Schlüsse ziehen, warnte mich der Extrasinn.

Ich ziehe keine Schlüsse, gab ich mental zurück. *Ich ziehe eine Analogie.*

Wo ist da bei dir der Unterschied?, fragte mein zweites Ich.

Ich ignorierte die spöttische Bemerkung, auch weil Trilith meine Aufmerksamkeit erregte. Wir waren inzwischen am Rand des Holzbalkons gelandet. Das Gesicht der Psi-Kämpferin war schmerzverzerrt. Sie hatte die grünen Lippen leicht geöffnet und bemühte sich sichtlich um Haltung. Ich trat zu ihr heran.

»Was ist los?«, flüsterte ich.

»Diese verfluchten Kopfschmerzen«, zischte sie. »Sie sind schlimmer geworden.«

»Lass dir vom Medosystem deines Anzugs helfen«, schlug ich vor.

»Ich komme zurecht«, erwiderte Trilith barsch und wandte mir den Rücken zu.

Waheijathiu und Gasuijamuo hatten sich währenddessen in Bewegung in Richtung auf den von dicken Holzbohlen gestützten Eingang eines Stollens gesetzt. Brennende Pechschalen und blakende Fackeln tauchten diesen Bereich der Mine in ein unruhiges Licht. Trilith und ich beeilten uns und schlossen zu den Sujadin auf. Nach wie vor wurde unsere Anwesenheit stillschweigend akzeptiert, obwohl wir schon allein durch unsere Schutzanzüge auffielen. Die meisten Minenbewohner trugen eher Lumpen als wirkliche Kleidung und wirkten auch sonst nicht gerade so, als entsprächen ihre Lebensbedingungen galaktischen Mindeststandards.

Ich muss dir nicht sagen, wonach das hier aussieht, wisperte der Extrasinn.

Nein, dachte ich, *das musst du nicht.*

Wir schoben uns durch das trotz des relativ breiten Stollens dicht gedrängte Gewühl. Immer wieder erkannte ich mir wohlvertraute Völker in der an uns vorbei huschenden Masse.

Akonen, Aras, Springer, Ferronen, Plophoser – ein grellbunter Schmelztiegel, wie man ihn sonst nur auf Planeten wie Lepso oder Olymp finden konnte, auch wenn Terraner, Blues und Antis klar in der Überzahl waren.

Dir fällt selbstverständlich auf, dass Trilith hauptsächlich Merkmale genau dieser drei Spezies aufweist, wisperte der Extrasinn.

Natürlich, bestätigte ich. *Sie ist nicht nur humanoid, sondern hat zudem ein zweites Augenpaar am Hinterkopf und besitzt Psi-Fähigkeiten, die an jene der Báalols erinnern.*

Offenbar haben die Illochim in der Milchstraße eine Vorliebe für ganz bestimmte Völker, bemerkte der Logiksektor.

Ich verlangsamte meine Schritte, da mir in diesem Moment ein älterer Arkonide auffiel, der gebückt mit in die Seiten gestützten Armen und gesenktem Kopf an der Stollenwand lehnte. Er sah aus, als ob er unter Atemnot litt. Seine verfilzten, grauweißen Haare hingen wie ein schmutziger Vorhang vor seinem Gesicht. Auch er trug eines jener hässlichen Geschwüre; es saß am Hals, nur wenige Zentimeter neben dem Kehlkopf. Ich drängte mich durch die Menge und packte ihn sanft an der Schulter.

»Kann ich Ihnen helfen, mein Freund?«, fragte ich.

Mein Gegenüber richtete sich stöhnend auf. Aus der Nähe konnte ich erkennen, dass die Beule an seinem Hals unmerklich pulsierte. Seine roten Augen glühten wie zwei Kohlestücke, als er mich ansah.

»Hat Zess dich geschickt, um es zu Ende zu bringen?«, stieß er hasserfüllt hervor.

»Ich kenne keinen Zess«, behauptete ich. »Ich bin gerade erst hier angekommen und suche nach jemandem, der mir ein paar Informationen liefern kann. Es soll sein Schaden nicht sein.«

Der Alte schlug meinen Arm zur Seite und schluckte hörbar. Dann verzogen sich seine dünnen Lippen zu einem hämischen Grinsen.

»Versuch dein Glück im *Treasure Chest*«, sagte er. »Folge dem Stollen bis zum ersten Verteiler und halte dich dann rechts. Du kannst es nicht verfehlen.«

Mit diesen Worten drehte er sich um und wankte weiter.

Ich vermerkte erstaunt, dass mein Artgenosse den Namen *Treasure Chest* nicht etwa in seiner interkosmischen Übersetzung, sondern in seiner Urform, dem terranischen Englisch, gebraucht hatte. Das Englische war zwar selbst auf Terra längst eine tote Sprache, doch zahlreiche Wörter und Wendungen hatten sich bis in die heutigen Dialekte, allen voran in das galaktische Einheitsidiom Interkosmo, hinüber gerettet.

Treasure Chest, sprach der Extrasinn. *Schatztruhe. Das klingt doch vielversprechend.*

»Wir werden sehen«, murmelte ich.

Der von dem unbekannten Arkoniden erwähnte Verteiler entpuppte sich als gewaltige Höhle von mindestens einem Kilometer Durchmesser und rund fünfzig Metern Höhe. Hier brannten überall einfache Gaslampen. Es stank entsetzlich nach Ruß, Schweiß, Exkrementen und anderen Ausdünstungen. Dennoch musste es ein Belüftungssystem geben, andernfalls wären die zahllosen Minenbewohner, die sich im Verteiler aufhielten, längst erstickt.

Ich war zwar kein Experte in Sachen Untertagebau, doch ich wusste, dass eine regelmäßige Versorgung mit Luft – die so genannte *Bewetterung* – unabdingbar war. Auf Terra hatte man das zunächst mit primitiven Blasebälgen, später dann mit großen Ventilatoren erledigt. Jede Mine besaß üblicherweise zwei Hauptluftschächte, einen, durch den die verbrauchte Luft abziehen, und einen anderen, durch den die frische Luft nachströmen konnte. Die Blasebälge respektive Ventilatoren sorgten dabei für die Aufrechterhaltung eines permanenten Kreislaufs.

Ich hatte inzwischen die Führung unserer kleinen Gruppe übernommen. Sowohl Trilith als auch die beiden Sujadin stimmten mit mir überein, dass ein Besuch des *Treasure Chest* – bei dem es sich mit hoher Wahrscheinlichkeit um eine Art Schenke handelte – das Erfolg versprechendste Vorgehen war. Also bog ich nach rechts ab, wo ein in den Steinboden gehauener Weg in sanftem Bogen zu einem mächtigen Felsportal führte. Die Energiemeiler der Schutzanzüge hatten Trilith und ich längst abgeschaltet. Ihr Leistungsausstoß hatte sich in der vergangenen halben Stunde weiter erhöht. Die Aggregate der Montur benötigten immer mehr Strom, um die gleiche Arbeit zu verrichten.

Es scheint, mutmaßte der Extrasinn, *dass sich der elektrische Widerstand kontinuierlich vergrößert. Bildlich gesprochen müssen die Elektronen immer mehr Kraft aufwenden, um ihren Weg durch die Leiterbahnen zurückzulegen. Mir ist kein Erz bekannt, das einen solchen Effekt auslöst.*

Ich verzichtete auf einen Kommentar, zumal sich nach Durchschreiten des Felsportals die Höhle wieder verengte und auf eine Art natürlichen Kamin zuführte. Das Gestein schimmerte dort im Schein der Gaslampen dunkelrot und erinnerte mich unwillkürlich an Blut. Ich spürte einen warmen Luftstrom, der mir sanft über das Gesicht strich. Seit wir in die Mine eingedrungen waren, war die Temperatur stetig gestiegen und lag jetzt bei etwa 45 Grad Celsius. Trilith schien mit diesen Verhältnissen nicht besonders gut zurecht zu kommen. Ihre nassen Haare klebten wie eine Haube am Kopf und das Gesicht glänzte vor Schweiß.

Als Arkonide war ich an Hitze gewöhnt, und obwohl ich den größten Teil meines Lebens auf der Erde zugebracht hatte, hatte sich daran nichts geändert. Auch Waheijathiu und Gasuijamuo zeigten sich von den Temperaturen unbeeindruckt. Ihre dunkelblaue Haut war makellos und trocken, doch das musste nichts heißen. Schließlich wusste ich nicht, ob die Flunderkörper überhaupt in der Lage waren zu schwitzen.

Den Abschluss des Kamins bildete eine ungewöhnlich glatte Wand. Sie war gleichzeitig die Rückseite einer stattlichen Hütte, die mit dicken Holzbohlen auf einem gemauerten Fundament errichtet worden war. Mehrere Rohre führten von ihrem Dach in den Felskamin hinein. Auf dem schmalen Vorplatz warteten mindestens fünfzig Personen und aus der weit geöffneten Tür klangen Stimmengewirr, Lachen und das Klirren von Gläsern.

Mit einem skeptischen Seitenblick auf Trilith steuerte ich das Gasthaus an, doch bevor ich den Schankraum betreten konnte, stellte sich mir ein bulliger Ertruser in den Weg, der mich um zwei Köpfe überragte und mit seinem Leibesumfang die gesamte Tür ausfüllte.

»Was glaubst du, was das wird?«, raunzte er mich an. Sein Atem stank grauenhaft nach faulem Fleisch und billigem Fusel, und ich rechnete es mir als Großtat an, dass ich nicht angewidert zurückwich.

»Ich und meine Freunde würden uns gern ein Gläschen genehmigen«, sagte ich freundlich. »Warum gesellst du dich nicht zu uns und trinkst einen mit?«

Die dümmliche Verblüffung im rotbraunen Gesicht meines Gegenübers war unbezahlbar, doch ich beherrschte mich und blieb ernst. Der Ertruser starrte mich an, als ob ich ihm soeben ein Ochsenviertelchen aus den Pranken geschlagen hätte. Dann brach er in ein derart dröhnendes Gelächter aus, dass sich einige der Umstehenden entsetzt die Ohren zuhielten.

»Du bist ein witziges Kerlchen, Fremder«, prustete er. »Und jetzt troll dich, bevor ich die Geduld verliere und dir einen Arm brechen muss.«

Ist das unbedingt nötig?, fragte der Extrasinn. *Möglicherweise ist es gar nicht so klug, schon jetzt Aufmerksamkeit zu erregen.*

Ja, es ist, erwiderte ich gedanklich. *Ich will in dieses Wirtshaus – und der Wichtigtuer verdient eine Lektion.*

Selbst ein Mann mit meiner Ausbildung und Kampferfahrung hätte gegen einen Ertruser im Normalfall natürlich keine Chance gehabt. Mein Gegner war nicht nur so hoch und breit wie ein Kleiderschrank, er wog auch mindestens fünfzehn Zentner, und an den Gesetzen der Physik kamen sogar Dagor-Hochmeister nicht vorbei. Allerdings hatte ich einst einen USO-Agenten namens Melbar Kasom zu meinen Freunden gezählt, einen Mann, der nicht nur in seiner ertrusischen Heimat schon zu Lebzeiten eine Legende gewesen war. Er hatte mir unter anderem beigebracht, dass man auch einen zweieinhalb Meter großen Umweltangepassten vom Planeten Ertrus zu Fall bringen konnte, wenn man wusste, wo man anzusetzen hatte.

»Warum trittst du nicht einfach zur Seite und lässt mich hinein?« Ich blieb höflich. »Auf diese Weise ersparst du *mir* unnötige Anstrengung und *dir* die Verlegenheit, vor Publikum von einem nicht nur witzigen, sondern auch schmächtigen Kerlchen verprügelt worden zu sein.«

Erneut zeigte seine Miene eine debile Form von Fassungslosigkeit, doch diesmal verwandelte sie sich nicht in Vergnügen, sondern in brennenden Zorn. Genau darauf hatte ich gesetzt. Noch bevor der Hüne auch nur daran denken konnte, seine Fäuste einzusetzen, traf ihn die Sohle meines rechten Stiefels bereits dort, wo fast alle Humanoiden männlichen Geschlechts überaus empfindlich sind. Zwei rasch hintereinander geführte Faustschläge auf den Solarplexus, der auch bei Ertrusern zwischen dem zwölften Brust- und dem ersten Lendenwirbel saß, taten das übrige. Der Bursche riss den Mund auf, japste nach Luft und fiel in die Schankstube hinein. Auch wenn meine Attacke nicht ausreichte, um ihn das Bewusstsein verlieren zu lassen, würde er doch für einige Minuten definitiv zu keiner nennenswerten Gegenwehr fähig sein.

Mit schmerzenden Fingerknöcheln betrat ich das *Treasure Chest,* ohne den am Boden hockenden, leise wimmernden Riesen zu beachten. Die große Gaststube war so voll, dass man sich kaum bewegen konnte. Mindestens hundert Augenpaare waren auf mich gerichtet und alle Gespräche verstummt. Ich schritt seelenruhig in Richtung des Tresens, der die gesamte Stirnwand der Hütte einnahm. Befriedigt registrierte ich, dass viele der Gäste respektvoll zurückwichen und sich eine regelrechte Gasse für mich bildete.

»Entschuldigen Sie bitte diesen unappetitlichen Vorfall«, sagte ich in den Raum hinein. »Ich bin durchaus kein gewalttätiger Mensch, doch wenn sich jemand zwischen mich und mein ... nun, was immer man hier so trinkt, stellt, verliere ich manchmal die Beherrschung.«

Ich langte am Tresen an und schenkte einem ausgemergelten Akonen ein Lächeln, auf das Ronald Tekener stolz gewesen wäre. Der Akone trat sofort zur Seite und überließ mir seinen Platz.

Hinter der Theke stand ein nicht minder hagerer Terraner, über dessen Stirn sich eine blaurot verfärbte, schlecht verheilte Narbe zog. Der Lappen, mit dem er mechanisch einen riesigen Humpen polierte, war so schmutzig, dass ich mich fragte, ob der Krug nicht vor der Reinigung sauberer gewesen war. Ich warf einen schnellen Blick über meine Schulter und stellte fest, dass Trilith und die Sujadin das Gasthaus ebenfalls betreten hatten.

»Vier Becher vom Besten, das Sie mir bieten können, guter Mann«, bestellte ich.

Der Terraner sah mich argwöhnisch an und leckte sich die dünnen Lippen.

»Können Sie ... äh ... können Sie denn auch ... bezahlen?«, erkundigte er sich dann scheu.

»Was glauben Sie?«, fragte ich grinsend zurück. »Kann ich?«

Der Mann nickte, wandte sich hastig ab, holte vier Krüge unter seinem Tresen hervor und begann den ersten aus einem mächtigen Holzfass zu befüllen.

»Beeindruckender Auftritt«, hörte ich in diesem Moment eine grollende Stimme hinter mir. »Ich habe Sie hier noch nie gesehen. Darf ich Ihren Namen erfahren?«

»Ich bin Atlan«, antwortete ich, kehrte dem Unbekannten jedoch nach wie vor den Rücken zu.

»Der berühmte unsterbliche Arkonide.« Die Stimme klang zufrieden. »Dann habe ich mich also nicht geirrt. Was macht der Lordadmiral der USO auf einem von allen Sternengöttern vergessenen Planeten wie Shahimboba?«

Nun drehte ich mich doch um. Ich musste den Kopf tief in den Nacken legen, um meinem Gegenüber ins Gesicht zu schauen.

Dieser Ertruser war noch größer als das Exemplar, das ich gerade eben auf die Bretter geschickt hatte. Er trug die pechschwarzen Haare in alter Tradition als Sichelkamm auf dem ansonsten kahlen Schädel. Die graue Kombination spannte sich hauteng um den gewaltigen Brustkorb und umschloss Oberarme, deren Umfang den meiner Taille mühelos übertrafen. Der Kerl musste aus irgendeinem Hinterzimmer gekommen sein, denn wenn er schon bei meinem Eintreten im Schankraum gewesen wäre, hätte ich ihn garantiert bemerkt.

»Hören Sie«, sagte ich ruhig. »Ich will keinen Ärger. Ihr Freund da drüben ...«, ich deutete auf den Hünen, der sich gerade schnaufend und ächzend zurück auf die stämmigen Beine kämpfte, »schien lediglich zu glauben, er müsse mir sagen, wohin ich gehen kann und wohin nicht. Ich bin es gewohnt, solche Entscheidungen selbst zu treffen.«

»Galt ist ein Schwachkopf«, erklärte der Ertruser zu meiner Überraschung. »Und ganz gewiss nicht mein Freund. Sie dürfen sicher sein, dass er Sie und Ihre Begleiter nicht mehr belästigt.«

»Das freut mich zu hören, danke.«

»Ich bin Moltek Zess«, sagte er und streckte mir eine Hand entgegen, in der ich bequem hätte sitzen können. Ich ergriff seinen Zeigefinger und schüttelte ihn.

»Was halten Sie davon«, fuhr er dann fort, »wenn Sie und ich einen Ort aufsuchen, an dem wir uns ungestört unterhalten können? Die Einladung gilt natürlich auch für Ihr Team, Lordadmiral.«

»Einverstanden«, stimmte ich zu. »Und nennen Sie mich Atlan.«

Hinter mir wuchtete der hagere Terraner gerade vier bis zum Rand mit einer braunen Flüssigkeit gefüllte Humpen auf den Tresen. Als ich zugreifen wollte, winkte Moltek Zess ab und wandte sich seinem Artgenossen zu.

»Mach dich nützlich, Galt«, wies er ihn an. »Bring die Getränke nach hinten und besorge unseren Besuchern etwas zu essen.«

Als uns unser Gastgeber in den hinteren Teil des *Treasure Chest* führte, machte man uns wiederum bereitwillig Platz. Diesmal las ich in den Gesichtern jedoch weniger Respekt, als vielmehr Angst.

Die Worte des Arkoniden, den ich im Stollen getroffen hatte, waren mir noch frisch im Gedächtnis: *Hat Zess dich geschickt, um es zu Ende zu bringen?* Dieser Ertruser schien hier unten ein womöglich skrupelloser, doch nicht unerheblicher Machtfaktor zu sein. Insofern war ich zunächst einmal genau dort, wo ich sein wollte.

Durch eine breite Tür gelangten wir in einen Raum, der außer einem Tisch und einer Reihe von Stühlen kein weiteres Mobiliar enthielt. Zess bat uns, Platz zu nehmen. Trilith und ich setzten uns, die beiden Sujadin blieben stehen.

»Lassen Sie mich vorausschicken«, begann der Ertruser, »dass Ihre Anwesenheit auf Shahimboba eine ziemliche Sensation ist, Atlan. Bedeutet das, dass man endlich auf uns aufmerksam geworden ist und uns hier herausholt?«

»Falls Sie wissen wollen, ob ich im Rahmen einer USO-Operation hier bin«, entgegnete ich, »dann muss ich Sie leider enttäuschen.«

»Man hat Sie doch nicht etwa wie all die anderen verschleppt?« Moltek Zess' Atmung beschleunigte sich. »Sagen Sie mir bitte, dass Sie eine Möglichkeit haben, diese Welt wieder zu verlassen.«

»Die habe ich durchaus«, gab ich zu, »aber warum erzählen Sie mir nicht einfach, was hier los ist? Ich bin erst vor wenigen Stunden eingetroffen und noch im Begriff, mir ein Bild über die Situation auf Shahimboba zu machen.«

»Natürlich. Verraten Sie mir aber vorher noch, welches Datum wir heute haben.«

»Heute ist der 15. Juni 3103«, antwortete ich wahrheitsgemäß. Der Ertruser nickte langsam. Für lange Sekunden versank er in dumpfes Brüten.

»Dann ist es bereits über vierundzwanzig Jahre her«, sagte er schließlich mit einer Schwermut in der Stimme, die für einen Mann seiner Statur seltsam unpassend wirkte.

»Können Sie sich das vorstellen, Atlan? Vierundzwanzig Jahre in einem Loch wie diesem zu leben? Vierundzwanzig Jahre von seiner Familie getrennt zu sein und nicht zu wissen, ob es ihr gut geht? Als ich am 16. Februar 3079 von Ertrus aufbrach, war meine jüngste Tochter vier Jahre alt. Inzwischen ist sie erwachsen und hat ihren Vater nie wirklich kennengelernt.«

»Ich *kann* es mir vorstellen«, stimmte ich zu. »Und jetzt berichten Sie, Mr. Zess. Je eher ich weiß, was hier vorgeht, desto eher bin ich in der Lage zu helfen.«

Kapitel 21

15. Juni 3103
Atlan

»Die ORO MASUT VI startete wie gesagt am 16. Februar 3079 vom Raumhafen von Baretus«, eröffnete Moltek Zess seine Erzählung.

»Ich arbeitete damals bereits seit einigen Jahren für *Kreit Pharmaceuticals*, eine Tochter der GCC mit Hauptsitz auf Ertrus und Produktionsanlagen auf Olymp und Ferrol. Wir waren auf die Herstellung bioaktiver Wirkstoffkomponenten für Kombinationspräparate spezialisiert und machten hervorragende Geschäfte. Die ORO hatte ein paar Millionen Liter Glykolproteine geladen, die für einen Kunden auf Terra bestimmt waren. Wir hatten etwa die Hälfte der Strecke zur Erde zurückgelegt, als es während eines Orientierungsaustritts passierte.

Die Diskusschiffe kamen aus dem Nichts. Innerhalb weniger Sekunden legten sie ein unheimliches, silbriges Netz um unser Schiff. Sämtliche Geräte auf Hyperenergiebasis fielen aus; der Notstrom reichte gerade noch für die Lebenserhaltung. Dann wurde es dunkel, und als ich wieder zu mir kam, lag ich auf einer stinkenden Matratze irgendwo in dieser verdammten Grube und hatte das hier ...«

Er beugte sich zur Seite und schob das Oberteil seiner Kombination hoch. Eines der mir bereits bekannten Geschwüre hatte sich unmittelbar über dem Steiß gebildet, allerdings war es nicht gelb, sondern schmutzig braun und hob sich kaum von der dunklen Hautfarbe des Mannes ab.

»Sie nennen es *Sinterbuckel*«, erklärte Zess. »Jeder hier hat einen.«

»Wozu?«, fragte ich.

»Damit man den Mut nicht verliert«, stieß der Ertruser hervor. Mit einem Mal wirkte er zornig, geradezu aggressiv. »Damit man nicht auf dumme Gedanken kommt. Damit man arbeitet, bis man vor Erschöpfung zusammenbricht und dabei auch noch lächelt. Die Eiterbeule macht glücklich – allerdings nur, wenn man ein guter und produktiver Sklave ist.«

»Und ich vermute«, sagte ich ruhig, »dass man diese Sinterbuckel nicht einfach entfernen kann.«

»Natürlich nicht.« Moltek Zess brachte seine Kleidung wieder in Ordnung. »Ich habe es selbst mit ansehen müssen. Schon kurz nach meiner Ankunft hier ist ein alter Ara während eines Erztransports mit seinem Buckel zwischen zwei Loren geraten und hat sich das Ding einfach abgerissen. Es hat keine fünf Sekunden gedauert, da war er tot wie ein ertrusisches Mastschwein am Drehspieß.«

»Und der Sinterbuckel erzeugt Glücksgefühle?«

»Nur wenn man arbeitet«, bestätigte der Riese. »Je mehr man sich verausgabt, desto besser fühlt man sich. In den Ruhephasen dagegen wird man schnell rastlos und unzufrieden. Man kann es dann gar nicht mehr erwarten, bis die nächste Schicht beginnt und man wieder in die Erzadern einfahren darf. Ohne eine strenge Kontrolle durch die Schichtführer würde hier niemand länger als ein paar Jahre überleben. Wir würden buchstäblich schuften bis zum Umfallen.«

Offenbar manipuliert der Sinterbuckel das System der Neuromodulatoren, überlegte der Extrasinn. *Es gilt als gesicherte Erkenntnis, dass so gut wie jeder höher entwickelte Organismus fähig ist, eine Reihe von Botenstoffen zu produzieren, die bestimmte psychophysiologische Prozesse auslösen. Dazu gehören Trauer, Wut und Angst ebenso wie Freude, Stolz oder Verliebtheit.*

Biogene Amine, gab ich nachdenklich zurück. *Modifizierte Aminocarbonsäuren, die im Körper nur in sehr geringen Mengen vorkommen, jedoch maßgeblich an der Entstehung von Gefühlen beteiligt sind.*

So ist es, bekräftigte der Logiksektor. *Ende des 22. Jahrhunderts hatte man auf Terra noch die Hoffnung, aus den entsprechenden Forschungsergebnissen neue Medikamente entwickeln und psychische Störungen wie Schizophrenie und Depression endgültig ausrotten zu können, doch dann stellte sich heraus, dass schon eine geringfügige Überdosierung schwerwiegende Nebenwirkungen haben konnte. Die Studien wurden abgebrochen.*

»Wie viele solcher Minen gibt es auf Shahimboba?« Ich wandte mich wieder an Moltek Zess. »Wie viele Sklaven haben die Illochim hierher gebracht?«

»Illochim?« Der Ertruser runzelte die tellergroße Stirn. »Wer soll das sein?«

»Sie haben diesen Namen noch nie gehört?«

»Nein.«

»Wer, glauben Sie dann, hat sie entführt?«, fragte ich. »Für wen arbeiten Sie hier?«

»Nun, es ist nicht ganz so einfach wie Sie denken, Lordadmiral ...«, setzte Zess an, als sich die Tür, durch die wir gerade gekommen waren, zum zweiten Mal öffnete. Ich erwartete Galt mit unseren Getränken und einem Imbiss eintreten zu sehen, wurde allerdings überrascht.

»Halt endlich deine große Klappe, Moltek«, sagte die magere Frau. In ihrem schmalen Gesicht mit der ausgeprägten, spitzen Nase und den tief in den Höhlen liegenden Augen spiegelte sich unverhohlener Zorn. Sie machte zwei Schritte in den Raum hinein. Dahinter folgte jener bullige Terraner mit dem blonden Lockenkopf, der mir bereits bei unserer Ankunft auf dem Holzbalkon aufgefallen war und der nun die Tür wieder schloss.

»Shareen!« Der Ertruser wirkte zunächst erschrocken, fing sich aber schnell. »Erkennst du den Mann denn nicht? Das ist Lordadmiral Atlan. Er ist gekommen, um ...«

»Ich habe gesagt, du sollst die Klappe halten«, unterbrach ihn die Frau grob. Für einen Moment sah es so aus, als würde Zess diese Demütigung nicht ohne weiteres akzeptieren. Ich konnte sehen, wie es in ihm arbeitete. Dann jedoch entspannte er sich. Seine Miene fror ein, er erhob sich und deutete schweigend auf seinen nun freien Stuhl.

Shareen war zweifellos eine Terranerin. Sie trug einen löchrigen Pullover mit zu langen Ärmeln, darüber eine schäbig wirkende Schürze, die ihr bis knapp über die Knie reichte. Die Füße steckten in von einer Reihe Lederriemen zusammengehaltener Stiefel und die langen Haare hatte sie mit einem Tuch nach hinten zu einem Pferdeschwanz gebunden. Ich hielt ihrem langen, stechenden Blick stand und sagte zunächst einmal nichts.

Sie nickte nach einer halben Minute stummen Kräftemessens bedächtig. »Lordadmiral Atlan.« Ihre sichtbar schadhaften Zähne kneteten eine blasse Unterlippe. »Hoher Besuch in unserem bescheidenen Heim.«

»Und mit wem habe *ich* das Vergnügen?«

»Shareen Deubtar.« Die Terranerin beugte sich unmerklich nach vorn. »Was wollen Sie hier?«

»Würden Sie mir glauben, wenn ich sage, dass ich gekommen bin, um Ihnen und den anderen Sklaven auf Shahimboba zu helfen?«

»*Shahms*«, sagte Shareen Deubtar.

»Wie bitte?«

»Der politisch korrekte Ausdruck lautet Shahms«, erklärte sie mit starrem Gesichtsausdruck. »Als Herr über die größte paramilitärische Organisation der Milchstraße dürften Sie doch mit solcherlei sprachlichen Feinheiten vertraut sein, oder? Sie nutzen sie tagtäglich, um die von Ihren Häschern verübten Verbrechen zu rechtfertigen.«

Ich seufzte innerlich. Mit solchen und ähnlichen Sichtweisen wurde ich seit der Gründung der USO beinahe regelmäßig konfrontiert. Die Autarkiebestrebungen zahlreicher Kolonialwelten waren kein exklusives Problem des Solaren Imperiums. Auch Topsider, Akonen, Blues und viele andere Machtblöcke hatten mit diesem Phänomen zu kämpfen, von den Arkoniden, deren ehemaliges Riesenreich ohnehin nur noch auf den Sternkarten und in den Köpfen des Adels existierte, gar nicht erst zu reden.

Dabei ging es nicht einmal so sehr um die Konservierung des Status Quo, um *den Erhalt und die Sicherung bestehender Machtverhältnisse und Ressourcen*, wie es die oppositionellen Kritiker so prosaisch formulierten. Der Zerfall der großen Imperien schuf einen Flickenteppich von Kleinstaaten, Allianzen und Splittergruppen, die jede für sich mehr oder weniger gefährlichen Zielen nachjagten und somit die Stabilität der gesamten Galaxis gefährdeten.

Ich erinnerte mich noch gut an einen meiner letzten Besuche auf der Erde und an den Abend, den ich bei dieser Gelegenheit mit Reginald Bull und Perry Rhodan in meinem Bungalow am Goshun-See verbracht hatte. *Wir haben Posbis und Blues in ihre Schranken gewiesen,* hatte Perry damals gesagt. *Wir haben die Meister der Insel und die Zweitkonditionierten besiegt. Seit fast siebenhundert Jahren herrscht Frieden in der Milchstraße, doch es scheint, als wären die Völker dieser Galaxis nicht in der Lage, diese Chance zu nutzen. Statt gemeinsam an einer lebenswerten Zukunft für alle zu arbeiten, streben sie immer weiter auseinander, und was mich am meisten schmerzt, ist die Tatsache, dass es die Terraner sind, die dabei an der Spitze stehen.*

Die öffentliche Wahrnehmung der USO hatte von Anfang an unter ihrer engen organisatorischen und finanziellen Verflechtung mit dem Solaren Imperium gelitten, doch ich hatte zu keinem Zeitpunkt eine Wahl gehabt. Nur Perry Rhodan, seine Terraner und die von Homer G. Adams so beispiellos geführte GCC waren bereit gewesen, die immensen Mittel aufzubringen, um eine Organisation zu schaffen, die nicht nur unabhängig von politischen Zwängen agieren konnte, sondern vor allem die Voraussetzungen besaß, ihre Ziele auch mit dem nötigen Nachdruck durchzusetzen. Auch wenn die USO dem Imperium immer nahegestanden hatte und dies auch weiterhin tun würde, so war die Liste der Operationen und Einflussnahmen lang, mit denen ich mir immer wieder Perry Rhodans Zorn zuzog. Allerdings war mein terranischer Freund stets klug genug gewesen, um zu wissen, wann er die Zähne zusammenzubeißen und gute Miene zum bösen Spiel zu machen hatte.

»Ehrlich gesagt ist es mir im Moment ziemlich egal, was Sie von mir oder der USO halten, Ms. Deubtar«, ging ich in die Offensive. »Wenn ich mich allerdings hier umsehe, dann komme ich zu dem Schluss, dass Sie bei der Wahl Ihrer Verbündeten nicht allzu wählerisch sein können.«

»Wir sind fast zweihundert Jahre ohne Hilfe von außen ausgekommen«, sagte Shareen Deubtar leise. »Was lässt Sie annehmen, dass wir sie ausgerechnet jetzt nötig haben?«

»Sie dürfen mir glauben«, erklärte ich. »Wenn mir die Situation auf Shahimboba schon früher bekannt gewesen wäre, hätte ich mich längst darum gekümmert. Leider können meine *Häscher* nicht überall zugleich sein.«

»Und deshalb frage ich Sie noch einmal: Was wollen Sie hier?«

»Ich bin auf diesen Planeten aufmerksam geworden, weil ich nach einem Volk mit dem Namen Illochim suche. Haben Sie diesen Begriff schon einmal gehört?«

Shareen Deubtar schüttelte den Kopf. »Nein. Aber das hat Ihnen mein redseliger Freund Moltek ja bereits erzählt.«

»Bevor Sie ihn so rüde unterbrochen haben, ja.« Ich lächelte humorlos. »Verraten Sie mir, warum? Was ist es, das er mir nicht sagen sollte?«

»Würde ich das tun, hätte ich ihn kaum unterbrechen müssen, nicht wahr?«

»Dann haben Sie sicher nichts dagegen, wenn meine Freunde und ich uns wieder auf den Weg machen. Ich werde schon irgendwo erfahren, was ich wissen muss.«

Ich erhob mich und schob meinen Stuhl geräuschvoll nach hinten. Der blond gelockte Terraner starrte mich finster an und machte einen Schritt auf mich zu. Ich sah Shareen an.

»Sagen Sie Ihrem Schoßhund besser, er soll seine Beschützerinstinkte im Zaum halten, Ms. Deubtar. Er macht einen so sympathischen Eindruck, ich würde ihm nur sehr ungern wehtun.«

Shareen Deubtar hob die Hand und bedeutete dem Mann, sich zurückzuziehen. Er gehorchte sofort.

»Warten Sie«, stieß sie hervor, als ich mich umwandte und zur Tür gehen wollte. Ich blieb stehen.

»Sie wollen uns wirklich helfen?«, fragte die Terranerin.

»Ich mache keine Versprechungen, die ich womöglich nicht halten kann«, gab ich zur Antwort, »aber wenn auf Shahimboba Milchstraßenbewohner gegen ihren Willen gefangen gehalten werden, dann haben Sie mein Wort, dass ich alles in meiner Macht stehende tun werde, um das zu ändern.«

Ich hatte bei meinen letzten Worten die beiden Sujadin genau beobachtet. Waheijathiu und Gasuijamuo waren meinen Gesprächen mit Moltek Zess und Shareen Deubtar die ganze Zeit ohne äußerliche Regung gefolgt. Jetzt suchten die großen, runden Augen des Navigators meinen Blick, und auch wenn ich die fremdartige Physiognomie nicht genau zu deuten wusste, so hatte ich das Gefühl, dass seine gesamte Körperhaltung auf einmal eine unverhohlene Drohung ausstrahlte.

»Die Minen – oder *Bauländer*, wie sie im Allgemeinen genannt werden – verteilen sich über die gesamte Nordhälfte von Moiboslomo«, berichtete Shareen Deubtar, während wir den Verteiler durch einen weiteren Stollen verließen. Sofort wurde es merklich kühler und auch der Gestank war nicht mehr so penetrant wie zuvor. Die Terranerin hatte meine Begleiter und mich aufgefordert, ihr in ihre Unterkunft zu folgen. Dort, so die resolute Frau, könne man sich ungestörter unterhalten. Außerdem gebe es ein paar Dinge, die sie mir zeigen müsse.

»Wir befinden uns hier in Bauland Mokos, der größten Arrachieda-Lagerstätte des Planeten. Es gibt etwa vierhundertfünfzig weitere Minen, in denen meiner Schätzung nach rund eine dreiviertel Million Shahms arbeiten.«

»Woher wissen Sie das?«, fragte ich.

Shareen Deubtar schüttelte den Kopf. »Alles zu seiner Zeit, Lordadmiral.«

Wir passierten mehrere torartige Öffnungen, die eindeutig künstlicher Natur waren. Die Durchgänge waren von schweren Stahlschotten versperrt. Bevor ich etwas sagen konnte, begann Shareen bereits zu sprechen.

»Hinter diesen Schotten befinden sich die Energieerzeuger für die Luftumwälzung und die Schienenbahnen. Die Erzkonzentration im umgebenden Gestein ist hier gering genug, um die Technik nicht über Gebühr zu beeinflussen.«

»Dann ist Ihnen die entsprechende Wirkung des Arrachieda also bekannt«, nickte ich.

»Natürlich.« Sie verzog spöttisch die Lippen. »Bitte halten Sie uns nicht für beschränkt, nur weil wir hier unten wie die Tiere leben müssen.«

»Verzeihen Sie«, erwiderte ich. »Das war nicht meine Absicht.«

»Die Tatsache, dass in der Nähe von Arrachieda jede moderne Technik früher oder später versagt«, fuhr die Terranerin fort, »ist auch der Grund, warum beim Abbau kaum entsprechende Maschinen eingesetzt werden können. Wir haben zehn Desintegratorfräsen, ein paar elektrische Filtersiebe und vier Pressluftbohrer. Das eigentliche Erz muss jedoch von jeher mühsam mit Hammer und Meißel gewonnen und mit Muskelkraft zu den Sammelstellen transportiert werden.«

»Was geschieht dort damit?«

»Es wird in riesige Trommeln verfrachtet, die dann über ein System von Tunneln mit unbekanntem Ziel verschwinden. Und bevor Sie fragen: Nein, niemand weiß, wer hinter all dem steckt oder wofür die riesigen Mengen Arrachieda verwendet werden. Die Möglichkeiten, an entsprechende Informationen zu gelangen, sind stark eingeschränkt. Außer mit der Schienenbahn kann man keine längeren Strecken in akzeptabler Zeit zurücklegen. Fluchtversuche gibt es so gut wie gar nicht. Von den wenigen, die es dennoch versuchten, haben wir nie mehr etwas gehört. Die Sinterbuckel sind ein nahezu perfektes Kontrollsystem. Der Großteil der Shahms käme nicht einmal im Traum auf den Gedanken, Shahimboba verlassen zu wollen.«

»Was mich zu einem Punkt bringt, der mich schon seit meiner Unterhaltung mit Mr. Zess beschäftigt«, wandte ich ein.

»Sie fragen sich, warum er und ich nicht demselben Zwang unterliegen wie all die anderen«, sagte Shareen Deubtar. »Gedulden Sie sich noch ein paar Minuten. Das ist eines der Dinge, die ich Ihnen zeigen werde.«

Der Stollen, durch den wir gingen, war nicht annähernd so belebt wie der Verteiler, was mir die Gelegenheit verschaffte, die uns entgegenkommenden Minenbewohner etwas näher in Augenschein zu nehmen. Keiner davon machte einen besonders fröhlichen Eindruck. Ich sah hängende Schultern, gehetzte Blicke, fahrige Gesten und zittrige Hände. Diese Leute gingen alltäglichen Verrichtungen nach, die sich nicht vermeiden ließen. Sie aßen, tranken, schliefen, flickten ihre Kleidung oder verrichteten ihre Notdurft – und sie taten es, weil sie es tun *mussten*, weil es die Voraussetzung dafür war, wieder an die Arbeit gehen und Arrachieda-Erz fördern zu dürfen.

Jede weitere dieser bejammernswerten Gestalten, die teilnahmslos an uns vorüber schlurften, ließ meinen Zorn ein kleines Stück wachsen. Am liebsten hätte ich Waheijathiu gleich hier und jetzt zur Rede gestellt und ihm deutlich gesagt, was ich von den Illochim und ihren Methoden hielt. Die Anwesenheit der Sujadin brachte mich in eine Zwickmühle, denn früher oder später würde Shareen Deubtar anfangen, Fragen zu stellen. Wenn sie erfuhr, dass ich ausgerechnet zwei jener Wesen im Schlepptau hatte, die für all das hier mitverantwortlich waren, ging meine in ihren Augen ohnehin schon eingeschränkte Glaubwürdigkeit gänzlich zum Teufel – und wer wollte ihr das verdenken. Die wahren Hintergründe waren viel zu kompliziert und schwer zu erklären, als dass sie die Terranerin als Rechtfertigung akzeptieren würde.

Immerhin ist es unter diesen Umständen einigermaßen sicher, dass du hier ungestört von den Illochim und dem Gremium der Zweiundzwanzig agieren kannst, wisperte der Extrasinn. *Die Sinterbuckel garantieren seit fast zwei Jahrhunderten Loyalität und Hingabe unter den Sklaven. Eine zusätzliche Beobachtung ist somit unnötig, abgesehen davon, dass sie aufgrund der in den Minen nicht einsetzbaren Überwachungstechnik auch nur schwer umzusetzen wäre.*

Fünf Minuten später führte uns Shareen Deubtar ins Innere einer in den Fels geschlagenen Unterkunft, die im Gegensatz zu all den Provisorien, die ich bislang kennengelernt hatte, einen fast schon luxuriösen Eindruck erweckte. Sie bestand aus einem großen, von Gaslampen beleuchteten Raum, in dessen Mitte ein abgeplatteter Steinblock als Tisch diente. Acht Stühle, Wandfächer, einige Schränke, eine mit Tüchern verhängte Schlafnische und ein metallener Kessel mit klarem Wasser in einer Ecke erzeugten eine schlichte, aber durchaus wohnliche Atmosphäre.

Während sich die Sujadin stumm an die dem Eingang gegenüberliegende Wand stellten und sich Trilith leise stöhnend auf einen der Stühle fallen ließ, nahm ich ein schmales Regal in Augenschein, auf dem sich eine Reihe von noch auf Papier gedruckten Romanen und Gedichtbänden stapelten. Die kleine Sammlung erstreckte sich von Klassikern wie den Bühnenwerken des Terraners Antor Uwerius über die »Zwergenlyrik« des siganesischen Autorenduos Lym und Ekdar Cascardin bis hin zur gekürzten Taschenbuchausgabe der »Bücher des kristallenen Wassers«, vor vielen Jahrtausenden von Moraht-Them, dem berühmtesten Philosophen meines Volkes geschrieben.

Es waren allerdings nicht die alt und gebraucht aussehenden Bücher, die meine Neugier anzogen, sondern ein vergilbtes Foto in einem hölzernen Rahmen. Es zeigte einen hochgewachsenen Mann und eine eher zierliche Frau in der Uniform der Explorerflotte. Im Hintergrund waren die typischen Konsolen und Bildschirmgalerien einer Raumschiffzentrale zu erkennen.

»Ihre Eltern?«, fragte ich.

»Urgroßeltern«, antwortete Shareen Deubtar. »Adrian Deubtar und Elvia daHuck. Sie strandeten vor über zweihundert Jahren mit der EX-856 auf Shahimboba, lange bevor die Diskusschiffe kamen.«

»Dann sind Sie also ...«, setzte ich an.

»... auf diesem Planeten geboren. Im Bauland Mokos, ja. Wie viele andere übrigens auch.«

»Bei allen Göttern Arkons«, flüsterte ich erschüttert. Erst in diesen Sekunden begriff ich, was hier wirklich geschah, welches ungeheuerliche Verbrechen die Illochim an Hunderttausenden unschuldiger Wesen begingen.

»Ja, Lordadmiral«, sagte Shareen Deubtar verbittert. »Die Freiheit, die Sie da draußen in der Galaxis angeblich so heroisch verteidigen, gilt hier nichts. Unser Kampf ist nicht der Ihre. Wir haben keine höheren Ziele. Uns geht es einzig und allein ums Überleben. Die von den Automaten gelieferten Nahrungskonzentrate waren vor einigen Jahrzehnten noch für alle ausreichend, doch dann brachten die Diskusschiffe immer neue Shahms. Die Geburtenrate stieg sprunghaft an; die verfügbaren Nahrungsmittel taten es nicht.

Im Bauland Mokos liegt die Säuglingssterblichkeit bei über sechzig Prozent. Todesursache Nummer eins ist Erschöpfung. Trotz der Kontrolle durch die Schichtleiter ist der von den Sinterbuckeln erzeugte Zwang zu stark. Immer wieder siegt die Gier nach ein paar Stunden Glück über die Vernunft. Wer in den Minen fünfzig Terrajahre alt wird, gilt als Greis. Und jetzt verraten Sie mir, was Sie und Ihre fabelhafte USO dagegen zu tun gedenken.«

Ich atmete tief ein und wieder aus. Shareen Deubtar hatte die von den jahrelangen Strapazen in den Stollen gezeichneten Hände zu Fäusten geballt. Ihre Lippen zitterten.

»Was immer ich auch sage, Ms. Deubtar. Es wird das Unrecht, das Ihnen und all den anderen auf Shahimboba widerfahren ist, nicht wiedergutmachen. Wir können jedoch zusammenarbeiten und versuchen, die Situation zum Guten zu wenden. Sagen Sie mir, was Sie wissen und lassen Sie uns diesen Wahnsinn gemeinsam beenden.«

Die Terranerin zögerte, schien etwas sagen zu wollen, brach dann jedoch ab. Wortlos ging sie zu dem großen, wassergefüllten Kessel hinüber und griff mit dem rechten Arm hinein. Als sie ihn wieder herauszog, lagen auf ihrer Handfläche etwa ein Dutzend millimeterdünner Würmer von rötlicher Farbe, die sich träge bewegten. Shareen Deubtar nahm zwei von ihnen zwischen Daumen und Zeigefinger, den Rest warf sie in den Kessel zurück. Weiterhin schweigend steckte sie die beiden Würmer in den Mund, kaute kurz und schluckte sie dann hinunter.

»Was …?«, setzte ich an, doch Shareen schüttelte so heftig den Kopf, dass ihr der Pferdeschwanz ins Gesicht schlug. Sie legte beide Hände auf den flachen Bauch, krümmte sich zusammen und stieß ein unterdrücktes Stöhnen aus.

»Es geht … gleich wieder«, brachte sie keuchend heraus, schleppte sich zu einem der Stühle hinüber und ließ sich hineinfallen. Nach einem letzten Seufzer straffte sie sich und wirkte mit einemmal so, als sei überhaupt nichts vorgefallen.

»Es ist schwer, sie bei sich zu behalten«, sagte sie. »Der Brechreiz ist jedes Mal überwältigend. Und jetzt setzen Sie sich endlich, Lordadmiral. Ich möchte Ihnen gern die Geschichte meines Urgroßvaters Adrian Deubtar erzählen …«

Kapitel 22

16. Juni 3103
Homer G. Adams

»Die Aufräumarbeiten in Kunshun und den angrenzenden Stadtteilen schreiten zügig voran«, sagte Homer G. Adams und ließ einige Holoaufnahmen in dem über der Mitte des Arbeitstisches schwebenden Bildwürfel entstehen. Sie zeigten die Aktivitäten der robotischen Bau- und Instandsetzungstrupps, die die Spuren der vergangenen Unruhen beseitigten.

»In ein bis zwei Wochen sind auch die letzten Schäden behoben.«

Perry Rhodan nickte versonnen. Er hatte sich nicht zuletzt deshalb in die Firmenzentrale der General Cosmic Company begeben, um sich von seinem Finanzminister höchstpersönlich über die nun schon zwei Monate zurückliegenden Ereignisse im Süden Terranias informieren zu lassen. Der Umstand, dass es dort im Zuge der Umsetzung eines harmlosen Sanierungsplans beinahe zu einem Bürgerkrieg gekommen war, beunruhigte ihn weit mehr, als er sich und anderen eingestehen wollte.

»Es liegt mir fern, die vergangenen Ereignisse zu verharmlosen«, fuhr Adams fort. »Ich gebe jedoch zu bedenken, dass die Umstände besondere waren. Der Einfluss, den die in den Gatusain gespeicherten Rudimentärbewusstseine auf diverse Beteiligte ausübten, hat die Lage ungemein verkompliziert. Ein ausführlicher Bericht mit einer genauen Aufstellung der angerichteten Verwüstungen steht Ihnen zur Verfügung.«

»Schon gut, Homer.« Der Großadministrator des Solaren Imperiums winkte ab. »Die Details weiß ich bei Ihnen in den besten Händen. Es sind auch nicht ein paar verletzte Demonstranten oder demolierte Gleiter, die mir die größten Sorgen machen. Es geht vielmehr um die Botschaft, die die Medienberichte über all das in die Galaxis hinaus vermitteln.«

»Ich verstehe«, sagte jener Mann, dessen äußere Erscheinung schon so viele getäuscht hatte. Homer G. Adams war niemand, der im Rampenlicht stand. Er gab so gut wie keine Interviews und ließ sich nur selten zum Besuch einer öffentlichen Veranstaltung überreden. Trotzdem war er in vielerlei Hinsicht der wohl mächtigste Mann der Milchstraße, mächtiger als all die ungezählten Könige, Imperatoren und Herrscher über so genannte Sternenreiche, die in den letzten Jahrhunderten wie Pilze aus dem Boden geschossen waren, und die meist nur aus einem Planetensystem (mit ein paar altersschwachen Raumschiffen) bestanden.

»Es sind einfach zu viele, Homer«, führte Perry Rhodan aus. »Sie lauern überall da draußen, sind bereit zuzuschlagen. Sie warten nur darauf, dass wir einen Fehler machen, dass wir eine Schwäche zeigen. Wir sind in so kurzer Zeit so weit gekommen, doch auf dem Weg dorthin, haben wir uns mehr Feinde als Freunde gemacht.«

»Ich widerspreche Ihnen nur ungern«, entgegnete Adams schüchtern. »Aber ich bin sicher, dass Sie sich irren. Das Solare Imperium hat weitaus mehr Freunde, als Sie möglicherweise glauben. Sie können sich nur nicht alle offen zeigen, doch ich weiß: Wenn es irgendwann zum Äußersten kommen sollte, werden sie da sein und uns zur Seite stehen.«

»Danke.« Der Großadministrator lächelte. »Manchmal neige ich zur Schwarzseherei. Es ist gut, dass ...«

Perry Rhodan kam nicht mehr dazu, seinen Satz zu beenden, denn in diesem Moment erfüllte ein durchdringendes Zirpen das geräumige Büro.

Homer G. Adams machte eine entschuldigende Geste und ging in gebückter Haltung zu seinem Schreibtisch hinüber. Die Tatsache, dass er die seit seiner Geburt vorhandene Verkrümmung der Wirbelsäule, die ihm einen deutlich sichtbaren

Buckel bescherte, nie chirurgisch hatte korrigieren lassen, war Teil der Legende, die den mit fast tausendzweihundert Jahren ältesten aller Terraner umgab.

»Ein Dringlichkeitsanruf«, entschuldigte sich Adams. Er drückte einen unter der Tischplatte verborgenen Knopf, und ein winziger Bildschirm schob sich aus einer unsichtbaren Vertiefung.

»Mr. Adams«, hörte Rhodan jemanden sagen. Er konnte das Gesicht des Anrufers nicht erkennen, doch die Stimme verriet ihm sofort, um wen es sich handelte.

»Ist der Großadministrator noch bei Ihnen?«

»Was gibt es, Galbraith«, rief Perry Rhodan, bevor der GCC-Chef antworten konnte. Homer G. Adams drehte den Bildschirm so, dass Rhodan den Solarmarschall sehen konnte.

»Nachricht von Quinto-Center, Chef«, kam Deighton sofort zur Sache. Er wirkte blass, was aber auch an dem schwarzen Haar liegen konnte, das das schmale Gesicht mit den hohen Wangenknochen umrahmte.

»Laut Decaree Farou gibt es nach wie vor keine Spur von Atlan. Sowohl die USO als auch die Solare Abwehr haben nicht die geringsten Hinweise auf den Aufenthaltsort des Lordadmirals gefunden. Eine Rückmeldung von Mr. Tekener steht noch aus, doch wenn er etwas in Erfahrung gebracht hätte, dann hätte er bereits Kontakt aufgenommen.«

»Wie lange können wir das Verschwinden Atlans noch geheim halten?«, fragte Perry Rhodan.

»Die Strategen im Center arbeiten bereits an einer glaubwürdigen Geschichte. Auch der Einsatz eines der verfügbaren Doubles wird diskutiert. Ein paar Wochen dürfte das noch funktionieren, aber dann ...«

»Die ESHNAPUR?«, erkundigte sich der Großadministrator knapp.

»Ebenfalls nach wie vor unauffindbar«, sagte Deighton. »Sie ist jetzt seit zwei Wochen überfällig. Wir müssen davon ausgehen, dass ...«

»So weit sind wir noch nicht«, unterbrach ihn Rhodan. »Trotzdem ist die Lage alles andere als rosig und wir sollten unsere nächsten Schritte sehr gründlich überlegen. Die Berichterstattung über die Geschehnisse in Kunshun wurde von gewissen politischen Kreisen rücksichtslos hochgespielt und nach allen Regeln der Kunst ausgeschlachtet. Das allgemeine Vertrauen in die Solare Administration ist laut den Umfragen um mehr als fünf Prozentpunkte gesunken. Sie wissen, dass ich mir nie viel aus solchen Statistiken gemacht habe, aber wir dürfen auch nicht die Augen vor den Entwicklungen verschließen. Terra ist das Herz des Imperiums, und nur wenn dieses Herz kräftig und von allen deutlich vernehmbar schlägt, können wir unsere Position aufrechterhalten.«

»All das ist mir bewusst, Perry«, sagte der Solarmarschall steif.

Rhodan lächelte. Dann kratzte er sich mit dem Zeigefinger an der kleinen Narbe auf dem rechten Nasenflügel.

»Entschuldigen Sie, Galbraith. Ich rede, als stünde ich in der Solar Hall und gäbe meine Regierungserklärung ab. Tun Sie, was Sie können. Sie haben sämtliche Vollmachten. Ich lüge die Öffentlichkeit wahrhaftig nicht gerne an, aber in diesem Fall sehe ich keine Alternative.«

»Sie sollten sich keine Vorwürfe machen, Sir«, sagte Deighton.

»Das tue ich aber«, widersprach der Großadministrator. »Lügen haben eine höchst verderbliche Eigenschaft: Sie kehren früher oder später zu dem zurück, der sie verbreitet. Deshalb habe ich Zeit meines Lebens versucht, sie zu vermeiden.«

»Wie Sie meinen, Chef«, entgegnete der Solarmarschall nur.

»Das wäre dann wohl alles«, beendete Perry Rhodan das Gespräch und erhob sich von seinem Platz. »Wenn Sie mich nun entschuldigen, meine Herren. In einer halben Stunde startet die MARLON nach Siga. Der terranische Kulturattaché in Mirettil wäre vermutlich wenig erbaut, wenn ich mich verspäte. Schließlich musste ich meinen Besuch bereits zwei Mal wegen dringenderer Angelegenheiten verschieben.«

»Gute Reise«, hörte der Großadministrator Homer G. Adams und Galbraith Deighton noch nahezu zeitgleich sagen. Dann schloss sich das Türschott hinter ihm.

Kapitel 23

1. Dezember 2919
Adrian Deubtar

Die Diskusschiffe kamen mitten in der Nacht. Adrian wurde durch lautes Geschrei geweckt und es dauerte ein paar Sekunden, bis er sich daran erinnerte, wo er war. In den letzten Jahren fiel es ihm immer schwerer, sich zu konzentrieren. Die Arthrose in den Knien, die Schmerzen in Rücken und Hüften, das Sodbrennen und die Kurzatmigkeit taten ein Übriges – mit 96 Jahren war er nun einmal kein junger Mann mehr.

Die Tür zu seinem Schlafzimmer öffnete sich und Benjamin stürmte in den Raum. Er war bereits vollständig angekleidet. In seinem Gürtel steckten zwei Pistolen, die klobige Flinte hielt er mit beiden Händen vor der Brust.

»Steh auf, Vater«, rief er beunruhigt. »Wir haben ungebetenen Besuch.«

Adrian schlug die Decke zurück und schwang die Beine aus dem Bett. Sofort spürte er das intensive Stechen in den Gelenken.

»Was ist los?«, fragte er seinen Sohn mit zusammengebissenen Zähnen, während er nach seiner Hose griff.

»Fünf Raumschiffe«, berichtete Benjamin Deubtar und ging zum Fenster hinüber. Von draußen drangen lautes Rufen und das Geräusch trampelnder Füße ins Haus.

»Diskusförmig. Unbekannter Typ. Durchmesser etwa hundertfünfzig Meter. Eines davon ist in unmittelbarer Nähe der Mühle gelandet. Ich habe die Ratsmitglieder informiert und Alarm gegeben.«

»Gut«, zeigte sich Adrian zufrieden. »Dann lass uns aufbrechen.«

Als der ehemalige Kommandant der EX-856 das Haus verließ und auf die Veranda trat, erwartete ihn das geordnete Chaos der Evakuierung. Überall sah er hastende Menschen, Frauen, die weinende Kinder in den Armen hielten, Männer mit dicken Bündeln auf dem Rücken. Die Posten auf den Beobachtungstürmen schlugen noch immer die Signalglocken. Ihre dumpfen Töne hallten unheilschwanger über die Dächer Deubtar Valleys.

Adrian hatte sich damals vehement gegen diesen Namen der Siedlung gesträubt, war jedoch im Rat mit großer Mehrheit überstimmt worden. Inzwischen lebten hier 436 Menschen, von denen die meisten auf Interlude geboren waren.

Die Evakuierung, die Benjamin mit seinem Alarm ausgelöst hatte, war natürlich nicht aus Angst vor einer Invasion aus dem Weltraum entwickelt worden, sondern im Hinblick auf die immer wieder auftretenden vulkanischen Aktivitäten in dieser Gegend. Immer wieder hatte es leichtere, aber deutlich spürbare Erdstöße gegeben, und so hatte der Rat schließlich einen Plan zur schnellen Räumung der Siedlung beschlossen, um im Ernstfall auf alle Eventualitäten vorbereitet zu sein.

Die Entwicklung in den vergangenen gut fünfzig Jahren hatte Adrian mehr als einmal erstaunt. Nachdem die Überlebenden der EX-856 erst einmal so etwas wie eine neue Heimat gefunden hatten, waren sie in geradezu beängstigende Aktivität verfallen. Auf allen möglichen Wissensgebieten waren schließlich genügend Experten vorhanden. Innerhalb weniger Monate wurden die Grundlagen einer primitiven Verhüttung geschaffen, aus der schon bald erste Metallprodukte wie Klingen oder Schaufel- und Sägeblätter hervorgingen. Die aus den ufernahen Bereichen des Sees – für den sich schnell der Name *Lake Elvia* eingebürgert hatte – ausgestochenen Böden eigneten sich hervorragend für das Brennen von Lehmziegeln. Auf den nahen Feldern wurde eine Reihe von Nutzpflanzen angebaut, darunter auch ein getreideähnliches Gewächs, dessen kleine, harte Körner eine Mühle zu Mehl verarbeitete. Aus dem Holz der überreichlich vorhandenen Bäume wurde Zellstoff gewonnen und in großen Sieben in ein qualitativ bewundernswert hochwertiges Papier verwandelt. In den meisten Häusern gab es gemauerte Steinöfen. Ein ausgeklügeltes System von mechanischen Pumpen lieferte fließendes Wasser. Kurz: Die Lebensqualität in Deubtar Valley hatte sich durch den Einsatz und den Ideenreichtum aller stetig verbessert und war mittlerweile auf einem Niveau angelangt, das Adrian niemals für möglich gehalten hätte.

»Hier herüber«, zischte Benjamin und winkte seinem Vater. Adrian beeilte sich, dem großen, breitschultrigen Mann, der ihn schon mit vierzehn Jahren um fast einen Kopf überragt hatte, zu folgen. Gemeinsam schlichen sie um das Haus herum und duckten sich in den Schatten der angrenzenden Bäume.

»Da«, flüsterte Adrian und deutete in Richtung des Sees. Das Licht der überall im Dorf brennenden Gaslampen spiegelte sich auf der sanft gekräuselten Wasseroberfläche. Drei ellipsoide Objekte von etwa einem Meter Höhe und halber Breite schwebten mit hohem Tempo über den See und erreichten in kürzester Zeit das Ufer. Auf ihrer Oberseite saß eine Reihe kurzer Antennen, am unteren Pol ragten zwei lange Tentakel aus dem metallisch glänzenden Rumpf.

»Roboter?«, fragte Benjamin, der solche Konstruktionen nur aus den Erzählungen seines Vaters kannte.

»Ja«, bestätigte Adrian. »Aber diese Modelle habe ich noch nie gesehen.«

Das Robotertrio fächerte auseinander. Ben packte das Gewehr fester, doch sein Vater legte beschwichtigend die Hand auf seine Schulter.

»Mach keine Dummheiten, Junge«, sagte er leise. »Erkennst du das schwache Flimmern um die Maschinen herum? Das sind Schutzschirme, und selbst wenn sie nur auf geringste Intensität geschaltet sind, wirst du mit ein paar Kugeln nichts ausrichten können.«

In diesem Moment erreichte der erste Roboter eine Gruppe von fünf Männern, die über den freien Platz um den Hauptbrunnen rannten und zu den Höhlen in der Nähe des Bergmassivs unterwegs waren. Sie blieben plötzlich stehen, als wären sie gegen eine unsichtbare Wand gelaufen, sackten in sich zusammen und stürzten zu Boden.

Ohnmächtig mussten Adrian und Benjamin mit ansehen, wie die Maschine ein Antigravfeld aktivierte und die bewusstlosen oder gelähmten Männer abtransportierte.

»Wir können hier nichts tun.« Adrian schlug seinem Sohn hart gegen den Oberarm.

»Los, komm. Lass uns zu den anderen gehen.«

Ben zögerte kurz, nickte dann aber, schulterte die Waffe und übernahm wieder die Führung. Gebückt rannten die beiden Männer zu einem umzäunten Areal hinüber, an das sich eine Kette von siloähnlichen Behältern anschloss. Dort wurden die Getreidevorräte für den Winter aufbewahrt. Zwar gab es auf Interlude so etwas wie Jahreszeiten nur in stark abgeschwächter Form, doch die Erfahrung hatte gelehrt, dass es nicht schadete, immer ein paar Tonnen Korn in der Hinterhand zu haben. Es war noch keine fünf Jahre her, da hatte eine äußerst hartnäckige Käferart die Ernte von mehreren Monaten unbrauchbar gemacht und beinahe eine Hungersnot heraufbeschworen.

Laute Schreie und verzweifeltes Schluchzen ließen Adrian und Benjamin innehalten. Das Klagen kam aus Richtung der Robertson Lane, der Hauptstraße der Siedlung, die Deubtar Valley in seiner gesamten Länge durchlief. Dr. Hektor Robertson war bereits seit fast zwanzig Jahren tot, doch die nach ihm benannte Straße erinnerte noch immer an das, was er einst für die Gestrandeten getan hatte. Ohne den Mediziner und seine unermüdlichen Forschungsarbeiten an Gräsern und Kräutern Interludes hätten viele der Menschen hier die ersten Jahre vermutlich nicht überlebt. Seine selbstgemischten Heiltränke und -pasten, deren Rezepturen er in einem Buch sorgfältig festgehalten hatte, erfreuten sich bis heute großer Beliebtheit und halfen zuverlässig gegen eine ganze Reihe von Beschwerden.

»Verdammt!«

Ben bemerkte die Roboter zuerst. Vier Maschinen drängten die Menschen von verschiedenen Seiten aus in die Mitte der Robertson Lane. Adrian sah viele bekannte Gesichter. Mara Morizur, die gerade zum dritten Mal schwangere Tochter von Monique Morizur und Darko Loevej, stolperte und fiel, wurde jedoch von Aiko Sanders, dem Leiter des Siedlungsarchivs, wieder auf die Beine gezogen. Aiko war aus der Verbindung zwischen Thuram Rydberg und einer Technikerin hervorgegangen, die dann jedoch bei einem Unfall ums Leben gekommen war.

Derek Pavaree und Lia Kern, das junge Pärchen, das für den Betrieb der Mühle verantwortlich war, hielten sich gegenseitig fest und taumelten mehr, als dass sie liefen. Eine der Maschinen war offenbar der Ansicht, dass sie es nicht schnell genug taten und schoss zwei grelle elektrische Blitze aus einem Tentakel ab. Die beiden Terraner gingen mit einem Aufschrei zu Boden.

Ein alter Mann, der sich mühsam humpelnd über die Straße schleppte, hob zornig seinen Gehstock und schrie etwas, das Adrian nicht verstand. Den Alten erkannte er dagegen sofort. Lukas Bonfeld-Heroe war neben ihm selbst der einzige aus der einstigen Führungsriege, der noch lebte. Der ehemalige Funkoffizier gehörte dem Siedlungsrat ebenso an wie Adrian und hatte inzwischen die Hundert deutlich überschritten. Auf Terra und den anderen zivilisierten Planeten der Galaxis betrug die mittlere Lebenserwartung zwar mehr als hundertfünfzig Terrajahre, doch hier auf Interlude waren die Voraussetzungen andere.

Ein dritter Blitz löste sich von einem der Roboter. Er traf Lukas mitten in die Brust. Der Mann riss die Arme in die Luft; sein Stock landete klappernd auf dem harten Untergrund. Adrian wollte aufspringen, dem alten Freund zu Hilfe eilen, irgendetwas tun, doch seine Knie schienen mit einem Mal aus einer zähen, nachgiebigen Masse zu bestehen. Er vernahm nur noch das Hämmern seines Herzens.

»Vater?«, hörte er Benjamin undeutlich und wie aus weiter Ferne. »Ist alles in Ordnung?«

Lukas Bonfeld-Heroe kippte nach vorn und schlug mit dem Gesicht auf die Straße. Er machte keinerlei Anstalten, sich vor dem Aufprall zu schützen. Die Roboter ignorierten den reglos daliegenden Körper und fuhren damit fort, die jetzt immer zahlreicher werdenden Frauen und Männer wie eine Viehherde zusammenzutreiben.

»Komm, Vater«, flüsterte Benjamin Deubtar. »Wir dürfen hier nicht bleiben. Du hast es selbst gesagt: Hier können wir nichts mehr tun!«

Adrian nickte und wischte sich verstohlen eine Träne aus dem Augenwinkel. Er wusste nicht, wer die Fremden waren, woher sie kamen oder was sie wollten, doch die Skrupellosigkeit, mit der sie vorgingen, entsetzte ihn. Was konnten die Menschen von Interlude, die hier seit einem halben Jahrhundert ums Überleben kämpften und diesem verlassenen, ungemütlichen Planeten ein kleines bisschen Zuversicht und Geborgenheit abgetrotzt hatten, den Invasoren schon bieten? Was mochte die Unbekannten veranlassen, eine Siedlung mit nicht einmal fünfhundert Menschen zu überfallen und dabei mit derartiger Rücksichtslosigkeit und Brutalität vorzugehen?

Bevor ihm die nächsten Häuser den Blick auf die Robertson Lane versperrten, drehte Adrian noch einmal den Kopf. Aus dem dunklen Himmel senkte sich in diesem Moment ein kastenförmiges Fahrzeug von dreißig, eventuell vierzig Metern Länge herab, vermutlich der Transporter, mit dem die Siedlungsbewohner abgeholt und wohin auch immer gebracht werden sollten. Die Frauen und Männer drohten in Panik zu geraten, hatten doch die meisten von ihnen so etwas noch nie gesehen: ein riesiger Quader aus Metall, der sich, ohne von Seilen oder Stangen gehalten zu werden, schwerelos durch die Luft bewegte. Mehrfach zuckten Blitze aus den Tentakeln der Roboter, die sorgfältig darauf achteten, dass keinem der Siedlungsbewohner die Flucht gelang. Dann war der plumpe Kasten gelandet und die Verladung begann.

Einige Minuten später hatten Adrian und Benjamin die Siedlung hinter sich gelassen. So schnell es die herrschende Dunkelheit zuließ, liefen sie einen schmalen, ausgetretenen Pfad entlang, der durch ein Waldgebiet und in weitem Bogen hinunter zum Seeufer führte. Zwar trug Benjamin, der vor ihrem Aufbruch in aller Eile ein paar Habseligkeiten zusammengerafft und in einem Rucksack verstaut hatte, mehrere Fackeln mit sich, doch er weigerte sich, diese anzuzünden, um, wie er sagte, die Fremden nicht auf sie aufmerksam zu machen.

Adrian gab schließlich auf, und verzichtete darauf, seinem Sohn klarzumachen, dass es für Roboter einerlei war, ob die Sonne schien oder nicht, und dass sie einen Menschen über viele Kilometer hinweg allein an der Körperwärme erkennen konnten, die dieser abstrahlte. Benjamin war ein Kind Interludes. Er war in der freien Natur aufgewachsen; seine Welt waren die rauen Berge, die heißen Quellen und die ausgedehnten Wälder des Tales, in das Adrian das Häuflein Überlebender vor so langer Zeit geführt hatte. Von Raumschiffen und Robotern wusste er nichts, und auch wenn sich der einstige Explorerkommandant redlich bemüht hatte, ihm dieses Wissen zu vermitteln, so waren sie für ihn dennoch nie realer gewesen, als es Hexen, Zauberer oder verwunschene Prinzessinnen für Kinder auf Terra sein mochten.

Letztendlich blieb ihnen ohnehin nichts anderes übrig, als auf ihr Glück zu vertrauen und zu hoffen, dass die Invasoren zunächst einmal genug mit jenen beschäftigt waren, die Deubtar Valley nicht rechtzeitig hatten verlassen können. Wenn sie die Höhlen erreichten, bestand eine gute Chance, den Ortungen der Maschinen zu entgehen. Die dicken Felsschichten würden sowohl die Individualimpulse als auch die Wärmestrahlung abschirmen.

Daneben gab es jedoch noch einen weiteren Aspekt, der Adrian mit Optimismus erfüllte. Darko Loevej hatte in den ersten Jahren der Siedlung viel Zeit in den Bergen verbracht und schließlich nicht nur das Geheimnis der sogenannten *Steinwürmer* gelöst, sondern auch herausgefunden, was für den Ausfall aller technischen Geräte verantwortlich gewesen war. Der ehemalige Kommandant erinnerte sich noch gut an jenen Tag, an dem der Hobbygeologe ihn, Monique Morizur und Doc Robertson in seine Hütte gerufen hatte, um ihnen etwas angeblich Sensationelles zu zeigen.

»Ich habe es *Darkonit* getauft«, erklärte er stolz den Versammelten, und deutete auf einen großen Brocken jenes rötlich schimmernden Gesteins, auf das er zum ersten Mal kurz nach dem Aufbruch von der Absturzstelle der EX-856 in der Nähe eines Geysirs gestoßen war.

»Diese Probe ist erst ein paar Stunden alt. In Kürze wird sie ihre charakteristische Färbung verlieren – und damit auch alle besonderen Eigenschaften.«

»Besondere Eigenschaften?«, wiederholte Monique. Darko, der diese Frage wohl erwartet hatte, lächelte. Er genoss sichtlich seine Vorführung.

»Allerdings«, sagte er. »Seht euch das an ...«

Mit einem Geologenhämmerchen schlug er ein halbes Dutzend zentimetergroße Bröckchen aus der Probe und legte sie dicht nebeneinander auf die Kochfläche seines Ofens.

»Hitze ist wichtig«, dozierte er mit erhobenem Zeigefinger. »Darkonit reagiert am besten bei Temperaturen ab 80 Grad Celsius.«

Adrian glaubte seinen Augen nicht zu trauen, als auf einmal Bewegung in das Häufchen kam. *Bewegung* war das falsche Wort. Es sah vielmehr so aus, als würden die Kiesel an ihren Rändern flimmern oder vibrieren und ihre gewohnte Konsistenz verlieren. Das Phänomen dauerte nur ein paar Sekunden, dann war aus den sechs Kieseln ein einzelner, fingernagelgroßer Stein geworden.

Adrian schüttelte den Kopf. »Was ...?«

»Faszinierend, nicht wahr?«, sagte Darko Loevej grinsend. »Es hat eine Weile gedauert, bis ich dahinter gekommen bin, was hier gerade geschehen ist, und ohne Moniques Hilfe hätte ich es nicht geschafft.«

Er warf der Chefwissenschaftlerin, die inzwischen schulterlanges, blondes Haar trug, einen zärtlichen Blick zu.

»Dann spann uns bitte nicht länger auf die Folter«, verlangte Adrian. Wie mit den meisten Überlebenden war er inzwischen auch mit Darko Loevej per Du.

»Natürlich«, nickte der Hobbygeologe. »Laut Moniques und meiner Theorie haben wir es hier mit einem *teilphasenverschobenen Mineralaggregat* zu tun. Hört sich schlimm an, nicht wahr? Wie auch immer: Dieses rötliche Gestein ist ein Erz, also ein Konglomerat aus mehreren mineralischen Bestandteilen, die chemisch eindeutig trennbar sind. In ihrer Zusammensetzung entwickeln sie jedoch Eigenschaften, die im Fall von Darkonit hauptsächlich bei höheren Temperaturen auftreten. Wir haben Experimente mit primitiven, selbst gebastelten Batterien aus Kupfer- und Silberelektroden gemacht. Danach gibt es keinen Zweifel mehr: Das Darkonit ist definitiv dafür verantwortlich, dass nach unserer Havarie sämtliche Technik nach und nach ausfiel. Unsere Ergebnisse deuten darauf hin, dass das Erz unmittelbar auf den Elektronenfluss wirkt. Es erhöht praktisch den elektrischen Widerstand sämtlicher Materialien in seiner Umgebung.«

Adrian nickte. »Für die gleiche Leistung wird also immer mehr Energie benötigt.«

»Genau«, bestätigte Darko. »Dabei hängt das Ausmaß der Beeinflussung von der Stärke der Energiequelle ab. Schwachstromquellen, wie beispielsweise ein menschlicher Körper, werden überhaupt nicht beeinflusst. Der Effekt setzt erst bei Überschreiten eines bestimmten Schwellenwerts ein.«

»Ist dieser Effekt reversibel?«, erkundigte sich Doc Robertson.

»Leider nein«, antwortete Darko Loevej. »Die Veränderung der elektrischen Leitfähigkeit, die das Darkonit bewirkt, spielt sich zwangsläufig auf der molekularen Ebene ab. Monique und ich gehen davon aus, dass es zum einen die Verfügbarkeit beweglicher Ladungsträger verringert, also hauptsächlich locker gebundene Elektronen freisetzt, gleichzeitig aber auch die Elektronenstreuung manipuliert, und den elektrischen Widerstand erhöht. Das bedeutet wiederum ...«

»Bevor wir uns hier endgültig in wissenschaftlichem Kauderwelsch verlieren«, unterbrach Adrian, »sollten wir uns auf das konzentrieren, was wichtig ist. Gibt es irgendeine Möglichkeit, unsere defekten Geräte wieder in Betrieb zu nehmen?«

»Nein«, sagte Darko und sah plötzlich sehr betrübt aus. »Streng genommen sind sie auch nicht defekt. Sie benötigen lediglich immense Mengen an Strom, um zu funktionieren, Mengen, die die Batterien oder Meiler nicht produzieren können. Wenn wir fabrikneue Technik hätten, also Geräte, die nie zuvor auf Interlude gewesen sind, würden die eine Zeitlang einwandfrei arbeiten.«

»Aber früher oder später wären auch sie vom ... Darkonit betroffen«, stellte Adrian mit vor der Brust verschränkten Armen fest.

»Richtig.« Darko Loevej zuckte bedauernd die Schultern.

»Und was hat es mit dieser Phasenverschiebung auf sich?«, fragte Hektor Robertson.

»Sie ist die Voraussetzung für den beschriebenen Effekt«, ergriff jetzt Monique Morizur das Wort. »Wir können hier mangels geeigneter Messapparaturen natürlich nur theoretisieren, aber physikalisch ergibt alles Sinn. Etwa ein Drittel der Erzmaterie befindet sich permanent in einem teildiffusen Zustand. Die entsprechenden Moleküle vollziehen antizyklische Phasenwechsel im Nanosekundentakt. Ich will euch nicht zu nahe treten, aber die genauen Hintergründe bereiten selbst ausgebildeten Physikern Probleme, also erspare ich sie euch. Fakt ist, dass Darkonit eine Substanz mit ungeahnten Möglichkeiten ist. Wenn es gelänge, das Erz in seiner metastabilen Form industriell zu verarbeiten, könnten Legierungen von bislang nicht für möglich gehaltener Widerstandskraft oder Stressfestigkeit entstehen. Ohne entsprechende Tests ist das schwer zu sagen.«

»Hat das alles irgendetwas mit den Steinwürmern zu tun?«, fragte Adrian.

»Nein«, sprach jetzt wieder Darko Loevej. »Die Würmer bevorzugen ganz allgemein warmes Gestein als Lebensraum. Das Darkonit ist bei ihnen nur deshalb so beliebt, weil dessen molekulare Phasensprünge ihnen erlauben, sich praktisch durch die Erzadern zu schieben. Dabei absorbieren sie bestimmte, im Fels abgelagerte Nährstoffe. Der Umstand, dass ihr Körper so gut wie keinerlei Flüssigkeit enthält, macht sie extrem hitzeresistent. Mit der Wirkung des Darkonits haben die kleinen Kerlchen nichts zu tun.«

Sie hatten noch eine halbe Stunde diskutiert und schließlich – bis auf Monique – Darkos Hütte verlassen. Dass die beiden ein Paar waren, wusste zu diesem Zeitpunkt ohnehin so gut wie jeder in der Siedlung.

Adrian schob die Erinnerungen an bessere Zeiten mit Gewalt beiseite. Was sie damals über das Darkonit erfahren hatten, konnte ihnen jetzt vielleicht zum Vorteil gereichen. Wenn die Fremden nichts von dem ungewöhnlichen Erz wussten, würden sie schnell ihr blaues Wunder erleben und womöglich – wenn ihre Technik nach und nach versagte – wieder abziehen.

Benjamin und er hatten inzwischen den Wald hinter sich gelassen und strebten den nahen Bergen entgegen. Die Wolkendecke war an einigen Stellen aufgerissen und ließ das Licht der Sterne durch. Die einstmals so fremden Konstellationen waren den Menschen auf Interlude mit der Zeit vertraut und zu einem Teil ihres Alltags geworden. Die Astronomen unter den Überlebenden hatten ihnen Namen gegeben, hatten ihre Bahnen und Referenzpunkte bestimmt, doch ihren Zauber fing man nur ein, wenn man in einer der wenigen klaren Nächte mit einem Boot auf den Lake Elvia hinausruderte und den Kopf in den Nacken legte. Als Benjamin noch jünger gewesen war, hatte Adrian ihn oft mit hinausgenommen, und sie hatten stundenlang einfach nur nebeneinander gesessen und in den Himmel gestarrt.

Über der vegetationslosen Ebene, die vom östlichen Seeufer bis zu den ersten Ausläufern des Gebirges reichte, schwebten vier gewaltige Diskuskörper. Ihre dunklen Metallhüllen schimmerten matt. Adrian hätte zu gern gewusst, wie die Wesen aussahen, die diese Schiffe gebaut hatten. Was war wohl in den letzten fünfzig Jahren in der Milchstraße geschehen? War die Galaxis in Gefahr? Gehörten die Fremden womöglich zur Vorhut einer Invasionsflotte, die sich auf den Einfall vorbereitete?

Adrian hatte die ersten fünfundzwanzig Jahre seines Lebens auf der Erde verbracht, doch wenn man ihn fragte, bezeichnete er sich selten als Terraner, sondern meistens als *Galaktiker*. Er hatte an der Akademie die von dem großen Historiker Mikail Thiss verfasste *Chronik der Menschheit* zweimal gelesen – sämtliche einundzwanzig Bände. Dennoch stand er den von vielen geradezu glorifizierten Anfangszeiten des Solaren Imperiums in einigen Punkten skeptisch gegenüber. Von den zahlreichen verlustreichen Feldzügen, die Perry Rhodan und die anderen Unsterblichen gegen scheinbar übermächtige Gegner geführt hatten, wären einige vielleicht vermeidbar gewesen. Er bezweifelte nicht, dass der große, alte Terraner stets nach bestem Wissen und Gewissen gehandelt hatte, und in der geschichtlichen Rückschau ließ sich trefflich kritisieren, doch Kriege kannten nun einmal nur Verlierer, und von dieser Warte aus gesehen hatte die Menschheit ein paar Mal zu oft verloren.

Trotzdem war Adrian Deubtar im Grunde seines Herzens Patriot. Für das liberale und demokratische System, in dem er aufgewachsen war und das er lange Zeit als etwas Selbstverständliches angesehen hatte, waren Millionen von Terranern gestorben. Die geheimnisvollen Unbekannten in ihren Diskusschiffen waren nur ein weiterer Posten auf der langen Liste jener, die versucht hatten, den Menschen ihre Freiheit zu nehmen und die am Ende doch hatten einsehen müssen, dass der dafür zu zahlende Preis ihre Möglichkeiten überstieg.

»Schaffst du es, Vater?« Die besorgte Stimme Benjamins riss Adrian aus seinen Grübeleien. Er konnte das Gesicht seines Sohnes nur undeutlich erkennen.

»Mach dir um mich keine Gedanken, Junge«, sagte er lächelnd. »Ich bin vielleicht alt, aber noch lange nicht am Ende.«

»Sind das alle?«

Adrian schaute bestürzt in die Runde. Benjamin und er hatten den getarnten Eingang zum Höhlensystem ohne Zwischenfall erreicht. Die verschachtelten Kavernen mit ihren ungezählten Quergängen und Felsbrüchen waren vor vielen Jahren von Darko Loevej entdeckt und erforscht worden. Der Hobbygeologe hatte nach und nach eine maßstabsgetreue Karte des Gebiets angefertigt. Eines Tages war er von einer seiner Expeditionen in die Tiefen des Bergmassivs nicht mehr zurückgekehrt. Die Suche nahm fast eine ganze Woche in Anspruch und schließlich fand man ihn in einer schmalen Spalte mit gebrochenem Bein. Wahrscheinlich war er beim Klettern ausgerutscht und abgestürzt.

Adrian hatte damals beschlossen, die Höhlen als eine Art Zufluchtsstätte auszubauen, ein Ausweichquartier für die Siedlungsbewohner für den Fall der Fälle. Bis zum heutigen Tag war dieser Fall nie eingetreten.

»Das sind alle.« Calvin Nuyken, ein spindeldürrer Mann mit fast immer zerzausten, grauen Haaren, trat einen Schritt nach vorn. Er gehörte bereits zur zweiten Generation der auf Interlude geborenen Menschen und war knapp zwanzig Jahre alt.

Adrian zählte schnell durch und kam auf einundvierzig. Gerade einmal einundvierzig Siedlungsbewohner hatten es bis zu den Höhlen geschafft.

Sicher, es war alles sehr schnell gegangen, und wenn Benjamin ihn nicht rechtzeitig geweckt hätte, würde er jetzt vielleicht auch zu jenen gehören, die die Roboter mitgenommen hatten. Trotzdem erschien ihm das Häufchen Versprengter, dem die Flucht gelungen war, geradezu lächerlich klein, und mit jeder

Sekunde, die er länger in die verängstigten, verzweifelten und ratlosen Gesichter blickte, schwand auch seine Zuversicht.

»Na schön«, übernahm Benjamin fast wie selbstverständlich die Führung. »Wir müssen uns zunächst einmal tiefer in die Höhlen zurückziehen. Dank der weisen Voraussicht meines Vaters haben wir ausreichend Vorräte, um hier wochenlang überleben zu können. Wir werden abwarten und beobachten.«

»Was ist mit den anderen?«, wollte Calvin Nuyken wissen. »Was ist mit unseren Familien und Freunden? Wir können sie doch nicht im Stich lassen!«

»Ich bin für alle Vorschläge offen, Kel«, sagte Benjamin und breitete beide Arme aus. »Was willst du tun? Sollen wir uns mit Messern und Sicheln bewaffnen und die Fremden damit niederringen? Oder willst du sie lieber mit Steinen bewerfen? Wir könnten natürlich auch ...«

»Wir könnten mit ihnen reden«, unterbrach ihn Calvin trotzig.

»Ja, natürlich.« Ben lachte gereizt. »Und sie werden sicher auf uns hören. Verdammt, ich habe mit eigenen Augen gesehen, wie sie den alten Lukas umgebracht haben. Kaltblütig und ohne zu zögern. Unsere einzige Chance sind die Höhlen. Niemand wird im Stich gelassen, aber wir müssen uns jeden Schritt genau überlegen.«

Unter den Anwesenden entstand erregtes Gemurmel.

»Benjamin hat recht«, mischte sich nun auch Adrian ein, der auf einem flachen Felsen saß und der Unterhaltung bislang stumm gefolgt war. »Im Moment sind uns die Hände gebunden. Die meisten von euch haben noch nie ein Raumschiff oder einen Roboter gesehen. Glaubt mir, wenn ich euch sage, dass wir gegen die Maschinen nicht den Hauch einer Chance haben.«

Das gab den Ausschlag. Adrian genoss unter den Siedlungsbewohnern ein Ansehen, das an Verehrung grenzte. Wann immer er sich in einer der Ratsversammlungen zu Wort meldete, kehrte augenblicklich Ruhe ein. Seine Empfehlungen kamen

Verfügungen gleich, die widerspruchslos umgesetzt wurden. Es hatte einige Zeit gedauert, bis er sich an diese ungewöhnliche Rolle gewöhnte, doch irgendwann hatte er seinen Status akzeptiert, weil ihm keine andere Wahl blieb.

Die Frauen und Männer rafften zusammen, was sie in der Eile hatten mitnehmen können, und Benjamin setzte sich an die Spitze ihres kleinen Trecks. Er kannte die Höhlen mindestens so gut wie Darko Loevej.

Adrian bildete die Nachhut. Mit einem leisen Stöhnen erhob er sich und packte eine der Fackeln, die sein Sohn angezündet hatte. Wieder einmal kämpften die Menschen auf Interlude um ihr Überleben. Doch diesmal hießen ihre Gegner nicht Hunger, Hoffnungslosigkeit oder *tinae robertsonensis*.

Kapitel 24

4. Dezember 2919
Adrian Deubtar

»Sie reißen die Siedlung nieder.«

Benjamins Stimme zitterte vor mühsam unterdrücktem Zorn. Vater und Sohn hatten auf einem von gewaltigen Felsnadeln vor Sicht geschützten Plateau Stellung bezogen und beobachteten von dort aus, was im Tal vor sich ging. Die Fremden hatten eine geradezu hektische Aktivität entwickelt. Mehrere Hundertschaften der bekannten ellipsoiden Roboter waren dabei, Deubtar Valley dem Erdboden gleich zu machen.

In den meisten Fällen kamen Geräte zum Einsatz, die terranischen Desintegratoren glichen. Die von ihnen erzeugte Strahlung beeinflusste die elektrischen Ladungen der gerichteten Vektorfelder zwischen Molekülen. Auf diese Weise ihrer elektrostatischen Bindungskräfte beraubt, verwandelte sich jegliche Materie im Wirkungsbereich in atomaren Feinstaub. Insofern war es kein Wunder, dass sich über der Siedlung eine riesige graubraune Wolke gebildet hatte, die selbst der böige Wind nicht in der Lage war aufzulösen.

»Sie tun vielmehr als das«, sagte Adrian. »Siehst du die Walze dort drüben?«

Am von den Bergen am weitesten entfernten Teil des Seeufers hatten die Fremden eine mehrere Kilometer lange, rund zwei Meter dicke Röhre ausgerollt. Die Schläuche, die an beiden Enden angebracht waren und von dort zu einem der wuchtigen Diskusschiffe führten, besaßen nur einen geringfügig kleineren Durchmesser.

»Was ist das?«, fragte Benjamin.

»Eine Anlage zur Elektrolyse«, erklärte Adrian. »Sie legen den See trocken, indem sie das Wasser in seine Bestandteile aufspalten. Sauerstoff und Wasserstoff sind wertvolle Rohstoffe und werden deshalb zur weiteren Verwertung in Tanks geleitet.«

»Aber warum?« Benjamin sah seinen Vater verwirrt an.

»Die großflächige Flurbereinigung deutet darauf hin, dass die Fremden hier graben wollen«, sagte Adrian. »Vielleicht suchen sie nach etwas. Sie ...« Der ehemalige Explorerkommandant stockte.

»Was?«

»Natürlich«, stieß Adrian hervor. »Das Darkonit! Nur das ergibt einen Sinn. Begreifst du denn nicht, Ben? Sie sind wegen des Darkonits hier. Monique hat damals selbst gesagt, dass man mit dem Erz erstaunliche Dinge anstellen könnte, wenn man verstünde, es industriell zu nutzen. Und genau das können unsere unbekannten Besucher offenbar.«

Eine Viertelstunde später gaben die beiden Männer ihren Beobachtungsposten auf und machten sich auf den Rückweg. In den vergangenen Tagen hatten sich die Flüchtlinge in einer geräumigen Höhle tief im Innern des Gebirgsmassivs einigermaßen häuslich eingerichtet. Dort war es warm und stickig und es gab nicht viel, womit man sich die Zeit vertreiben konnte, aber zumindest musste man sich keine Sorgen wegen einer Entdeckung durch die Invasoren machen.

Benjamin und einige der anderen Männer waren mehrfach aufgebrochen, um frisches Wasser, Feuerholz und Nahrung aufzutreiben. Entgegen Adrians ausdrücklicher Anweisung hatte sich sein Sohn sogar zurück in die Siedlung gewagt, weil er dort eine Reihe von Dingen besorgen wollte. Es grenzte an ein Wunder, dass er nicht entdeckt worden war, doch solche Torheiten waren von nun an sowieso nicht mehr möglich. Deubtar Valley existierte nicht mehr.

Adrian konnte die Wut seines Sohnes gut verstehen. Die Fremden hatten innerhalb weniger Tage die Arbeit von fünfzig Jahren zerstört.

In der Höhle wartete bereits Calvin Nuyken auf sie. Er machte einen überaus aufgeregten Eindruck.

»Adrian!«, rief er und lief ihnen entgegen. »Ben! Ihr werdet es nicht glauben. Aiko ist zurück. Er konnte entkommen und hat es bis hierher geschafft. Wir müssen …«

»Bring mich zu ihm«, unterbrach er den jungen Mann. »Sofort.«

Calvin starrte Adrian an, als hätte dieser ihn gerade geohrfeigt. Dann jedoch gehorchte er und führte ihn in den hinteren Teil der Höhle. Die in Felsspalten steckenden Fackeln und das heruntergebrannte Feuer, auf dem die Frauen am Morgen eine dünne Suppe zubereitet hatten, verbreiteten einen intensiven Geruch nach Asche und Schwefel.

Aiko Sanders lag auf einer zerschlissenen Decke. Tiefe Schnitte zogen sich über Stirn, Nase und Wangen und obwohl man den Verletzten gesäubert und verarztet hatte, war klar zu erkennen, dass er auf brutale Weise misshandelt worden war. Seine Kleidung war zerfetzt und wies überall Blutflecken auf. Der Oberkörper war von Hämatomen übersät und zwei der deutlich sichtbaren Rippen waren gebrochen. Offenbar hatte er auf seiner Flucht einen seiner Stiefel verloren, denn sein linker Fuß war nackt und vom Laufen auf scharfkantigem Fels übel zugerichtet.

Adrian ging in die Hocke und drückte die rechte Hand des Mannes.

»Aiko«, sagte er. »Kannst du mich hören?«

Die Lippen des Angesprochenen zitterten. Dann nickte er schwach.

»Wenn du dich in der Lage fühlst, dann erzähl uns, was passiert ist. Weißt du, wo die anderen sind und wie es ihnen geht?«

Wieder ein Nicken. Adrian bedeutete einer der in der Nähe stehenden Frauen, ihm einen Becher mit Wasser zu bringen. Vorsichtig gab er Aiko zu trinken.

»Danke«, brachte dieser schließlich heraus. »Es geht schon.«

Zehn Minuten später war er soweit zu Kräften gekommen, dass er – stockend und immer wieder nach Atem ringend – berichten konnte. »Sie haben uns in eines der Raumschiffe gebracht und alle in einen großen Raum gesperrt. Wir hatten furchtbare Angst und haben um Hilfe gerufen, doch niemand ist gekommen. Niemand hat sich um uns gekümmert. Wir hatten kein Wasser, nichts zu essen, keine Toiletten, und das Licht … das Licht ... es war so furchtbar grell und fremd und …«

Aiko Sanders' Stimme versagte.

»Schon gut, mein Junge«, redete Adrian beruhigend auf ihn ein. »Lass dir Zeit.«

»Irgendwann haben sie dann angefangen, uns zu holen. Die Roboter nahmen immer nur ein paar von uns mit. Zunächst bloß die Männer, schließlich aber auch die Frauen und sogar die Kinder. Mein Gott, Adrian, die Kinder! Wer tut so etwas? Wer …?«

Wieder konnte Aiko nicht weitersprechen. Dicke Tränen rannen ihm über das Gesicht. Benjamin, der die ganze Zeit hinter Adrian gestanden hatte, legte dem Verletzten eine Hand auf die Stirn.

»Du musst jetzt stark sein, mein Freund«, sagte er leise. »Weißt du, wohin die Roboter unsere Leute gebracht haben? Hast du sie noch einmal gesehen?«

Aiko schüttelte heftig den Kopf. »Nein«, erwiderte er. »Aber ich habe die Schreie gehört … Es war ... furchtbar. Als ich an der Reihe war, haben sie mich in einen großen, hellen Raum geschleppt. Dort waren noch mehr Maschinen, Maschinen mit kalten, blitzenden Augen und scharfen Messern. Ich wurde auf einen Tisch gefesselt und dann ... und dann ...«

Aiko Sanders schloss die Augen und drehte den Kopf zur Seite. Adrian erhob sich und zog Benjamin ein paar Meter weiter, sodass sie der Verletzte nicht mehr hören konnte. Calvin und die meisten der anderen Männer gesellten sich zu ihnen.

»Was nun?«, fragte Ben.

Adrian kannte seinen Sohn gut genug, um zu wissen, dass dieser am liebsten sofort losgestürmt wäre, um die Gefangenen zu befreien.

»Wir können hier nicht ewig herumsitzen und Däumchen drehen, während diese ... Tiere unsere Freunde abschlachten.«

»Ich weiß«, entgegnete Adrian leise. »Ich weiß.« Er sah das Feuer in den Blicken der Umstehenden, und ihm war klar, dass er den Zorn und den Tatendrang der jungen Männer nicht ewig unter Kontrolle würde halten können. Für sie waren energetische Schutzschirme, Strahlwaffen, Fesselfelder und all die anderen Errungenschaften der modernen Technik nur abstrakte Begriffe, Worthülsen ohne echte Bedeutung. Sie hätten einen Roboter notfalls auch mit bloßen Händen angegriffen und dabei tatsächlich geglaubt, eine Chance zu besitzen.

»Wenn Aiko uns führen könnte«, überlegte Adrian laut, »und wenn ein Teil von uns die Fremden ablenkt und anderweitig beschäftigt, wäre ein kleiner Stoßtrupp womöglich in der Lage, in das entsprechende Schiff einzudringen und nach unseren Leuten zu suchen.«

»Du klingst nicht überzeugt«, stellte Benjamin fest.

»Das bin ich auch nicht«, sagte Adrian. »Dieser Plan, sofern man ihn denn überhaupt so nennen will, ist Wahnsinn. Allerdings ist mir bewusst, dass ein Abwarten nicht infrage kommt. Selbst wenn ich euch den *Befehl* erteilen würde, stillzuhalten – was mir als Ratsmitglied nicht zusteht – würdet ihr nicht gehorchen.«

Für einige Sekunden herrschte betretenes Schweigen.

»Geben wir Aiko und uns noch ein paar Tage Zeit«, fuhr Adrian schließlich fort. »Bevor wir etwas unternehmen, benötigen wir auch das letzte Quäntchen an Information, das er uns geben kann. Dann beraten wir in Ruhe die nächsten Schritte.«

Damit gaben sich die Männer zufrieden. Nach und nach zerstreute sich die Gruppe und widmete sich wieder ihren diversen Aufgaben und Pflichten. Am Schluss standen nur noch Adrian und Benjamin zusammen.

»Und jetzt sag mir, was du wirklich denkst, Vater«, sagte Ben leise. »Ich fühle, dass dich etwas bedrückt. Ich weiß ebenso wie du, dass unsere Erfolgsaussichten gegen Null tendieren, aber wir müssen es zumindest versuchen, oder?«

»Das müssen wir wohl. Allerdings stelle ich mir seit unserer Rückkehr immer wieder dieselbe Frage.«

»Die da lautet?«

»Wie konnte Aiko entkommen?«

»Ich verstehe nicht ...«

»Es erscheint mir ...«, Adrian zögerte, suchte nach dem passenden Wort, »... ungewöhnlich, dass es Aiko gelungen ist, zu fliehen. Ich meine ... sind unsere ungebetenen Besucher wirklich so nachlässig? Man könnte beinahe den Eindruck gewinnen, dass ...«

»... es die Unbekannten bewusst zugelassen haben, dass er entkommt«, vervollständigte Benjamin den Satz.

»Genau«, bestätigte Adrian. »Wir müssen diese Möglichkeit zumindest in Betracht ziehen.«

»Aiko würde uns niemals verraten!«

»Nicht willentlich. Aber vielleicht haben ihn die Fremden einer Gehirnwäsche unterzogen. Er war immerhin drei Tage in ihrer Gewalt.«

»Warum sollten sie das tun?«, fragte Benjamin skeptisch. »Was hätten sie davon?«

»Möglicherweise kommen sie hier in den Bergen nicht an uns heran. Möglicherweise ...«

Adrian brach ab und legte die Stirn in Falten. Sein Sohn sah ihn erwartungsvoll an.

»Erinnerst du dich, über was wir heute morgen auf dem Plateau gesprochen haben?«

»Ja«, sagte Benjamin. »Wir haben uns gewundert, warum die Technik der Fremden nach wie vor einwandfrei funktioniert, obwohl sie schon so lange auf Interlude sind.«

»Genau. Damals, nach unserer Havarie, waren einige Geräte sehr schnell unbrauchbar. Andere wiederum arbeiteten nach

Wochen immer noch, wenn auch ihr Energiebedarf permanent anstieg. Darko hat bei seinen Streifzügen im Gebirge immer wieder riesige Erzadern entdeckt. Unten im Tal dagegen haben wir so gut wie kein Darkonit gefunden.«

»Natürlich«, flüsterte Benjamin, der in diesem Moment begriff, worauf sein Vater hinaus wollte. »Die Fremden können ihre Roboter nicht in die Berge schicken, weil sie dort aufgrund der hohen Konzentration von Darkonit innerhalb kürzester Zeit ausfallen würden. Ihre überlegene Technik ist hier wertlos.«

»Also schicken sie stattdessen einen der Unsrigen, der uns herauslocken soll«, führte Adrian die Gedankenkette fort. »Sie machen ihn glauben, dass seine Mitgefangenen ebenso gequält und misshandelt werden, wie er selbst und richten ihn gerade so schlimm zu, dass er es bis zu uns schafft.«

»Das Problem ist lediglich«, sagte Ben unglücklich, »dass uns dieses Wissen nicht viel nützt. Wir können uns nicht für immer in den Höhlen verkriechen.«

Adrian nickte nur stumm.

Kapitel 25

7. Dezember 2919
Adrian Deubtar

Die Morgensonne bemühte sich vergeblich, den braunen Staubschleier über dem Tal zu durchdringen. Adrian hatte die Höhle kurz nach Mitternacht verlassen und war den Weg, der sich hinunter zur ehemaligen Siedlung schlängelte, ohne Hast gegangen. Der schmale Pfad führte über Geröllfelder und steile Abhänge hinunter; Gift für seine ohnehin angegriffenen Gelenke, doch obwohl ihn sein körperlicher Zustand ein ums andere Mal zu einer Rast zwang, genoss er den Abstieg in vollen Zügen. Eine seltsame Stimmung, eine Mischung aus Traurigkeit und Ungeduld hatte ihn erfasst und in seinem Schädel wirbelten Bilder, Gesichter, Namen und Erinnerungsfetzen ungeordnet durcheinander.

Die Luft roch nach feuchter Erde und Metall. Dort wo sich einst der See und das kultivierte Tal ausgebreitet hatten, gab es jetzt nur noch eine aufgewühlte, von Kratern und Brüchen beherrschte Ebene, über der mächtige Maschinen schwebten. Der Wald war fast vollständig verschwunden. An mehreren Stellen entstanden turmartige Konstruktionen, deren Zweck Adrian nicht erkennen konnte. Stahlkolosse von fünfzig, sechzig Metern Länge gruben sich mit blau schimmernden Energiefeldern in den Boden und türmten den Aushub zu einem neuen Gebirgszug auf.

Adrian hoffte, dass die anderen sein Verschwinden noch nicht bemerkt hatten. Es war ihm nicht gerade leicht gefallen, Benjamin anzulügen, vor allem, weil er davon ausgehen musste, dass er seinen Sohn nicht mehr wiedersehen würde. Angesichts der prekären Lage hatte er jedoch keinen anderen Ausweg gesehen. Wenn Ben und die übrigen Männer tatsächlich einen Befreiungsversuch wagten, würden sie genau so enden wie jene, denen sie eigentlich zu Hilfe eilen wollten.

Er hatte lange darüber nachgedacht, was zu tun war, und das Ergebnis war wenig verheißungsvoll gewesen. Der Brief, den er Benjamin hinterlassen hatte, würde – so hoffte er zumindest – alles erklären, doch eine Garantie gab es nicht. Sein Sohn war manchmal ein Hitzkopf, eine Eigenschaft, die er zweifellos von seinem Vater geerbt hatte.

Vier der fünf Diskusschiffe waren im Verlauf der vergangenen Tage wieder gestartet. Vermutlich waren sie für den Transport der schweren Maschinen verantwortlich, die den Abbau des Darkonits vorbereiteten und das Tal in eine gigantische Grube verwandelten. Der fünfte Raumer schwebte unverändert auf seiner Position wenige Meter über Grund, vermutlich überwachte er den Fortgang der Arbeiten.

Obwohl es nur noch geradeaus ging und das Gelände kein Gefälle mehr aufwies, war der letzte Kilometer der beschwerlichste. Der Staub war hier unten so dick, dass Adrian kaum noch Luft bekam. Winzige Sandkörner brannten in seinen Augen und auf seiner Haut und das Heulen des Sturmes war so laut, dass es sogar den Lärm der Maschinen übertönte.

Als er das Areal unter dem Diskusschiff erreichte, flaute der Wind ein wenig ab. Der Staub setzte sich. Adrian legte den Kopf in den Nacken und musterte die stumpfgraue Oberfläche des Raumers. Auf dem glatten Material waren weder Schleusen noch Schotte zu erkennen.

Die Angst, kurz zuvor noch ein unangenehmer Druck im Hintergrund seines Bewusstseins, war verschwunden. Die Fremden konnten ihm nichts mehr anhaben. Sein Alter und seine Entschlossenheit machten ihn unangreifbar.

Er wusste nicht mehr, wie lange er einfach nur mit untergeschlagenen Beinen dagesessen und ausgeharrt hatte, als endlich das Erwartete geschah und sich über ihm eine kreisrunde Öffnung in der Schiffshülle bildete. Aus dem Loch fiel helles, weißes Licht, das wie eine Säule durch den allgegenwärtigen Staub stach. Adrian fühlte sich an einen uralten Film erinnert, den ihm Elvia einmal auf TriVid gezeigt hatte. Mitte des 20. Jahrhunderts hatten viele Menschen auf Terra ernsthaft geglaubt, dass sich Außerirdische in scheibenförmigen Flugobjekten bewegten und ihre Opfer für medizinische Untersuchungen an Bord ihrer Raumschiffe holten. Fast immer war dabei ein grelles, blendendes Licht im Spiel gewesen. Elvia hatte eine riesige Sammlung solcher antiker Aufnahmen besessen.

Adrian fühlte sich mit einem Mal schwerelos. Ein Antigravfeld zog ihn sanft durch die Öffnung und setzte ihn in einer kleinen und völlig leeren Kammer ab. Die Luke schloss sich hinter ihm und war danach nicht mehr als solche zu erkennen.

Neugierig sah er sich um. Ein breites, rechteckiges Schott führte aus der Kammer auf einen geräumigen Korridor hinaus. Ohne darüber nachzudenken, wandte sich Adrian nach rechts. Seine Schritte auf dem harten Untergrund erzeugten ein schwaches Echo. Ansonsten war nichts zu hören. Die Stille war nahezu gespenstisch; nur, wenn er stehen blieb und sich konzentrierte, glaubte er ein weit entferntes Summen zu vernehmen, so als wäre irgendwo hinter den tristen graublauen Stahlplastwänden ein Bienenstock versteckt.

Etwa zwanzig Meter weiter erwartete ihn ein weiteres Schott, das sich ebenfalls anstandslos öffnete. Dahinter lag eine runde Halle, in deren Wand sechs Antigravschächte integriert waren. Da es nirgendwo auch nur die Spur einer Kennzeichnung gab, fragte sich Adrian, wie sich die Besatzung des Diskusschiffes normalerweise orientierte. Überhaupt machte das, was er bislang vom Inneren des Raumers gesehen hatte, einen merkwürdig unfertigen Eindruck.

Das Licht in einem der sechs Schächte begann plötzlich zu flackern. Gleichzeitig stieg Adrian ein feiner Duft nach Nelken und Rosenwasser in die Nase. Er beschloss, auf die stumme Aufforderung einzugehen und den entsprechenden Lift zu benutzen. In mäßigem Tempo schwebte er an mehreren Öffnungen vorbei, die allesamt in einem jener Rundsäle endeten, die er bereits kannte. Nachdem er fünf mögliche Ausgänge passiert hatte, sorgte ein sanfter Stoß dafür, dass er den sechsten benutzte.

Das nächste Schott, der nächste Gang. Die Schmerzen in Adrians Knie nahmen mit jedem zurückgelegten Schritt zu. Außerdem machte ihm die extrem trockene Luft zu schaffen. Die Feldflasche mit Tee an seinem Gürtel, die er sich auf seinen Marsch ins Tal mitgenommen hatte, war längst leer.

Als er den großen Saal mit den an drei Seiten durchsichtigen Wänden betrat, wusste er sofort, dass er sein Ziel erreicht hatte. Hinter den transparenten Verkleidungen schimmerte glasklares Wasser. Das Licht schien von überall her gleichzeitig zu kommen und wurde auf so vielfältige Weise reflektiert, dass es Adrian für einen Moment schwindlig wurde. Er streckte die Arme aus und wartete, bis sich sein Gleichgewichtssinn an die herrschenden Verhältnisse gewöhnt hatte.

Dann erst registrierte er den gewaltigen, eiförmigen Behälter in der Mitte des Raums. Auch das wannenartige, etwa fünf Meter lange und gut zwei Meter hohe Objekt war teilweise durchsichtig und mit Wasser gefüllt. Aus der Unterseite des Eies ragte ein ganzes Bündel von verschieden dicken Schläuchen, die im Boden verschwanden. Hinter dem glasähnlichen Material bewegte sich ein massiger, dunkler Schatten träge hin und her.

Der Terraner machte ein paar Schritte in den Saal hinein, um besser sehen zu können. Aus einigen der Schläuche strömte eine ölige, leicht trübe Flüssigkeit in den Behälter hinein, wo sie sich schnell verteilte. Nach wie vor war kein Laut zu hören. Selbst das Glucksen des Wassers wurde von den Saalwänden und dem Material des Tanks vollständig absorbiert.

Das Wesen, das schließlich in Adrians Blickfeld geriet, war eindeutig amphibisch und erinnerte ihn auf den ersten Blick an einen Delfin. Der schlanke, knapp zwei Meter lange und äußerst elegant wirkende Körper endete in einer breiten, zweifach geteilten Schwanzflosse. An der Unterseite des Rumpfes saßen vier kräftige Paddelbeine mit gut ausgeprägten Zehen. Der für den grazilen Körper zu große Kopf wirkte wie eine Kreuzung aus Walross und Hammerhai und wurde vor allem durch den breit ausladenden Kiefer mit den seitlichen Atemschlitzen geprägt. Ein überraschend ausdrucksstarkes Gesicht ließ auf hohe Intelligenz schließen.

Der Fremde schwamm mit zwei kurzen Schlägen seiner Schwanzflosse so nahe an die Behälterwand heran, dass Adrian die hauchfeinen Barthaare erkennen konnte, die an beiden Seiten des breitlippigen Mundes aus der grauen Haut wuchsen. Zwei kreisrunde, wach blickende Augen mit kaum erkennbaren Pupillen musterten ihn aufmerksam.

Das Bellen war so laut und kam so überraschend, dass der Terraner erschrocken zusammenzuckte.

»Warum bist du allein?«, sagte eine Stimme, die sich erstaunlich künstlich und unpersönlich anhörte, auf Interkosmo. Moderne Translatoren hatten normalerweise einen warmen und angenehmen Klang.

»Ich bin Adrian Deubtar«, gab er zurück. »Wo sind meine Freunde?«

Ein kurzes, kehliges Bellen hallte durch den Raum.

»Freunde?«

»Die anderen, die wie ich sind«, erklärte Adrian. »Eure Roboter haben sie weggebracht. Wo sind sie?«

»Sie werden vorbereitet.«

»Was bedeutet das? Worauf werden sie vorbereitet?«

»Auf ihre Aufgabe«, sagte die Kunststimme. Sie war schwer zu verstehen, da das Bellen – offenbar die Originalsprache des Wesens – nach wie vor extrem laut war.

»Sie sind die ersten. Sie werden Arrachieda fördern und glücklich sein.«

Adrian lachte spöttisch. »Glücklich? Wohl kaum. Du willst sie zu Sklaven machen, doch dazu hast du kein Recht.«

»Warum nicht?«, wollte der Fremde wissen und blinzelte. Die Nickhäute, die sich dabei über seine Augen schoben, waren pechschwarz.

Adrian atmete tief ein und wieder aus. War die Frage ernst gemeint oder machte sich sein Gegenüber nur über ihn lustig?

»Niemand darf über andere bestimmen und sie zwingen, Dinge zu tun, die sie nicht tun wollen«, sagte er trotzdem.

»Das verstehe ich nicht. Es ist nicht logisch.«

»Dann werde ich es dir erklären. Lass meine Freunde frei und wir können miteinander sprechen. Wir können bestimmt viel voneinander lernen. Wir können …«

»Nein!« Das Bellen hallte wie ein Schuss durch den Saal.

»Ich brauche Arrachieda. Viel Arrachieda. Du und die anderen, ihr seid die ersten. Mehr werden kommen. Meine Schiffe werden sie bringen. Sie werden Arrachieda fördern und glücklich sein.«

»Wenn du das wirklich glaubst«, entgegnete Adrian bitter, »dann weißt du nicht, was Glück wirklich bedeutet. Glück ist die Freiheit, tun und lassen zu können, was man will, und diese Freiheit ist unsterblich. Du kannst sie unterdrücken, einsperren oder vorübergehend lähmen, doch sie wird immer wieder erwachen und jedes Mal stärker und mächtiger sein als zuvor.«

»Deine Worte ergeben keinen Sinn«, sagte die Kunststimme. »Glück ist ein physiologischer Zustand, die An- oder Abwesenheit bestimmter chemischer Substanzen in einem biologischen System, die den subjektiven Eindruck des Wohlbefindens auslösen. Die Art des Stimulus ist dabei unerheblich.«

»Du irrst dich«, beharrte Adrian trotzig. »Empfindungen kann man nicht einfach ein- und ausschalten. Ein Lebewesen ist mehr als nur ein *biologisches System*, denn ihm wohnt etwas inne, das sich nicht reproduzieren lässt. Es hat ein Bewusstsein, das in dieser Form nur ein einziges Mal im Universum existiert.«

»Selbst wenn es so wäre«, lenkte der Fremde ein, »ist es ohne Belang. Bewusstsein ist beliebig beherrsch- und beeinflussbar und somit in seinem Ursprung identisch. Es mag verschiedene

Ausprägungen entwickeln, doch diese entstehen stets auf dem gleichen Fundament.«

»Ist es das, was du Glück nennst?«, fragte Adrian. »Die Herrschaft über den Geist anderer?«

»Der Geist schert sich nicht darum, wer ihn beherrscht. Er ist neutral. Er ist unkompliziert. Er hat keinen Willen. Man kann ihn nach Belieben lenken. Nichts anderes ist es, was ich und Dahagmata tun.«

»Dahagmata?«

»Möchtest du ihn kennenlernen?« Obwohl der Kunststimme keinerlei Betonung oder Rhythmus innewohnte, glaubte Adrian etwas Lauerndes aus ihr heraus zu hören.

»Habe ich eine Wahl?«, fragte er.

Statt einer Antwort veränderte sich die Wand, die dem Schott, durch das er den Saal betreten hatte, gegenüber lag. Im ersten Moment war es verwirrend, weil sich die Perspektiven so schnell verschoben, dass seine Sinne Mühe hatten, zu folgen. Adrian nahm an, dass das transparente Material seine Molekularstruktur variierte und so zu einer riesigen Linse wurde. Dadurch entstand der Eindruck, dass der Bereich hinter der Wand zusammenschrumpfte.

Das formlose ... *Ding*, das etwa in der Mitte eines ausgedehnten Schwimmbeckens ruhte, sah aus wie riesiger Haufen Biomasse. Der sich nach oben hin schnell verjüngende Klumpen wies eine gelblich glitzernde, entfernt kristallin wirkende Oberfläche auf. Er durchmaß an der Basis sicherlich zwanzig Meter und war mindestens fünf Meter hoch.

Der Koloss bewegte sich sanft hin und her; vielleicht war es aber auch nur die Strömung des Wassers, in deren Gleichmaß sich der monströse Körper wiegte. Die an manchen Stellen porös und entzündet aussehende Haut bildete immer wieder teilweise kopfgroße Blasen aus, die nach einer Weile zerplatzten und als lange, zerfasernde Schlieren davonschwebten.

Erst jetzt sah Adrian die etwa fünfzehn, nur wenige Zentimeter durchmessenden Objekte, die in irrwitzigem Tempo um das Riesenwesen herum huschten. Ab und an hielt eines davon inne und ließ sich auf dem Haufen nieder. Dabei konnte der Terraner erkennen, dass es sich um eiförmige Roboter handelte. Sie krallten sich mit acht hauchdünnen Ärmchen ins Fleisch des Giganten, schnitten kleine Stücke heraus und versiegelten die dabei entstehende Wunde mit einer wasserfesten Schicht Bioplast.

»Was …«, fragte Adrian heiser, »was, um alles in der Welt, ist das?«

»Das ist Dahagmata, der Symbiontvater.«

»Warum quälst du ihn? Hast du nicht den geringsten Respekt vor dem Leben anderer?«

»Dahagmata fühlt keinen Schmerz«, erwiderte das Amphibienwesen in seinem Tank. Sein Bellen klang auf einmal weicher und nicht mehr so angriffslustig wie zuvor. »Allen seinen Bedürfnissen wird Rechnung getragen. Er ist glücklich.«

Wieder musste Adrian lachen. »So glücklich wie deine Sklaven es sein werden, wenn du sie zum Frondienst zwingst?«

»Du langweilst mich.« Der Fremde schlug lässig mit zweien seiner vier Paddelbeine und entfernte sich von der Außenwand seines Behälters.

»Du bist wie alle anderen und mir nicht von Nutzen. Was du sagst, ist dumm und unverständlich. Du siehst die Welt nicht wie sie ist, sondern wie du sie sehen willst. Geh jetzt. Man wird dich vorbereiten. Auch du wirst eines von Dahagmatas Kindern empfangen. Dann wirst du vielleicht verstehen.«

»Nein.« Adrian Deubtar schüttelte den Kopf. »Das werde ich nicht tun. Ich werde mich nicht zu deinem Sklaven machen lassen. Lieber sterbe ich!«

»Wie du willst«, bellte das Wasserwesen.

Der Terraner sah den nadeldünnen Energiestrahl nicht einmal kommen. Er spürte nur ein kurzes Stechen in der Brust – und eine unbeschreibliche Verwunderung. Dann war bereits alles vorbei.

»Wer bist du?«, fragte er leise, während er auf den Boden sank. Seine Schmerzen waren verschwunden. Er fühlte sich wunderbar leicht – und schrecklich müde.

»Ich bin Malotuffok«, hörte er das Bellen des Fremden durch die ihn umfangende Dunkelheit.

»Malotuffok, der Navigator!«

Kapitel 26

16. Juni 3103
Atlan

Ich war Shareens Erzählung aufmerksam gefolgt. Wie viele Stunden mochten inzwischen wohl verstrichen sein? Hier unten, wo Tag und Nacht dasselbe flackernde Dämmerlicht herrschte, war es schwer, nicht sein Zeitgefühl zu verlieren.

Bezüglich der EX-856 hatte mein fotografisches Gedächtnis einige wenige Fakten preisgegeben. Gerade in den Jahren ab 2800 waren verhältnismäßig viele Explorer verschollen. Zu dieser Zeit hatten sich in der Milchstraße die ersten Autarkiebestrebungen terranischer Kolonien abgezeichnet. Die Raumer der Explorerflotte galten aufgrund ihrer nicht vorhandenen Transformbewaffnung und der militärisch nur sporadisch geschulten, da größtenteils wissenschaftlichen Besatzungen als bevorzugte Zielobjekte für Piraten, Schwarzhändler, potentielle Diktatoren und ähnliches Gesindel und wurden deshalb häufig das Opfer entsprechender Angriffe.

Adrian Deubtars Schwerer Kreuzer war Mitte 2867 als vermisst registriert worden. Man hatte nach ihm gesucht, doch nichts gefunden. Die Attacke mittels jenes silbrigen Netzes, so wie sie Shareen soeben geschildert respektive wie sie ihr Urgroßvater damals erlebt hatte, war ein klarer Hinweis auf die Illochim. Auch meine AVIGNON war mit dieser Waffe, *Kohärenzgestöber* genannt, in Kontakt geraten.

Der Fall der EX-856 war mir deshalb in der Erinnerung haften geblieben, weil die Suchmannschaften bereits kurz nach Empfang der letzten Positionsmeldung vor Ort eingetroffen waren. Die Einheiten der Solaren Flotte hatten das Gebiet des ungewöhnlichen Sonnenclusters im Scutum-Crux-Spiralarm besonders gründlich durchkämmt, doch die Messungen waren ergebnislos geblieben. Auch ein kurzfristig angefordertes Spezialschiff der USO musste nach drei Tagen aufgeben. Man hätte den auf Interlude gestrandeten Explorer finden *müssen*. Da man es nicht getan hatte, konnte ich wohl davon ausgehen, dass die Illochim ihre Finger im Spiel gehabt hatten.

Shahimboba war ihnen als Arrachieda-Quelle offenbar überaus wichtig, wisperte der Extrasinn. *Die EX-856 war einfach zur falschen Zeit am falschen Ort.*

Aber warum sind sie dann erst fünfzig Jahre später gelandet und haben mit der Ausbeutung begonnen?

Erinnere dich daran, was Waheijathiu kurz vor unserem Aufbruch gesagt hat, antwortete der Logiksektor. *Er sprach davon, dass das Erz extrem selten ist und dass jeder Planet, auf dem es entdeckt wird, bis ins letzte Detail durchleuchtet, vermessen und kartografiert wird. Jetzt wissen wir auch, warum?*

Ja, nickte ich verstehend. *Die Verläufe der Arrachieda-Adern müssen bis auf den Zentimeter genau bekannt sein, um moderne Technik einsetzen zu können. So kann man zumindest die Hauptschächte der Minen mit einem vertretbaren Zeitaufwand graben.*

Genau, übernahm mein zweites Ich wieder. *Und danach sind die Shahms an der Reihe. In unmittelbarer Nähe der Vorkommen ist Handarbeit und Muskelkraft gefordert.*

Immer mehr Teile des Puzzles fügten sich mit einem Mal zusammen. Die Illochim arbeiteten auf Shahimboba zwar unter Geheimhaltung und waren daher entsprechend vorsichtig. Dennoch waren sie auf organische Hilfskräfte angewiesen, da nur diese in der Lage waren, das Arrachieda dauerhaft fördern zu können. Da die Fremden – aus welchen Gründen auch immer – im Verborgenen bleiben wollten, konnten sie ihre *Arbeiter* nicht offen anheuern, sondern mussten sie zwangsverpflichten.

Jedes Jahr wurden milchstraßenweit mehr als eine Million Personen als vermisst gemeldet. Die Dunkelziffer lag laut Expertenmeinung um das fünf- bis zehnfache höher. Wie viele dieser Vermissten waren wohl schon als Sklaven in den Minen der Illochim gelandet? Auf wie vielen Welten fristeten Unschuldige ihr Dasein als Sklaven eines Volkes, das sich Jahrtausende erfolgreich vor der galaktischen Völkergemeinschaft versteckt hatte?

Ist dir die Ähnlichkeit zwischen diesem Dahagmata und den Sinterbuckeln aufgefallen?, wechselte der Extrasinn das Thema.

Durchaus, dachte ich. *Shareen Deubtar hat es nicht direkt gesagt, aber ich bin sicher, auch sie glaubt, dass die Geschwüre ursprünglich Stücke des Symbiontvaters waren. Sie werden ihm bei lebendigem Leib aus selbigem herausgeschnitten und allen Neuankömmlingen auf Shahimboba eingepflanzt.*

Malotuffok nannte sie Dahagmatas Kinder, wisperte der Logiksektor. *Ich frage mich, woher der Symbiontvater stammt und wie er in Kontakt mit dem Navigator gekommen ist.*

Ist das wichtig?, erkundigte ich mich erstaunt.

Narr!, bekam ich prompt die Quittung für meine Begriffsstutzigkeit. *Kannst du nicht eins und eins zusammenzählen? Waheijathiu sprach von einem Gremium aus Navigatoren, das auf jedem Förderplaneten die Verantwortung innehat. Malotuffok jedoch war allein.*

Woher willst du das wissen?, protestierte ich. *Vielleicht war er nur die Vorhut. Vielleicht sind die anderen Gremiumsmitglieder später zu ihm gestoßen.*

Natürlich sind sie das, erklärte der Logiksektor geduldig. *Schließlich hat der Lotse am Raumhafen dieses Gremium namentlich erwähnt. In Shareens Schilderung sprach Malotuffok jedoch durchweg nur von sich.* Ich *brauche Arrachieda.* Meine *Schiffe werden die Sklaven bringen.* Ich *und Dahagmata werden herrschen. Zieh nun noch die Aussage Waheijathius in Betracht, dass auf Shahimboba einiges im Argen liegt.*

Du glaubst also, dieser Malotuffok arbeitet auf eigene Rechnung?

Zumindest steht für mich fest, dass die Sinterbuckel nicht die gängigen Werkzeuge der Illochim sind, wenn es um die Kontrolle ihrer Arbeitskräfte geht. Wir wissen, dass das Arrachieda üblicherweise mit Raumschiffen abtransportiert wird und nicht auf dem Förderplaneten verbleibt. Malotuffok hortet das Zeug also. Er hat sogar die Förderquoten erhöht und setzt seit einigen Jahrzehnten mehr Shahms ein, als er ernähren kann. Warum? Wozu benötigt er diese gigantischen Erzmengen?

»Träumen Sie?«

Die energische Stimme Shareen Deubtars beendete das stumme Zwiegespräch zwischen mir und dem Logiksektor. Ich versuchte ein Lächeln.

»Ihr Extrasinn, nicht wahr?«, fragte sie, noch bevor ich etwas sagen konnte. Ich nickte.

»Sie wissen erstaunlich gut über mich, die USO und vermutlich auch über die allgemeine Situation in der Milchstraße Bescheid, Ms. Deubtar, obwohl Sie Ihr ganzes Leben in dieser Mine verbracht haben. Ich nehme deshalb an, dass Sie Möglichkeiten besitzen, um regelmäßig an Informationen zu gelangen.«

»Die Deubtars wissen, was sie wissen müssen, Lordadmiral.«

»Deubtars?«

»So nennen sich jene, die sich nicht mit Gefangenschaft und Erniedrigung abfinden wollen. Zu Ehren meines Urgroßvaters Adrian und meines Großvaters Benjamin.«

»Was ist nach dem Tod Adrian Deubtars geschehen?«

Shareen stand auf und ging zum Bücherregal hinüber. Sie zog einen der Bände hervor, blätterte durch die vergilbten Seiten und hielt plötzlich ein dünnes Blatt Papier in der Hand. Es war alt und an den Rändern verkohlt und eingerissen. Vorsichtig, so als würde sie einen arkonidischen Sphärenkristall in den Händen halten, entfaltete sie das Papier und legte es vor mir auf den Tisch.

»Das ist der Brief, den Adrian Deubtar vor über hundertachtzig Jahren seinem Sohn Benjamin hinterließ. Lesen Sie ihn.«

Ich beugte mich über das Dokument, das lediglich aus einem guten Dutzend handgeschriebener Zeilen bestand. Die Stille im Raum schien mit einem Mal erdrückend, und mit jedem Satz, den ich las, lastete sie noch ein bisschen schwerer auf meinen Schultern:

Lieber Ben,

wenn du das liest, habe ich bereits getan, was getan werden musste. Vielleicht bist du jetzt noch nicht in der Lage nachzuvollziehen, warum ich gegangen bin, aber ich bin sicher, dass du mich eines Tages verstehen wirst.

Ich beneide dich nicht um das, was vor dir liegt. Was immer die Fremden auf Interlude wollen: Sie sind offensichtlich bereit, es sich ohne Rücksicht und mit Gewalt zu nehmen, und deshalb dürfen wir es ihnen nicht freiwillig geben. Du bist klug genug, um zu wissen, was das bedeutet.

Wenn ich in ein paar Tagen nicht zurückgekehrt bin, dann darfst du mir auf keinen Fall folgen. Dann müssen du und die anderen das Tal verlassen und einen Ort suchen, an dem sie überleben können. Ihr müsst beobachten und Informationen sammeln, so schwer es auch fallen mag.

Vielleicht haben die Fremden tatsächlich eine Schwäche, die ihr irgendwann ausnutzen könnt. Vielleicht aber auch nicht. Dann gebieten es die Vernunft und deine Verantwortung für die Sicherheit der Gruppe, dass du die richtigen Entscheidungen triffst, denn sie werden auf dich hören.

Ich möchte nicht, dass du allzu sehr um mich trauerst. Ein paar Tränen wird dir dein alter Vater sicherlich wert sein, aber übertreibe es nicht. Das Schicksal, das ich so oft verleugnet habe, hat es mir nie übelgenommen und war gnädig zu mir. Ich wünschte nur, du hättest deine Mutter kennenlernen können. Sie wäre so stolz auf dich gewesen. Ebenso stolz wie ich es bin.

Ich hatte ein langes und gutes Leben und neben Elvia warst du der wichtigste Teil davon. Väter können die Liebe zu ihren Söhnen manchmal nicht so deutlich ausdrücken, denn über das Selbstverständliche verlieren Männer nicht viele Worte.

Ich werde immer bei dir sein.

Adrian

»Aus Benjamin Deubtars Aufzeichnungen wissen wir, dass er den Nachstellungen der Fremden fast dreißig Jahre lang entkommen konnte. Bauland Mokos ist jene Mine, der damals Deubtar Valley und Lake Elvia weichen mussten. Im Lauf der Jahre schufen die Invasoren immer weitere Minenschächte. Sie brachten Tausende von Sklaven herbei. Benjamin wurde zum Anführer einer kleinen Gruppe, der sogenannten Deubtars, die sich so gut es ging gegen die Unterdrückung zur Wehr setzte. Seine zweite Tochter – Mary Deubtar – war meine Mutter.«

»Es existiert also eine Widerstandsorganisation gegen die Illochim«, stellte ich zufrieden fest.

»Widerstandsorganisation?« Die hagere Frau lachte verächtlich. »Ich fürchte, Sie haben noch immer nicht begriffen, Lordadmiral. Bis vor wenigen Stunden wussten wir nicht einmal den Namen derjenigen, die hinter all dem stecken. Sie zeigen sich niemals direkt. Wenn Reparaturen an der Lufterneuerung oder den Nahrungsspendern notwendig sind, erscheinen Roboter und erledigen sie. Zumindest war das früher so. Wie ich schon sagte: Seit einigen Jahrzehnten erhalten wir kaum noch Unterstützung. Wir sind praktisch auf uns allein gestellt.«

»Und aufgrund des Einflusses der Sinterbuckel arbeiten die Shahms trotz der unzumutbaren Zustände weiter«, sagte ich. »Was mich zu einer nicht ganz unwichtigen Frage bringt.«

»Sie wundern sich, dass es überhaupt so etwas wie Auflehnung gibt«, nahm Shareen meine Worte vorweg. »Da jeder Shahm einen Sinterbuckel trägt und dieser nicht entfernt werden kann, dürfte es eigentlich keinen Ungehorsam geben.«

»Das sollte man meinen«, warf ich ein.

»Nun«, fuhr sie fort, »dem ist aber nicht so.«

Erneut erhob sie sich von ihrem Stuhl. Diesmal ging sie zu jenem Kessel hinüber, aus dem sie vor ein paar Stunden die roten Würmer geholt und verspeist hatte. Ihr rechter Arm verschwand im Wasser, und als sie ihn wieder hervorzog, hielt sie eines der winzigen Tierchen zwischen Daumen und Zeigefinger. Sie warf es achtlos auf die Tischplatte und setzte sich wieder.

Ich beugte mich nach vorn, um den sich träge bewegenden Wurm besser erkennen zu können. Sein matt glänzender Körper war durchgehend transparent und unter der gallertartigen, rötlichen Haut verlief eine Reihe von langen, hauchdünnen Fasern.

»Darko Loevej hat die Tiere damals Steinwürmer genannt«, erklärte Shareen. »Wir sagen einfach nur *Reds*. Sie schmecken grauenvoll, doch das Nervengift, das sie in sich tragen, wirkt nur, wenn man sie lebendig zu sich nimmt und gründlich zerkaut. Deshalb auch der Kessel mit dem kalten Wasser. Es lähmt die Würmer und erlaubt uns, immer einen kleinen Vorrat bereitzuhalten. Andernfalls würden sie sich selbst durch Stahl fressen.«

Ohne jede Scheu zog sie ihre Schürze über den Kopf und den Pullover aus. Ihr Sinterbuckel saß als faustgroße, braune Beule direkt zwischen ihren Brüsten.

»Die braune Verfärbung beweist, dass das Gift der Reds wirkt. Dadurch können wir uns jeden Tag für ein paar Stunden dem Diktat des Buckels entziehen. Ich hoffe, Ihnen ist bewusst, was ich hier tue, Lordadmiral. Wenn Ihre Illochim von den Reds erfahren sollten, sind die Deubtars Geschichte. Sie haben es selbst gesagt: Ich kann in der Wahl meiner Verbündeten nicht wählerisch sein.«

»Ihre Informationen über mich stammen zwangsläufig aus zweiter oder dritter Hand, Ms. Deubtar«, erwiderte ich trocken. »Glauben Sie mir: Sie hätten es wesentlich schlechter treffen können.«

Shareen Deubtar schwieg und zog sich wieder an.

»Wie viele Deubtars leben innerhalb von Bauland Mokos?«, fragte ich.

»Etwa hundert.«

»Gibt es weitere Gruppen?«

»Zwei. Eine in Bauland Makira und eine weitere in Bauland Menshem. Wir haben jedoch keine Möglichkeit, miteinander zu kommunizieren. Ein Nachrichtenaustausch findet nur statt, wenn Shahms von einer Mine zu einer anderen gebracht werden, zum Beispiel, weil neue Arrachieda-Adern freigelegt wurden und mehr Arbeitskräfte benötigt werden, um die Förderquoten zu erfüllen.«

Vergiss es, wisperte der Extrasinn. *Mit einer derart kleinen und schlecht organisierten Streitmacht kannst du nichts ausrichten. Die Deubtars würden dich eher behindern denn von Nutzen sein.*

»Diese Trommeln, mit denen das Erz abtransportiert wird …«, begann ich, wurde jedoch von Shareen sofort unterbrochen.

»… werden nach der Befüllung vakuumversiegelt. Das nur, falls Sie denken sollten, Sie könnten sich darin verstecken und als blinder Passagier mitfahren. Außerdem führt schon der erste Kilometer der Transporttunnel durch einige extrem erzhaltige Gesteinsschichten. Selbst wenn Sie einen funktionierenden Schutzanzug besäßen, würde er Ihnen nichts nützen.«

»Und Sie haben nicht die geringste Ahnung, wohin das Arrachieda gebracht wird?«

»Das sagte ich Ihnen bereits«, lautete die ungeduldige Antwort. »Die Tunnel führen zu einer mechanischen Schleuse und stürzen von dort in einen Schacht. Niemand weiß, was danach mit ihnen geschieht.«

»Ich nehme an, Sie können mir und meinen Begleitern eine Unterkunft zur Verfügung stellen?«, fragte ich.

»Sofern Sie nichts Besonderes erwarten – gern. In zwei Stunden beginnt meine Schicht. Sie dauert zehn Stunden; danach benötige ich weitere fünf Stunden zum Schlafen. Sie haben also genügend Zeit, sich umzusehen.«

»Ich danke Ihnen«, sagte ich nur.

Kapitel 27

18. Juni 3103
Malotuffok

Die Milchstraße war der bescheidene Anfang. Mit den Rohstoffen, Produktionsmitteln und Arbeitskräften einer ganzen Galaxis zu seiner freien Verfügung, standen Malotuffok alle Möglichkeiten offen. Innerhalb weniger Jahre würde er eine gigantische Invasionsflotte aufstellen, Millionen von schwerbewaffneten Diskusschiffen, gegen die jede Gegenwehr schon im Ansatz scheitern musste.

Andromeda, die Magellanschen Wolken und wie die Sterneninseln in der näheren und weiteren Umgebung alle heißen mochten, sie würden eine nach der anderen fallen und Teil seines neuen Imperiums werden. Vielleicht würde er sogar Shahimboba verlassen und an Bord seines größten und kampfstärksten Raumers durch sein Reich fliegen, die Zentren der Macht besuchen und die Ehrenbezeugungen seiner Untertanen entgegen nehmen.

Als Navigator schenkte er jenen, die ihm folgten, Wert und Richtung. Das war schon immer seine Aufgabe gewesen und daran würde sich nichts ändern. Er gab sich ihr hin und ging in ihr auf. Unter seiner Herrschaft würden Kriege der Vergangenheit angehören. Kein einziges Leben würde mehr sinnlos vergeudet, keine einzige Minute mehr dem nutzlosen Müßiggang geopfert werden. Dahagmata würde wachsen und wachsen und mit seinen Kindern dafür sorgen, dass alle glücklich waren. Malotuffoks Imperium würde ein perfekt funktionierendes Gebilde von einzigartiger Strahlkraft sein, ein präzise ineinandergreifendes Räderwerk mit ihm als zentraler Schaltstelle.

Das Sheed – *sein* Sheed – war die Grundlage. In den vergangenen Jahrzehnten hatte er die Konzentration immer weiter erhöht, seinen Einflussbereich immer mehr ausgeweitet und gelernt, seine Fähigkeiten gezielt einzusetzen. Shahimboba war längst kein bloßer Planet mehr. Shahimboba war *er selbst*. Alles, was auf dieser Welt lebte, alles, was ein Bewusstsein besaß, stand mit ihm in Verbindung, floss durch ihn hindurch, stand unter seiner Kontrolle – zumindest fühlte es sich so an. Wenn es jemals so etwas wie Allmacht gegeben hatte, dann besaß er sie – und es war überwältigender als alles, was er jemals gekannt, gespürt oder erlebt hatte.

Malotuffok streckte seinen Geist und ließ die Gedanken treiben. Wie so häufig endete sein Streifzug in den gewaltigen, sublanetaren Maschinenhallen seines Wasserpalasts. Es hatte lange gedauert, bis er die hochkomplizierte Technik in seinen Besitz gebracht und so modifiziert hatte, dass sie seinen Ansprüchen genügte. Schließlich durften die anderen nichts merken, jene, die ihn angefeindet und verfolgt hatten. Selbst die Illochim, die hier unten arbeiteten, hatten keine Ahnung, für welch ein Achtung gebietendes Projekt sie wirkten. Wahrscheinlich hätten sie es ohnehin nicht verstanden.

Es war die mangelnde Anerkennung, die Malotuffok am meisten zu schaffen machte. Niemand sah, welche großen Taten er hier vollbrachte. Niemand würdigte die begnadete Schöpferkraft, die hinter allem steckte. Selbst die Navigatoren des Gremiums waren in ihrer engen, kleinen Welt gefangen und unfähig, sein Genie zu begreifen. Er bedauerte sie dafür fast ebenso stark, wie er sie hasste.

Doch noch musste er Geduld üben. Noch musste er abwarten und seine Pläne in der Abgeschiedenheit und Isolation seiner Schwimmkammer schmieden, in der ihn das Sheed umfloss und die ab und an aufkommende Niedergeschlagenheit wegspülte.

Er schloss die Augen und gab sich ganz dem gedämpften Pulsieren des Wassers hin. Schwerelos schaukelte er in der mit

Sauerstoff, frisch geernteten Algen und pflegenden Duftölen angereicherten Flüssigkeit, lauschte ihrem schwachen Glucksen, das sich mit dem allgegenwärtigen Rauschen und dem Zerplatzen von Luftblasen zu einer wundervollen Melodie verband.

Und der Navigator träumte.

Kapitel 28

21. Juni 3103
Atlan

Seit unserer Ankunft in Bauland Mokos war fast eine ganze Woche vergangen. Shareen Deubtar hatte uns eine Wohnhöhle zugewiesen, die nicht weit von ihrer eigenen entfernt lag. Da unsere Schutzanzüge längst nicht mehr funktionierten und uns mehr behinderten denn nutzten, hatten wir sie abgelegt und uns aus der Kleiderkammer der Deubtars bedient. Die Psi-Kämpferin trug eine weit geschnittene Hose und einen groben Arbeitskittel, der in der Taille von einer geknoteten Schnur gehalten wurde. Ich wählte eine Hose aus einem hellen, baumwollartigen Stoff, ein graues Hemd und eine dicke Weste mit einer Reihe von aufgenähten Taschen.

Waheijathiu und Gasuijamuo blieben ihren Gürteln treu. Darüber, dass sie aufgrund ihrer offensichtlichen Exotik Verdacht erregten, mussten wir uns keine Sorgen machen. Die meisten Minenbewohner standen unter dem Einfluss ihrer Sinterbuckel und kümmerten sich nicht groß um das, was um sie herum geschah. Und was die Deubtars anging, so hatte Shareen ihre Leute nach und nach informiert, wer da überraschend auf Shahimboba eingetroffen war.

Die meiste Zeit des Tages verbrachten auch die Deubtars als normale Minenarbeiter. Das lag nicht einmal daran, dass sie nicht auffallen wollten, sondern war schlicht der Tatsache geschuldet, dass sich die Steinwürmer nur sehr schwer fangen ließen. Möglicherweise spielte es auch eine Rolle, dass sich das trostlose Leben hier unten weit besser ertragen ließ, wenn man sich dem Diktat von *Dahagmatas Kindern* ergab und so zumindest die meiste Zeit des Tages in Glücksgefühlen schwelgen konnte.

Natürlich hatte ich die beiden Sujadin nach dem Symbiontvater befragt. Waheijathiu versicherte mir glaubhaft, dass weder ihm noch Gasuijamuo solche Wesen bekannt waren. Zum Thema der Versklavung ganzer Völkerscharen mit dem Zweck, sie nach Arrachieda graben zu lassen, äußerten sie sich dagegen nicht. Stattdessen führte der Navigator einmal mehr aus, dass ich die Illochim nach völlig falschen Kriterien beurteilen und deren wahre und selbstverständlich ehrenhafte Motive deshalb gar nicht nachvollziehen könne. Ich hatte es vorerst dabei belassen.

Es stellt sich die Frage, ob der Symbiontvater freiwillig mit Malotuffok zusammenarbeitet oder ob er – ebenso wie die Shahms – nur ein Sklave ist, wisperte der Extrasinn.

Was glaubst du?, fragte ich.

Ich glaube an die Logik, lautete die patzige Antwort. *Was auf Shahimboba geschieht, ergibt in einigen Punkten nach wie vor keinen Sinn. Was bezweckt Malotuffok mit den Sinterbuckeln? Laut Waheijathiu nutzen die Illochim bereits seit Jahrtausenden Arrachieda und mit hoher Wahrscheinlichkeit haben sie schon damals andere dazu gezwungen, es für sie zu fördern. Malotuffok macht im Prinzip nichts anderes, außer dass er einen immensen Aufwand betreibt und jedem seiner Sklaven ein winziges Stück des Symbiontvaters aufpflanzt. Warum?*

Ich fürchte, um darauf eine Antwort zu bekommen, müssen wir den Navigator finden und fragen, dachte ich mürrisch.

Ich hatte die letzten Tage dazu genutzt, um mich in Bauland Mokos gründlich umzusehen, zumindest in jenem Teil der Mine, der innerhalb eines Radius von etwa vier Kilometern erreichbar war. Das Labyrinth der Stollen führte selbstverständlich noch viel weiter, doch die meisten Shahms kehrten nach getaner Arbeit zum Hauptschacht und den dortigen Wohnhöhlen zurück.

Trilith litt nach wie vor an jenen mysteriösen Kopfschmerzen, die sie seit unserer Landung auf Shahimboba plagten. Zwar waren sie nicht mehr ganz so schlimm wie zu Beginn, doch es gab immer wieder Phasen, in denen sie sich zurückzog und sich stundenlang unruhig auf ihrem Lager wälzte.

Am dritten Tag führte mich Shareen endlich dorthin, wo das abgebaute Arrachieda in die Transporttrommeln verladen und auf seine Reise zu einem unbekannten Ziel geschickt wurde. Das Erz kam in kleinen Loren aus Metallplast an, die von jeweils zwei Shahms geschoben wurden. Breite Schienen führten zu einer rund drei Meter durchmessenden, trichterförmigen Öffnung, in die der Inhalt der Loren mittels eines primitiven Kippmechanismus geleert wurde. Von dort ging es über ein – ebenfalls per Muskelkraft betriebenes – Förderband direkt in die Trommeln. Laut der Terranerin gab es elf weitere dieser Anlagen.

Einfach, aber effektiv, wisperte der Extrasinn. *Siehst du das Hebelwerk direkt unter dem Behälter? Wenn sich die Verriegelung löst, kippt die Trommel nach vorn und rutscht über die Rampe in den Tunnel hinein. Dort nimmt sie Fahrt auf und verschwindet in den Tiefen Shahimbobas. Eine rein mechanische Einrichtung, die dennoch gewaltige Lasten bewegt. Eine Trommel fasst mindestens hundert Tonnen Erzgestein.*

Gemeinsam mit Shareen war ich dem Verlauf des Tunnels bis zu einer kreisrunden Schleuse gefolgt. Diese öffnete sich über einen Bodenkontakt, den das Gewicht der Trommel auslöste. Insofern hätten selbst alle in Bauland Mokos verfügbaren Deubtars zusammen nicht ausgereicht, um den Kontakt zu betätigen. Sobald der Behälter die Schleuse passiert hatte, schloss sie sich wieder.

»Wenn man schnell genug ist«, dachte ich laut nach, »wäre es durchaus möglich, während der Passage einer Trommel hindurchzuschlüpfen. Hat das noch keiner versucht?«

»Wozu?«, fragte Shareen.

Sie hat recht, wurde sie von meinem zweiten Ich unterstützt. *Was immer hinter dieser Schleuse liegt – es ist für die Deubtars ohne Bedeutung. Du glaubst offenbar immer noch, dass du es hier mit ei-*

ner Art Widerstand gegen die Illochim zu tun hast, doch dem ist nicht so. In hundertachtzig Jahren haben die Deubtars nichts erreicht ...

Den Rest der Woche stellte mich Shareen einigen weiteren Frauen und Männern vor, allesamt Mitglieder ihrer kleinen Gemeinschaft. Ich erfuhr, dass die meisten Deubtars terranischer Abstammung waren, da der Konsum der Reds bei den Menschen von der Erde die intensivste und längste Reaktion bewirkte. Das Beispiel Moltek Zess, der so etwas wie der Stellvertreter der Terranerin war, zeigte jedoch, dass auch Angehörige anderer Völker nicht ausgeschlossen wurden. Shareen erklärte mit großer Ernsthaftigkeit, dass man bei der Auswahl neuer Kandidaten überaus vorsichtig war. Im Gegenzug erzählte ich, wie ich nach Shahimboba gekommen war und dass vorerst nicht mit der Hilfe der USO zu rechnen war.

Am Abend des 21. Juni kehrte ich in unsere Wohnhöhle zurück und fand Trilith allein vor. Sie hockte mit untergeschlagenen Beinen auf dem Boden und starrte ins Leere. Die Sujadin waren nirgendwo zu sehen. Das war jedoch nicht ungewöhnlich, da sie schon öfter allein auf Erkundung gegangen waren. Ich hatte keine Möglichkeit, sie daran zu hindern, behielt sie jedoch so gut es ging im Auge.

»Ist alles in Ordnung?«

Sie sah zu mir auf und im ersten Moment hatte ich das Gefühl, sie würde mich nicht erkennen.

»Es ist das Arrachieda.«

»Was meinst du?« Ich machte einen Schritt auf sie zu und sank in die Hocke. Ihre hellroten, wässrigen Augen vermittelten einen seltsam verträumten, beinahe abwesenden Ausdruck.

»Es ist das Erz«, wiederholte sie. »Ich reagiere darauf.«

»Ich verstehe immer noch nicht.« Ich runzelte die Stirn.

»Die Kopfschmerzen. Die Übelkeit. Das Gefühl, weggeschoben zu werden. All das verstärkt sich, wenn ich mich in Gebieten mit großen Arrachieda-Vorkommen aufhalte und schwächt sich ab, wenn ich sie wieder verlasse. Ich bin wohl so eine Art Detektor.«

»Und das beunruhigt dich?«

»Ich weiß nicht, ob es mich beunruhigt«, erwiderte Trilith. »Ich entdecke immer wieder Dinge an und in mir, die ich zuvor noch nie bemerkt habe. Und ich spüre, dass da noch vielmehr ist. Irgendetwas versteckt sich in mir, Atlan. Etwas Großes und Dunkles, und wenn es eines Tages hervorbricht, weiß ich nicht, ob ich es kontrollieren kann.«

»Du hast Angst«, sagte ich leise. »Das ist ein gutes Zeichen. Vergiss nicht, dass wir auch deshalb auf Shahimboba sind, um mehr über deine Herkunft herauszufinden. Ich muss dir nicht sagen, dass Waheijathiu und Gasuijamuo ihre eigenen Pläne verfolgen. Wenn wir Malotuffok und die anderen Illochim finden, weiß ich nicht, wie die Rudimentärbewusstseine reagieren werden.«

Trilith lächelte mit einem Mal.

»Ist das einer deiner plumpen Versuche, dich meiner Unterstützung zu versichern?«

»Du vertraust unseren beiden Flundern hoffentlich nicht mehr als mir.«

»Wir werden sehen. Bei der Gelegenheit: Wie lange willst du noch warten? In der Mine gibt es keine Illochim und laut Shareen Deubtar kommen sie auch nie hierher.«

Wie auf Kommando betraten in diesem Augenblick die zwei Sujadin die Höhle.

»Eine sehr gute Frage.« Wie immer übernahm Waheijathiu die Gesprächsführung. »Wir sollten endlich etwas unternehmen.«

»Wo wart ihr?«

»Wir haben uns umgesehen«, antwortete der Navigator. »Und wir sind der Ansicht, dass wir genug Zeit verschwendet haben.«

»Dann könnt ihr mir sicher verraten, wo wir Malotuffok finden und wie wir dorthin gelangen.«

»Malotuffok hält sich wahrscheinlich in seinem Wasserpalast auf«, verkündete Waheijathiu zu meiner großen Überraschung.

»Die genaue Position ist mir nicht bekannt, aber er dürfte nahe der kontinentalen Küstenlinie am Grund des Ozeans liegen.«

»Woher hast du diese Informationen?«, fragte ich.

»Die Architektur eines Baulands folgte bereits zu meiner Zeit bestimmten Regeln. Wie ich schon sagte, ist der Umgang mit Arrachieda eine höchst sensible Angelegenheit. Um das Erz technisch weiterverarbeiten zu können, bedarf es spezieller Maßnahmen. Daran hat sich in den vergangenen neuntausend Jahren nichts geändert. Die Transporttunnel der Bauländer enden stets im Palast des Gremiums, denn bevor das Arrachieda in die Frachtschiffe verladen wird, muss es einer speziellen Prozedur unterzogen werden.«

»Damit die Frachter nicht nach spätestens ein paar Tagen energetisch tot im Raum treiben«, ergänzte ich.

»Wir müssen lediglich einem der Transporttunnel folgen«, fuhr der Navigator fort. »Er führt uns direkt zum Ziel.«

»Warum nehmen wir nicht einfach die GAHENTEPE?«, schlug Trilith vor. »Mit ihr wären wir innerhalb weniger Minuten dort.«

»Weil Malotuffok dann sofort wüsste, dass wir kommen«, sagte Waheijathiu. »Wenn ihr wollt, gehen Gasuijamuo und ich allein. Weite Teile der Paläste sind üblicherweise vollständig geflutet. Auch die Transporttunnel liegen den größten Teil der Strecke unter Wasser. Die Sujadin sind nicht auf Lungenatmung angewiesen.«

»Das würde euch sicher gefallen.« Ich nickte grimmig. »Nein. Wir gehen gemeinsam oder gar nicht.«

Ich hatte mich bereits vor einigen Tagen gefragt, warum die beiden Illochim nicht längst auf eigene Faust gehandelt hatten. Die Antwort war einfach: Sobald Trilith merkte, dass Waheijathiu oder Gasuijamuo sie hintergingen, würde sie in die GAHENTEPE zurückkehren und womöglich Dinge tun, die den Absichten der Rudimentärbewusstseine entgegenliefen. Noch waren die Sujadin auf die Psi-Kämpferin angewiesen, da nur sie die Befehlsgewalt über das Diskusschiff besaß.

»Wie willst du das anstellen?«, fragte Trilith. »Ohne Schutzanzüge können wir den Wasserpalast nicht erreichen.«

»Dann besorgen wir uns in der GAHENTEPE neue Ausrüstung und kommen wieder hierher zurück. Wenn wir uns beeilen, erreichen wir unser Ziel, bevor das Arrachieda die Technik versagen lässt.«

»Warum bindest du dir nicht gleich einen Stein um den Hals und springst ins Meer?«, erwiderte Trilith mürrisch.

»Hast du eine bessere Idee?«

In diesem Moment kamen fünf Männer in die Höhle gestürmt. Ihr Anführer, Moltek Zess, passte mit seinen fast zwei Metern Schulterbreite nur mit Mühe durch den Eingang. Er hielt – ebenso wie seine vier Begleiter – einen armlangen Knüppel in der Rechten und der grimmige Ausdruck in seinem Gesicht verhieß nichts Gutes.

»Kann ich ...?«, setzte ich an, kam jedoch nicht dazu, den Satz zu beenden.

»Es tut mir leid, Lordadmiral«, dröhnte die Bassstimme des Ertrusers durch das Gewölbe, »aber Sie und Ihre Begleiter kommen mit uns.«

»Verraten Sie mir, wohin wir gehen?«

»Zum Raumschiff«, sagte Zess. »Wir verlassen Shahimboba und holen Hilfe!«

Kapitel 29

21. Juni 3103
Atlan

Im Grunde sprach mir Moltek Zess aus dem Herzen, wäre doch genau das auch die von mir favorisierte Vorgehensweise gewesen. Nur zu gern wäre ich mit der GAHENTEPE gestartet, hätte Verbindung mit der USO aufgenommen und ein Kreuzergeschwader in das System des Roten Riesen beordert. Die Shahms wären innerhalb kürzester Zeit frei gewesen und die Illochim hätten sich für das, was sie getan hatten, verantworten müssen. Dem entgegen stand jedoch ein erhebliches Risiko, nämlich die Unsicherheit bezüglich der Reaktion Malotuffoks und des Gremiums. Ich wusste noch immer viel zu wenig über die auf Shahimboba herrschenden Machtverhältnisse.

Ich warf Trilith einen beschwichtigenden Blick zu. Ihre Lippen hatten sich blutrot verfärbt und ihr war anzusehen, dass sie sich am liebsten sofort auf den Ertruser gestürzt hätte.

»Ich fürchte, Sie verkennen die Lage, Mr. Zess«, sagte ich vorsichtig. »Ich habe bereits erklärt, dass das Schiff, mit dem ich hier bin, kein USO-Raumer ist. Ich ...«

»Wir haben nur diese eine Chance, Sir«, stoppte mich der Hüne barsch. »Es gibt kein Zurück mehr. Das Red wirkt lediglich ein paar Stunden. Wir haben sämtliche Vorräte eingesetzt und sind notfalls bereit, für unsere Freiheit zu kämpfen. Ich *weiß*, dass Sie auf unserer Seite stehen!«

»Natürlich tue ich das, Mr. Zess«, versuchte ich es noch einmal. »Aber eine erzwungene Flucht ist nicht die Lösung. Wenn wir den Gegner zu früh warnen, wird er ...«

»Was ist hier los?«

Die scharfe Stimme Shareen Deubtars ließ einige der Männer zusammenzucken. Mit dem Eintreten der Terranerin war die Höhle endgültig überfüllt.

Shareen bahnte sich ihren Weg durch die Umstehenden, stieß einen der Gefolgsleute des Ertrusers rüde zur Seite, als dieser nicht schnell genug Platz machte und baute sich mit in die Hüften gestemmten Armen vor Zess auf.

»Hast du den Verstand verloren, Moltek?«, rief sie.

Diesmal gab der Riese nicht nach, auch wenn seine mahlenden Kiefer darauf schließen ließen, dass er einen gehörigen Respekt vor der schmächtigen Frau empfand.

»Was willst du von mir, Shareen?«, hielt er dagegen. »Wir haben lange genug diskutiert und ich kenne deine Meinung zur Genüge. Halt dich einfach raus und lass uns das tun, was wir für richtig halten.«

»Richtig?« Sie schüttelte ungläubig den Kopf. »Das ist nicht dein Ernst, oder? Was denkst du, wird wohl passieren, wenn ihr hier rausmarschiert und versucht, Shahimboba zu verlassen? Bist du wirklich so naiv und glaubst, dass diese Illochim tatenlos zusehen und es erlauben, dass ihr die Galaxis über ihre Aktivitäten informiert? Und selbst wenn euch die Flucht gelingt: Was wird dann aus dem Rest der Shahms? Was, wenn die Illochim aus Angst vor Entdeckung Shahimboba räumen und beschließen, sämtliche Spuren zu beseitigen – inklusive lästiger Zeugen? Willst du an einem Völkermord schuld sein?«

»Und was sollen wir deiner Meinung nach machen?« Moltek Zess packte seinen Knüppel fester. »Warten? Ab und an ein paar konspirative Treffen abhalten und ansonsten brav unsere Arbeit erledigen, bis wir vor Glück krepieren? Die Ankunft des Lordadmirals ist ein Zeichen, Shareen, erkennst du das denn nicht?«

»Ein Zeichen wofür? Willst du Ms. Okt zwingen, dir Zutritt zu ihrem Schiff zu gewähren?«

»Wenn es sein muss!«

»Das kann nicht dein Ernst sein.« Shareen Deubtar wich entsetzt zwei Schritte zurück. »Ich habe geglaubt, dich zu kennen, Moltek, aber ich habe mich geirrt. Dein Plan kann nicht funktionieren, weil er einfältig und inkonsequent ist. Aber das war ja schon immer deine Schwäche, nicht wahr? Jede Menge Muskeln, aber wenig Hirn.« Sie machte zwei weitere Schritte rückwärts.

Sie provoziert ihn, bemerkte der Extrasinn. *Und sie versucht, Abstand zu gewinnen. Mach dich bereit.*

Mir war nicht ganz klar, was Shareen Deubtar vorhatte, doch ganz offenbar hatte sie mit einer Eskalation gerechnet und entsprechende Vorbereitungen getroffen. Das schien auch Moltek Zess in diesem Augenblick zu begreifen, doch da war es bereits zu spät.

Die Terranerin sprang zur Seite und trat mit dem rechten Fuß gegen die Höhlenwand, die sich als nicht annähernd so massiv entpuppte, wie sie aussah, und nur eine Attrappe war. Innerhalb von zwei Sekunden hatte sie eine mannshohe Öffnung geschaffen, hinter der ich einen düsteren Stollen erkannte.

Ein scharfer Impuls meines Extrasinns ließ mich instinktiv reagieren. Wie vom Blitz getroffen fiel ich zu Boden, und der von Moltek Zess geschwungene Knüppel zischte wenige Millimeter an meiner Schläfe vorbei. Ich rollte mich ab, kam wieder auf die Beine und nahm eine klassische Dagor-Abwehrstellung ein.

Aber da war bereits Trilith Okt heran. Ich hatte die außergewöhnliche Frau bereits mehrfach kämpfen sehen und doch versetzten mich ihre Gewandtheit und ihr Reaktionsvermögen auch diesmal wieder in Erstaunen. Bevor Moltek Zess wusste, wie ihm geschah, hatte er bereits eine ganze Serie von Faustschlägen und Fußtritten kassiert, die ihn mehr aus Überraschung denn ob ihrer Wucht einen halben Meter zurückstolpern ließen.

Der Ertruser fing sich schnell und konterte noch schneller. Mit einem Gebrüll, das an einen tollwütigen Okrill erinnerte, stürzte er sich auf Trilith. Dem Hieb der riesigen Faust konnte sie noch ausweichen, doch dann traf sie der Stiefel des Hünen in die Seite und schleuderte sie quer durch den Raum.

»Beeilen Sie sich, Atlan!«, hörte ich Shareen von jenseits des Durchgangs.

Ich wollte Trilith zu Hilfe eilen, aber das war gar nicht nötig. Sie stand längst wieder.

»Trilith!«, rief ich. »Hier her!«

»Wohin so schnell, Lordadmiral?«, knurrte es neben mir. Die Pranke von Moltek Zess legte sich schwer auf meine Schulter. Dort blieb sie allerdings nur eine Sekunde.

Das ausdruckslose Gesicht Waheijathius tauchte direkt neben dem entschlossen wirkenden Ertruser auf. Die langen, flachen Arme des Sujadin schlangen sich wie Gummischnüre um den ausladenden Oberkörper des Hünen und rissen ihn von mir weg. Die von der GAHENTEPE erzeugten Pseudokörper mussten ganz erstaunliche Kräfte besitzen.

Währenddessen kümmerte sich Gasuijamuo um die übrigen vier Deubtars, die aufgrund der räumlichen Enge ohnehin nur eingeschränkt agieren konnten. Trilith huschte an mir vorbei und verschwand in dem von Shareen freigelegten Stollen. Ich beeilte mich, ihr zu folgen. Hinter mir ertönten lautes Poltern und Schmerzensschreie.

Zu dritt hetzten wir durch den relativ schmalen Tunnel. Shareen hatte eine Fackel angezündet und lief voraus. Nach etwa hundert Metern öffnete sich der Stollen in eine kleine Höhle, von der drei weitere Gänge abzweigten. Wir nahmen den mittleren. Ich drehte mich kurz um und erkannte, dass die Sujadin inzwischen aufgeschlossen hatten. Von Moltek Zess und seinen Kumpanen war dagegen nichts zu sehen. Hoffentlich waren Waheijathiu und Gasuijamuo nicht allzu übel mit ihnen umgesprungen.

Dank meines fotografischen Gedächtnisses und der Hinweise des Extrasinns merkte ich schnell, dass wir uns nicht nur vom Hauptschacht der Mine weg bewegten, sondern auch in die Tiefe strebten. Ich zog das Tempo an, quetschte mich an Trilith vorbei und setzte mich direkt hinter die Terranerin.

»Wohin bringen Sie uns?«

»Ins Archiv«, antwortete Shareen Deubtar ohne sich umzudrehen. Ich wartete darauf, dass sie eine weitere Erklärung abgab, doch die kam nicht. Für einen Moment war ich versucht, nachzufragen, verzichtete dann aber darauf.

Shareen lotste uns zwanzig Minuten durch einen wahren Irrgarten von Gängen und Höhlen. Zweimal mussten wir breite Felsspalten überwinden und uns – nur von mit Stahlhaken in den Stein geschlagenen Seilen unterstützt – über schmale Vorsprünge hangeln. Schließlich betraten wir eine Kaverne, deren Wände sich zehn Meter über uns zu einer Kuppel schlossen. Von irgendwoher hörte ich das Plätschern von Wasser. Es war selbst für meine Begriffe unerträglich heiß und schwül. Die Luft war verbraucht und stickig.

Die Terranerin entzündete drei weitere Fackeln, die in metallenen Halterungen steckten. Mit einem Mal lag die gesamte Höhle hell erleuchtet vor mir. Ich war einigermaßen sprachlos, denn das, was ich da so unvermittelt vor mir sah, hätte ich hier unten niemals erwartet.

Auf mehreren Regalen lagen Ausrüstungsgegenstände wie Chronometer, mobile Batterien, Messgeräte, Funkempfänger, Vibratormesser, ja sogar zwei Handstrahler und eine Fusionsgranate. Sämtlichen Stücken sah man ihr hohes Alter und die durch die feuchtwarme Lagerung entstandenen Schäden deutlich an. Auf dem Boden standen zwei große Holzkisten unbekannten Inhalts.

»Das Archiv«, sagte Shareen. »Hier deponieren die Deubtars alles, was von ihrer Vergangenheit übrig geblieben ist. Die meisten Objekte stammen noch aus der EX-856. Obwohl sie längst nicht mehr funktionierten, konnten sich die Überlebenden nicht überwinden, sie zu entsorgen. Sie wurden in Kisten und Regale gelegt und haben die Zeit überdauert. Weiter hinten liegen die Reste von wissenschaftlichen Unterlagen, Tagebüchern und anderen Aufzeichnungen, die die Bewohner von Deubtar Valley in rund fünfzig Jahren angefertigt haben. Allerdings ist wegen des Klimas hier unten schon viel davon verrottet.«

»Ihre historischen Wurzeln in allen Ehren, Ms. Deubtar«, sagte ich, »aber ich fürchte, wir haben im Moment andere Sorgen.«

»Darko Loevej und Monique Morizur haben sich damals geirrt«, fuhr die Terranerin ungerührt fort. »Sie glaubten, dass sich der Effekt, den das Arrachieda auf ihre Technik hatte, nicht mehr rückgängig machen ließe.«

»Soll das etwa heißen«, stieß ich hervor, »dass das ganze Zeug hier noch funktioniert?«

»Nein«, erstickte Shareen meine kurzeitig aufgekommene Hoffnung. »Allerdings kommt es mit der Zeit zu einer leichten Erholung. Die meisten Geräte liegen hier seit über hundert Jahren. Die Höhle ist zudem weit von der nächsten Erzader entfernt. Trotzdem ist das, was Sie hier sehen zu neunzig Prozent Schrott und besitzt lediglich einen sentimentalen Wert.«

»Dann nehme ich an, dass Sie uns wegen der übrigen zehn Prozent hierher gebracht haben«, erwiderte ich gespannt.

»So ist es.«

Noch während sie sprach, ging die Terranerin zu einer der beiden Holzkisten hinüber und hob deren Deckel ab. Mit einem kräftigen Ruck zog sie einen klobig wirkenden Raumanzug hervor, ein Modell, das schon lange nicht mehr hergestellt respektive benutzt wurde. Gerade die in der Raumfahrt verwendeten Schutzmonturen waren einer ständigen technischen Evolution unterworfen. Die Entwickler des Solaren Imperiums übertrafen sich oft gegenseitig darin, sie mit immer neuen Funktionen auszustatten oder die vorhandenen zu verbessern.

»Im Laufe der Jahrzehnte unternahmen die Überlebenden der EX-856 in unregelmäßigen Abständen Expeditionen zu ihrem Wrack mit dem Ziel, alles eventuell Nützliche nach und nach zu bergen«, erklärte Shareen. »Ein Großteil der Objekte wurde durch die Zerstörung der Siedlung durch die Illochim mit vernichtet, doch zum einen lagerten einige der Artefakte in weiter entfernten Verstecken, zum anderen nahm Benjamin Deubtar die Ausflüge zum Wrack des Explorers später wieder auf. Dabei wurden auch zwei Raumanzüge entdeckt. Die Illochim kümmerten sich zunächst nicht um das Schiff. Erst vor ungefähr vierzig Jahren wurde es endgültig zerstrahlt, um nahe der Küste ein neues Bauland zu errichten.«

»Und die Anzüge sind tatsächlich zu gebrauchen?«, mischte sich jetzt Trilith Okt in das Gespräch.

»Nun«, begann Shareen zögernd, »so würde ich das nicht unbedingt sagen. Der Energieverbrauch der Aggregate nimmt mit der Zeit zwar wieder ab, wenn man die Systeme komplett herunterfährt, doch dieser Prozess verläuft extrem langsam. Ich aktiviere den Meiler jedes Jahr ein einziges Mal und überprüfe den Strombedarf der Lebenserhaltung. Er liegt derzeit immer noch bei rund 156 Prozent.«

»Die Überlastungsgrenze eines Raumanzugs dieser Baureihe liegt bei etwa 210 Prozent«, entgegnete ich. »Wenn der Transporttunnel tatsächlich durch Gebiete mit reichen Arrachieda-Vorkommen führt und wir zudem den halben Kontinent durchqueren müssen ...«

»Wir können immer noch in die GAHENTEPE zurück und uns dort ausrüsten«, warf Trilith ein.

»Moltek wird das nicht zulassen«, sagte Shareen und nahm mir damit die Worte aus dem Mund. »Ich muss zu meiner Schande gestehen, dass ich seine Entschlossenheit unterschätzt habe. Deshalb müssen wir uns auch beeilen, denn er kennt das Archiv und ist sicher schon auf dem Weg hierher. Ich fürchte, Ihnen bleibt nicht viel Zeit, eine Entscheidung zu treffen, Lordadmiral.«

»Ohne mich hat er keine Chance, den Diskusraumer zu betreten.« Trilith hatte die Augen zu schmalen Schlitzen zusammengekniffen. Die rechte Hand lag am Griff ihres Vibromessers, auf das sie auch diesmal nicht verzichtet hatte. Zwar war die Vibrationsfunktion der Waffe durch den Einfluss des Arrachieda lahmgelegt, doch die Klinge konnte sie noch immer benutzen.

»Er kann ja gerne versuchen, mich aufzuhalten. Ich werde ihn ...«

»Moltek hat mindestens dreißig Deubtars um sich geschart«, unterbrach Shareen die Psi-Kämpferin. »Wollen Sie die alle aufhalten? Zwischen uns gibt es seit längerem Unstimmigkeiten, was das weitere Vorgehen betrifft. In gewisser Weise kann ich ihn sogar verstehen. Er hat viele Jahre gewartet und sich immer wieder meinem Wunsch nach Zurückhaltung gebeugt. Jetzt sieht er die Zeit zum Losschlagen gekommen.«

»Eine Rückkehr zur GAHENTEPE ist zu unsicher«, entschied ich. »Außerdem müssten wir die Strecke zu Fuß zurücklegen. Ms. Deubtar: Bringen Sie uns zu einem der Transporttunnel. Trilith und ich werden die Raummonturen erst anlegen und aktivieren, wenn es nicht mehr anders geht.«

»Sie gehen ein erhebliches Risiko ein«, sagte Shareen Deubtar und sah mich ernst an. Im Licht der Fackeln wirkte ihr Gesicht noch ausgezehrter als sonst.

»Je mehr ich über die Illochim erfahre«, erwiderte ich leise, »desto stärker wird in mir die Überzeugung, dass jede zusätzliche Information über dieses Volk früher oder später bedeutsam werden kann. Ich habe noch nicht alle Teile des Puzzles zusammen, aber auf Shahimboba geschehen Dinge, die weder ich noch die USO ignorieren können.«

»Dann folgen Sie mir. Moltek und seine Getreuen werden vermutlich längst ahnen, was Sie vorhaben. Spätestens wenn sie entdecken, dass die beiden Anzüge verschwunden sind, wissen sie Bescheid.«

Kapitel 30

21. Juni 3103
Malotuffok

Zuerst konnte er die innere Unruhe kaum erfassen, entzog sich die Anspannung, die ihn in Beschlag genommen hatte, seiner bewussten Wahrnehmung. Etwas war nicht so, wie es sein sollte, doch er vermochte die Störung nicht zu lokalisieren.

Mehrfach ließ er frisches Sheed in den Tank strömen, doch das bohrende Gefühl blieb. Es war, als wären unsichtbare Dornalgen in sein Refugium eingedrungen und würden ihn mit ihren nadelspitzen Stacheln piesacken. Seine Visionen von Macht und Größe verloren an Nachdruck und es machte ihn wahnsinnig, nicht zu wissen, warum.

Malotuffok versuchte, sich zu entspannen, doch auch das gelang ihm nicht. Selbst das sonst so angenehme Schaukeln des Wassers verursachte plötzlich Unbehagen. Seine durch das Sheed sensibilisierten Sinne registrierten die winzigen Veränderungen in den Strömungslinien, doch dort gab es keine Abweichungen. Alles war in bester Ordnung.

Der Navigator lauschte auf die Einflüsterungen seiner Artgenossen. Die einundzwanzig Gremiumsmitglieder verhielten sich ruhig. Trotzdem verstärkte er seine Traumimpulse und ließ sie noch tiefer in ihre selbstgeschaffenen Welten eintauchen. Die Beklemmung verschwand dadurch nicht.

Als Malotuffok seine geistigen Fühler nach Dahagmata ausstreckte, zuckte er im ersten Moment zurück. Der Symbiontvater strahlte eine ungewöhnliche Nervosität aus. Normalerweise kümmerte sich der Navigator so gut wie nie um den tonnenschweren Koloss; das erledigten die Roboter und die zahllosen

Überwachungsgeräte, an die Dahagmata angeschlossen war. Das mentale Echo des Symbiontvaters schien zu vibrieren. Er war aufgewühlt, für seine Verhältnisse beinahe außer sich. Was ging hier vor?

Die Roboter hatten die Ernte der Symbiontkinder eingestellt, um den empfindlichen Organismus nicht über Gebühr zu belasten. Dahagmata war in den letzten hundertachtzig Jahren auf das mehr als zehnfache seiner ursprünglichen Größe angeschwollen, und das, obwohl ihn Malotuffok in derselben Zeit um gewaltige Mengen seiner Substanz beraubt hatte. Die Gereiztheit des Symbiontvaters und der damit verbundene fehlende Nachschub für die Produktionsanlagen waren noch kein Grund, sich ernsthafte Sorgen zu machen. Die Biocontainer enthielten genügend Reserven, um die Herstellung ein paar Tage in Gang zu halten. Dennoch war der Navigator begierig darauf zu erfahren, was Dahagmata derart in Aufregung versetzte.

Er konzentrierte sich ganz auf die wirren Gedankenfetzen des Symbiontvaters, der allenfalls eine rudimentäre Intelligenz besaß. Sein einziges Ziel war Wachstum, und genau dieses suggerierte ihm Malotuffok mit seiner mentalen Präsenz, die er wie einen Schutzschirm um den gesamten Wasserpalast und Dahagmatas Garten legte.

Als Malotuffok den Strudel entdeckte, wäre er um ein Haar in Panik ausgebrochen. In all der Zeit seit er auf Shahimboba gelandet war, hatte er niemals einen derart intensiven Bruch im Gleichmaß der Reflexionen festgestellt. Hier und da ein unbedeutender Wirbel, ein kurzes Aufschäumen, das war normal, nicht jedoch jenes Chaos, das er aus dem sonst so harmonischen Flüstern der Symbiontkinder heraushörte.

Der Navigator musste sich zwingen, die Verbindung nicht abzubrechen und sich wieder dem Sheed hinzugeben. Die Versuchung war groß, doch er wusste auch, dass sich seine Laune dadurch nicht bessern würde. Also versank er im telepathischen Netz, nahm Kontakt zu den dreitausend gewöhnlichen Illochim auf, die auf Shahimboba lebten. Es dauerte nur wenige Minuten, dann besaß er alle Informationen, die er benötigte.

Die Störung ging von Bauland Mokos aus. Dort war das Ebenmaß aus dem Ruder gelaufen. Dort gingen Dinge vor sich, die er nicht hinnehmen durfte. Er musste handeln. Schnell und konsequent.

Und der Navigator erwachte.

Kapitel 31

22. Juni 3103
Atlan

Das Gewicht des Raumanzugs, den ich mir, ebenso wie Trilith den ihren, als zusammengeschnürtes Bündel auf den Rücken geschnallt hatte, schien sich mit jeder weiteren Minute zu erhöhen. Normalerweise schleppte man die Monturen natürlich auch nicht abgeschaltet durch die Gegend, sondern trug sie am Körper, wo der Schwerkraftneutralisator dafür sorgte, dass man sich um ein paar Kilogramm mehr oder weniger keine Gedanken zu machen brauchte.

Shareen Deubtar hatte sich wieder an die Spitze unserer kleinen Gruppe gesetzt und wir rannten den Weg, den wir gekommen waren, so schnell es ging zurück. In regelmäßigen Abständen hielt die Terranerin an und lauschte in die Stollen hinein. Bislang hatte sie offenbar noch nichts Verdächtiges gehört, denn wir kamen zügig voran.

Durch meine diversen Streifzüge innerhalb der Mine hatte ich eine ziemlich gute Vorstellung von der Architektur von Bauland Mokos. Die zwölf Transportknoten für das Arrachieda gruppierten sich kreisförmig um den Hauptschacht herum, wobei die Tunnel, die die Erztrommeln aufnahmen, später zusammenliefen und zu einem einzigen, abwärts geneigten Stollen wurden. Die Schleusen, von denen ich eine selbst inspiziert hatte, sorgten dafür, dass es nicht zu Kollisionen kam, wenn gleichzeitig mehr als eine Trommel auf die Reise geschickt wurde.

Shareen hielt sich jetzt immer öfter rechts und wählte andere Gänge. Ich nickte anerkennend. Wäre ich Moltek Zess gewesen, hätte ich meine Leute an den Zugängen zu den Transportknoten sowie am Ausgang der Mine postiert und abgewartet. Ein Vorstoß zur GAHENTEPE ergab ohne Trilith keinen Sinn. Der Ertruser würde zudem folgern, dass wir einen jener Knoten benutzten, der dem Archiv am nächsten lag. Shareen nahm deshalb einen Umweg – und damit Zeitverlust – in Kauf, um eine weiter entfernt liegende Höhle anzusteuern.

Als wir unser Ziel endlich erreichten, waren mit Ausnahme der Sujadin alle in Schweiß gebadet. Die Terranerin brauchte ein paar Sekunden, um Atem zu schöpfen. Dann wandte sie sich mir zu.

»Die nächste Trommel ist beinahe voll«, keuchte sie. »Ich schätze, Sie haben noch gut zehn Minuten, bevor sie losgeschickt wird. Gehen Sie, Lordadmiral. Ich bleibe hier für den Fall, dass Moltek oder seine Anhänger doch noch auftauchen.«

Ich streckte die Hand aus. Shareen ergriff sie.

»Halten Sie die Stellung, Ms. Deubtar. Ich werde wiederkommen.«

Die Terranerin sah mich nur an, sagte aber nichts mehr. Ich winkte Trilith und den Sujadin zu.

»Los! Wir müssen vor der Trommel bei der Schleuse sein.«

Niemand hielt uns auf, als wir die Rampe hinunterschritten, die direkt in den Transporttunnel führte. Die anwesenden Shahms, etwa ein Dutzend Terraner, mehrere Blues und ein Springer, der aussah, als hätte er mindestens ein Jahr lang nicht mehr gebadet, gingen unbeeindruckt ihrer Arbeit nach. Der selige Ausdruck auf ihren Gesichtern, der selbst bei den Tellerköpfen aus der galaktischen Eastside unverkennbar war, machte mir einmal mehr bewusst, was die Illochim diesen Lebewesen antaten.

Spar dir dein Mitleid für später auf, ermahnte mich der Extrasinn. *Jetzt ist keine Zeit dafür.*

Ich gab es nicht gerne zu, aber der Logiksektor hatte recht.

»Da sind sie!«

Ich fuhr herum. Etwa hundert Meter entfernt sah ich Galt Rozek, jenen Ertruser, den ich vor einer Woche im *Treasure*

Chest vermöbelt hatte, und der Shareen Deubtar zufolge ein Leibwächter von Moltek Zess war. Er deutete mit der Rechten aufgeregt in unsere Richtung, während er mit der Linken zwei seiner Kumpane herbeiwinkte. Die beiden Terraner hielten lange Eisenstangen in den Händen und setzten sich sofort in Bewegung.

»Weg hier!«, schrie ich und rannte in den Tunnel hinein. Der Raumanzug lag wie ein Felsbrocken auf meinem Rücken.

»Lauft voraus«, hörte ich Waheijathiu rufen. »Wir halten sie auf und kommen nach.«

Trilith taumelte kurz und wäre gefallen, wenn ich sie nicht aufgefangen hätte.

»Das Arrachieda?«, fragte ich besorgt.

»Ich habe das Gefühl, dass mein Schädel jeden Moment zerplatzt«, presste sie zwischen bläulich verfärbten Lippen hervor.

Ich zog sie hinter mir her; sie ließ es widerstandslos geschehen. Als ich mich nach ein paar weiteren Schritten umdrehte, sah ich, dass Galt Rozek und seine Begleiter die Sujadin erreicht hatten und sich auf sie stürzten. Waheijathiu und Gasuijamuo wichen dem ungestümen Angriff beinahe spielerisch aus. Zum ersten Mal sah ich die beiden Pseudokörper in voller Aktion. Die kurzen Beine bewegten sich so schnell, dass sie nur als undeutliche Schemen zu erkennen waren, und die langen Arme entwickelten ungeheure Kräfte, als sie die Terraner umschlangen und wie Spielzeugpuppen zur Seite schleuderten.

Mit dem Ertruser hatten die Rudimentärbewusstseine mehr Mühe. Es gelang Rozek, den etwas kleiner gewachsenen Gasuijamuo von hinten zu packen und zu Boden zu reißen. Eng umschlungen kugelte das ungleiche Pärchen einen Abhang hinunter, doch bevor der Hüne seinen Vorteil ausnutzen konnte, war der Sujadin schon wieder aufgesprungen und hatte sicheren Stand gewonnen.

Was glaubst du, was das hier ist?, schalt mich der Extrasinn. *Ein Bühnenstück zu deinem Vergnügen? Sieh nach rechts! Die Trommel wird bereits geschlossen.*

Tatsächlich waren zwei Shahms gerade damit beschäftigt, einen großen Metallpfropfen auf die seitlich angebrachte Trommelöffnung zu setzen und mit breiten Klammern zu sichern. Mittels einer Handpumpe wurde gleichzeitig überschüssige Luft aus dem Behälter gesaugt.

Trilith war schon hundert Meter weiter und im Dämmerlicht des Tunnels nur noch schattenhaft zu erkennen. Ich zog eine der beiden Fackeln, die mir Shareen überlassen hatte, aus meinem Bündel und zündete sie mit einem primitiven Streichholz an. Gemeinsam drangen wir in den Stollen ein.

Hinter uns wurde es laut. Ich hörte ein durch Mark und Bein gehendes Quietschen. Metall rieb auf Metall. Bildete ich mir das nur ein, oder zitterte der Boden wirklich?

Die Trommel ist auf dem Weg, wisperte der Extrasinn eindringlich. *Beeilt euch!*

Das Poltern in unserem Rücken kam beängstigend schnell näher. Wo waren Waheijathiu und Gasuijamuo?

»Die Schleuse!«

Trilith stolperte, doch sie hielt sich tapfer auf den Beinen. Vor uns tauchte das riesige, runde Schleusenschott auf. Eine Reihe von treppenartig angeordneten Vorsprüngen führte steil nach oben. Ich schob die Psi-Kämpferin auf den ersten Vorsprung, der mir bis zur Brust reichte. Das Material war nass und seifig; fast wäre ich abgerutscht, als ich mich über den Rand des Schleusenfundaments schwang, doch diesmal griff Trilith zu und zog mich auf den Sims hinauf.

Das auf einmal einsetzende Dröhnen schmerzte in den Ohren. Der Vorsprung, auf dem wir uns kaum auf den Beinen halten konnten, bebte. Trilith und ich klammerten uns aneinander fest und gaben uns so gegenseitig Halt.

Die Tunnelöffnung war längst durch den gewaltigen Schatten der Trommel verdeckt, die rasend schnell näher kam. Sie hatte den Bodenkontakt ausgelöst und die Schleusenelemente schoben sich knirschend auseinander. Von den beiden Sujadin war noch immer nichts zu sehen.

»Los!«, schnaufte ich. »Wir müssen durch sein, bevor sie sich wieder schließt.«

So schnell es die glitschige Oberfläche zuließ, kletterten wir in Richtung Schleusenschott. Über uns rumpelte die Transporttrommel vorbei. Der Sog, den sie dabei erzeugte, wehte Staub, Wassertröpfchen und winzige Steine in unsere Gesichter. Ich verfluchte den Raumanzug auf meinem Rücken, der mich mit seinem Gewicht immer wieder in die Tiefe ziehen wollte.

Kurz darauf nahm der Sturm ab und das Rumpeln und Donnern wurde sofort leiser. Trilith hatte einen weiteren Vorsprung erreicht und lief jetzt schleppend bis zu einer Art Gitter, das das finale Hindernis bildete und den letzten Meter bis hinauf zur Schleusenöffnung reichte. In diesem Augenblick begann sich das Schott wieder zu schließen.

Wütend kämpfte ich mich weiter, doch ich wusste bereits, dass wir es nicht schaffen würden. Uns blieben vielleicht noch ein paar Sekunden, dann war der Durchgang zu klein. Das bedeutete, dass uns nichts weiter übrig, als auf die nächste Trommel zu warten und ...

Ich fühlte, wie mich jemand am Kragen meiner Weste packte und anhob. Gleichzeitig sah ich Gasuijamuo neben Trilith auftauchen. Der Sujadin bewegte sich traumwandlerisch sicher. Seine Finger und Zehen schienen auf dem Metall zu kleben. Er griff der Frau um die Taille, erreichte mit zwei waghalsigen Sätzen das Schott und schlüpfte hindurch. Waheijathiu folgte seinem Artgenossen auf dem Fuß. Kaum hatten der Navigator und ich die Öffnung hinter uns gebracht, da schloss sie sich auch schon mit einem dumpfen Krachen. Die nachfolgende Stille war geradezu unnatürlich. Nur im Hintergrund war noch das schnell schwächer werdende Rumoren der Erztrommel zu vernehmen.

»Das war knapp«, bemerkte Trilith finster.

Ich nickte und entzündete die zweite Fackel. Die erste hatte ich während Waheijathius halsbrecherischer Aktion verloren. Eine Minute später waren wir wieder unterwegs.

Die Trommeln, wusste ich von Shareen Deubtar, starteten meistens im Abstand von mehreren Tagen. Es dauerte lange, bis die Shahms mit ihren Loren die bauchigen Container vollständig mit Arrachieda gefüllt hatten. Insofern mussten wir nicht fürchten, in nächster Zeit von einer zweiten Trommel überrascht zu werden. Viel Platz wäre uns in einem solchen Fall nämlich nicht geblieben.

Je weiter wir den abschüssigen Stollen entlangwanderten, desto heißer wurde es. Trilith plagten einmal mehr bohrende Kopfschmerzen. Sie versuchte zwar, es nicht zu zeigen, aber ich sah ihr an, dass sie sich quälte. Es mussten mittlerweile um die fünfzig Grad Celsius sein.

Die Minuten reihten sich mit nervtötender Monotonie aneinander. Nach etwa einer Stunde war meine Fackel heruntergebrannt und wir mussten auf Triliths Vorrat zurückgreifen. Auch sie hatte zwei der mit Pech bestrichenen Holzstöcke im Gepäck.

Trotz der einigermaßen brauchbaren Lichtverhältnisse bemerkte ich die Veränderung erst, als ich bereits knöcheltief im Wasser stand. Ich schöpfte eine Handvoll der lauwarmen Flüssigkeit, führte sie zum Mund und nippte daran.

»Salzwasser«, stellte ich fest. »Ich glaube es wird Zeit, unsere Raumanzüge anzulegen.«

Waheijathiu und Gasuijamuo sahen schweigend zu, wie Trilith und ich die schweren Monturen überstreiften. Die verstärkten Gelenkstücke an Ellbogen und Knie waren mit den Jahrzehnten steif und spröde geworden. Das Gewebe aus molekular verdichteten Mikrofasern wies überall braune Flecke und Streifen auf. Besonders wohl fühlte ich mich nicht; dennoch schloss ich schließlich den Helm und aktivierte den Meiler und die Lebenserhaltung.

»Nur die Luftversorgung einschalten«, wies ich Trilith an. »Luxus wie Klimaanlage oder künstliche Schwerkraft können wir uns nicht leisten. Je höher der Grundverbrauch, desto schneller steigt der Energiebedarf.«

»Was ist mit den Antigravs?«, fragte Trilith. »Sollen wir etwa schwimmen? Wir müssen eventuell einige hundert Kilometer zurücklegen ...«

»Das lasst unsere Sorge sein«, antwortete Waheijathiu. »Wir nehmen euch in Schlepptau.«

Der Navigator trat neben mich und bedeutete mir, auf seinen *Rücken* zu steigen. Es war ein merkwürdiges Gefühl, zumal ich durch die Helmscheibe direkt in eines der ausdruckslosen Gesichter des Sujadin blickte. Waheijathiu umschlang mich mit beiden Armen und watete mit seinen charakteristischen Trippelschritten ins Wasser. Dahinter folgte Gasuijamuo, der Trilith auf die gleiche Weise transportierte.

Die Leistungsanzeige meines Anzugs stand bei 158 Prozent. Der im Rückentornister sitzende Fusionsreaktor musste also bereits über das anderthalbfache seiner Normalleistung bringen, um lediglich meine Versorgung mit Sauerstoff zu garantieren. Ich verzichtete darauf, die Funkanlage zu aktivieren und meine Begleiterin nach dem Zustand ihrer Systeme zu fragen. Möglicherweise kam es auf jedes Kilowatt an.

Kurz darauf tauchte ich mit meinem Sujadin vollständig unter. Es wurde dunkel. Lediglich die Leuchtziffern der Anzeigen, die auf einem schmalen Band knapp über Augenhöhe erschienen, spendeten ein wenig Helligkeit. Sehen konnte ich außer dem Spiegelbild meines verschwitzten Gesichts auf der Innenseite der Helmscheibe jedoch nichts.

Ich spürte, wie Waheijathiu seinen flachen Körper in immer heftigere Wellenbewegungen versetzte. Wie schnell wir durchs Wasser glitten, vermochte ich nicht mit letzter Sicherheit zu sagen, doch wenn ich meinem Gefühl vertrauen durfte, dann erreichten wir eine durchaus beachtliche Geschwindigkeit.

Als die Meilerleistung die 180 Prozent überschritt, schaltete ich die Anzeige kurzzeitig ab und versuchte mich an einer Dagor-Entspannungsübung. Ruhig und gleichmäßig atmen, die Herzfrequenz absenken, den Sauerstoffverbrauch drosseln, die Muskelspannung reduzieren. Unter den Thi-Laktroten meines Volkes hatte es Arkoniden gegeben, die ihr Herz und die meisten vitalen Körperfunktionen für über eine Minute vollständig anhalten konnten. Der Betroffene besaß dann weder Puls noch Atmung oder Pupillenreflexe. Die zerebrale Aktivität war auf ein Minimum reduziert.

Zu solcher Meisterschaft hatte ich es nie gebracht. Zum einen hatte mir der Ehrgeiz, zum anderen die Muße gefehlt.

Ich aktivierte die Helmanzeigen wieder. 189 Prozent. Wie viel Zeit war inzwischen vergangen? Es kam mir vor, als wären wir erst seit ein paar Minuten unterwegs. Obwohl ich schon oft in ebenso aussichtslosen wie lebensgefährlichen Situationen gesteckt hatte, machte mir die undurchdringliche Schwärze zu schaffen. Sie erinnerte mich irgendwie an mein irdisches Exil, insbesondere an jene Sekunden, bevor ich in meiner Unterwasserkuppel auf dem Grund des terranischen Atlantiks wieder einmal in den biologischen Tiefschlaf gesunken war. Wie oft hatte ich dort die Augen geschlossen und die letzten bewussten Momente in absoluter Dunkelheit verbracht. Es waren stets nur einige wenige Atemzüge gewesen, doch sie hatten ausgereicht, um all die unterdrückten Ängste und Beklemmungen aus ihren Verstecken zu locken.

Die Anzeige überschritt die 200 Prozent. Der jahrhundertealte Meiler meines Raumanzugs produzierte also inzwischen doppelt so viel Energie wie eigentlich vorgesehen. Dabei tat er im Prinzip nichts anderes als die meisten Sterne und verschmolz die Wasserstoffisotope Deuterium und Tritium zu Heliumkernen. Die dazu notwendige Zündtemperatur von mindestens 100 Millionen Grad Celsius wurde mittels magnetischer Kompression erreicht. Danach setzte in dem entstandenen Plasma eine Kettenreaktion ein. Schon ein geringer Prozentsatz der dabei erzeugten Energie genügte, um die einmal erreichte Temperatur weiter aufrechtzuerhalten. Von da an musste man nur noch mit einfachen Ionenemittern den nötigen Teilchennachschub liefern, und der Meiler lief praktisch von allein.

Die Technik an sich war schon zu den Glanzzeiten des Großen Imperiums idiotensicher gewesen und von Perry Rhodans Terranern immer weiter verbessert worden. Dennoch blieb die Tatsache bestehen, dass ich eine Miniatursonne auf dem Rücken trug, die derzeit Gefahr lief, zu einer Nova zu werden. Früher oder später würde die automatische Notabschaltung den Meiler herunterfahren, bevor die Isolierung versagte und das radioaktive Tritium zu einer Gefahr werden konnte. Moderne Geräte waren in der Lage, bis zu zehn Minuten auf mehr als doppelter Überlast zu arbeiten, doch ich bezweifelte, dass das auch für jenes Relikt galt, das ich in meinem Tornister mit mir führte.

Das leise, aber durchdringende Pfeifen, das in diesem Moment an meine Ohren drang, machte mir klar, dass es so weit war. Die Leistungsanzeige erlosch und wurde durch drei rot glimmende Punkte ersetzt. Einen Wimpernschlag später waren auch diese verschwunden. Der Meiler hatte sich endgültig verabschiedet.

So musste es sein, wenn man lebendig begraben wurde. Wie lange würde ich noch mit der vorhandenen Luft auskommen? Die Dunkelheit war nach wie vor vollkommen. Möglicherweise hatten wir gerade einmal die Hälfte der zurückzulegenden Strecke bewältigt. Selbst wenn Waheijathiu umkehren würde, hätte das nichts mehr genutzt. Ich war ...

Verlier jetzt nicht die Nerven, mahnte der Extrasinn.

Ob Triliths Meiler ebenfalls schon ausgefallen war? Der Gedanke an meine geheimnisvolle Begleiterin lenkte mich ein wenig ab. War sie wirklich ein Produkt der Illochim? Die Existenz von Lalia Bir und Andemir Pes, die Trilith so ähnlich gewesen waren, inzwischen jedoch beide nicht mehr lebten, wies darauf hin, dass die Unbekannten im Hintergrund gleich eine ganze Gruppe dieser Wesen erschaffen und trainiert hatten. Wozu? Zwar besaß Trilith einige erstaunliche Fähigkeiten und war eine talentierte Kämpferin, doch all das rechtfertigte den Aufwand nicht, den man mit ihr getrieben hatte.

Schweiß lief mir von der Stirn in die Augen. Die Hitze hatte die Grenzen des Erträglichen längst überschritten. Ich schluckte, um einen Druckausgleich herbeizuführen und den Schmerz in den Ohren zu lindern. Langsam atmen! Konzentriert atmen! Und doch verringerte ich mit jedem weiteren Atemzug den Sauerstoffgehalt der Luft. Leichter Schwindel erfasste mich. Für eine Sekunde glaubte ich, die Helmanzeigen seien wieder aufgeflammt, doch dann merkte ich, dass mir meine Phantasie lediglich einen Reigen bunter Punkte vorgaukelte, die vor mir einen wirren Tanz aufführten. Der Hustenreiz ließ sich kaum noch unterdrücken.

War das da vorne tatsächlich ein Licht? Der blitzende Punkt schwankte unruhig hin und her. Ich wollte Waheijathiu ein Zeichen geben, doch mein Arm gehorchte mir nicht. Ich spürte, wie sich meine Gedanken verwirrten und ich schläfrig wurde. Gleichzeitig glaubte ich mich erbrechen zu müssen. Alles um mich herum drehte sich.

Die Helligkeit brach wie eine Springflut über mich herein. Gleichzeitig strömte feuchtwarme, jedoch sauerstoffreiche Luft in meine Lungen. Ich wollte schreien, doch mehr als ein schwaches Röcheln brachte ich nicht zustande. Mein Helm polterte zu Boden, als jemand die Verschlüsse löste. Ich fiel auf die Knie.

Es ist vorbei, hörte ich die sanfte Stimme des Logiksektors. *Du bist am Ziel. Du hast es geschafft.*

Das erste, was ich sah, als ich mich wieder erhob, war Trilith Okt. Gasuijamuo hatte ihr ebenfalls den Helm abgenommen und sie auf den nackten Felsboden gelegt. Sämtliche Farbe war aus ihrem Gesicht gewichen.

Ich stieß den Sujadin beiseite und schüttelte sie an den Schultern. Keine Reaktion. Ihr Brustkorb hob und senkte sich nicht, die Atmung war zum Stillstand gekommen.

Mit fliegenden Fingern zerrte ich ihr den Raumanzug vom Körper und überstreckte den Kopf. Im Vertrauen, dass sich ihre Anatomie nicht wesentlich von der eines Terraners oder

Arkoniden unterschied, begann ich mit einer Herzdruckmassage. Wie lange war Trilith ohne Sauerstoff gewesen? Ihre Haut fühlte sich heiß an, die Lippen waren pechschwarz.

Ich spürte deutlich das Brustbein unter meinen Fingern. Kräftig und in kurzen Abständen drückte ich zu und achtete darauf, den Brustkorb nach jeder Sequenz vollständig zu entlasten, damit sich das Herz wieder mit Blut füllen konnte.

»Komm schon, Mädchen«, stieß ich hervor. »Du bist eine Kämpferin, also *kämpfe*!«

Nach einer halben Minute brach ich ab, packte sie mit der Linken unter dem Kinn, verschloss mit der Rechten ihre Nase und begann mit der künstlichen Beatmung. Wieder und wieder blies ich ihr Luft in den halb geöffneten Mund.

Und endlich hatte ich Erfolg. Mit einem langgezogenen Seufzer kam Trilith zu sich. Hustend und würgend drehte sie sich zur Seite. Ich legte ihr eine Hand auf den Rücken und redete beruhigend auf sie ein.

Im gleichen Moment erfolgte der Angriff.

Kapitel 32

22. Juni 3103
Atlan

Der nadeldünne Energiestrahl schlug nur Zentimeter neben mir in den Felsboden. Ich sprang auf und zerrte Trilith mit mir. Wir waren in einer riesigen, eindeutig künstlich angelegten Halle herausgekommen. Vor uns ruhten drei der bekannten Erztrommeln in Metallgestellen, dahinter erstreckte sich ein geradezu monströser Maschinenpark.

Das hatte ich nicht erwartet. In langen Reihen ragten grauschwarze, mindestens dreißig Meter hohe und fünf Meter durchmessende Zylinder bis unmittelbar unter die Decke. Zwischen ihnen verlief ein unüberschaubares Geflecht von Rohren und Leitungen. Einige davon waren transparent und enthielten eine rosafarbene Flüssigkeit, die in Schüben von einem Behälter zum nächsten floss.

An den Hallenwänden waren weitere, allerdings deutlich kleinere Zylinder installiert. Auch von ihnen gingen zahlreiche Schläuche aus. Über allem lag ein unaufhörliches Glucksen und Plätschern. Das künstliche Licht, das leise Summen nicht genau lokalisierbarer Reaktoren und nicht zuletzt der Waffenstrahl, der Trilith und mich nur knapp verfehlt hatte, waren definitive Anzeichen dafür, dass die hemmende Wirkung des Arrachieda an diesem Ort keine Bedeutung mehr besaß.

Rechts und links von unserer Position näherten sich jeweils ein halbes Dutzend ellipsoider Roboter. Ich vermutete, dass es sich dabei um jene Modelle handelte, mit denen bereits Adrian Deubtar und die Überlebenden der EX-856 unfreiwillige Bekanntschaft geschlossen hatten. Ich sah mich verzweifelt nach einer brauchbaren Deckung um. Wir standen in einer Art Ladebucht, die teilweise in den umgebenden Fels hineinreichte und mit dem Ausgang des Transporttunnels abschloss. Eine über die gesamte Breite der Halle reichende Rampe führte zu den Zylindern hinunter. Egal, in welche Richtung wir uns wandten – die Roboter würden uns auf jeden Fall erreichen, bevor wir auch nur die Hälfte des Weges zurückgelegt hatten.

Ich richtete mich zu voller Größe auf und sah den anrückenden Maschinen entgegen. Sie hatten ihre Waffenarme nach vorn gestreckt; um die Mündungen flimmerten energetische Abstrahlfelder. Warum schossen sie nicht? Wir hockten praktisch auf dem Präsentierteller.

Als wäre meine stumme Frage ein Signal gewesen, eröffneten die Roboter das Feuer. Die Zeit schien für einen bizarren Augenblick stillzustehen, dann schlugen die Treffer mit dumpfem Zischen in einen unsichtbaren Energieschirm, der sich kuppelförmig über Trilith, mir und den Sujadin wölbte. Sofort fächerte die gegnerische Formation auseinander, bildete zwei lang gestreckte Reihen. Erneut brachten dünne Strahlen aus komprimierten, hochbeschleunigten und perfekt gleichgerichteten Partikeln die Luft zum Kochen – und zerfaserten wirkungslos an jener so plötzlich aufgetauchten Barriere, für deren Existenz es nur eine einzige logische Erklärung gab.

Waheijathiu und Gasuijamuo kamen auf Trilith und mich zu. Ich hätte es nicht beschwören können, doch ich war ziemlich sicher, dass einige ihrer zuvor vollen Gürteltaschen auf einmal leer waren.

Es wäre zumindest nicht ungewöhnlich, wenn die Illochim Mittel und Wege gefunden hätten, um die verderbliche Wirkung des Arrachieda zu neutralisieren, unterstützte der Extrasinn meine Überlegungen.

Aber warum dann der primitive Untertagebau?, fragte ich. *Warum setzten die Illochim dann nicht auch bei der Förderung des Erzes zeitgemäße Technologie ein?*

Vielleicht ist die Abschirmung gegen den Effekt nur sehr schwierig zu bewerkstelligen, mutmaßte der Logiksektor. *Vielleicht sind Sklaven einfach billiger.*

»Folgt uns!«, rief der Navigator im Vorbeirennen. »Wir müssen die Halle so schnell wie möglich verlassen und zum Zentrum des Palasts vordringen. Malotuffok hat unser Eindringen bemerkt und ist erwacht. Er wird uns alles entgegenwerfen, was er hat.«

»Was geht hier vor?«

»Für lange Erklärungen ist keine Zeit«, drängte Waheijathiu. »Gasuijamuo und ich wissen jetzt, was auf Shahimboba geschehen ist. Wenn du nicht willst, dass Malotuffok seine Sklaven tötet, dann hilf uns, ihn zu stoppen. Hier im Palast können wir die von der GAHENTEPE mitgebrachte Technik einsetzen. Dennoch wird sich der Navigator nicht einfach ergeben. Sobald wir ihn unschädlich gemacht haben, wirst du alles erfahren, was du wissen musst.«

Er lügt, warnte der Extrasinn.

Ich weiß, gab ich mental zurück. *Waheijathiu und Gasuijamuo sind am Ziel angelangt und besitzen den Vorteil einer funktionsfähigen Ausrüstung. Wozu brauchen sie also noch Triliths und meine Hilfe?*

Genau, stimmte der Logiksektor zu. *Sei auf der Hut!*

Bin ich das nicht immer?, dachte ich in einem Anflug von Galgenhumor. Der Extrasinn zog es vor zu schweigen.

»Bist du einsatzfähig?«, wandte ich mich an Trilith. Sie warf mir einen undefinierbaren Blick zu und nickte stumm.

»Dann los«, forderte ich sie auf und folgte den Sujadin, die unter dem wütenden Feuer der Roboter die Rampe hinunter eilten.

Als wir zwischen die mächtigen Zylinder des Maschinenparks eintauchten, stellten unsere Verfolger den Beschuss überraschend ein.

Wahrscheinlich sind die Anlagen zu wichtig, und Malotuffok will sie nicht unnötig gefährden, meinte der Extrasinn.

Wir brauchten fast zehn Minuten, um die Halle im Laufschritt zu durchqueren. Es war nach wie vor drückend heiß und die relative Luftfeuchtigkeit musste nahe bei hundert Prozent liegen. Als wir endlich vor dem gewaltigen Doppelschott standen, das aus der Halle führte, sah Trilith aus wie der wandelnde Tod. Ich trat zu ihr heran und legte meine Hand auf ihre glühende Stirn. Sie musste hohes Fieber haben, machte einen nahezu apathischen Eindruck.

»Hältst du durch?«, fragte ich leise.

Erneut nickte sie nur.

Gasuijamuo machte sich an einer Schalttafel neben dem Schott zu schaffen, das sich nach wenigen Sekunden öffnete. Dahinter lag ein ungewöhnlich breiter Gang. Wände, Boden und Decke schimmerten in perlmuttartigem Weiß.

»Der Hauptkorridor zieht sich einmal um den gesamten Palast«, sagte Waheijathiu. »Von ihm zweigen die außen gelegenen Arbeitsräume und Labors sowie die sich im inneren Abschnitt befindlichen Räume der Gremiumsmitglieder ab. Malotuffok dürfte …«

Der Rest des Satzes ging im Energieorkan eines neuerlichen Strahlbeschusses unter. Die Roboter hatten offenbar nur darauf gewartet, dass wir halbwegs freies Gelände erreichten, und feuerten nun wieder aus allen Rohren, doch der von den Sujadin erzeugte Schutzschirm hielt.

Waheijathiu ließ das Schott zufahren und verriegelte es; die Maschinen blieben hinter uns zurück.

Der Navigator wandte sich nach rechts. Gasuijamuo bedeutete uns, seinem Artgenossen zu folgen und übernahm die Nachhut. Wir kamen nicht einmal fünfzig Meter weit.

Die Illochim waren zu sechst und hatten sich hinter einer Gangbiegung verschanzt. Shareen Deubtars Schilderungen waren überaus präzise gewesen. Die schlanken, etwa zwei Meter langen und in silberne Kombinationen gehüllten Körper der Fremden erinnerten an Delfine. Die vier Paddelbeine an der Unterseite des Rumpfes erlaubten es ihnen jedoch, sich auch an Land schnell und sicher zu bewegen. Jetzt stützten sie sich mit zweien davon auf dem Boden ab und hatten den biegsamen Oberkörper aufrecht nach oben gereckt. Die beiden vorderen Extremitäten hielten lange, dünne Stäbe, mit denen sie auf uns zielten.

Waheijathiu stoppte so abrupt, dass ich beinahe gegen ihn gelaufen wäre. Im selben Moment lösten sich jeweils mehrere blassrote, golfballgroße Kugeln von den Waffen der Illochim. Dort, wo sie unseren Schutzschirm berührten, zuckten plötzlich grelle Entladungen auf, die sich rasch über die gesamte Oberfläche ausbreiteten.

»Malotuffok weiß nicht mehr, was er tut«, rief Waheijathiu. Seine Stimme klang auf einmal panisch. »Wir müssen zurück. Der Schirm wird nicht mehr lange standhalten und dann …«

Mehrere Explosionen machten die letzten Worte des Navigators unverständlich. Ich erhielt einen brutalen Schlag in den Rücken, wurde herumgewirbelt und wie eine Marionette mehrere Meter durch den Gang geschleudert. Im letzten Moment schaffte ich es, meine Arme vor der Brust zu kreuzen und so die Kollision mit der gegenüber liegenden Wand halbwegs abzufedern. Ich ließ mich an dem glatten Material hinabgleiten und presste mich flach auf den Boden. Die Druckwelle rollte über mich hinweg, während ich mich mit Händen und Füßen um einen einigermaßen festen Halt bemühte.

Der Schutzschirm existierte nicht mehr. Trilith lag einen Meter hinter mir auf dem Bauch und bewegte sich nicht. Den beiden Sujadin hatten die Explosionen anscheinend kaum etwas ausgemacht. Sie standen wie unverrückbar in der Mitte des Ganges und nestelten an ihren Gürteln. Kurz darauf zuckte eine Serie von grellen Blitzen durch die Luft und mitten hinein in die Gruppe der vorrückenden Angreifer.

Die Illochim verhielten sich nicht unbedingt geschickt. Im Gefühl des sicheren Sieges hatten sie ihre Deckungen aufgegeben und waren blindlings losgestürmt. Nun zahlten sie den Preis für ihre Voreiligkeit.

Ich presste beide Hände auf meine Ohren. Zwischen das unangenehm hohe Pfeifen – offenbar eine Nachwirkung der Detonationen – mischte sich ein heiseres Bellen. Ich brauchte lange Sekunden, um zu begreifen, dass es sich dabei um die Schreie der getroffenen Illochim handelte. Einer nach dem anderen stürzten sie zu Boden und blieben regungslos liegen.

Ich rannte zu Trilith hinüber und drehte sie auf den Rücken. Ein dünner Blutfaden lief ihr aus der Nase, die Augenlider flatterten. Ich schlug ihr ein paar Mal leicht gegen die Wangen und rief ihren Namen.

»Was …?«, stieß sie hervor und versuchte sich instinktiv von mir zu lösen.

»Steh auf«, sagte ich und half ihr auf die Beine. »Wir müssen weiter.«

Das laute und anhaltende Knacken in meinem Rücken, ließ mich schaudern. Langsam drehte ich mich um.

Waheijathiu und Gasuijamuo hatten die Illochim entwaffnet und warfen Trilith und mir im Vorbeigehen je eine der rund armlangen Stabwaffen zu. Ich fing das für mich bestimmte Exemplar automatisch, meine Aufmerksamkeit galt jedoch den zwei deutlich sichtbaren Rissen in den Gangwänden, die sich mit jeder Sekunde erweiterten und immer feinere Verästelungen ausbildeten.

Noch bevor ich etwas sagen konnte, brach der vor mir liegende Teil des Ganges ein. Mannsgroße Trümmer platzten aus dem massiven Material und fielen von der Decke herunter. Das Rauschen des Wassers, das durch die entstandenen Lücken schäumte und den Korridor flutete, übertönte jedes andere Geräusch.

Kapitel 33

22. Juni 3103
Malotuffok

Malotuffok war verwirrt. Fremde hatten seinen Palast betreten, Fremde, die ihm teilweise dennoch seltsam vertraut vorkamen. Er hasste es, sich aus seinen Visionen lösen zu müssen, doch die Ereignisse ließen ihm keine Wahl. Die feindseligen Signale, die die Eindringlinge aussandten, verursachten ihm körperliche Schmerzen. Sie waren gekommen, um ihn zur Rechenschaft zu ziehen, und er begriff nicht warum und wofür.

Die Verwirrung drohte jeden klaren Gedanken davonzuspülen, und so machte der Navigator das, was ihm bislang noch jedes Mal geholfen hatte: Er öffnete mit einem schlichten Mentalimpuls einige Ventile seines Schwimmtanks und ließ frisches Sheed hineinströmen. Fast augenblicklich ging es ihm besser.

Sein Geist klärte sich, sein Selbstbewusstsein und seine Zuversicht kehrten zurück und er sah die Dinge wieder so, wie sie waren. Was maßten sich die Unbekannten an? Niemand betrat seinen Palast ohne seine ausdrückliche Erlaubnis. Niemand besaß den Scharfblick und die notwendige Auffassungsgabe, um sein Wirken beurteilen zu können. Was er tat, tat er zum Wohle aller, und wer das nicht einsehen wollte, der musste mit den Konsequenzen leben.

Malotuffok schickte die Roboter aus, doch die Fremden setzten illochimische Technik ein. Unter ihnen waren zwei Sujadin und sie trugen die Erinnerungen zweier seiner Artgenossen in sich. Es gelang ihm nicht, sie unter seinen Willen zu zwingen, denn obwohl sie eindeutig Illochim waren, unterschieden sie sich nachhaltig von den Bewusstseinsmustern, die er kannte. Warum stellten sie sich gegen ihn? Hatten sie den Verstand verloren?

Die Maschinen blieben wirkungslos und Malotuffoks Zorn wuchs zu nie zuvor gekannter Größe. Dahagmata schrie seine Angst und sein Unverständnis so laut heraus, dass ihn der Navigator mit einigen scharfen Befehlen zurechtweisen musste. Das weinerliche Lamentieren des Symbiontvaters störte seine Konzentration.

Als die Eindringlinge den äußeren Ring des Palasts erreichten, handelte Malotuffok. Er öffnete sämtliche Zuflüsse gleichzeitig und das in seinen Tank schießende Sheed ließ ihn vor Entzücken aufschreien. Sein Körper schien vor Energie bersten zu wollen. Eine Euphorie, so klar und rein und weich wie das Wasser der fernen Welten, trug ihn in ungeahnte Höhen hinauf, dorthin, wo ihn niemand erreichen konnte, wo er für alle Zeiten sicher und geborgen war. Alles würde gut werden, denn er war Malotuffok, der Navigator.

Die Vereinigung mit den einundzwanzig anderen Gremiumsmitgliedern kostete ihn nur einen flüchtigen Gedanken. Sie waren willenlos, seinem alles beherrschenden Ich nicht im Mindesten gewachsen. Während im Palast gekämpft wurde, versammelte Malotuffok die Psychopotentiale des Kollektivs, formte sie zu einem unüberwindlichen Wall, an dem jeder Angriff abprallen musste. Der auf ihn einwirkende mentale Druck war immens, doch sein durch das Sheed sensibilisierter Verstand wurde schließlich damit fertig. Als die Woge aus purer geistiger Energie ihre höchste Intensität erreichte, entließ er sie aus seiner Kontrolle.

Die furchtbaren Schreie seiner Artgenossen machten Malotuffok nichts aus. Dahagmatas Wimmern war ihm gleichgültig. Das Sterben hatte begonnen und er ergötzte sich an der Hilflosigkeit jener, die geglaubt hatten, ihn aufhalten zu können.

Von heute an brauchte er niemanden mehr.

Seine Macht war grenzenlos.

Kapitel 34

22. Juni 3103
Atlan

Wir rannten um unser Leben – zumindest Trilith und ich. Waheijathiu und Gasuijamuo waren uns etwa zwanzig Meter enteilt und erreichten das Schott auf der Innenseite des Ganges als erste. Uns blieben vielleicht drei oder vier Sekunden, dann musste die Wasserwalze bei uns sein und würde uns mit sich reißen.

Die Luft schmeckte nach Salz. Das Tosen und Zischen hinter mir hörte sich auf groteske Art und Weise lebendig an, und ich musste aus unerfindlichen Gründen an Decaree Farou und das schwarze, stecknadelkopfgroße Muttermal an ihrem Kinn denken Wie so oft in Situationen, in denen Sekundenbruchteile über Leben und Tod entschieden, waren es scheinbar völlig zusammenhanglose Gedanken und Bilder, die mir durch den Kopf schossen.

Das Schott fuhr auf und die beiden Sujadin eilten hindurch. Trilith war nur noch wenige Schritte von dem rettenden Durchgang entfernt; ich befand mich unmittelbar hinter ihr.

Ihr seid zu langsam, drängelte der Extrasinn.

Ein deutlich spürbarer Luftzug und eine Wolke aus Sprühwasser um mich herum machten mir klar, dass die Zeit abgelaufen war. Entschlossen ging ich in die Knie und stieß mich so fest ich konnte ab. Ich prallte gegen Trilith, riss sie mit mir – und verfehlte das Schott um einen knappen halben Meter.

Die eiskalte Flutwelle erfasste mich mit ungeheurer Wucht. Ich schlang die Beine um Triliths Taille und bekam im letzten Moment den Rahmen des Schotts zu fassen. Der Ruck war mörderisch und schickte einen stechenden Schmerz durch meine Schulter. Ich hatte das Gefühl, dass meine Arme aus den Gelenken gerissen wurden. Dennoch ließ ich nicht los.

Ich spürte eine Berührung am rechten Handgelenk. Gleich darauf wurde ich gepackt und durch die Öffnung gezogen. Mit einem Schrei fiel ich zu Boden und entließ Trilith aus meiner Beinschere. Angewidert spuckte ich das Meerwasser aus.

Waheijathiu war bereits einige Schritte in den Raum hineingegangen, der so etwas wie eine Steuerzentrale zu sein schien. Mehrere Konsolen mit einer auf den ersten Blick verwirrenden Anordnung von Bedienelementen und Batterien von Bildschirmen an den Wänden, die jedoch größtenteils schwarz waren, vermittelten den Eindruck, dass von hier aus eine größere Anlage kontrolliert werden konnte.

»Wo sind wir?«, wollte ich wissen.

»Das ist eines der Notsysteme, mit denen die Sheed-Produktion überwacht wird, falls die Hauptanlage ausfällt oder gewartet werden muss«, erklärte Waheijathiu.

»Sheed?«, wiederholte ich. »Was ist das?«

»Sheed ist Leben«, antwortete der Navigator. »Sheed ist Inhalt und Sinn. Sheed ist das, was die Illochim definiert und antreibt.«

»Geht es auch etwas konkreter?«

»In der Anlage, die du in der großen Halle gesehen hast«, führte Waheijathiu aus, »wird das Arrachieda in einem komplizierten Prozess zu Sheed verarbeitet. Normalerweise geschieht dies nicht direkt auf dem Förderplaneten selbst. Malotuffok muss sich die aufwendige Technik über viele Jahrzehnte hinweg beschafft haben.

Das Endprodukt ist eine ölige, farblose Flüssigkeit, die den Navigatoren zur Verfügung gestellt wird, und die diese direkt über die Haut aufnehmen können. Sie erweitert ihr Bewusstsein und befähigt sie, die Illochim zu leiten, zu koordinieren, ihrer Existenz Substanz zu verleihen und so auf das große Ziel hinzuarbeiten.«

»Das ist alles?«, stieß ich ungläubig hervor. »Ihr versklavt Hunderttausende, beutet sie schamlos aus und verurteilt sie zu einem erbärmlichen Dahinvegetieren in euren Minen, um eine verdammte Droge herzustellen, ein Mittel, damit du und deinesgleichen das eigene Volk zähmen könnt?«

»Du verstehst das nicht«, setzte der Navigator an. »Ich habe dir schon mehrfach gesagt, dass ...«

»... ich nichts über die Illochim weiß und deshalb nicht begreifen kann, welch noble und gutherzige Absichten ihr verfolgt«, unterbrach ich ihn. Ich machte drei Schritte auf Waheijathiu zu und der Sujadin wich tatsächlich zurück. In mir loderte ein geradezu heiliger Zorn. Was sich während meines Aufenthalts in Bauland Mokos in mir angestaut hatte, brach jetzt aus mir heraus.

»Glaubst du ernsthaft«, sprach ich mühsam beherrscht weiter, »dass du Shahimboba vor mir rechtfertigen kannst? Bist du wirklich so naiv und nimmst an, dass deine armseligen Ausflüchte genügen, um mich davon abzuhalten, Malotuffok und jeden einzelnen seiner Helfer persönlich zur Verantwortung zu ziehen?«

»Malotuffok ist längst kein Illochim mehr«, entgegnete Waheijathiu. »Es liegt uns ebenso viel daran wie dir, ihn zur Strecke zu bringen. Er hat das Sheed mit den semikristallinen Zellkulturen Dahagmatas angereichert und so die Wirkung des Extrakts potenziert. Dadurch hat er offenbar nicht nur eine Art mentales Netz geschaffen, das den gesamten Planeten umfasst, sondern auch die übrigen Navigatoren unter seine Kontrolle gezwungen. Malotuffok hat den Verstand verloren, Atlan! Er schwimmt praktisch in reinem Sheed und das hat seinen Geist verwirrt. Er verrät sämtliche Prinzipien unseres Volkes. Er träumt davon, eines Tages ein Imperium zu beherrschen, das nicht nur die Milchstraße, sondern viele weitere Galaxien umfasst, und dabei ist es ihm egal, was er tun muss, um dieses völlig realitätsferne Ziel zu erreichen. Die Illochim sind keine Eroberer.«

Nicht nur das nach wie vor ausdruckslose Gesicht des Sujadin machte es mir schwer, dem Navigator zu glauben. Die Verhältnisse auf Shahimboba mochten zum Teil durch Malotuffoks Sheed-Experimente entstanden sein, doch bevor ich nicht mit eigenen Augen gesehen hatte, wie die Illochim auf anderen Förderwelten vorgingen, waren die Aussagen Waheijathius für mich nichts weiter als leere Worte.

Inzwischen hatte Gasuijamuo ein weiteres Schott im Hintergrund der Notzentrale geöffnet. Dahinter lag ein quadratischer Raum mit einigen zusätzlichen Arbeitspulten. An der Rückwand sah ich den Einstieg zu einem Antigravschacht.

»Der Schacht führt direkt in die Hauptzentrale des Wasserpalasts«, sagte Waheijathiu. »Dort dürfte sich auch Malotuffok aufhalten.«

Trilith sah mich kurz an und folgte dann Gasuijamuo, der zwei der Arbeitspulte flüchtig überprüfte und seinen flachen Körper schließlich geschickt durch den Einstieg bugsierte. Langsam sank er nach unten.

Ich erwartete instinktiv weitere Abwehrmaßnahmen, automatische Schirmprojektoren, Lähmstrahler oder ähnliches, doch nichts geschah. Warum ließ uns Malotuffok einfach so in sein Allerheiligstes eindringen?

»Der Navigator fühlt sich unbesiegbar.« Waheijathiu schien meine Gedanken zu erraten. »Das Sheed hat nicht nur seinen Verstand verwirrt, sondern ihn auch unvorsichtig gemacht. Er lebt fast nur noch für seine Träume von Macht und Größe. Wir sind in seinen Augen keine Gegner.«

Ich ließ Waheijathiu den Vortritt und stieg als letzter in den Antigravschacht. Wir legten etwa zehn Meter zurück, dann betrat ich eine Art Balkon, der sich halbkreisförmig in eine enorme Rundhalle wölbte. In ihrem Zentrum ruhte ein riesiger, zum größten Teil transparenter Tank. Mehrere silberne Schläuche führten von einer den Tank umspannenden Metallleiste über eine mit Antennen übersäte, kastenartige Konstruktion in den Hintergrund der Halle und verschwanden dort im Halbdunkel. Ich vermutete, dass sich Malotuffok über die Schläuche mit Sheed versorgte.

Der Navigator selbst schwamm bewegungslos in dem vollständig mit Wasser gefüllten Behälter. Seine Augen waren geschlossen; die schwarzen Nickhäute kontrastierten stark mit der ansonsten grauen Haut. Der Navigator sah nicht anders aus, als jene Illochim, die uns kurz zuvor attackiert hatten, war jedoch deutlich größer und schwerer.

Ich wollte die beiden Sujadin gerade fragen, wie sie weiter vorzugehen gedachten, als mich der Schmerz wie ein Keulenschlag traf. Durch einen Tränenschleier hindurch sah ich Trilith, die sich in wilden Zuckungen und mit weit aufgerissenem Mund am Boden wälzte. Und auch Waheijathiu und Gasuijamuo waren diesmal betroffen. Ihre Flunderkörper hatten sich wie eine Ziehharmonika zusammengekrümmt und die langen Arme ruderten ziellos durch die Luft. Dabei stießen sie hohe, spitze Laute aus.

Die Schmerzen kamen in Wellen und wurden mit jedem neuen Anlauf schlimmer. Ich hatte Mühe, genug Luft zu bekommen, weil sich sämtliche Muskeln in kurzen Abständen unkontrolliert zusammenzogen und wieder entspannten. Die Impulse des Zellaktivators brachten vorübergehende Linderung, doch mir war klar, dass niemand von uns diese Tortur länger als ein paar Minuten durchstehen konnte.

Natürlich gab es nur einen, der für diesen Überfall verantwortlich sein konnte: Malotuffok! Was immer auch das mit den Zellkulturen des Symbiontvaters angereicherte Sheed mit seinem Verstand angestellt hatte – er war augenscheinlich nicht nur in der Lage, andere unter seine geistige Kontrolle zu bringen.

Trilith!, wisperte der Extrasinn. Ich hatte keine Ahnung, was er meinte. Die Schmerzen machten es mir unmöglich, länger als ein paar Sekunden zielgerichtet zu denken.

Das ist es!, hörte ich es in meinem dröhnenden Schädel flüstern. *Trilith ist der Grund, warum die Sujadin euch die ganze Zeit toleriert haben. Verstehst du denn nicht? Sie ist die einzige, die Malotuffok stoppen kann.*

Nun begriff auch ich, worauf der Logiksektor hinaus wollte. Trilith war eine Psi-Reflektorin. Ähnlich wie die Antis war sie in der Lage, psionische respektive mentale Impulse aufzufangen, und diese auf den Absender zu spiegeln. Ich erinnerte mich noch sehr gut an Triliths Bericht über ihre Erlebnisse auf der Dschungelwelt Fauron und ihren Kampf gegen die mutierte Springermatriarchin Morchete. Dort hatte sie ihre außergewöhnliche Gabe zum ersten Mal erkannt und bewusst eingesetzt. Waheijathiu und Gasuijamuo mussten von Anfang an gewusst haben, zu was Malotuffok fähig war, wenn er sich in die Enge getrieben fühlte – und sie hatten Trilith als ihre Geheimwaffe mitgenommen.

Unter Aufbietung sämtlicher Willenskräfte kroch ich zu ihr hinüber. Ihr von den Strapazen der vergangenen Woche ohnehin schon geschwächter Körper zuckte und bebte, als würde er unter Strom stehen. Immer wieder warf sie den Kopf so heftig hin und her, dass die langen, schwarzen Haare den Blick auf ihr zweites Augenpaar auf der Rückseite des Schädels freigaben. Womöglich hatten sich die Sujadin verrechnet. Malotuffoks Angriff war so schnell und überraschend erfolgt, dass Trilith nicht reagieren konnte. Warum hatten sie die Psi-Kämpferin nicht von Beginn an eingeweiht und sie über ihre Pläne informiert?

Ich biss die Zähne zusammen. Der Extrasinn versuchte mir zu helfen und sprach sanft und tröstend auf mich ein.

»Trilith!«, brachte ich keuchend heraus.

Ich packte sie an beiden Seiten des Kopfes und zwang sie, mir in die Augen zu sehen. Ihr Blick war fiebrig, die Pupillen stark verengt, einige Äderchen geplatzt.

»Konzentriere dich auf meine Stimme. Du hörst nur meine Stimme. Alles andere ist unwichtig. Du musst deine Gabe einsetzen, verstehst du? Du musst die Schmerzen, die dir Malotuffok schickt, ausblenden. Du kannst es!«

Für einen Moment verließ mich die Kraft. Ich verspürte den Drang, mir die Kleider vom Leib zu reißen, und das Feuer zu löschen, das mich erfasst hatte. Die Hitze war mörderisch. Ich glaubte zu spüren, wie sich meine Haut vom Körper löste, wie das Fleisch unter der Einwirkung der Flammen verkohlte, wie die Knochen spröde wurden und ...

Reiß dich zusammen!

Der scharfe Impuls des Extrasinns brachte mich wieder in die Wirklichkeit zurück.

»Komm schon!«, schrie ich unbeherrscht und versetzte Trilith zwei schallende Ohrfeigen. »Willst du nach allem, was man dir angetan hat, einfach aufgeben? Willst du, dass alles umsonst war? Wehr dich endlich! Zeig mir, dass du nicht nur große Töne spucken, sondern auch kämpfen kannst. Beweise, dass du deinen Zellaktivator verdient hast!«

Mit einem Stöhnen kam Trilith zu sich. Aus ihren Nasenlöchern und den Ohren lief Blut. Sie schlug meine Arme beiseite und stemmte sich in die Höhe.

Ich dagegen war am Ende und sackte zusammen wie ein Ballon, aus dem man sämtliche Luft gelassen hatte. Mein Körper bestand nur noch aus Schmerz. Ohne den Zellaktivator wäre ich wahrscheinlich längst nicht mehr am Leben gewesen. Das eiförmige Gerät pulsierte im Takt meines arhythmisch pochenden Herzens, hatte jedoch auf Dauer keine Chance gegen die ohne Pause anrollenden Wellen aus Mentalenergie.

Ich konnte nicht sehen, was Trilith tat, *ob* sie überhaupt etwas tat, doch ich spürte plötzlich, dass sich etwas veränderte. Die Schmerzen ließen nach.

Ich sah flüchtig zu den zwei Sujadin hinüber. Waheijathiu und Gasuijamuo schien es ebenfalls besser zu gehen und sie waren bereits dabei, sich gegenseitig auf die kurzen Beine zu helfen. Ich beeilte mich gleichfalls aufzustehen.

Erst jetzt fiel mir die absolute Stille auf, die mit einem Mal herrschte. Das leise Summen weit entfernt arbeitender Maschinen, das Plätschern und Rauschen, das den gesamten Wasserpalast erfüllte und das man irgendwann nicht mehr bewusst wahrnahm, das Knacken und Klicken, das aus der Richtung des Tanks kam, all das war plötzlich nicht mehr zu hören. Ich musste unwillkürlich an einen der seltenen arkonidischen Winter denken, wenn in einigen Gebieten meiner Heimat Schnee fiel und die Temperatur unter den Gefrierpunkt sank. Für mich hatte es nie eine perfektere Stille gegeben, als die, die man an einem kalten Wintertag auf der Hochebene von Mainarak oder in den Erholungszentren des Mentraki-Gebirges auf Arkon I erleben konnte.

Trilith stand hoch aufgerichtet am vorderen Ende des Balkons, der von einem hüfthohen Geländer abgeschlossen wurde. Ich näherte mich ihr vorsichtig. Sie hatte die Augen geschlossen. Ihr Gesicht war eine starre Maske.

Malotuffok dagegen hatte die schwarzen Nickhäute geöffnet. In seiner Miene spiegelte sich eine Mischung aus Verwunderung und Entsetzen. Zwischen diesen beiden so ungleichen Wesen tobte ein stummer Kampf, dessen Natur ich nicht verstand, nicht verstehen *konnte*. Der Navigator und die Psi-Kämpferin waren in diesen Momenten auf eine Weise verbunden, die selbst ich, der ich schon ausreichend Erfahrungen mit Psi-Kräften und geistiger Beeinflussung aller Art gesammelt hatte, nicht nachzuvollziehen vermochte.

Das Bellen, das die seltsam irreale Lautlosigkeit unvermittelt durchbrach, klang dumpf und irgendwie traurig. Malotuffok bewegte die breiten Lippen wie ein Fisch auf dem Trockenen, der nach Luft schnappte. Seine Schwanzflosse schlug ungestüm nach rechts und links. Immer wieder stieß er mit dem großen Kopf gegen die Tankwandung.

Trilith hatte die Hände um die obere Querstange des Balkongeländers geschlossen. Ihr Griff war so fest, dass ihre Fingerknöchel schneeweiß hervortraten. Ich hatte keine Ahnung, wie lange sich die beiden Kontrahenten auf diese Weise gegenüber standen, doch als es schließlich vorbei war, war ich vorbereitet.

Trilith fiel ohne Vorwarnung. Von einer Sekunde auf die andere brach sie einfach zusammen, doch ich war da und fing sie auf. Ich wusste, dass der Einsatz ihrer Paragabe jedes Mal eine tiefgreifende Erschöpfung zur Folge hatte. Angesichts der Belastungen, denen sie bereits vor dem Duell mit Malotuffok ausgesetzt gewesen war, erschien es mir ratsam, sie so schnell wie möglich in die Krankenstation der GAHENTEPE zurückzubringen.

Ich ließ die Frau vorsichtig zu Boden sinken, zog meine Weste aus und legte sie ihr unter den Kopf. Ihr Atem ging stoßweise. Hinter mir hörte ich die Trippelschritte der Sujadin auf dem Stahlplastboden. Waheijathiu und Gasuijamuo schauten gewohnt gleichgültig auf Trilith herab.

»Seid ihr zufrieden?«, fragte ich bitter. »Euer Plan hat funktioniert und ihr seid sicher stolz auf euch.«

Die beiden Illochim hielten es offenbar nicht für nötig mir zu antworten. Sie drehten sich um und stiegen eine der Leitern herab, die vom Balkon hinunter in die Rundhalle führten. Malotuffok schwamm nach wie vor in seinem Tank. Ich konnte erkennen, dass sich die Schwanzflosse und die Paddelbeine schwach bewegten; er war also nicht tot.

»Bring mich zu ihm.«

Triliths Stimme klang besorgniserregend schwach. Ich nahm ihre Hand und sah sie an. Sie verzog die blassgrünen Lippen zu einem gequälten Lächeln.

»Malotuffok stirbt«, hauchte sie kaum verständlich. »Es gab für ihn keine Alternative, denn er war bis zum Schluss fest davon überzeugt, das einzig Richtige zu tun. Bring mich zu ihm. Schnell.«

Ich verzichtete darauf, Trilith zu fragen, warum sie die Nähe des Navigators suchte. Statt dessen hob ich sie auf meinen Rücken und wies sie an, sich festzuhalten. Sie kam mir überraschend schwer vor, doch das lag wahrscheinlich an meiner eigenen gesundheitlichen Verfassung. Selbst mit Hilfe des Zellaktivators würde es wohl einige Tage dauern, bis ich vollständig wiederhergestellt war.

Die Sujadin erwarteten uns bereits. Trilith glitt von meinem Rücken und kam schwankend zum Stehen. Ich legte ihr kurzerhand meinen Arm um die Körpermitte, um sie zu stützen. Sie ließ es ohne Widerspruch geschehen.

»Was hast du mir zu sagen?«, fragte sie mit schwacher Stimme.

Malotuffok schwamm ein Stück näher heran. Trilith bedeutete mir, unmittelbar vor den Tank zu treten und ich tat ihr den Gefallen. Zum ersten Mal stand ich einem echten Illochim direkt gegenüber. Fasziniert betrachtete ich das fremdartige und doch ungemein feinsinnige Gesicht. In den kreisrunden Augen mit den winzigen Pupillen schien sich unendliche Weisheit zu spiegeln. Ohne mich dagegen wehren zu können, empfand ich plötzlich eine tiefe Trauer. Weißliches Sekret lief aus meinen Augen die Wangen herab. Wie konnte ein solches Wesen derart schreckliche Dinge tun, wie sie auf Shahimboba geschehen waren?

»Du bist Schemawesen Acht«, hörte ich einen irgendwo in der Tankhülle verborgenen Translator sagen. Das gleichsam vernehmbare Bellen, die Originalstimme des Navigators, klang unnatürlich laut.

»Eigenname Trilith Okt.«

»Ja, so heiße ich.«

Ich spürte, wie ihr Körper in meinem Arm leicht zitterte und konnte es ihr nicht verdenken. War sie nach einer langen und leidvollen Odyssee nun am Ziel? Erfuhr sie jetzt endlich, wer sie war, und warum man sie jahrelang auf oft unmenschliche Weise trainiert und geprüft hatte?

»Warum bist du hier?«, fragte Malotuffok. »Ist es schon so weit? Kann die Suche beginnen?«

»Ich verstehe nicht«, sagte Trilith. »Ich weiß nichts von einer Suche. Kannst du mir verraten, woher ich komme? Du hast mich *Schemawesen Acht* genannt. Wie viele Schemawesen gibt es?«

»Viele«, kam die vage Antwort. Täuschte ich mich, oder wurde das Bellen tatsächlich leiser?

»Du bist allein. Ich bin allein. Warum bist du hier? Warum bist du nicht auf der Suche?«

Ich schüttelte den Kopf. »Ich befürchte, er hat endgültig den Verstand verloren. Es tut mir leid.«

»Wonach soll ich suchen?« Trilith war den Tränen nah; ihre Stimme bebte. Nie zuvor hatte ich diese sonst so starke und beherrschte Frau derart aufgewühlt erlebt.

»Du musst ...«, setzte sie an, räusperte sich und sprach dann weiter. »Du musst es mir sagen. Hörst du ...«

»Du bist ... allein«, reagierte Malotuffok nach langer Pause. »Die ... Hohrugk sind allein. Such nach den Letzten der ... Hohrugk. Sie sind allein. Alle. Ich bin ... allein ... so ... furchtbar ... allein ...«

Das unstete Flackern in den Augen des Navigators erlosch und die schwachen Bewegungen der Paddelbeine hörten endgültig auf. Malotuffok war tot.

Lange Sekunden sagte niemand etwas. Der Name *Hohrugk* hatte mich elektrisiert. Die sogenannten Hohrugk-Kühe stammten von einem in der Milchstraße kaum bekannten Planeten namens Hohrugkheim. Ich wusste nicht viel über sie, und wenn es nicht eine kleine Kolonie dieser Wesen auf Lepso gegeben hätte, wären sie meiner Aufmerksamkeit wahrscheinlich völlig entgangen. Hatten die von Malotuffok erwähnten Hohrugk etwas mit den Hohrugk-Kühen zu tun? Dieser Frage konnte ich erst nach meiner Rückkehr nach Quinto-Center nachgehen.

»Komm«, sagte ich zu Trilith. »Hier wirst du nichts mehr erfahren. Du musst dich jetzt ausruhen.«

Die Psi-Kämpferin löste ihren Blick von dem toten Navigator in seinem Tank, schaute mich an – und zum zweiten Mal innerhalb kurzer Zeit überraschte sie mich mit einem für sie ungewohnt emotionalen Verhalten.

Trilith Okt weinte.

Kapitel 35

29. Juni 3103
Atlan

Die letzten Tage waren wie im Flug vergangen, und noch immer gab es so unendlich viel zu tun. Trilith hatte sich gut erholt. Nach unserer Rückkehr in die GAHENTEPE war sie in einen tiefen Schlaf gefallen und erst vierzehn Stunden später wieder daraus erwacht. Zu dieser Zeit starteten bereits die ersten Diskusschiffe vom Raumhafen und stiegen hinauf in den von Regenwolken beherrschten Himmel Shahimbobas. Weitere zehn Stunden später hatte auch der letzte Illochim den Planeten mit unbekanntem Ziel verlassen.

Ich war nach wie vor nicht sicher, ob ich mit dem, was ich erreicht hatte, zufrieden sein konnte. Die Entwicklungen, die sich auf der Wasserwelt anbahnten, gefielen mir nicht, doch ich war alt und erfahren genug, um einzusehen, dass es hier nicht um mich ging, oder um das, was ich für das Beste hielt.

Malotuffok hatte die anderen einundzwanzig Mitglieder des sogenannten Gremiums mit in den Tod gerissen. Sie waren seinen Schmerzimpulsen nicht gewachsen gewesen. Triliths Eingreifen war zu spät gekommen. Zu meinem großen Erstaunen fügten sich die rund dreitausend auf Shahimboba ansässigen Illochim widerspruchslos den Anordnungen der beiden Sujadin. Waheijathiu und der ihm rangmäßig inzwischen offenbar gleichgestellte Gasuijamuo hatten die Kommunikationsmöglichkeiten des trotz des Wassereinbruchs nur geringfügig beschädigten Palasts genutzt und die sofortige Räumung des Planeten angeordnet. Gleichzeitig waren sämtliche verfügbaren Roboter aktiviert und zur Unterstützung der Shahms auf den

Weg gebracht worden. Nahrungs- und Arzneimittel, frisches Wasser, saubere Kleidung, Hygieneartikel und tausend andere Dinge des täglichen Bedarfs wurden herbeigeschafft und verteilt. Innerhalb kürzester Zeit entstanden Notunterkünfte außerhalb der Minenschächte. Jeder Shahm wurde registriert, ärztlich untersucht und bei Bedarf behandelt.

Ich beobachtete die Anstrengungen der Sujadin misstrauisch, musste mir selbst jedoch nach einigen Tagen zähneknirschend eingestehen, dass sich die beiden Rudimentärbewusstseine redliche Mühe gaben und in Sachen Koordination und Abwicklung eine erstaunliche Begabung offenbarten. Die von mir mehrfach angebotene Hilfe der USO lehnten sie jedoch kategorisch ab – ebenso wie meine Forderung, mir einen Funkkontakt mit Quinto-Center oder einem nahen USO-Außenposten zu ermöglichen. Wann immer ich die Sprache auf dieses Thema brachte, versuchten sie mich zu beschwichtigen und baten mich inständig um Geduld. Da ich kaum eine andere Wahl hatte, und sich die Situation der Shahms rasant verbesserte, akzeptierte ich die Sachlage vorerst und half mit, wo ich konnte.

Trilith und ich hatten uns wieder in der GAHENTEPE einquartiert. Waheijathiu und Gasuijamuo dagegen bezogen Räumlichkeiten in jenem fensterlosen Gebäude am Rand des Raumhafens, das wir noch vor einigen Tagen erfolglos versucht hatten zu betreten. Es war erstaunlich, wie problemlos sich die Sujadin mit den vorhandenen technischen Möglichkeiten zurechtfanden, obwohl sie doch rund neuntausend Jahre von ihrem Volk abgeschnitten gewesen waren.

Am Nachmittag des 29. Juli luden Waheijathiu und Gasuijamuo Trilith und mich zu einem Treffen in einer der angrenzenden Lagerhallen ein. Als wir dort eintrafen, hatten sich bereits an die dreißig weitere Personen versammelt, ohne Ausnahme Shahms aus den verschiedenen Bauländern. Shareen Deubtar kam mir lächelnd entgegen, ergriff meine Hand und schüttelte sie.

Im ersten Moment hätte ich sie fast nicht wiedererkannt, und das lag nicht allein an der Tatsache, dass sie gewaschen, frisiert und neu eingekleidet war. Ihre ganze Körperhaltung hatte sich verändert, strahlte auf einmal Zuversicht und Selbstbewusstsein aus.

»Ich möchte mich bei Ihnen entschuldigen, Lordadmiral«, sagte sie, ohne ihr charmantes Lächeln abzusetzen. »Man sollte andere nie nach den Aussagen Dritter beurteilen.«

»Das sehe ich genauso.« Ich erwiderte ihr Lächeln. »Und Ihre Entschuldigung nehme ich gerne an. Sind das die ersten Vertreter der Bauländer?«

»Ja«, nickte die Terranerin. »Natürlich sind wir erst am Anfang. Es wird noch Wochen dauern, bis wir alle Shahms informiert haben. Zunächst einmal steht der Aufbau einer gesicherten Versorgung im Vordergrund. Allerdings gab es bereits erste Gespräche über das weitere Vorgehen, was die Zukunft der Shahms auf Shahimboba betrifft.«

»Ich hoffe, Sie erwägen nicht ernsthaft, auf dem Planeten zu bleiben«, sagte ich.

»O doch, Lordadmiral.« Shareen Deubtar wurde plötzlich ernst. »Und nicht nur ich. Fast alle Shahms, mit denen ich bisher gesprochen habe, würden Shahimboba gerne zu ihrer neuen Heimat machen.«

Sie sah mein skeptisches Gesicht und lachte.

»Schauen Sie nicht so verbiestert«, sagte sie. »Versuchen Sie lieber, uns zu verstehen. Die meisten von uns sind hier geboren und aufgewachsen. Wir kennen nichts anderes als die Bauländer. Moderne Technik ist uns fremd. In der großen, verwirrenden Galaxis da draußen wären wir völlig hilflos. Nein, glauben Sie mir, Atlan: Wir gehören hierher.«

»Was ist mit jenen, die entführt wurden und die in dieser *großen, verwirrenden Galaxis* Freunde und Familie zurücklassen mussten?«

»Jeder, der Shahimboba den Rücken kehren will, kann das selbstverständlich tun. Doch ich glaube nicht, dass das geschehen wird. Laut den Logbüchern der Illochim wurden schon seit längerer Zeit keine Shahms mehr von außerhalb nach Shahimboba gebracht. Die Geburtenraten in den Bauländern reichten völlig aus. Wir haben hier eine einmalige Chance, sehen Sie das nicht?«

»Eine Chance auf was, Ms. Deubtar?« fragte ich. »Wenn die Geschichte Shahimbobas bekannt wird, wimmelt es hier bald von ...«

»Und genau deshalb haben wir uns versammelt«, unterbrach mich die Terranerin. »Wir benötigen Ihre Hilfe, Lordadmiral. Wir möchten Sie bitten, dass Sie die Existenz unserer Welt vorerst geheim halten.«

»Das ist nicht Ihr Ernst«, stieß ich kopfschüttelnd hervor.

»Mein voller Ernst«, bekräftigte Shareen. »Die Illochim sind weg und werden nicht mehr wieder kommen. Denken Sie nicht auch, dass wir Shahms uns diesen Planeten verdient haben?«

»Aber Shahimboba ist ...«, begann ich, wurde jedoch erneut gestoppt.

»... nicht das Paradies«, sagte sie. »Aber ein Anfang.«

»Was ist mit Dahagmata und den Sinterbuckeln?«, brachte ich meinen nächsten Einwand vor. »Niemand weiß, welche Folgen der Tod Malotuffoks mittelfristig auf den Symbiontvater hat. Er könnte eines Tages durchdrehen und alle Shahms töten. Die USO verfügt über einige der besten Mediziner der Milchstraße. Sie würden ganz sicher einen Weg finden, die Buckel zu entfernen.«

»Dahagmata ist ein rein instinktgesteuertes Wesen«, entgegnete Shareen Deubtar. »Waheijathiu und Gasuijamuo haben mir und den anderen versichert, dass er glücklich und zufrieden ist. Zwar fehlen inzwischen die steuernden Impulse des Navigators, doch die waren hauptsächlich dazu gedacht, den Symbiontvater darüber hinwegzutäuschen, dass man ihm permanent große Mengen seiner biologischen Substanz entfernt hat, um damit das Sheed anzureichern. Von nun an wird kein Shahm mehr einen Sinterbuckel implantiert bekommen, wenn er es nicht ausdrücklich wünscht und Dahagmata der Entnahme seiner Körpersubstanz zustimmt. Und dass die riesigen Tanks mit dem Sheed vernichtet wurden, wissen Sie selbst. Sie waren dabei.«

Da hatte sie allerdings recht. Ich hatte mich einige Tage zuvor persönlich davon überzeugt, dass die von Malotuffok zusammengebraute Substanz bis zum letzten Liter verdampft worden war.

»Und Sie sind sich wirklich sicher, dass Sie Ihre Entscheidung aus freiem Willen treffen?« Ich suchte ihren Blick.

Sie wich mir nicht aus. »Das bin ich.«

Ich wandte mich ab und begann mit einer unruhigen Wanderung durch die Lagerhalle. Was sollte ich tun? In den letzten Wochen war so viel geschehen, und doch hatte ich das Gefühl, mit leeren Händen dazustehen. Was hatte ich denn wirklich über die Illochim erfahren? So gut wie nichts. Malotuffok war alles andere als ein typischer Vertreter seines Volkes gewesen, also konnte ich von seinem Verhalten oder den auf Shahimboba herrschenden Bedingungen nur bedingt auf die Illochim allgemein schließen. Auch die Tatsache, dass Trilith Okt ein genetisches Zuchtprodukt der Amphibienwesen darstellte, half mir nicht viel weiter. Ich wusste – ebenso wie sie selbst – nach wie vor nicht, was ihr Daseinszweck war. Der vage Hinweis auf *die Letzten der Hohrugk* half da kaum weiter.

Ich sage es nicht gern, wisperte der Extrasinn, *aber Geheimhaltung ist in diesem Fall vielleicht wirklich die beste Lösung. Wenn du die Existenz der Illochim, Shahimbobas und des Arrachieda publik machst, riskierst du eine Hetzjagd auf die vermeintlichen Geheimnisse dieses Volkes, über das wir so gut wie keine gesicherten Erkenntnisse haben. Die Folgen wären möglicherweise verheerend, insbesondere in einer politisch so instabilen Galaxis wie der unseren.*

Als ich einige Minuten später wieder zu den Versammelten zurückkehrte, spürte ich die vielen erwartungsvollen Blicke, die auf mir ruhten. Ich atmete einmal tief ein und wieder aus. Dann stellte ich mich direkt vor die beiden Sujadin.

»Ich werde wiederkommen«, sagte ich scharf. »Unangekündigt. Und wenn ich das tue, erwarte ich, dass man mir lückenlosen Einblick in alle Datenspeicher und unbeschränkten Zugang zu jedem beliebigen Ort auf diesem Planeten gewährt.«

»Du bist jederzeit herzlich willkommen.« Wie immer übernahm Waheijathiu die Gesprächsführung. »Und ich werde persönlich dafür sorgen, dass während deines Aufenthalts jedem deiner Wünsche entsprochen wird.«

Ich nickte langsam. Dann trat ich so nahe an den Navigator heran, dass unsere Nasenspitzen kaum mehr als einen halben Meter voneinander entfernt waren.

»Lass mich ehrlich zu dir sein, Waheijathiu«, sagte ich leise. »Ich vertraue dir nicht. Ich bin sicher, dass du und dein Kumpan ein falsches Spiel spielen. Noch weiß ich nicht, was ihr vorhabt, aber ich werde es herausfinden. Wenn du mit den anderen Illochim in Kontakt trittst – und beleidige meine Intelligenz nicht, indem du leugnest, es zu tun – dann sag ihnen, dass die Milchstraße *mein* Spielplatz ist. Sag ihnen, dass sie sich vorsehen sollen, denn ich werde es nicht dulden, dass auch nur ein einziger weiterer Bewohner dieser Galaxis entführt und versklavt wird. Vielleicht glaubst du, dass das jetzt alles nur eine leere Drohung ist, dass die Illochim den Völkern der Milchstraße überlegen sind und deshalb machen können, was sie wollen. Ich rate dir, es nicht darauf ankommen zu lassen. Du wärst nicht der erste, der diesen Fehler bereut. Ich drohe selten, aber wenn ich es tue, meine ich es ernst.«

»Dein Argwohn macht mich traurig, Atlan, doch ich muss ihn respektieren.« Waheijathiu warf die langen Arme in einer vollendet menschlichen Geste zurück.

»Ich freue mich dennoch auf unsere nächste Begegnung, denn wenn du dann siehst, was wir hier auf Shahimboba erreicht haben, änderst du deine Meinung womöglich. Die Illochim mögen die Öffentlichkeit scheuen, aber sie haben gute Gründe dafür.«

Ich wandte mich wortlos ab und schickte mich an, die Lagerhalle zu verlassen. Auf halbem Weg spürte ich eine Berührung an meiner Schulter. Es war Shareen Deubtar. Ich blieb stehen.

»Ich danke Ihnen, Lordadmiral«, sagte sie leise.

»Und ich wünsche Ihnen viel Glück, Ms. Deubtar.«

»Eine Frage habe ich noch«, sagte sie mit einem Lächeln.

»Nur zu.« Ich lächelte zurück.

»Ist ein Sonnenuntergang am Goshun-See tatsächlich ein Anblick, der die Seele zum Leuchten bringt?«

Ich musste lachen.

»Woher haben Sie das?«

»Von Ihnen«, antwortete die Terranerin. »Sie haben es vor 47 Jahren in einem Interview im *SOL Magazine* gesagt. Einer der letzten für Bauland Mokos bestimmten Shahms hatte die Ausgabe dabei.«

»Nun«, sagte ich langsam. »In diesem Fall gilt dasselbe wie für die Beurteilung von anderen Menschen: Verlassen Sie sich nicht auf die Aussagen Dritter. Wenn ich das nächste Mal hier bin, werde ich Sie nach Terra mitnehmen, und Sie können sich mit eigenen Augen überzeugen.«

»Ist das ein Rendezvous?«, fragte Shareen keck.

»Darauf können Sie wetten«, antwortete ich grinsend.

Kapitel 36

30. Juni 3103
Atlan

»Du bist sehr schweigsam.«

In der Zentrale der GAHENTEPE herrschte das übliche Halbdunkel. Trilith stand vor der Steuerkonsole und zupfte ab und zu an einer der Quastenschnüre. Auf dem Nebelschirm glitzerten die Sterne der Milchstraße.

Wir waren vor wenigen Stunden von Shahimboba gestartet; ich konnte die Heimkehr kaum noch erwarten. Trilith hatte zugestimmt, mich ins Solsystem zu fliegen. Bevor ich nach Quinto-Center zurückkehrte, wollte ich Homer G. Adams aufsuchen. Mit ihm hatte schließlich vor fast drei Monaten alles begonnen.

»Ich habe über einiges nachzudenken«, sagte Trilith.

»Es tut mir leid, dass unser kleines Abenteuer für dich nicht so erfolgreich verlaufen ist, wie du gehofft hast.«

»Das sagtest du bereits.«

»Was wirst du jetzt tun?«, fragte ich.

»Weitersuchen.« Trilith zuckte die Schultern. »Nach den Hohrugk, nach den Illochim, vor allem aber nach mir selbst.«

»Und du willst es allein tun, nehme ich an.«

»Ja.«

Die Psi-Kämpferin strich sich mit der Rechten über die Haare. Dann drehte sie sich um und kam ein paar Schritte auf mich zu. »Ich fürchte, wir passen einfach nicht zueinander.«

»Das sehe ich nicht so«, entgegnete ich. »Du hast uns nur nie eine Chance gegeben.«

»Würdest du mir den Aktivator abnehmen, wenn du die Gelegenheit dazu bekämst?«

»Nein«, erwiderte ich, »denn ich würde dich dadurch zum Tode verurteilen. Warum stellst du mir Fragen, auf die du die Antworten bereits kennst?«

»Weil ich noch immer nicht weiß, was ich von dir zu halten habe.«

»Und daran wird sich nichts ändern, solange du Egoismus und Misstrauen an die Spitze deines Wertesystems setzt, solange du ausgestreckte Hände ignorierst und nicht bereit bist, Hilfe anzunehmen. Vor vielen Jahrhunderten, als die Menschheit von Raumschiffen und fremden Planeten nur träumen konnte, hat der terranische Schriftsteller Jacques Bénigne Bossuet etwas gesagt, das bis heute Gültigkeit hat.«

»Kommt jetzt wieder eine deiner ach so klugen Lebensweisheiten?«, wollte Trilith wissen, doch sie lächelte dabei.

»Er sagte: *Die größte Schwäche ist zu fürchten, schwach zu erscheinen.* Ich gebe die Hoffnung nicht auf, dass auch du das eines Tages lernen wirst, Trilith. Als wir im Wasserpalast gemeinsam vor Malotuffoks Tank standen, habe ich dich zum ersten Mal weinen sehen, und du hast nie stärker und selbstbewusster gewirkt als in diesem Augenblick.«

Für lange Sekunden sagte niemand etwas, doch die Stille wirkte nicht im mindesten unangenehm. Es war eine gute, eine aufmerksame Stille. Schließlich nickte mir Trilith zu und widmete sich wieder ihrer Steuerkonsole.

»Gib mir Zeit«, sagte sie. »Wie ich schon sagte: Ich muss nachdenken.«

»Einverstanden. Was hältst du davon, wenn wir uns in einem Jahr wieder treffen? Sagen wir am 1. Juli 3104.«

»Wo?«

»Wo du willst.« Trilith überlegte.

»Ertrus«, stieß sie dann hervor. »Ja, das ist guter Treffpunkt. Vielleicht finden wir wieder eine Schenke, in der du jemanden verprügeln kannst.«

»Das hat dir gefallen, nicht wahr?« Ich schmunzelte. »Einverstanden. Wir sehen uns auf Ertrus.«

»In ein paar Stunden erreichen wir die Außenbezirke des Solsystems«, verkündete Trilith. »Du kannst dort deine Freunde rufen, damit sie ein Schiff schicken, das dich abholt.«

»Und ich kann dich wirklich nicht zu einem Bummel durch Atlan Village und einem gemütlichen Abend im *Kristallpalast* überreden? Die Kneipe ist legendär. Man hat dort sogar einen Cocktail nach mir benannt.«

Trilith drehte den Kopf. »So weit sind wir noch lange nicht, Lordadmiral«, sagte sie.

»Es freut mich sehr, Sie wieder zu sehen.«

Homer G. Adams kam mit ausgestreckten Händen auf mich zu und hatte ein dezentes Lächeln aufgesetzt. Für den Finanzminister des Solaren Imperiums war das beinahe schon ein besorgniserregender emotionaler Ausbruch.

»Es ist gut, wieder daheim zu sein, Homer«, sagte ich. »Wie ich höre, sind Perry und der Rest der Truppe unterwegs.«

»Der Großadministrator befindet sich mit der BREGENZ auf einer Goodwill-Tour durch die Kolonien, Staatsmarschall Bull weilt auf Plophos zu Gesprächen über ein neues Handelsabkommen, Sonderoffizier Guck ist ...«

»Schon gut, schon gut. Erzählen Sie mir lieber, was ich in den letzten Wochen verpasst habe. Karim Shoutain hat Sie nach seiner Rückkehr sicher in allen Einzelheiten über die Ereignisse auf Orgoch informiert.«

»Nun«, sagte Adams und wirkte auf einmal ungewöhnlich ernst. »Die ESHNAPUR ist niemals auf der Erde angekommen. Wir empfingen einen letzten Funkspruch des Schiffes, kurz nachdem es von Orgoch gestartet war. Daher wussten wir auch, dass Sie mit Trilith Okt und der GAHENTEPE unterwegs waren. Doch danach riss der Kontakt ab. Eine sofort eingeleitete Fahndung brachte keinen Erfolg. Der Kreuzer ist seitdem spurlos verschwunden.«

»Bei allen Göttern Arkons«, entfuhr es mir.

»Ich habe mir im Übrigen bereits die Freiheit genommen und eine Standleitung nach Quinto-Center schalten lassen. Ihre Stellvertreterin Ms. Farou hat einen stummen Alarm ausgelöst. Die halbe Galaxis ist nach wie vor auf der Suche nach Ihnen.«

Ich ließ mich in einen der Sessel fallen, die in Homer G. Adams' Arbeitszimmer standen.

»Himmel«, stieß ich hervor. »Haben Sie noch mehr gute Nachrichten?«

»Ich empfehle Ihnen dringend, so schnell wie möglich ein paar medienwirksame Termine zu arrangieren«, fuhr der Finanzminister fort. »Einige Agenturen haben bereits damit begonnen, über Ihren *Rückzug aus der Öffentlichkeit* zu spekulieren. Wir waren kurz davor, den Einsatz eines Doppelgängers in Erwägung zu ziehen.«

»Großartig. Man kann euch nicht einmal für ein paar Wochen allein lassen, ohne dass alles drunter und drüber geht.«

»Wie meinen?«, zeigte sich Adams pikiert.

Ich lächelte müde. »Ein Scherz, Homer, nur ein Scherz. Entschuldigen Sie, aber in den letzten paar Wochen hatte ich nicht viel zu lachen. Wo kann ich mit Quinto-Center sprechen?«

»Benutzen Sie meinen Anschluss«, sagte der Terraner und deutete in Richtung seines Schreibtischs. »Ich muss ohnehin zu einer Abteilungsleiterbesprechung. Wenn Sie mich brauchen, stehe ich jederzeit zur Verfügung.«

»Danke.«

Als mir zehn Sekunden später das Gesicht Decaree Farous entgegenstrahlte, sah das Universum schon wieder um einiges freundlicher aus. Ich gab meiner Stellvertreterin einen kurzen Bericht über meine Erlebnisse und erteilte dann erste Anweisungen.

»Sämtliche Speicherdaten und Querverweise, die zu einer Entdeckung Shahimbobas führen könnten, sind mit Überrangkodes zu verschlüsseln und in meiner persönlichen Datenbank abzulegen«, wies ich an. »Dazu gehören auch alle Unterlagen über das Verschwinden der EX-856. Setz einen Marker ins System. Sobald ein USO-Einsatz einen unserer Spezialisten näher als hundert Lichtjahre an Shahimboba heranführt, will ich das wissen.«

»Wird erledigt«, bestätigte Decaree.

»Außerdem möchte ich, dass du eine Suchanfrage startest«, fuhr ich fort. »Benutze dafür ebenfalls die Überrangkodierung. Ich will alles über die Hohrugk-Kühe wissen. Und wenn ich *alles* sage, dann meine ich alles.«

»Die Hohrugk-Kühe?«, vergewisserte sich meine Partnerin. Sie klang überrascht. »Einen Moment ...«

Sie verschwand vom Bildschirm und ich hörte sie im Hintergrund in einem Stapel Folien wühlen.

»Ah, hier ist es«, rief sie schließlich und kehrte in den Erfassungsbereich der Kameras zurück.

»Das sind die aktuellen Lageberichte von heute morgen«, erklärte sie. »Einer unserer Agenten auf Lepso meldet, dass die Hohrugk-Kühe ihre Grube im nordöstlichen Teil der Altstadt Orbanas von einem Tag auf den anderen verlassen haben. Und das offenbar sehr überstürzt, denn sie haben nichts mitgenommen. Niemand hat sie gesehen. Sie waren plötzlich einfach weg.«

Ich schloss für einen Moment die Augen.

»Es kommt noch besser«, sprach Decaree weiter und ich ahnte längst, was nun folgen musste. »Auch ihre Stammwelt Hohrugkheim ist komplett entvölkert. Derzeit sind zwei USO-Kreuzer, die ASTRAMUS und die MELANCOR, vor Ort und stellen Untersuchungen an. Von den Bewohnern des Planeten fehlt jede Spur.«

»Okay«, sagte ich nachdenklich. »Sobald sich in dieser Sache etwas neues ergibt, will ich es sofort wissen.«

»Wann kommst du zurück?«, fragte Decaree.

»Vermisst du mich?«

Sie verzog geringschätzig den Mund.

»An attraktiven Männern herrscht auf Quinto-Center kein Mangel«, sagte sie. »Und als Stellvertreterin des Lordadmirals ...«

»Ich habe verstanden. In zwei Stunden startet ein Kurierraumer von der Erde nach Olymp. Sieh zu, dass dort ein USO-Schiff auf mich wartet – und stell eine Flasche Champagner kühl. Wir haben viel nachzuholen.«

»Ist das ein Versprechen?«

Ich warf ihr eine Kusshand zu und schaltete ab. Dann erhob ich mich und trat mit auf dem Rücken verschränkten Armen vor das große Panoramafenster des Büros. Von der GCC-Zentrale aus hatte man einen traumhaften Blick über Terrania City. Zwischen den bis zu zweihundert Meter hohen Türmen des Finanzdistrikts konnte man die Grünflächen des Crest Parks erkennen. Rechts daneben und teilweise von den breiten Bändern der Hochstraßen verdeckt, schimmerte die Oberfläche des Kleinen Goshun-Sees in der Nachmittagssonne. Überall waren Gleiter, Fähren und Schnelltaxis unterwegs. In der Ferne erhob sich soeben ein 800-Meter-Riese der STARDUST-Klasse majestätisch in den kaum bewölkten Himmel.

Für ein paar kostbare Momente ließ ich die Bilder auf mich wirken. Terrania. Ich liebte diese Stadt, hatte sie über die Jahrhunderte wachsen und gedeihen sehen, hatte erlebt, wie sie durch den Angriff der Dolans teilweise zerstört und wieder aufgebaut worden war. Es war eine Stadt, die atmete, die Tag und Nacht in einem elektrisierenden Rhythmus pulsierte und niemals wirklich zur Ruhe kam. Wer verstehen wollte, warum die Terraner in so kurzer Zeit zu einem der wichtigsten und einflussreichsten Völker der Galaxis geworden waren, der musste lediglich Terrania besuchen.

Das leise Summen meines Armbandkoms zwang mich viel zu früh wieder in die Realität zurück. Der Gleiter zum Raumhafen wartete. In vierzehn Stunden würde ich wieder in Quinto-Center sein.

Wo viel Arbeit auf mich wartete.

Und Decaree Farou.

ENDE

Glossar

Aktivatorträger – Ein sogenannter Zellaktivator – wie beispielsweise Atlans –, der im bekannten Universum ausschließlich von der Superintelligenz ES verliehen wird, verleiht seinem Träger die relative Unsterblichkeit. Grundlage dafür ist eine fünfdimensionale Schwingung, die ständig den individuellen genetischen Kode aktiviert. Aktivatorträger können also nur durch direkte Gewalteinwirkung sterben, aber auch dann, wenn man ihnen das Gerät einfach wegnimmt. In einem solchen Fall beginnt für den Aktivatorträger nach 62 Stunden eine rapide Alterung, die sehr schnell zum Tod führt.

Andromeda – Die sogenannte Lokale Gruppe, also die Gruppe von Galaxien, zu denen auch die Milchstraße gehört, wird von zwei großen Spiralgalaxien beherrscht: Die eine ist die Milchstraße selbst, die andere ist Andromeda. Mit einer Entfernung von 2,2 Millionen Lichtjahren ist Andromeda – auch als NGC 224 oder M 31 in den Sternkatalogen verzeichnet – jene Galaxis, die der Milchstraße am nächsten steht. Die Galaxis setzt sich aus ungefähr 400 Milliarden Sonnen zusammen, die einer Gesamtmasse von 320 Milliarden Sonnenmassen entsprechen. Der Durchmesser der Galaxis, zu der auch die Begleitgalaxien M 32 (oder NGC 221) und NGC 205 gehören, beträgt rund 150.000 Lichtjahre.

In der PERRY RHODAN-Serie stoßen die Terraner zu Beginn des 25. Jahrhunderts alter Zeitrechnung nach Andromeda vor, treffen dort auf die methanatmenden Maahks und die menschenähnlichen Tefroder, die allesamt von den sogenannten Meistern der Insel beherrscht werden. Die Macht der Meister der Insel wird im Jahr 2406 gebrochen, seither gelten die Maahks als die wichtigste politische Struktur in Andromeda. (Diese Ereignisse werden im Zyklus »Die Meister der Insel« geschildert, nachzulesen in den PERRY RHODAN-Büchern 21 bis 32 oder den PERRY RHODAN-Heftromanen 200 bis 299.)

Atlan – Atlans arkonidisches Geburtsdatum entspricht dem 9. Oktober 8045 vor Beginn der christlichen Zeitrechnung. Der Kristallprinz erblickte auf der Kristallwelt Arkon I im Kugelsternhaufen Thantur-Lok – also M 13 – das Licht der Welt. Als Kristallprinz Mascaren Gonozal war er designierter Nachfolger des über das Große Imperium der Arkoniden herrschenden Imperators Gonozal VII. – doch sein Vater wurde, als Mascaren vier Arkonjahre alt war, auf dem Jagdplaneten Erskomier ermordet. Der Kristallprinz wurde vor den Schergen gerettet und wuchs auf Gortavor, einer Randwelt des Großen Imperiums, auf, geleitet von Fartuloon, dem Bauchaufschneider, seinem väterlichen Freund und Lehrmeister. In Erinnerung an den ursprünglichen Namenswunsch seiner Mutter wurde der junge Prinz Atlan genannt.
Atlan erlangte im Alter von 18 Arkonjahren nach intensiver Erziehung und Schulung auf der Prüfungswelt Largamenia den dritten Grad der ARK SUMMIA – dies war gleichbedeutend mit der Aktivierung des sogenannten Extrasinns. Ab diesem Zeitpunkt besaß Atlan einen selbstständigen Dialogpartner im Gehirn, mit dem er kommunzieren konnte. Nach vielen Kämpfen und Auseinandersetzungen konnte der Tyrann Orbanaschol gestürzt werden.
Atlan trat danach zunächst in die Raumflotte ein; es folgten unter anderem Einsätze gegen die Maahks. Wenig später kam es zu Atlans Aufenthalt im Larsaf-System (Larsaf ist die Sonne; Larsaf III war der arkonidische Begriff für Terra). Atlan ließ auf Larsaf III eine Kolonie auf dem Kleinkontinent Atlantis errichten. Hier kam es auch zu Kämpfen gegen die Druuf, Wesen aus einem anderen Universum, dessen Zeitablauf gegenüber dem des Standarduniversums deutlich

langsamer war. Im Alter von 36 Arkon- oder etwa 43 Terra-Jahren erhielt Atlan an Bord eines Robotschiffes im Auftrag der rätselhaften Wesenheit ES seinen Zellaktivator, der ihm fortan ein potenziell unsterbliches Leben ohne weitere Alterung ermöglichte.

Nach dem Untergang von Atlantis und dem Tod seines letzten arkonidischen Begleiters, der von steinzeitlichen Menschen mit einem Faustkeil erschlagen wurde, begann Atlan (nach irdischer Zeitrechnung war dies der 29. Dezember 8000 vor Christus) seinen ersten Tiefschlaf. Als »Paladin der Menschheit« lebte er fast 10.000 Jahre auf der Erde (nachzulesen in den ATLAN-Büchern 1 bis 13).

Ertruser – Nachkommen früher terranischer Auswanderer, die sich der Umwelt ihres Planeten Ertrus angepasst haben. Die durchschnittliche Körpergröße beträgt zweieinhalb Meter, die Schulterbreite über 2,10 Meter, das Gewicht rund 16 Zentner. Enorm reaktionsschnell und mit großen Kräften ausgestattet. Die Schwerkraft ihrer Heimat beträgt 3,4 Gravos, deshalb benötigen Ertruser auf normalen Welten einen Mikrogravitator.

Paralysator – Diese Waffe basiert auf Strahlen, die das periphere Nervensystem lähmen. Wer von einem Paralysator getroffen wird, ist gelähmt, da er seinen Körper nicht mehr bewusst steuern kann. Er ist jedoch nach wie vor in der Lage, seine Umgebung klar wahrzunehmen, kann also hören, riechen und sehen. Die Wirkung von Paralysatorstrahlen ist bei den verschiedensten Wesen unterschiedlich: Ertruser beispielsweise können eine solche Strahlung besser verkraften als »normale« Menschen.

Cugel in der Unterwelt

von Michael Shea

Die sterbende Erde:
Die dunkelrote Sonne flackert wie eine Kerze im Wind und albtraumhafte Geschöpfe durchstreifen die wilden Landschaften und Ruinenstädte der Erde. Die geheimnisvollen Wissenschaften von einst sind längst der Magie gewichen, und mit Verstand und Logik allein ist diese Welt nicht mehr zu begreifen. Um hier Erfolg zu haben, muss man schon gerissen sein. Cugel, der Herumtreiber mit dem frechen Mundwerk, ist mehr als gerissen, nicht umsonst nennt man ihn den 'Schlauen'. Er hat von einem uralten Zauberer gehört, der die glorreiche Vergangenheit noch selbst erlebt hat und seine Probleme lösen könnte. Cugels Suche nach Simbilis führt ihn über Länder und Meere – und schließlich in die Unterwelt ...

Fasziniert von den Kurzgeschichten um Cugel bat Michael Shea Anfang der siebziger Jahre Jack Vance, dessen Figur für einen eigenen Roman benutzen zu dürfen. Vance stimmte zu, und so entstand "Cugel in der Unterwelt", der zeitlich zwischen den beiden Teilen von "Cugels Irrfahrten" (FanPro 61003) anzusiedeln ist. Shea, der später zweimal den World Fantasy Award gewann, zeigte schon in seinem Erstling, dass er dem Meister kaum nachstand. Mit dem vorliegenden Band sind alle Geschichten um Cugel komplett bei FanPro erschienen.

ISBN 978-3-89064-470-7

FANTASY PRODUCTIONS GMBH
Postfach 1517 • 40675 Erkrath
www.fanpro.com • www.f-shop.de

FANPRO